柔石小说经典

中国现代文学经典名著

二月

柔石／著

二十一世纪出版社集团
21st Century Publishing Group
全国百佳出版社

图书在版编目（CIP）数据

二月：柔石小说经典 / 柔石著．-- 南昌：二十一世纪出版社，2014.9

（中国现代文学经典名著）

ISBN 978-7-5391-9088-4

Ⅰ．①二… Ⅱ．①柔… Ⅲ．①小说集 – 中国 – 现代 Ⅳ．① I246

中国版本图书馆 CIP 数据核字 (2013) 第 224221 号

二月：柔石小说经典　　柔石 / 著

策　　划　张　明
责任编辑　刘　刚
出版发行　二十一世纪出版社集团
（江西省南昌市子安路75号　330025）
www.21cccc.com　cc21@163.net
出 版 人　张秋林
经　　销　新华书店
印　　刷　北京永顺兴望印刷厂
版　　次　2014年10月第1版　2017年12月第2次印刷
开　　本　720mm × 1000mm　1/16
印　　张　25
字　　数　350千
书　　号　ISBN 978-7-5391-9088-4
定　　价　42.00元

赣版权登字—04—2013—680

目　录

导　论

杨亚庚

在 20 世纪二三十年代的作家中，特别是在左翼青年作家中，柔石是独具风采而且是最重要的作家之一。他对大动荡、大变迁时代底层人民苦难生活的描写，对知识分子精神上的追求、迷惘、挣扎和痛苦的剖析，以及忧国忧民家国情怀的表现，均具相当的深度，同时也达到了相当的高度。与同时期左翼青年作家显得空洞而狂热的作品相比，柔石的沉郁风格和悲剧意蕴，明显胜出一筹。但是长期以来，除二三部作品得到了一定的重视和阐释外，很多优秀作品被遮蔽，文学史上对他的评价也较为单一甚至有盲点存在。

柔石（1902 – 1931），原名赵平复，浙江宁海县人，“左联五烈士”之一。在柔石短暂的一生中，曾任小学和中学教员、教务主任和县教育局长。在追寻理想和救国兴国的过程中，柔石努力探索，奋发有为。“四一二”反革命政变前后，积极支持并掩护革命青年。1928 年与鲁迅同创朝花社，“左联”成立后为执行委员。1930 年加入中国共产党。1931 年 2 月，被反动派枪杀于上海龙华。鲁迅先生在避难中闻知后，悲愤难抑，作七律诗抒发心怀。1933 年 2 月，在柔石牺牲二周年之际，鲁迅先生又写出了著名的《为了忘却的纪念》，成为讨伐反动派的战斗檄文、纪念烈士的文学经典。

柔石的小说创作十分关注旧中国农村和农民特别是妇女的生存状态，他们苦难的生活、悲惨的命运和精神的磨难，在他的作品里得到了真实而生动的表现，反映了一个苦难深重、民不聊生的时代本质。短篇小说《为奴隶的母亲》讲述了一个荒唐而悲惨的“典妻”的故事。小说的主人公春宝娘是一个勤劳而善良的农村妇女，她做皮匠的丈夫却是一个好吃懒做而又性格凶残的人，他因赌博欠债而将自己的妻子“典”——实际上是卖给了一个地主之家。春宝娘忍受着悲痛与五岁的孩子春宝生离死别，从此背井离乡。到了地主家，受尽了“大娘”的刁难、辱骂和欺诈，做牛做马，被视为下人；同时还要充当地主泄欲和生育的工具。她为地主生了一个孩子，取名秋宝。她的任务结束后即被无情地撵走，她不得不与自己现在的孩子秋宝生离死别，心中的惨痛可想而知。春宝娘在自己家里是丈夫的奴隶，到了地主家是地主和他老婆的奴隶，承受着阶级的和夫权的双重压迫。作为一个母亲，人类最为神圣的母爱的权力被粗暴地剥夺，忍受着心灵被撕裂的煎熬。春宝娘在物质和精神上都是奴隶，其一生是在双重的压迫和欺侮中度过的。春宝娘的悲惨遭遇，是旧社会广大农村妇女共同命运的缩影，反映了那个时代的愚昧、畸形和黑暗。

柔石通过典型人物的塑造和故事情节的演绎，思考和探讨了造成底层农民特别是农村妇女悲剧的原因。春宝娘的凄惨命运既是阶级压迫和夫权统治的结果，也是中国几千年来腐朽陋习和落后的封建意识对人的戕害。“典妻”始于汉代，多少个世纪过去了，却仍然顽固地存在着，反映了封建社会、封建思想及其习俗的超稳定结构。柔石的批判不仅具有强烈的现实价值，同时也具有深远的历史意义。《二月》中文嫂的丈夫为了民族和国家的解放而壮烈牺牲，可是她却失去了赖以生存的根基，衣食无着又拖儿带女，在生死线上苦苦挣扎。文嫂悲剧的制造者是那个时代和社会，任何个人的拯救都只能是徒劳。《旧时代之死》中朱胜瑀的“未婚妻”因不堪忍受对方的冷遇而自杀，不久朱胜瑀亦追随而去，封建社会“父母之命，媒妁之言”这一传统的痼疾，夺走了两个年轻人的生命。作品强烈地控诉了封建伦理和文化对人的尊严、生命的践踏和屠戮。短篇小说《刽子手的故事》以很少的文字，成功地刻画了一个可憎、可怕而又令人生厌的刽子手的形象。小说写到他杀人时的感觉时这样写道：“刽子手轻描淡写地说道：‘和猪羊差不多的’”“一语道破天机”，不把人当人、随意杀人就是那个时代的本质。在柔石的小说里，无论是对统治阶级剥削压迫农民的描述、对黑暗社会的批判，还是对封建传统道德、伦理和文化吃人真相的揭示，虽然是怀着满腔的激愤，但在行文表达时却是客观、冷静的，不但使作品真实可信，而且增强了思想的深度。

柔石的小说对底层的人物充满了同情，但对于他们性格的弱点特别是沉重的精神负荷，却是并不回避而是予以关注和思考的。《为奴隶的母亲》中的春宝娘，一生软弱、凡事忍让、任人宰割、缺少反抗精神，这样的性格刻画很有典型意义，反映了中国农民整个阶层的弱点。《二月》的文嫂同样性格懦弱，备尝艰辛，但她对于自己丈夫为革命而捐躯的悲壮不理解，甚至漠然，对人生的不公她也只知忍受。当她的小儿子因病而夭折之后，支撑她活下去的精神支柱也就随之坍塌，她选择了自杀。因为“有夫从夫，无夫从子”的封建道德伦理观在她的心中已经根深蒂固，尽管她还有天真可爱的女儿采莲，但儿子没了，她便以为一切都变得毫无价值，包括自己的生命。鲁迅先生一生致力于对国民性的分析和揭露，深受鲁迅影响的柔石，深感封建社会的精神体系对被压迫和被剥削的农民毒害之深，他的批判的深度、广度和力度虽无法与鲁迅先生相比，但就其敏锐的观察和真诚的表达，在同时代的作家中还是相当出色的。

在柔石的小说创作中，他最熟悉、描写得最得力、数量相对也比较多的是知识分子形象。“五四”革命运动由高潮而逐渐平缓之后，随着社会的动荡和不断的分化，知识分子这个特殊的群体也在发生变化和分裂。

《二月》中的李先生是时代的先知先觉者，他充满了革命理想和革命激情，将个人的一切包括年轻的生命置于不顾，冲锋陷阵，勇敢无畏，视死如归，在惠州之战中英勇牺牲，把可怜的妻儿留在了荆棘丛生的人间。无疑，李先生是革命的先驱，是时代的弄潮儿。但他在《二月》中是个背景人物，因而就人物形象的塑造而言，他还缺少鲜活而生动的血肉感。短篇小说《别》中的青年则是作品的主人公，柔石在这里浓墨重彩地描绘了他与妻子分别时依依不舍的心情，彼此之间反复叮咛，情真意切，令人为之动容。直到作品结尾时才含蓄地交待“别”的原因，青年与娇妻和老母告别后，大踏步地坚定地向前走去，并且心里想：“事业在前，我是社会青年，‘别’算不得一回事。”反映出革命者为了理想和事业是勇于牺牲一切的。对于这些站在时代前列，代表着民族觉醒和方向的艺术形象，作者是满怀崇敬之情的。

对于知识分子中的蜕变者或革命的对立面，柔石的作品很少表现，就是几个面目可憎或可厌的形象，也还有其可怜或可悯之处。《为奴隶的母亲》中的地主秀才，他虽然把春宝娘视作生育的工具而盘剥蹂躏，但他的人性并没有完全泯灭，他还在暗中帮助过春宝娘，有时也有通情达理之处；他性情软弱，长期受到老婆的压抑，当然其本质还是虚伪而寡情的。《疯人》中的“主人”因“门不当户不对”而反对女儿的婚事，最终将一对恋人活活逼死后，也还捶胸顿足、深深地懊悔。如果说上述两人还仅仅是读过几天书的地主老财，那么，《二月》中的钱正兴则是一个完全意义上的“知识分子”了。这个纨绔子弟，不学无术，造谣滋事，令人憎厌，但如果说他伤天害理，是一个很坏的人，也还有失公道。至于《三姊妹》中个人至上的章先生，虽然有意无意中坑害了天真而无辜的两姐妹，但其后来的忏悔和救赎也还有真情在。柔石爱憎分明，但很少走向极端，且笔端常现温情，体现了深厚的人文情结。

“五四”退潮之后的中国，新旧政治势力此消彼长，军阀们的争斗犬牙交错，各种观念、思潮不断涌现、碰撞，在这样一个缺乏普适价值观的时代，人们追寻、探索、失望、迷茫，也就是题中应有之意了。在柔石的小说创作中，这类苦闷的彷徨者形象较多，写得也最为成功。

《二月》是作者的小说代表作，其主人公萧涧秋是至今仍在散发着艺术魅力的人物形象。他富有理想，追求真理，关注人生，同情弱者，洁身自好，不肯同流合污，是一个有抱负、有正义感、家国情怀很重的青年知识分子。他对革命的先驱者李先生非常敬重，真诚而且不遗余力地帮助其未亡人文嫂，其缘起即在于此，只是后来才更多地加入了深刻的同情等情感因素。为了把文嫂从水深火热中拯救出来，他甚至决定放弃与陶岚的爱情。然而，他这种崇高的博爱、真爱却遭到了沉重的打击。芙蓉镇里一时间谣言满天飞，所遇到处是白眼和冷漠，连一向理解他的陶岚都不安起来。于是，作为知识分子的萧涧秋的另一面便得到了充分的表现。他心灰意冷却又不想抗争，苦闷而心生幻灭。在环境的重压下，萧涧秋软弱无力，最后只能一走了之。对坚硬而粗粝现实的逃避，不但是肃涧秋的选择，也是那个特定年代精神上处于彷徨状态知识分子的共同宿命。

《旧时代之死》中的朱胜瑀，其思想虽然没有萧涧秋那般复杂和纠结，其内心却也被苦闷所占满。他勤奋好学、富有良知，却不知道正确的人生之路在哪里。慈母，贤弟，朋友，都是那么爱他，但整个世界的冰冷依然使他痛苦，使他不寒而栗。他敏感脆弱，外部环境的无形压力，几乎都来源于他的自我感受。俗话说：性格决定命运，朱胜瑀的自杀为此作出了形象的诠释。

萧涧秋从是非现场的逃离，朱胜瑀对人生绝望从而撒手人寰，大体上可以概括这类知识分子的最终归宿。无论是哪一种模式，他们的人生都是以悲剧谢幕的。有论者归纳说，人生有两种悲剧，一种是亚里士多德说的“惊心动魄”的悲剧，另外一种是鲁迅先生之所谓“几乎无事”的悲剧。萧涧秋和朱胜瑀的人生悲剧，似不宜于简单归属于其中之一。从他们悲剧的内涵和外延以及丰富性和震撼力而言，大抵应为时代的悲剧吧。

纵观柔石的小说创作，结合柔石的人生轨迹特别是文学轨迹，如果加以梳理，从而寻找出柔石小说创作的基调和底色，一言以蔽之，就是人道主义。

“五四”以来，随着资产阶级革命的不断深入，西方的各种思潮相继被介绍到国内，特别是“自由、平等、博爱”等资产阶级主流价值观的强力传播，在中国的知识界掀起了思想变革的浪潮。从伟大的文化旗手鲁迅对俄国和东欧、北欧普罗文艺的热忱推介，到各个文学流派或文学团体崭新的文学主张，形成了一股合力，使古老中国陈陈相因的意识形态出现了前所未有的活力。

对弱者的爱与同情，是柔石小说创作人道主义基调的主要表现。受苦受难被侮辱与被损害的底层人物特别是农村妇女，和同样是受苦受难特别是在精神上备受煎熬的青年知识分子，是柔石关注和书写的主要对象。对他们的不幸遭遇和坎坷人生，在柔石的文字里流淌着无尽的悲悯。《二月》中的萧涧秋之所以成为 20 世纪中国现代文学人物形象画廊中颇具艺术魅力的原因，与他大爱的心灵、悲天悯人的性格息息相关。不过，柔石是清醒的，对于悲剧的制造者——黑暗而顽固的社会而言，人道主义并不能真正改变弱者的悲惨命运，文嫂在萧涧秋的无限关爱和同情中对人生绝望并自杀身亡，不但是对萧涧秋的沉重打击，也是对这一思想失败的无声宣告。

对自由的向往和对个体生命的尊重，是人道主义的核心内容，也是柔石文学书写的重点。《旧时代之死》中的朱胜瑀，他的青春之所以压抑和痛苦，原因之一就是父母的包办婚姻。尽管慈母年事已高、期盼殷切，朱胜瑀也毫不动摇，抵制到底。可是当他听说由于他的拒绝，他的“未婚妻”

羞愤中自杀身亡时，他却惊呆了，继而不顾世俗的不解和嘲笑，在姑娘的面颊上印上了“冷冰冰的吻”。小说中就这一情节使用了大面积的文字，表现了朱胜瑀的锥心之痛，这种痛并不是对拒婚的懊悔，而是对一个无辜的年轻生命的惋惜和尊重。《别》中的青年志士与爱妻话别嘱托时最重要的内容就是，要爱妻在他发生意外后不要守他而要嫁人。在那个如磐般黑暗的时代，这种高尚的人道主义之光，像闪电一样划过夜空，点燃希望的火把。

柔石与鲁迅先生共同创办“朝花社”，译介苏俄和东北欧以普罗大众为书写对象、风格刚健的文学艺术。柔石自己翻译过高尔基和列夫·托尔斯泰的文学作品，尤其是托尔斯泰的思想，对柔石影响甚大。柔石的自述体小说《旧时代之死》的主人公朱胜瑀说托尔斯泰是他“惟一信仰的人”；有着作者身影的中篇小说《二月》中的人物萧涧秋随身所带的是托尔斯泰的《艺术论》。

托尔斯泰人道主义的独特之处，是“自我救赎”的思想。《旧时代之死》中的朱胜瑀，对母亲、弟弟和“未婚妻”都有着强烈的愧意，但他又无法也无力予以补救，使他陷于巨大的忏悔痛苦中不能自拔。《三姊妹》中的章先生最后意识到是自己害了三个纯洁的姑娘后，他要付出全部家财和自己的未来，以求得对方的宽恕和原谅。章先生的忏悔使读者自然联想到托尔斯泰《复活》中的聂赫留道夫的“自我救赎”。柔石当然无法与巨匠比肩，但在20世纪初叶甚至包括其后的中国文学中，这种创作意识尽管不多，却也是难能可贵的。

柔石的早期小说创作如《旧时代之死》等，字里行间洋溢着充沛的激情，但艺术上显得冲动急切，在人物塑造和布局谋篇以及语言锤炼等方面，还有稚嫩之嫌。到了后期，以《二月》和《为奴隶的母亲》为标志，柔石的小说创作渐臻成熟，深刻的主题意蕴、厚重的艺术格调、从容的笔致，无不显示着卓越的创作才华。

柔石的小说语言在简洁、凝练的总体风格中，对于白描、写意手法的运用是颇为成功并独具特色的。鲁迅先生在谈到创作时曾说：“有真意，去粉饰，少做作，勿卖弄。”经过鲁迅先生教诲并心领神会、富有创造精神的柔石，在其文学实践中可谓深得其中三味。在柔石的小说中，我们看不到华丽的辞藻和过分的形容，写环境则力避静止而务求以动带静；写人物则重在摹神写意，抓住要害，往往数笔便形神兼备，血肉丰满。个性化的对话手法，柔石运用得炉火纯青，在其同时代作家中独领风骚。《刽子手的故事》通篇都是对话，几乎无需什么介绍性文字，每个人的不同身份、地位和性格便都如在眼前，呼之欲出。《二月》中萧涧秋与陶岚的对话，将人物的情感和复杂的内心世界表现得惟妙惟肖，富有张力。至于像萧涧秋与陶慕侃关于“你去问将来吧”等那样的对话，则简直是神来之笔，含蓄，风趣，意在言外，尽显智慧。

疯　人

事情的发觉在早晨，日中时，他就被逐了！而傍晚，他爱人的死耗传遍我乡。接着，他就发疯了！悲惨而不安定的世界就随这夜幕罩着，在他四周继续了数天，到死神来拉他归阴曹取消了他底罪案时为止！

他——是吾乡望族某家书记。就他自己也不知道他底生身父母是谁。自幼即在街坊飘泊。幸（不幸！）于六岁时见怜某家主人于人于门上，遂收留以养子看待。在当时，当然有一种钟爱，因为他学书学剑，都很有成功。后来以他赋性之高傲与不羁，逆主人耳，遂贬为书记，以此，人也只以书记看他！如是二三年，他不幸的命运，更展拓他底地域了！当然有种种纤少的事故，结成这偌大的苦痛之网；不过最大的，自然要算他和主人底少女底恋爱发觉了！其实，光明正大的恋爱，万无所谓发觉与否，不过在以礼教的兽皮蒙脸者，将何等重大的事哟！

疯人我实在没有什么！好像做了一场大梦，晨间起来，人们都变卦了，他们的举动言词，我看来真难受！奇啊！究竟为什么？连我亲爱的朋友，都个个蹙[1]拢他们底眉宇，深深在忧愁叹息，好似世界从此末日般！当我问“你们愁什么”？他们也就垂下头说不出半句来。我就大笑说——美丽的晨光！射到人们的心上罢！射到我爱人的头上罢！——是的，忘记了，久矣不见伊。真奇怪！伊到那里去了？我去找伊，我要去找伊了！

爱人哟，你在那儿?

一天不见你，

世界会从我底心中消去了！

他一边歌着，一边向他主人底家里走去。对面他看见一个朋友——是主人底仆人急急忙忙地走来。他扯住了他问道：——你何用乎这么跄踉?我底爱人在家么?伊无恙么?请你轻些，赶快告诉我，我要送“阳光”给伊戴在头上，多么美丽呵！阳光戴在头上。

他惘然的手足乱舞起来，好似为他爱人得着光荣一般。然而他的朋友，也只有以眼泪回答他，闷闷地走开了。

疯人一些都使我不懂！碰着亲热的人，个个对我哭泣，和我不相识的人也个个对我忧愁。究竟什么事？我只好呆呆地对他们！而且，我的朋友，郑郑重重地对我说，“你的爱妹早死了！你也竟这样疯下去么？”下半句话我有些不懂,不过“爱妹死了？”这又何稀奇呢？死了？好,好！死了,死了！伊死了，我当然会到伊死后的地方去找，那真好极了！假如我找到伊在一个美丽的天国，月永远是圆的，花永远是香的，清风四季飘着，我同伊住着，多少快乐呢！还有谁来管辖我俩哟？我俩可恣情地谈笑，我俩可率性地游舞，唱痛痛快快的歌，吟淋淋漓漓的诗，还怕谁来窥听而闲说呢？活着的人们底口子，眼睛，耳朵等，真坏哟！是时常——是的，偏说不是的；红的，硬说是绿的；明明一只驴，要喜欢说是马；真坏！一想起我就恨极！多少爱底真和美哟。被他们糟蹋到假和丑了！

他不觉流出泪来，默默地盲目的走，口里还咕咕噜噜的说着，一心想找死了并且就在死的当夜已葬了的伊。但又何处去找呢？到这时疯了已完全一天，在这一天之内，他既没有饮过一口水，又没有吃过一粒饭；清秀俊白的形容，已变成枯槁与憔悴！无限生命之悲哀，正如佛光一般，从他的周身辉射出来。

主人至此，似乎有几分醒悟，此事不该如此，断送了自己底爱女和一个青年。爱情就是生命，破坏爱情，明明证出是戕残生命，但还有何用哟！一个死的已死，一个疯的正疯，而且死神也急急在后呼他。虽忏悔，又有何用哟！

疯人真令我性急！伊究竟到那儿去了？我在伊家墙外环绕了十数圈，眼不转睛的从花园望到楼上窗中，伊底闺阁的一室。窗门总紧紧地关着，竟没有一人来开！阳光从头顶直射下来，这样的白昼，伊莫非还在睡着么。怎的，连伊的影儿都没有！我真徬徨哟！想一脚跳进，粉墙儿又高似青天；撕破喉咙喊，声浪又透不进那坚壁。只自恨，有何法子呢？以后我轻轻的问一个孩子，他告诉我，伊到城隍庙里去了。我立刻跑到城隍庙，但找遍，没见一个人在烧香。认清了一个个菩萨，都不是，不是！我想，伊一定回避了我罢？小孩的话是不会错的。我就在那边等了，但等了一夜，也没有，没有！冷风真可恶，他偏都都的吹来，使我全身发抖，就是此刻眼睛也还在紧胀胀的痛。

一个陌生的朋友，衣服穿的很破，样子也颇可悯。但，咳！和我一见如故。因为现在许多人，都和我话不投机了！所以人倒切实想不通，衣服很破，倒反令人很要亲近。他卧在中堂左楹边，天已黑暗，不过月色有一边在天上。我走向他旁边坐下，而且问他：

“阿哥，我是找我底爱人的，你在这里待谁呵？”

他缓缓的答：

“我不待谁。”

我强逼问他：

“你不待谁为什么也在这里呢？冷风多么厉害呵！你不回你暖和的家乡，在这里做什么呢？你一定告诉我。”

他不得已似的说。

“做什么哟！有何待哟！就做的，也是空！就有的，也是死！”

我当时跳起叫道：

“死？顶好，顶好！将来我们可一块儿死，搀着手到死的天国里去！那边冬季也有蔷薇花，多么美丽哟！”

他似乎我不应当这样的说。他说道：

“何必如是！你太令人悲伤了！父母生出我们来，本来是大大错误！拿取没爱情的生命之来到世上，好似夏日烈光下无水注灌而枯干的花，安能放葩结子？不过既已如此，我们当一己解释，一己原谅，断祈望，想念，留恋之情，垂首徘徊？两手空空的这和我不相识的世界就是！似你这样，真真当初何必！”

“我该完全裸露我底身体么？向清风呼吸，也难被允许的事么？世界中连一草一石，都为占于强者么？”

“你不该看作小事这么大哟！什么错误，都从狭义的‘有’里生出来的！自杀与疯狂，就是最烈的表现！”

我于是想着了问：

“谁有长剑？敬借一支，杀完世上一切成了空的。最后，杀了自己，好么？”

他摇摇头叹了一口气说：

“这当然是好，不过这是一个梦！”

唉！人类真真误谬哟！除爱情外，世上还有什么存在的东西呢？他们偏抢“无”以为“有”，而且抢别人底“无”以为己“有”。何苦！你们快快割掉你们底心脏罢！他请我睡，我何尝要睡呢？我不过辗转我底身体，在冷冰冰的石上朦胧地过了一夜就是。

他更疯癫的异样了。

忽然，不知从何人手里假[2]来一件袈裟[3]，十二分得意地穿起，赤着两脚，在大街小巷里走。此外还有一串念珠，一面小旗——上书着一“爱”字，系他亲笔，口里大声唱着歌。大人们只有表示摇头的意义，许多小孩子，爱他悦耳，跟在后面学：

天上有云，
地上有草，
人间有伊，
我向伊道：
你即是云，
你即是草；
望草永青，
望云永皓。
云同天长，
草共地久，
天长地久，
颂伊不朽！

遇着妇人他就对她道：——你要什么？你饭可不吃，衣可不穿，“爱”字不可偷偷地被她漏去！因为除了“爱”，人间一切都是“空”，世上什么都是“死”，请你有便，通知我爱人一声，望伊谨守着“爱”，不久，我将去接受她了。——聪明的妇人，对他说个“是”，他就似有无限光荣一般，跳着舞着；假如一声不响的走了，他就唱起这首歌，挥袖扬长而去了。

疯人在西关外，松林里寻得许多好花，红，黄，白，何等美丽哟！伊见到不知如何喜欢呢！我托朋友带给伊，不过，朋友的话，很奇怪！他说“我为你撒在她底坟上罢”！“她”，是否即“伊”？“坟”？什么东西呵？这名词在我脑中好新鲜而使我打一寒战！“坟上”，“她底坟上”，“撒在她底坟上”，一堆好听的词句，我一些不懂，一些不懂！我当时急着对他说，“劳你拿去罢，还不要给伊爸爸看见，他要抢去踏碎的！”真好，他也就为我拿去了。

朋友们商量医救他的事，他正走来。一个朋友说：

“事情太悲伤了！这样下去，究竟怎样好呢？一个虽葬了，一个总望他复原。”

他这时真似一个先知，知道了此事之于他，他嚷着说：

“与其复原，不如早些葬了！假如给我以空的生命，不若赐我一实的死！你们能获益于我底肉体，而你们不能造福于我底灵魂，你们反是我底仇人罢？你们加我苦痛太深了！不过，伊确是化云升天，入地变草，你们有何法子呢？假如你们能请得医生，令草复为伊；请得道士，令云复为伊，那我愿割股以报你们！然你们又有何法子去请呢？省一笔事，空话不讲，祝你们晚安！我要到城隍庙里寻破衣的朋友算生命之账去了。”

朋友们个个摇摇头，再议了一番，通过医救的案子，也纷纷走了。

破衣的朋友，微笑着迎他，而他一见着即启口狂喊：

“我底空的影呵！假如你在我已到之前未来时，我将何等抱怨于你哟！而我自己呢，也匆匆的摆脱了许多的缠绕，到你蓝色视线之里来。”

这时破衣者，慢慢的取出残杯冷炙[4]放在石地上。再取出二只酒杯，一只置于身前，一只放在他的前面。提起酒壶，斟满了白酒，怡怡然似与世无忤般答道：

“假如你不抱怨我，——请你先不抱怨于一切！一切于我何尤哉！”

他恍恍惚惚的说道：

“眼见爱人的灵魂入闼时，他可不毁灭他底肉体趋与一救么？”

一边举起酒杯，一口喝尽。

“你真何苦要这样自扰呢？你须知至精无形，至大不可围，太阳永远没有太阳自身的影子，何苦你要据微弱渺少的形影而自尊呢？多少悲剧，都从这里演现出来！明白举个例，即如这残杯，也是爱情底夭折的苦汁！你知道么？你在滋润你喉咙的滋味，就是祭奠你身外之血的情人底美馔哟！你该明白而悔悟了。分得一瓢羹，在你我之间，——或者会有第三人也在取啖。但我全没觉得，好象地球是眼前刹那间才辟成一样。以此故能安然在肚。否者，非特不饱，将从此饿死矣！请你原谅我——你明白也好，不明白也好，不过总望你记得‘世界以前全没一回事’就是”。

疯人心里的火焰，随他底话渐渐轰烈，这时已高冲万丈了！面如纸白，全身疏松的灰一般，唇齿战战的问道：

“我底爱人真在天上么？”

“天是空空的！”

“我底爱人，真在地下么？”

“地是坚坚的！”

“那么，我底爱人，真在人间消灭了么？”

“若你以为不消灭时，谁也不能强伊出人间一步！”

“一切神祇哟，你们何必厚于我！”

趁着微弱的月光，他箭一般的飞出门外。破衣者立即跳起追逐，已不知他底去向了！但不能不寻求，冀救他生命于万一。

他——破衣者，深自懊悔。本欲以一切皆空之理，提起他迷陷在情爱之渊里的苦痛。所以昨晚探得他在城隍庙里的消息。也向这里来作一夜谈话。以后，穿起袈裟，挂着念珠，似乎是他一分醒悟之趋向。但还是手执“爱”字小旗。故今夜早来，欲再进一解，使他了悉人世，忏悔余生，再享受几年生命空空之乐。不料他深信“爱”之外，一无所求；万物纭纭，惟有一“爱”！听这过激的爱情死亡的消息就猛然舍起酒馔而追求这永不回来的情物！所以这回飘然而去，除出得到死神之报告不幸的引诱之惨死的事实发现外，别无所有！

灰色的月光照在脸上，显出无限的悲哀，泪珠在脸上，也急急欲堕！他低头叹息，不得不收拾残杯，踏影去寻求这万不免于死亡的疯物。

疯人请万物站开！莫令我裹足！我必须寻求我底爱人到我生命底最后一秒。不过，东是大海，南是深林，西是高山，北是荒漠，往何处找？往何处找哟！仰首叩天，天阍[5]难见；低头觅地，地府难通。唉！天呀！莫非终我一生，除了葬身鱼腹外，不见有一纤痕迹之存在么？生命之壳果里，除出挖取些甘美的果肉之爱情外，还有什么东西呢？一副贱壳，一副贱壳，弃在路边，豕[6]犬要啮[7]你肉，鹰鹫要啄你肠，谁也要呕你，谁也要呕你！你该值一文钱么？爱人呀，你不回来时，青山绿水消灭了，春风秋月停止了，“一点”也空虚了，“半霎”也断绝了。从此，“我”无了，无了，呀！爱人呀，你快回来罢！你快回来救我罢！一个临于“无”的可怜的孩子在叫呀！我求你，万一你在天上时，你插翅飞下罢！万一你在地下时，你缩地走上罢！假如，你在恍恍惚惚的天涯，或在渺渺茫茫的地角，也望你鼓力之来到我底眼前罢！爱人呀！为何没声没息，不回头垂念呀？你永睡着了罢？你长眠着了罢？你从此“已矣”了罢？那你也有三魂，那你还有七魄，你竟忍心不一顾你底垂死的孩子么？唉！月色雾露，压住我底肩很重，我再难前行了！我蹲着呀！

阴寒荒寂的旷野，疯人颓然蹲着。是时万籁俱静，只有疏星闪烁，似替他叹息。

在他底耳朵里，隐隐地起了一种歌声，清脆婉转而悲哀的歌声，是他爱人底歌声！

疯狂的哥哥哟！
你来到我底怀中罢！
你是我生命底至尊，
你是我生命底至宝，
你的心儿如皎洁的秋月，
你的身儿如素丽的冬雪，
你如方开的花，
你如初飞的鸟，
你如始生的婴儿，
你快来到我底怀中罢！
我将饮你以甘肥，

我将衣你以轻暖，
我将令你永远甜甜的睡着哟！
你快来到我底怀中罢，
疯狂的哥哥哟！

他微微昂起头猛然见伊羽衣飘飘的在他前面。轻舞着，曼歌着，还似温温微笑着。他即刻跳起，举张两手，如饿虎扑山羊般捉去。可怜呵，仍是捉不到什么。伊，依然在前面招手他！

一个袅娜的影从容飞着。

一个枯槁的形踉跄追着。

追完了旷野，走入一片森林里，——树荫落在地上面缤纷地舞，他俩如流星般踏着过去，好似一幅仙女渡凡黎的悲惨画图！

一转眼，身前是一条汪洋的大河，波涛汹汹的。他明明白白地看见，伊仍是轻歌曼舞着踏浪而去。他，至此大喊道：

“爱人哟！你若坚决不回来，我将破江流而追逐了！”

从此一声飞浪，人随流水长逝矣！

疯人失踪的消息，又哄然传遍我乡。有的说他潜逃他处，有的说他削发为僧，还有的说某家秘密捕回去了。人人猜疑不决，惟也只是将猜疑放在几分的悲念中过去；那有人知道他悲惨的真事，而诚诚举以一番追悼。

惟有这破衣的朋友，虽当夜搜寻一夜不得，却洞悉颠末于胸中。故于次日，即购鱼一尾，肉一脔，馒头三只，香烛一副，冥纸锡箔数千，至旷野中，向着西方奠祭，并洒泪而歌曰：

维人世之多悲兮汝独为极！
奈爱情其真即生命兮谁又为识！
一切俱亡兮而今而后，
愿安汝于天国兮与世长息。

1924年8月25日

注释

1. 蹙（cù）：紧迫，皱，收缩。
2. 假：同借。
3. 袈裟：梵语。意译作坏色、不正色、赤色、染色。指缠缚于僧众身上之法衣，以其色不正而称名。
4. 残杯冷炙（zhì）：残，剩余；杯，指酒；炙，烤肉。指喝剩的酒，已凉的饭菜，剩余的饭菜。
5. 阍（hūn）：宫门。
6. 豕（shǐ）：猪。
7. 啮（niè）：咬。

导读

“疯人”原是一个弃儿，六岁时被一大户人家收养，由于天资聪敏，学书学剑，均有超出常人之表现，深得主人喜欢，遂认为义子。然而，逐渐长大成人的他却不甘做奴隶，而且显得“高傲不羁”，性格中的反叛意识开始觉醒。于是主人不悦，将其贬为“书记”。“疯人”并未就此改弦更辙、服帖顺遂，而且竟以平等的姿态与主人的女儿恋爱了。在那个尊卑有序、等级森严的旧社会里，此举无疑是个大胆的挑战，悲剧的结局已然铸就。

作品的重心和所着力表现的，是主人公即“疯人”对爱人刻骨铭心的追恋和怀想。“我必须寻求我底爱人到我生命底最后一秒。不过，东是大海，南是深林，西是高山，北是荒漠，往何处找？”然而，没有什么力量可以阻挡他的爱，因为“他深信爱之外，一无所求；万物纭纭，惟有一‘爱’”！ 作者对“疯人”浸透了血和泪的爱情悲剧充满了同情，同时也表达了他对人世间真挚和至诚等高尚情感的赞颂。

作品从主人公到其他人物都没有姓名，而且大多都是“好人”或者是不太坏的人，就连“主人”面对爱女夭折的惨剧也深感后悔，“此事不该如此”。作品的深刻就在于，“疯人”追求平等、自由和爱情的行为，无论“小环境”如何，在那个蒙着“礼教的兽皮”的封建社会的“大环境”里，都是注定要碰得头破血流、彻底失败的，因此，批判的意识更加令人深思。

作品在剪裁上颇具特色，显示了作者在小说创作上的才华。作品重在描述主人公即“疯人”发疯后的言行表现和内心活动，故事也就发生在一两天之内，至于主人公发疯的原因等都只有极简洁的交待。或惜墨如金，或用墨如泼，详略相当得体。

作品采用第三人称客观叙述和第一人称“疯人”内心表白交错的叙事策略，在把情节不断推向高潮的同时，充分展示了主人公因失去爱人而锥心的痛苦和对真挚爱情无限向往的思想感情。

刽子手的故事

“当然！我未杀过头以前，呀，这是天下第一桩残酷的事，可怕呀！可怕呀！和你们现在想的一样。——实在——”

一个黑胖秃头，裸着上身的汉子，高声自得地说，一边大喝了一口酒。——这是第三斤酒了。人们围着他，挨满了这一间小酒店，有的坐，有的立，有的靠着柜台，有的皱着眉，有的露着齿，有的……竖起他们的耳朵静听着杀人的故事。

店之外，就是酷热的夏天午后。阳光用它最刻毒暴忿的眼看着人间。

那汉子又喝了一口酒，晃一晃两颗变红的眼珠，放轻喉咙续道：

“实在，你们不要当作大事看，杀下一个人的头，是毫没什么的！而且容易，容易，比杀一只老鸭容易。”

接着又大喝一口酒。很像这喝口酒是他讲话里的换气，和乐谱里画上“V”符号相似。

“杀一只母鸡，你们有经验的，挣扎的很；假如割不断它的血管，更不得了，吓死小孩，吓死女子，明明死了，会立起来追人，呀！杀鸭是不是常常碰到这样的？杀人呢，断没有这种祸，断没有什么的，只要你刀快，在他后背颈一拍，他头立刻会伸直，一挥，没有不算数的！头一伸直，头骨更脆了，刀去，是和削嫩笋一样，仅仅费些敲碎泥罐的力，这头就会‘噗’应声跌下。所以‘杀头要拍后背颈’是刽子手的秘诀！”

一边又大喝了一口酒，一边叫道：

“再打半斤罢。”

又晃一晃两颗变红的眼珠，扬扬自得地说道：

“有一回，是我杀头最出奇得意的一回，听呀，那个强盗呢，也是好汉，身体和猪一样肥，项颈几乎似吊桶。临上法场的时候，他托我，‘大哥！做做好些。’我说，‘磨了三天刀，怎样？’他脸色一点不变答，‘好！你手腕不可松，这是第一！’临杀了，我刀方去，我又在他后颈一拍，——实在他自己已伸很直了，不用我拍，我戏他说，‘不酸么？要凉快，还……’他强声喝，‘快来！’但说时迟，那时快，他‘快’字刚叫出，我立刻一刀去，他头立刻在三步之前，还说‘来’！人们看呆了，而更呆，是我的刀上，一点血也没有，一点血也没有！以后，顽皮的孩子在我背后喊，‘杀人不见血，下世变好好！’我一些觉不到什么，这岂不是和游戏一样！”

一边又连着喝了几口酒。

一班听众，个个在热里打寒，全身浮上一种怕，汗珠在他们额上更涌出来。屋里全是酒气和热气，但他们仍不走开，好似他们对他是一个铁笼里的猛兽，他愈喊，人们愈愿跑去看。

这时，立着有一个黄瘦的中年人，他们说他“内功拳”很有研究的，开口问道，——因这时没一个人敢同他说话。

“你没有一刀杀不落头，要好几刀才杀落的事么？”

“有呀，碰到一回。那真苦死我焉！就是杀那个老红，老红强盗，不知怎样，臂膀不灵，刀去好似碰着钉子一般，只进了半个，吓死人，吓死人，他立刻手脚乱舞起来，尽力挣扎起来，口里吐出血来，以后知道他痛到咬碎舌头！眼珠也裂了，挂出来，全身立刻变作烤茄一般青，呀，要夺我刀了！我的弟兄，都预备着枪，但我奋起生平的力，一砍，再一砍，他大叫了一声，于是头落地了！看的人个个逃，有几个几乎死去！呀，我以后也好几夜梦老红和我作对，但总觉得没有什么。做人有什么呢？”

末句他加重地说。好似人生的意义。就是杀人的游戏。一边又喝了一口酒。

静寂了几秒钟。那个黄瘦的人又问道，——他问时眼斜斜地向人们瞧了一瞧，好似很凶恶有理由一般。

“你究竟怎样杀第一个人？”

“呀！难说，难说！”

一边他又在喝酒，但酒已完了。

“再打半斤么？”店主人问。

“也好。”他说。

一边摇了摇头，好似打划什么似的。一边用了一条发汗臭的手巾，揩一揩脸上和身上的汗。

酒打来了，他又大喝了一口。

“你们想不到，我自己也想不到，一个人会杀起人来。——这其间很似有定数般的！”

他又止住，一回又立起来，用扇子掮了掮屁股，又重坐下。

“阎罗叫我杀人，我逃不了不杀人，否则，第一案子为什么会发生呢?哈，有趣！”

他们仍是一声不响听着。虽则脸上所表出的悲乐不同，却同一的汗珠挂在额上。

“想一想你们不知道么? ——宣统三年的三月里，金臣川老爷的第四个姨太太和他第一个儿子，是不是忽然同死的么? 虽则有谣言，死得太奇怪，人疑是臣川老爷谋害的，他们二人生前很相好，死后也同葬一块，怎样没有可疑的痕迹呢? 但谁知啊！天！现在我说罢，是我杀死的！正是正三月初三夜半更！阎罗簿上注定的，一个二十四岁的少爷，一个二十二岁的姨太太，花一对的人，做我开锋的刀下鬼了！”

他们又一齐起悚起来。而他又大喝了一口酒续说道：“那夜火神庙的戏，正演的热闹。我因为没有去看戏，坐在杀人老郑的家里，——他去看戏了。我想走，而臣川老爷气死急死地跳进门，一手捻着一盏灯笼，一见我，立刻一手捻着我，拉我出去。他认错我是老郑了，就将这笔要杀人的生意，重重地交托我，使我推辞不得，说也奇怪，我一个从来没杀过人的人，突然听了十来句的话，说有二百元钱，‘杀人的狠’就立刻会冲上心来！当时呢，他只说一仆一婢，想谋害他，他并没说是儿子和妾。我呢，就会拿了刀，立刻喝了半斤烧酒，什么也没有了，不想了，不怕了，好似现在一样，一个杀人的老手。算命先生说我那时有地煞星照到，真一点不错。当杀了以后，也到各处流离了一月，也有些捣鬼的样子。现在想起，一些没有什么！杀人是一些没有什么的事情，简直和玩一样。否则，我看杀人和你们现在一样，杀一个强盗是二元钱，前清倒还有四元——你们会干么? ”

个个惊骇了！没一个人敢说一句话。一刻以后，还是那个黄瘦的人问了一句。

“你看杀人时的人，不是人么?”

“什么人不人，”一边接连地喝完了酒，付了钱，打算走了，续说道：

“和猪羊差不多的。”

他去了。

他们哗然说起来了。有的说金臣川用心太黑，杀了儿妾，且教一个从未杀过人的人，去走上杀人的路，所以背生毒疮而死。有的说这种人是地煞星，良心铁换的，下世一定要变好好。而那黄瘦的人却慢慢地说：

“当杀人是件游戏，世界是没法变善了！”

1925年7月30日

导读

刽子手没有姓名，只是个残忍的职业符号。作者在很短的篇幅里，通过人物的言行和外貌描写，成功地塑造了这一特殊的形象。

“黑胖秃头”、“裸着上身”、“高声地说”、“大喝了一口酒”、“变红的眼睛”，极具表现力的寥寥数句，活画了这个刽子手的恶俗、傲慢和可憎。他认为杀一个人比杀一只鸡还容易，“好似人生的意义”也就是“杀人的游戏”。人性中所有的美好哪怕是一点温和，都与他无缘。他是人性恶的集大成者。

而那个社会是所有恶的温床。

“黄瘦的人”问刽子手杀人时不把人当人吗，刽子手回答得简洁而干脆：“和猪羊差不多的。”于是“黄瘦的人”慢慢地说：“当杀人是件游戏，世界是没法变善了！”，此为全篇之“文眼”，彰显了主题思想，令人深思。

小说描写了刽子手第一次杀人的经过：他被一个名为金臣川的老爷以二百元的雇资收买，无情地杀死了金的儿子和四姨太。这一情节，撕破了统治阶级“仁义礼智信”的虚伪面纱，暴露了他们的堕落和无耻，将情节推向了高潮。

作品的故事发生在小酒馆里，剪裁巧妙而集中，暗示了这种杂乱、喧闹、冷漠、沉闷和血腥，正是那个时代和社会的常态，而杀人则是其本质。

别

夜未央；人声寥寂；深春底寒雨，雾一般纤细的落着。

隐约地在篱笆的后面，狗吠了二三声，好像远处有行人走过。狗底吠是凄怆的，在这濛濛的夜雨中，声音如罩在铜钟底下一样，传播不到前山后山而作悠扬响亮的回音。于是狗回到前面天井里来，狗似惶惶不安，好像职务刚开始。抖着全身淋湿的毛，蹲在一间房外底草堆中，呜呜的咽了两声。但接着，房内点上灯了，光闪烁的照着清凉的四壁，又从壁缝透到房外来，细雨如金丝地熠了几熠。

一位青年妇人，坐在一张旧大的床沿上，拿起床前桌上的一只钢表瞧了一瞧，愁着眉向床上正浓睡着的青年男子低声叫道：

“醒来罢，醒来罢，你要赶不上轮船了。”

青年梦梦地翻了一身，女的又拨一拨他底眼皮，摇他身子：

“醒来罢，醒来罢，你不想去了么？”

于是青年叫了一叫，含糊地问：

“什么时候？”

“十一点四十五分，离半夜只差一刻。”

“那么还有一点钟好睡罢，我爱！”

“船岂不是七点钟开么？”

“是的，七十里路我只消六点钟走就够了。”

说着，似又睡去了。

“你也还该起来吃些东西；天下雨，泥路很滑，走不快的；该起来了。”

可是一边看看她底丈夫又睡去了，于是她更拢近他底身，头俯在他底脸上：

“那么延一天去罢，今晚不要动身罢！我也熄了灯睡了，坐着冷冷的。”

忽然，青年却昂起半身，抖擞精神，吻着她脸上说：

“不能再延了，不能再延了！”

“今晚不要动身罢，再延一天罢。”

“不好，已经延了二次了。”

“还不过三次就是。”

“照时机算，今夜必得走了。”

“雨很大，有理由的，你听外面。”

他惺忪地坐在床上，向她微笑一笑：

“我爱，‘小’雨很大罢？还有什么理由呢？”

这样，他就将他底衣服扣好，站在她底面前了。

“延一天去罢，我不愿你此刻走。”

她将她底头偎在他底臂膀上，眼泪涔涔[1]地流出来了。

“放我走罢，我爱，我还会回来的。”

一边，他吻着她底蓬蓬的乱发上。

“延一天去罢，延一天去罢，我求你！”

她竟将全个脸伏在他底胸膛上，小女孩一般撒娇着。

“放我走罢，我爱，明天的此刻还是要走的。方才不醒倒也便了，现在我已清醒，你已冻过一阵，还让我立刻就走罢！延一天，当他已延过一天——事实也延过二天了，所以明天此刻还是和此刻一样的，而且外边的事情待的紧，再不去，要被朋友们大骂了！放我走罢，我立刻要去了。”

“那么去禀过妈妈一声。”

青年妇人这才正经地走到壁边，收拾他底一只小皮箱，一边又说：

“我希望你一到就有信来，以后也常常有信来。”

“一定的。”

“我知道你对面是殷诚；背后却殷诚到事务上去了。”

于是他向她笑了一笑，俩人同走出房外。

母亲没有起来，他也坚嘱母亲不要起来。母亲老了，又有病，所以也就没有起来，就在房内向房外站立着的他说，——老年的声音在沉寂的深夜中更见破碎：

“吃饱些走，来得及的，不要走太快，路多滑，灯笼点亮些。到了那边，就要信来，你妻是时刻记念你的。要勤笔。不要如断了线的纸鸢[2]一般。

身体要保重，这无用我说了。你吃饭去罢。”

儿子站着呆呆地听过了，似并没十分听进去。这时妇人就提着灯去开了外门，她似要瞧瞧屋外的春雨，究竟落到怎样地步，但春雨粉一阵地吹到她脸上，身上，她打一寒战，手上的灯光摇了几摇。狗同时跑进来，摇摇它底尾，向青年妇人绕了一转，又对着青年呜呜的咽了两声，妇人底心实在忍不住，可是她却几次咽下她不愿她底丈夫即刻就离别的情绪。以后是渺茫的，夜一般渺茫，梦一般渺茫，但她却除出返身投进到夜与梦底渺茫里以外，没有别的羁留她丈夫底理由与方法了。

妻是无心地将冷饭烧热，在冷饭上和下两只鸡蛋。盛满整整一大碗，端在她丈夫的桌上。——桌下是卧着那只狗。

青年一边看表，一边吃的很快。他妻三四次说：“慢吃，来得及的。”可是青年笑着没有听受，不消五分钟，餐事就完毕了。

俩人又回到房内，房内显然是异样地凄凉冷寂，连灯光都更黯淡更黯淡下来了。青年想挑一挑灯带，妇人说：

“油将干了。”

“为什么不灌上一些呢?”

“你就走了，我就睡了。”

“那么我走罢。”青年伸一伸他底背，一边又说：

“那么你睡罢。”

“等一息，送你去后。”

“你睡罢，你睡罢，门由我向外关上好了。”

他紧紧地将他底妻拥抱着，不住地在她颊上吻。一个却无力地默然倒在他怀内，眼角莹莹的上了泪珠。

“时常寄信我。”

“毋用记念。”

“早些回来。”

“我爱，总不能明天就回来的。”

一边又吻着她底手。

“假如明早趁不上轮船?”

“在埠头留一天。”

“恐怕已经要趁不上了！窗外的雨声似更大了！”

“那么只好在家里留一天？”

他微笑，她默然。

“你睡下罢，让我走。”

“你好去了，停一息我来关门。”

她底泪是滴下了。

“你睡下，我求你睡下；狗会守着门的。”

他吻着她底泪，一个慢慢地将泪拭去了：

“你去好了！”

“你这样，我是去不了的。”

“我什么呢？我很快乐送你去。”

“不要你送，不要。你睡下，好好地睡下，你睡下后我还有话对你说。你再不睡下，我真的明天要在埠头留一天了。”

“那么我睡下，你去罢。”

妻掀开了棉被，将身蜷进被窝内。他伏在她底胸上，两手抱住她底头，许久，他说：

“我去了。”

“你不是说还有话么？”妻又下意识的想勾留他一下说：

“是呀，最后的一个约还没有订好。”

“什么呢？”

他脸对她脸问：

“万一我这次一去了不回来，你怎样？”

“随你底良心罢！你要丢掉一个爱一个，我有什么法子呢！”

“不是这个意思，我是问你你要怎样，我决不会爱第二个人的，你还不明了我底心么？可是在外边，死底机会比家里多，万一我在外边忽然死了，你将怎样？”

“不要说这不吉利的话罢。”

“我知道你不能回答了！但我这个约不能不和你订好。”

“你去罢，你可去了，你不想去么？”

“我一定去的，但你必得回答我！”

他拨拨她底脸；一个苦笑说：

“叫我怎样答呢？我总是永远守着你的！”

一个急忙说：

“你错了！你错了！你为什么要永远守着我？”

“不要说了，怎样呢？”

“万一我死了，——船沉了，或被人杀了，你不必悲伤，就转嫁罢！人是没有什么‘大’意义的，你必得牢记。”

“你越来越糊涂了，快些走罢！”

“你记牢么？我真的要走了。”

“你去罢！”

可是他却还是偎在她脸上，叫一声“妻呀！”

别离的滋味是凄凉的，何况又是深夜，微雨！不过俩人底不知次数的接吻，终给俩人以情意的难舍，又怎能系留得住俩人底形影的不能分离呢！他，青年，终于一手提着小箱，一手执着雨伞，在雨伞下挂着一盏灯笼，光黝黯[3]的只照着他个人周身和一步以前的路。他自己向外掩好门，似听着门内有他妻底泣声，可是他没有话。狗要跟着他走，他又和狗盘桓了一息，抚抚狗底耳，叫狗蹲在门底旁边。这样，他投向村外的夜与雨中，带着光似河边草丛中的萤火一般，走了。

路里没有一个行人，他心头酸楚地，惆怅地，涌荡着一种说不出的静寂。虽则他勇敢地向前走，他自己听着他自己有力的脚步声，一脚脚向前踏去；可是他底家庭的情形，妻底动作，层出不穷地涌现在他心头。过去的不再来，爱底滋味，使他这时真切地回忆到了。春雨仍旧纷纷地在他四周落着，夜之冷气仍包围着他，而他，他底心，却火一般，煎烧着向前运行。

“我为什么呢？为个人？为社会？——但我不能带得我妻走，……不过这也不是我该有的想念，事业在前面，我是社会的青年，‘别’，算得什么一回事！”

这样，他脚步更走快起来，没有顾到细雨吹湿他底外衣。

1929年5月1日

注释

1. 涔涔（cén cén）：形容汗、泪、水等不断往下流的样子。
2. 鸢（yuān）：老鹰。
3. 黝黯（yǒu àn）：微青黑色。

导读

作者在短篇小说的创作上很见功力，一两个人物，简单的情节，却反映了丰富的世道人心与时代以及社会的复杂内容，引人思索玩味。

小说以饱蘸情感的文笔，细腻入微地描写了一对青年夫妇分别时的动人情景。两人情感深厚，相濡以沫，一旦分离，难舍难分，千言万语的心里话都体现在彼此的无限关切和牵肠挂肚的殷殷嘱托之中。最令人感动的是，男子在临别的最后时刻“脸对脸”地问他的妻子：“万一我这一去不回来，你怎么样？”年轻的妻子回答说要“永远守着你”！ 坚贞的爱,令人动容。然而,男子却急了,他出人意料却又情真意切地说：“万一我死了……你不必悲伤，就转嫁吧！”这种显然是经过深思熟虑的话，不但表现了男子的真诚、善良、博大的胸怀和无边的大爱，也为作品蒙上了痛彻心扉的悲剧色彩。

作品不动声色地描绘了感人肺腑的真挚爱情，展现了善良美好的人性，创造了人世间真善美的动人而凄然的画卷，为那个黑暗的时代抹上了一笔温馨的色彩。

男子为什么一定要与娇妻分手与老母辞别？此去为什么充满了生与死的风险？这些疑问构成了小说的悬念，令人在寻找答案中随着作者的叙事而紧张而欲罢不能。然而,直到小说结束,悬念仍高悬未解,留给读者以广阔的想象空间。

不过，在小说结尾时，作者还是含蓄地透露了一些消息。男子离开温柔而情真意切的妻子后，经过短暂的心理调整，已变得不再儿女情长而坚定勇敢了，因为“事业在前面，我是社会的青年，‘别’，算得什么一回事”！ 个人之情感已为伟大事业的呼唤所代替，转变虽然有急峻生硬之嫌，作品的主题思想却得到了升华。

为奴隶的母亲

她底丈夫是一个皮贩，就是收集乡间各猎户底兽皮和牛皮贩到大埠上出卖的人。但有时也兼做点农作，芒种的时节，便帮人家插秧，他能将每行插得非常直，假如有五人同在一个水田内，他们一定叫他站在第一个做标准。然而境况总是不佳，债是年年积起来了。他大约就因为境况的不佳，烟也吸了，酒也喝了，钱也赌起来了。这样，竟使他变做一个非常凶狠而暴躁的男子，但也就更贫穷下去，连小小的移借，别人也不敢答应了。

在穷底结果的病以后，全身便就成枯黄色，脸孔黄的和小铜鼓一样，连眼白也黄了。别人说他是黄胆病，孩子们也就叫他“黄胖”了。有一天，他向他底妻说：

“再也没有办法了，这样下去，连小锅子也都卖去了。我想，还是从你底身上设法罢。你跟着我挨饿，有什么办法呢？”

“我底身上？……”

他底妻坐在灶后，怀里抱着她底刚满三周的小男孩——孩子还在啜着奶，她讷讷[1]地低声地问。

“你，是呀，”她底丈夫病后的无力的声音，“我已经将你出典了……”

“什么呀？”他底妻几乎昏去似的。

屋内是稍稍静寂了一息。他气喘着说：

“三天前，王狼来坐讨了半天的债回去以后，我也跟着他去，走到了九亩潭边，我很不想要做人了。但是坐在那株爬上去一纵身就可落在潭里的树下，想来想去，总没有力气跳了。猫头鹰在耳朵边不住地啭，我底心被它叫寒起来，我只得回转身，但在路上，遇见了沈家婆，她问我，晚也晚了，在外做什么。我就告诉她，请她代我借一笔款，或向什么人家的小姐借些衣服或首饰去暂时当一当，免得王狼底狼一般的绿眼睛天天在家里闪烁。可是沈家婆向我笑道：

‘你还将妻养在家里做什么呢，你自己黄也黄到这个地步了？’

我低着头站在她面前没有答，她又说：

‘儿子呢，你只有一个了，舍不得。但妻——

我当时想：‘莫非叫我卖去妻了么？’

而她继续道：

‘但妻——虽然是结发的，穷了，也没有法。还养在家里做什么呢？’

这样，她就直说出：‘有一个秀才，因为没有儿子，年纪已五十岁了，想买一个妾；又因他底大妻不允许，只准他典一个，典三年或五年，叫我物色相当的女人：年纪三十岁左右，养过两三个儿子的，人要沉默老实，又肯做事，还要对他底大妻肯低眉下首。这次是秀才娘子向我说的，假如条件合，肯出八十元或一百元的身价。我代她寻了好几天，总没有相当的女人。’她说：现在碰到我，想起了你来，样样都对的。当时问我底意见怎样，我一边掉了几滴泪，一边却被她催的答应她了。”

说到这里，他垂下头，声音很低弱，停止了。他底妻简直痴似的，话一句没有。又静寂了一息，他继续说：

“昨天，沈家婆到过秀才底家里，她说秀才很高兴，秀才娘子也喜欢，钱是一百元，年数呢，假如三年养不出儿子，是五年。沈家婆并将日子也拣定了——本月十八，五天后。今天，她写典契去了。”

这时，他底妻简直连腑脏都颤抖，吞吐着问：

“你为什么早不对我说？”

“昨天在你底面前旋了三个圈子，可是对你说不出。不过我仔细想，除出将你底身子设法外，再也没有办法了。”

“决定了么？”妇人战着牙齿问。

“只待典契写好。”

“倒霉的事情呀，我！——一点也没有别的方法了么？春宝底爸呀！”

春宝是她怀里的孩子底名字。

“倒霉，我也想到过，可是穷了，我们又不肯死，有什么办法？今年，我怕连插秧也不能插了。”

“你也想到过春宝么？春宝还只有五岁，没有娘，他怎么好呢？”

“我领他便了。本来是断了奶的孩子。”

他似乎渐渐发怒了。也就走出门外去了。她，却呜呜咽咽地哭起来。

这时，在她过去的回忆里，却想起恰恰一年前的事：那时她生下了一个女儿，她简直如死去一般地卧在床上。死还是整个的，她却肢体分作四碎与五裂。刚落地的女婴，在地上的干草堆上叫："呱呀，呱呀"声音很重的，手脚揪缩。脐带绕在她底身上，胎盘落在一边，她很想挣扎起来给她洗好，可是她底头昂起来，身子凝滞在床上。这样，她看见她底丈夫，这个凶狠的男子，飞红着脸，提了一桶沸水到女婴的旁边。她简直用了她一生底最后的力向他喊："慢！慢……"但这个病前极凶狠的男子，没有一分钟商量的余地，也不答半句话，就将"呱呀，呱呀"声音很重地在叫着的女儿，刚出世的新生命，用他底粗暴的两手捧起来，如屠户捧将杀的小羊一般，扑通，投下在沸水里了！除出沸水的溅声和皮肉吸收沸水的嘶声以外，女孩一声也不喊——她疑问地想，为什么也不重重地哭一声呢？竟这样不响地愿意冤枉死去么？啊！——她转念，那是因为她自己当时昏过去的缘故，她当时剜去了心一般地昏去了。

想到这里，似乎泪竟干涸了。"唉！苦命呀！"她低低地叹息了一声。这时春宝拔去了奶头，向他底母亲的脸上看，一边叫：

"妈妈！妈妈！"

在她将离别底前一晚，她拣了房子底最黑暗处坐着。一盏油灯点在灶前，萤火那么的光亮。她，手里抱着春宝，将她底头贴在他底头发上。她底思想似乎浮漂在极远，可是她自己捉摸不定远在那里。于是慢慢地跑回来，跑到眼前，跑到她底孩子底身上。她向她底孩子低声叫：

"春宝，宝宝！"

"妈妈，"孩子含着奶头答。

"妈妈明天要去了……"

"唔，"孩子似不十分懂得，本能地将头钻进他母亲底胸膛。

"妈妈不回来了，三年内不能回来了！"

她擦一擦眼睛，孩子放松口子问：

"妈妈那里去呢？庙里么？"

"不是，三十里路外，一家姓李的。"

"我也去。"

“宝宝去不得的。”

“呃！”孩子反抗地，又吸着并不多的奶。

“你跟爸爸在家里，爸爸会照料宝宝的：同宝宝睡，也带宝宝玩，你听爸爸底话好了。过三年……”

她没有说完，孩子要哭似地说：

“爸爸要打我的！”

“爸爸不再打你了。”同时用她底左手抚摸着孩子底右额，在这上，有他父亲在杀死他刚生下的妹妹后第三天，用锄柄敲他，肿起而又平复了的伤痕。

她似要还想对孩子说话，她底丈夫踏进门了。他走到她底面前，一只手放在袋里，掏取着什么，一边说：

“钱已经拿来七十元了。还有三十元要等你到了后十天付。”

停了一息说：“也答应轿子来接。”

又停了一息：“也答应轿夫一早吃好早饭来。”

这样，他离开了她，又向门外走出去了。

这一晚，她和她底丈夫都没有吃晚饭。

第二天，春雨竟滴滴淅淅地落着。

轿是一早就到了。可是这妇人，她却一夜不曾睡。她先将春宝底几件破衣服都修补好。春将完了，夏将到了，可是她，连孩子冬天用的破烂棉袄都拿出来，移交给他底父亲——实在，他已经在床上睡去了。以后，她坐在他底旁边，想对他说几句话，可是长夜迟延着过去，她底话一句也说不出，而且，她大着胆向他叫了几声，发了几个听不清楚的音，声音在他底耳外，她也就睡下不说了。

等她朦朦胧胧地刚离开思索将要睡去，春宝又醒了。他就推叫他底母亲，要起来。以后当她给他穿衣服的时候，向他说：

“宝宝好好地在家里，不要哭，免得你爸爸打你。以后妈妈常买糖果来，买给宝宝吃，宝宝不要哭。”

而小孩子竟不知道悲哀是什么一回事，张大口子“唉，唉，”地唱起来了。她在他底唇边吻了一吻，又说：

“不要唱，你爸爸被你唱醒了。”

轿夫坐在门首的板凳上，抽着旱烟，说着他们自己要听的话。一息，邻村的沈家婆也赶到了。一个老妇人，熟悉世故的媒婆，一进门，就拍拍她身上的雨点，向他们说：

“下雨了，下雨了，这是你们家里此后会有滋长的预兆。”

老妇人忙碌似地在屋内旋了几个圈，对孩子底父亲说了几句话，意思是讨酬报。因为这件契约之能订的如此顺利而合算，实在是她底力量。

“说实在话，春宝底爸呀，再加五十元，那老头子可以买一房妾了。”她说。

于是又转向催促她——妇人却抱着春宝，这时坐着不动。老妇人声音很高地：

“轿夫要赶到他们家里吃中饭的，你快些预备走呀！”

可是妇人向她瞧了一瞧，似乎说：

“我实在不愿离开呢！让我饿死在这里罢！”

声音是在她底喉下，可是媒婆懂得了，走近到她前面，眯眯地向她笑说：

“你真是一个不懂事的丫头，黄胖还有什么东西给你呢？那边真是一份有吃有剩的人家，两百多亩田，经济是宽裕，房子是自己底，也雇着长工养着牛。大娘底性子是极好的，对人非常客气，每次看见人总给人一些吃的东西。那老头子——实在并不老，脸是很白白的，也没有留胡子，因为读了书，背有些偻偻的，斯文的模样。可是也不必多说，你一走下轿就看见的，我是一个从不说谎的媒婆。”

妇人拭一拭泪，极轻地：

“春宝……我怎么能抛开他呢！”

“不用想到春宝了，”老妇人一手放在她底肩上，脸凑近她和春宝。“有五岁了，古人说：‘三周四岁离娘身，’可以离开你了。只要你底肚子争气些，到那边，也养下一二个来，万事都好了。”

轿夫也在门首催起身了，他们噜苏着说：

“又不是新娘子，啼啼哭哭的。”

这样，老妇人将春宝从她底怀里拉去，一边说：

“春宝让我带去罢。”

小小的孩子也哭了，手脚乱舞的，可是老妇人终于给他拉到小门外去。

当妇人走进轿门的时候，向他们说：

“带进屋里来罢，外边有雨呢。”

她底丈夫用手支着头坐着，一动没有动，而且也没有话。

两村的相隔有三十里路，可是轿夫的第二次将轿子放下肩，就到了。春天的细雨，从轿子底布篷里飘进，吹湿了她底衣衫。一个脸孔肥肥的，两眼很有心计的约摸五十四五岁的老妇人来迎她，她想：这当然是大娘了。可是只向她满面羞涩地看一看，并没有叫。她很亲昵似地将她牵上阶沿，一个长长的瘦瘦的而面孔圆细的男子就从房里走出来。他向新来的少妇，仔细地瞧了瞧，堆出满脸的笑容来，向她问：

“这么早就到了么？可是打湿你底衣裳了。”

而那位老妇人，却简直没有顾到他底说话，也向她问：

“还有什么在轿里么？”

“没有什么了。”少妇答。

几位邻舍的妇人站在大门外，探头张望的，可是她们走进屋里面了。

她自己也不知道这究竟为什么，她底心老是挂念着她底旧的家，掉不下她的春宝。这是真实而明显的，她应庆祝这将开始的三年的生活——这个家庭，和她所典给他的丈夫，都比曾经过去的要好，秀才确是一个温良和善的人，讲话是那么地低声，连大娘，实在也是一个出乎意料之外的妇人，她底态度之殷勤和滔滔的一席话：说她和她丈夫底过去的生活之经过，从美满而漂亮的结婚生活起，一直到现在，中间的三十年。她曾做过一次的产，十五六年以前了，养了一个男孩子，据她说，是一个极美丽又极聪明的婴儿，可是不到十个月，竟患了天花死去了。这样，以后就没有再养过第二个。在她底意思中，似乎——似乎——早就叫她底丈夫娶一房妾。可是他，不知是爱她呢，还是没有相当的人——这一层她并没有说清楚。于是，就一直到现在。这样，竟说得这个具着朴素的心地的她，一时酸，一会苦，一时甜上心头，一时又咸的压下去了。最后，这个老妇人并将她底希望也向她说出来了。她底脸是娇红的，可是老妇人说：

“你是养过三四个孩子的女人了，当然，你是知道什么的，你一定知道的还比我多。”

这样，她说着走开了。

当晚，秀才也将家里底种种情形告诉她，实际，不过是向她夸耀或求媚罢了。她坐在一张橱子的旁边，这样的红的木橱，是她旧的家所没有的，她眼睛白晃晃地瞧着它。秀才也就坐到橱子底面前来，问她：

"你叫什么名字呢？"

她没有答，也并不笑，站起来，走到床底前面，秀才也跟到床底旁边，更笑地问她：

"怕羞么？哈，你想你底丈夫么？哈，哈，现在我是你底丈夫了。"声音是轻轻的，又用手去牵着她底袖子。"不要愁罢！你也想你底孩子的，是不是？不过——"

他没有说完，却又哈的笑了一声，他自己脱去他外面的长衫了。

她可以听见房外的大娘底声音在高声地骂着什么人，她一时听不出在骂谁，骂烧饭的女仆，又好像骂她自己，可是因为她底怨恨，仿佛又是为她而发的。秀才在床上叫道：

"睡罢，她常是这么噜噜苏苏的。她以前很爱那个长工，因为长工要和烧饭的黄妈多说话，她却常要骂黄妈的。"

日子是一天天地过去了。旧的家，渐渐地在她底脑子里疏远了，而眼前，却一步步地亲近她使她熟悉。虽则，春宝底哭声有时竟在她底耳朵边响，梦中，她也几次地遇到过他了。可是梦是一个比一个缥缈，眼前的事务是一天比一天繁多。她知道这个老妇人是猜忌多心的，外表虽则对她还算大方，可是她底嫉妒的心是和侦探一样，监视着秀才对她的一举一动。有时，秀才从外面回来，先遇见了她而同她说话，老妇人就疑心有什么特别的东西买给她了，非在当晚，将秀才叫到她自己底房内去，狠狠地训斥一番不可。"你给狐狸迷着了么？""你应该称一称你自己底老骨头是多么重！"像这样的话，她耳闻到不止一次了。这样以后，她望见秀才从外面回来而旁边没有她坐着的时候，就非得急忙避开不可。即使她在旁边，有时也该让开一些，但这种动作，她要做的非常自然，而且不能让旁人看出，否则，她又要向她发怒，说是她有意要在旁人的前面暴露她大娘底丑恶。而且以后，竟将家里的许多杂务都堆积在她底身上，同一个女仆那么样。她还算是聪明的，有时老妇人底换下来的衣服放着，她也给她拿去洗了，虽然她说：

"我底衣服怎么要你洗呢？就是你自己底衣服，也可叫黄妈洗的。"可是接着说：

“妹妹呀，你最好到猪栏里去看一看，那两只猪为什么这样嘱嘱叫的，或者因为没有吃饱罢，黄妈总是不肯给它们吃饱的。”

八个月了，那年冬天，她底胃却起了变化：老是不想吃饭，想吃新鲜的面，番薯等。但番薯或面吃了两餐，又不想吃，又想吃馄饨，多吃又要呕。而且还想吃南瓜和梅子——这是六月里的东西，真稀奇，向那里去找呢？秀才是知道在这个变化中所带来的预告了。他整日地笑微微，能找到的东西，总忙着给她找来。他亲身给她到街上去买橘子，又托便人买了金柑来。他在廊沿下走来走去，口里念念有词的，不知说什么。他看她和黄妈磨过年的粉，但还没有磨了三升，就向她叫：“歇一歇罢，长工也好磨的，年糕是人人要吃的。”

有时在夜里，人家谈着话，他却独自拿了一盏灯，在灯下，读起《诗经》来了：

关关雎鸠[2]，

在河之洲，

窈窕[3]淑女，

君子好逑[4]——

这时长工向他问：

“先生，你又不去考举人，还读它做什么呢？”

他却摸一摸没有胡子的口边，怡悦地说道：

“是呀，你也知道人生底快乐么？所谓：‘洞房花烛夜，金榜挂名时。’你也知道这两句话底意思么？这是人生底最快乐的两件事呀！可是我对于这两件事都过去了，我却还有比这两件更快乐的事呢？”

这样，除出他底两个妻以外，其余的人们都大笑了。

这些事，在老妇人眼睛里是看得非常气恼了。她起初闻到她底受孕也欢喜，以后看见秀才的这样奉承她，她却怨恨她自己肚子底不会还债了。有一次，次年三月了，这妇人因为身体感觉不舒服，头有些痛，睡了三天。秀才呢，也愿她歇息歇息，更不时地问她要什么，而老妇人却着实地发怒了。她说她装娇，噜噜苏苏地也说了三天。她先是恶意地讥嘲她：说是一到秀才底家里就高贵起来了，什么腰酸呀，头痛呀，姨太太的架子也都摆出来了；

以前在她自己底家里，她不相信她有这样的娇养，恐怕竟和街头的母狗一样，肚子里有着一肚皮的小狗，临产了，还要到处地奔求着食物。现在呢，因为“老东西”——这是秀才的妻叫秀才的名字——趋奉了她，就装着娇滴滴的样子了。

“儿子,”她有一次在厨房里对黄妈说，“谁没有养过呀？我也曾怀过十个月的孕，不相信有这么的难受。而且，此刻的儿子，还在‘阎罗王的簿里’，谁保的定生出来不是一只癞虾蟆呢？也等到真的‘鸟儿’从洞里钻出来看见了，才可在我底面前显威风，摆架子，此刻，不过是一块血的猫头鹰，就这么的装腔，也显得太早一点！”

当晚这妇人没有吃晚饭，这时她已经睡了，听了这一番婉转的冷嘲与热骂，她呜呜咽咽地低声哭泣了。秀才也带衣服坐在床上，听到浑身透着冷汗，发起抖来。他很想扣好衣服，重新走起来，去打她一顿，抓住她底头发狠狠地打她一顿，泄泄他一肚皮的气。但不知怎样，似乎没有力量，连指也颤动，臂也酸软了，一边轻轻地叹息着说：

“唉，一向实在太对她好了。结婚了三十年，没有打过她一掌，简直连指甲都没有弹到她底皮肤上过，所以今日，竟和娘娘一般地难惹了。”

同时，他爬过到床底那端。她底身边，向她耳语说：

“不要哭罢，不要哭罢，随她吠去好了！她是阉[5]过的母鸡，看见别人的孵卵是难受的。假如你这一次真能养出一个男孩子来，我当送你两样宝贝——我有一只青玉的戒指，一只白玉的……”

他没有说完，可是他忍不住听下门外的他底大妻底喋喋的讥笑的声音，他急忙地脱去衣服，将头钻进被窝里去，凑向她底胸膛，一边说：

“我有白玉的……”

肚子一天天地膨胀的如斗那么大，老妇人终究也将产婆雇定了，而且在别人的面前，竟拿起花布来做婴儿用的衣服。

酷热的暑天到了尽头，旧历的六月，他们在希望的眼中过去了。秋开始，凉风也拂拂地在乡镇上吹送。于是有一天，这全家的人们都到了希望底最高潮，屋里底空气完全地骚动起来。秀才底心更是异常地紧张，他在井上不断地徘徊，手里捧着一本历书，好似要读它背诵那么地念去——“戊辰”，“甲戌”，“壬寅之年”，老是反复地轻轻地说着。有时他底焦急的眼光向一间关了窗的房子望去——在这间房子内是有产母底低声呻吟的声音。有时他向天上望一望被云笼罩着的太阳，于是又走向房门口，向站在房门内的黄妈问：

“此刻如何？”

黄妈不住地点着头不做声响，一息，答：

“快下来了，快下来了。”

于是他又捧了那本历书，在廊下徘徊起来。

这样的情形，一直继续到黄昏底青烟在地面起来，灯火一盏盏的如春天的野花般在屋内开起，婴儿才落地了，是一个男的。婴儿底声音是很重地在屋内叫，秀才却坐在屋角里，几乎快乐到流出眼泪来了。全家的人都没有心思吃晚饭，在平淡的晚餐席上，秀才底大妻向用人们说道：

“暂时瞒一瞒罢，给小猫头避避晦气，假如别人问起，也答养一个女的好了。”

他们都微笑地点点头。

一个月以后，婴儿底白嫩的小脸孔，已在秋天的阳光里照耀了。这个少妇给他哺着奶，邻舍的妇人围着他们瞧，有的称赞婴儿底鼻子好，有的称赞婴儿底口子好，有的称赞婴儿底两耳好；更有的称赞婴儿底母亲，也比以前好，白而且壮了。老妇人却正和老祖母那么地吩咐着，保护着，这时开始说：

“够了，不要弄他哭了。”

关于孩子底名字，秀才是煞费苦心地想着，但总想不出一个相当的字来。据老妇人底意见，还是从“长命富贵”或“福禄寿喜”里拣一个字，最好还是“寿”字或与“寿”同意义的字，如“其颐”，“彭祖”等。但秀才不同意，以为太通俗，人云亦云的名字。于是翻开了《易经》,《书经》,向这里面找，但找了半月，一月，还没有恰贴的字。在他底意思：以为在这个名字内，一边要祝福孩子，一边要包含他底老而得子底蕴义，所以竟不容易找。这一天，他一边抱着三个月的婴儿，一边又向书里找名字，戴着一副眼镜，将书递到灯底旁边去。婴儿底母亲呆呆地坐在房内底一边，不知思想着什么，却忽然开口说道：

“我想，还是叫他‘秋宝’罢。”屋内的人们底几对眼睛都转向她，注意地静听着，“他不是生在秋天吗？秋天的宝贝——还是叫他‘秋宝’罢。”

秀才立刻接着说道：

“是呀，我真极费心思了。我年过半百，实在到了人生的秋期；孩子也正养在秋天。‘秋’是万物成熟的季节，秋宝，实在是一个很好的名字呀！而且《书经》里没有么？‘乃亦有秋’，我真乃亦有‘秋’了！”

接着，又称赞了一通婴儿底母亲：说是呆读书实在无用，聪明是天生的。这些话，说的这妇人连坐着都觉得倜促不安，垂下头，苦笑地又含泪地想：

“我不过因春宝想到罢了。”

秋宝是天天成长的非常可爱地离不开他底母亲了。他有出奇的大的眼睛，对陌生人是不倦地注视地瞧着，但对他底母亲，却远远地一眼就知道了。他整天地抓住了他底母亲，虽则秀才是比她还爱他，但不喜欢父亲。秀才底大妻呢，表面也爱他，似爱她自己亲生的儿子一样，但在婴儿底大眼睛里，却看她似陌生人，也用奇怪的不倦的视法。可是他的执住他底母亲愈紧，而他底母亲的离开这家的日子也愈近了。春天底口子咬住了冬天底尾巴；而夏天底脚又常是紧随着在春天底身后的。这样，谁都将孩子底母亲底三年快到的问题横放在心头上。

秀才呢，因为爱子的关系，首先向他底大妻提出来了：他愿意再拿出一百元钱，将她永远买下来。可是他底大妻底回答是：

“你要买她，那先给我药死罢！”

秀才听到这句话，气的只向鼻孔放出气，许久没有说，以后，他反而做着笑脸地：

“你想想孩子没有娘……”

老妇人也尖利地冷笑地说：

“我不好算是他底娘么？”

在孩子底母亲的心呢，却正矛盾着这两种的冲突了：一边，她底脑里老是有“三年”这两个字，三年是容易过去的，于是她底生活便变做在秀才底家里底用人似的了。而且想象中的春宝，也同眼前的秋宝一样活泼可爱，她既舍不得秋宝，怎么就能舍得掉春宝呢？可是另一边，她实在愿意永远在这新的家里住下去，她想，春宝的爸爸不是一个长寿的人，他底病一定是在三五年之内要将他带走到不可知的异国里去的。于是，她便要求她底第二个丈夫，将春宝也领过来，这样，春宝也在她底眼前。有时，她倦坐在房外的沿廊下，初夏的阳光，异常地能令人昏朦地起幻想，秋宝睡在她底怀里，含着她底乳，可是她觉得仿佛春宝同时也站在她底旁边，她伸出手去也想将春宝抱近来，她还要对他们兄弟两人说几句话，可是身边是空空的。

在身边的较远的门口，却站着这位脸孔慈善而眼睛凶毒的老妇人，目光注视着她。这样，她也恍恍惚惚地敏悟："还是早些脱离罢，她简直探子一样地监视着我了。"可是忽然怀内的孩子一叫，她却又什么也没有的只剩着眼前的事实来支配她了。

以后，秀才又将计划修改了一些：他想叫沈家婆来，叫她向秋宝底母亲底前夫去说，他愿否再拿进三十元——最多是五十元，将妻续典三年给秀才。秀才对他底大妻说：

"要是秋宝到五岁，是可以离开娘了。"

他底大妻正是手里捻着念佛珠，一边在念着"南无阿弥陀佛"，一边答：

"她家里也还有前儿在，你也应放她和她底结发夫妇团聚一下罢。"

秀才低着头，断断续续地仍然这样说：

"你想想秋宝两岁就没有娘……"

可是老妇人放下念佛珠说：

"我会养的，我会管理他的，你怕我谋害了他么？"

秀才一听到末一句话，就拔步走开了。老妇人仍在后面说：

"这个儿子是帮我生的，秋宝是我底；绝种虽然是绝了你家底种，可是我却仍然吃着你家底餐饭。你真被迷了，老昏了，一点也不会想了。你还有几年好活，却要拼命拉她在身边？双连牌位，我是不愿意坐的！"

老妇人似乎还有许多刻毒的锐利的话，可是秀才走远开听不见了。

在夏天，婴儿底头上生了一个疮，有时身体稍稍发些热，于是这位老妇人就到处地问菩萨，求佛药，给婴儿敷在疮上，或灌下肚里，婴儿底母亲觉得并不十分要紧，反而使这样小小的生命哭成一身的汗珠，她不愿意，或将吃了几口的药暗地里拿去倒掉了。于是这位老妇人就高声叹息，向秀才说：

"你看，她竟一点也不介意他底病，还说孩子是并不怎样瘦下去。爱在心里的是深的；专疼表面是假的。”

这样，妇人只有暗自挥泪，秀才也不说什么话了。

秋宝一周纪念的时候，这家热闹地排了一天的酒筵，客人也到了三四十，有的送衣服，有的送面，有的送银制的狮子，给婴儿挂在胸前的，有的送镀金的寿星老头儿，给孩子钉在帽上的，许多礼物，都在客人底袖子里带来了。他们祝福着婴儿的飞黄腾达，赞颂着婴儿的长寿永生。主人底脸孔，竟是荣光照耀着，有如落日的云霞反映着在他底颊上似的。

可是在这天，正当他们筵席将举行的黄昏时，来了一个客，从朦胧的暮光中向他们底天井走进，人们都注意他：一个憔悴异常的乡人，衣服补衲的，头发很长，在他底腋下，挟着一个纸包。主人骇异地迎上前去，问他是那里人，他口吃似地答了，主人一时糊涂的，但立刻明白了，就是那个皮贩。主人更轻轻地说：

“你为什么也送东西来呢？你真不必的呀！”

来客胆怯地向四周看看，一边答说：

“要，要的……我来祝祝这个宝贝长寿千……”

他似没有说完，一边将腋下的纸包打开来了，手指颤动地打开了两三重的纸，于是拿出四只铜制镀银的字，一方寸那么大，是“寿比南山”四字。

秀才底大娘走来了，向他仔细一看，似乎不大高兴。秀才却将他招待到席上，客人们互相私语着。

两点钟的酒与肉，将人们弄得胡乱与狂热了：他们高声猜着拳，用大碗盛着酒互相比赛，闹得似乎房子都被震动了。只有那个皮贩，他虽然也喝了两杯酒，可是仍然坐着不动，客人们也不招呼他。等到兴尽了，于是各人草草地吃了一碗饭，互祝着好话，从两两三三的灯笼光影中，走散了。

而皮贩，却吃到最后，用人来收拾羹碗了，他才离开了桌，走到廊下的黑暗处。在那里，他遇见了他底被典的妻。

“你也来做什么呢？”妇人问，语气是非常凄惨的。

“我那里又愿意来，因为没有法子。”

“那么你为什么来的这样晚？”

“我那里来买礼物的钱呀？！奔跑了一上午，哀求了一上午，又到城里买礼物，走得乏了，饿了，也迟了。”

妇人接着问：

“春宝呢？”

男子沉吟了一息答：

“所以，我是为春宝来的。……”

“为春宝来的？”妇人惊异地回音似地问。

男人慢慢地说：

“从夏天来，春宝是瘦的异样了。到秋天，竟病起来了。我又那里有钱给他请医生吃药，所以现在，病是更厉害了！再不想法救救他，眼见得要死了！”静寂了一刻，继续说：“现在，我是向你来借钱的……”

这时妇人底胸膛内，简直似有四五只猫在抓她，咬她，咀嚼着她底心脏一样。她恨不得哭出来，但在人们个个向秋宝祝颂的日子，她又怎么好跟在人们底声音后面叫哭呢？她吞下她底眼泪，向她底丈夫说：

“我又那里有钱呢？我在这里，每月只给我两角钱的零用，我自己又那里要用什么，悉数补在孩子底身上了。现在，怎么好呢？

他们一时没有话，以后，妇人又问：

“此刻有什么人照顾着春宝呢？”

“托了一个邻舍。今晚，我仍旧想回家，我就要走了。”

他一边说着，一边揩着泪。女的同时哽咽着说：

“你等一下罢，我向他去借借看。”

她就走开了。

三天以后的一天晚上，秀才忽然问这妇人道：

“我给你的那只青玉戒指呢？”

“在那天夜里，给了他了。给了他拿去当了。”

“没有借你五块钱么？”秀才愤怒地。

妇人低着头停了一息答：

“五块钱怎么够呢！”

秀才接着叹息说：

“总是前夫和前儿好，无论我对你怎么样！本来我很想再留你两年的，现在，你还是到明春就走罢！”

女人简直连泪也没有地呆着了。

几天后，他还向她那么地说：

“那只戒指是宝贝，我给你是要你传给秋宝的，谁知你一下就拿去当了！幸得她不知道，要是知道了。有三个月好闹了！”

妇人是一天天地黄瘦了。没有精彩的光芒在她底眼睛里起来，而讥笑与冷骂的声音又充塞在她底耳内了。她是时常记念着她底春宝的病的，探听着有没有从她底本乡来的朋友，也探听着有没有向她底本乡去的便客，她很想得到一个关于“春宝的身体已复原”的消息，可是消息总没有；她也想借两元钱或买些糖果去，方便的客人又没有，她不时地抱着秋宝在门首过去一些的大路边，眼睛望着来和去的路。这种情形却很使秀才底大妻不舒服了，她时常对秀才说：

“她那里愿意在这里呢，她是极想早些飞回去的。”

有几夜，她抱着秋宝在睡梦中突然喊起来，秋宝也被吓醒，哭起来了。秀才就追逼地问：

“你为什么？你为什么？”

可是女人拍着秋宝，口子哼哼的没有答。秀才继续说：

“梦着你底前儿死了么，那么地喊？连我都被你叫醒了。”

女人急忙地一边答：

“不，不，……好像我底前面有一圹坟呢！”

秀才没有再讲话，而悲哀的幻像更在女人底前面展现开来，她要走向这坟去。

冬末了，催离别的小鸟，已经到她底窗前不住地叫了。先是孩子断了奶，又叫道士们来给孩子度了一个关，于是孩子和他亲生的母亲的别离——永远的别离的命运就被决定了。

这一天，黄妈先悄悄地向秀才底大妻说：

“叫一顶轿子送她去么？”

秀才底大妻还是手里捻着念佛珠说：

“走走好罢，到那边轿钱是那边付的，她又那里有钱呢，听说她底亲夫连饭也没得吃，她不必摆阔了。路也不算远，我也是曾经走过三四十里路的人，她底脚比我大，半天可以到了。”

这天早晨当她给秋宝穿衣服的时候，她底泪如溪水那么地流下，孩子向她叫："婶婶，婶婶，"——因为老妇人要他叫她自己是"妈妈"，只准叫她是"婶婶"——她向他咽咽地答应。她很想对他说几句话，意思是：

"别了，我底亲爱的儿子呀！你底妈妈待你是好的，你将来也好好地待还她罢，永远不要再记念我了！"

可是她无论怎样也说不出。她也知道一周半的孩子是不会了解的。

秀才悄悄地走向她，从她背后的腋下伸进手来，在他底手内是十枚双毫角子，一边轻轻说：

"拿去罢，这两块钱。"

妇人扣好孩子底钮扣，就将角子塞在怀内的衣袋里。

老妇人又进来了，注意着秀才走出去的背后，又向妇人说：

"秋宝给我抱去罢，免得你走时他哭。"

妇人不做声响，可是秋宝总不愿意，用手不住地拍在老妇人底脸上。于是老妇人生气地又说：

"那么你同他去吃早饭去罢，吃了早饭交给我。"

黄妈拼命地劝她多吃饭，一边说：

"半月来你就这样了，你真比来的时候还瘦了。你没有去照照镜子。今天，吃一碗下去罢，你还要走三十里路呢。"

她只不关紧要地说了一句：

"你对我真好！"

但是太阳是升的非常高了，一个很好的天气，秋宝还是不肯离开他底母亲，老妇人便狠狠地将他从她底怀里夺去，秋宝用小小的脚踢在老妇人底肚子上，用小小的拳头搔住她底头发，高声呼喊她。妇人在后面说：

"让我吃了中饭去罢。"

老妇人却转过头，汹汹地答：

"赶快打起你底包袱去罢，早晚总有一次的！"

孩子底哭声便在她底耳内渐渐远去了。

打包裹的时候，耳内是听着孩子底哭声。黄妈在旁边，一边劝慰着她，一边却看她打进什么去。终于，她挟着一只旧的包裹走了。

她离开他底大门时，听见她底秋宝的哭声；可是慢慢地远远地走了三里路了，还听见她底秋宝的哭声。

暖和的太阳所照耀的路，在她底面前竟和天一样无穷止地长。当她走到一条河边的时候，她很想停止她底那么无力的脚步，向明澈可以照见她自己底身子的水底跳下去了。但在水边坐了一会之后，她还得依前去的方向，移动她自己底影子。

太阳已经过午了，一个村里的一个年老的乡人告诉她，路还有十五里，于是她向那个老人说：

“伯伯，请你代我就近叫一顶轿子罢，我是走不回去了！”

“你是有病的么？”老人问。

“是的。”

她那时坐在村口的凉亭里面。

“你从那里来？”

妇人静默了一时答：

“我是向那里去的；早晨我以为自己会走的。”

老人怜悯地也没有多说话，就给她找了两位轿夫，一顶没篷的轿。因为那是下秧的时节。

下午三四时的样子，一条狭窄而污秽的乡村小街上，抬过了一顶没篷的轿子，轿里躺着一个脸色枯萎如同一张干瘪的黄菜叶那么的中年妇人，两眼朦胧地颓唐地闭着。嘴里的呼吸只有微弱地吐出。街上的人们个个睁着惊异的目光，怜悯地凝视着过去。一群孩子们，争噪地跟在轿后，好像一件奇异的事情落到这沉寂的小村镇里来了。

春宝也是跟在轿后的孩子们中底一个，他还在似赶猪那么地哗着轿走，可是当轿子一转一个弯，却是向他底家里去的路，他却伸直了两手而奇怪了，等到轿子到了他家里的门口，他简直呆似地远远地站在前面的，背靠在一株柱子上，面向着轿，其余的孩子们胆怯地围在轿的两边。妇人走出来了，她昏迷的眼睛还认不清站在前面，穿着褴褛的衣服，头发蓬乱的，身子和三年前一样的短小，那个八岁的孩子是她底春宝。突然，她哭出来地高叫了：

“春宝呀！”

一群孩子们，个个无意地吃了一惊，而春宝简直吓的躲进屋内他父亲那里去了。

妇人在灰暗的屋里坐了许久许久，她和她底丈夫都没有一句话。夜色降落了，他下垂的头昂起来，向她说：

“烧饭吃罢！”

妇人就不得已地站起来，向屋角上旋转了一周，一点也没有气力地对她丈夫说：

“米缸内是空空的……”

男人冷笑了一声，答说：

“你真在大人家底家里生活过了！米，盛在那只香烟盒子内。”

当天晚上，男子向他底儿子说：

“春宝，跟你底娘去睡！”

而春宝却靠在灶边哭起来了。他底母亲走近他，一边叫：

“春宝，春宝！”

可是当她底手去抚摸他底时候，他又躲闪开了。男子加上说：

“会生疏得那么快，一顿打呢！”

她眼睁睁地睡在一张龌龊的狭板床上，春宝陌生似地睡在她底身边。在她底已经麻木的脑内，仿佛秋宝肥白可爱地在她身边挣动着，她伸出两手想去抱，可是身边是春宝。这时，春宝睡着了，转了一个身，他底母亲紧紧地将他抱住，而孩子却从微弱的鼾声中，脸伏在她底胸膛上，两手抚摩着她底两乳。

沉静而寒冷的死一般的长夜，似无限地拖延着，拖延着……

1930年1月20日

注释

1. 讷讷（nè nè）：不善于讲话，说话迟钝，例如：木讷。另一说指说话谨慎；作动词时意为缄口。
2. 雎鸠（jū jiū）：鹰类水鸟,相传此种鸟有定偶,故以喻男女之恋。
3. 窈窕（yǎo tiǎo）：窈：深邃，喻女子心灵美； 窕：幽美，喻女子仪表美。
4. 逑（qiú）：配偶。
5. 阉（yān）：旧指割去男人的或雄性动物的生殖器。封建时代的太监、宦官也称阉人，结伙者则称阉党。

导读

著名文学史家唐弢在其《中国现代文学史》中，给《为奴隶的母亲》以很高的评价："小说写作的年代，中国的农村斗争已风起云涌，作品虽然没有直接反映这些斗争，但它所接触和描绘了农村中苦难深重的一隅，具有强烈的控诉意义。"唐弢在史论中还将柔石的这一作品与其另外一篇代表作进行了比较："作者在《二月》中流露的伤感情调没有了，更多的是负荷着人民苦难的崇高感情，显示了剥削阶级制度是劳动人民痛苦不幸的根源。"如今，我们重新阅读柔石那些浸透着血和泪的文字，依然心绪难平，并被作品恒久的艺术魅力所感染。

小说的主人公是春宝娘，她的丈夫皮匠是个好吃懒做而又酗酒嗜赌的家伙，在债主紧逼的情况下，他做了一件丧尽人伦天理的荒唐事：典妻。所谓典妻是封建社会的陋习，即把妇女卖到有钱人家去充当生育工具，事情结束后再撵回原来的家庭。面对这种非人性的勾当，春宝娘虽然也悲惨地说："我实在不愿意离开呢！让我饿死在这里罢！"然而，她是懦弱的，在凶狠的丈夫和残酷的事实面前，她悲惨地向丈夫乞求说："倒霉的事情呀，我！——一点也没有别的方法了么？春宝底爸呀！"皮匠曾用开水烫死过自己幼小的女儿，他的心是粗粝而坚硬的，乞求无异于白日做梦，于是春宝娘只能用"呜呜咽咽地哭"来表达她的绝望。春宝娘唯一的牵挂是自己五岁的孩子春宝，"她的左手抚摸着孩子的右额，在这上，有他父亲在杀死他刚生下的妹妹后第三天，肿起而又平复的伤痕"。她说："爸爸不再打你了。"这种撕心裂肺的文字既揭穿了皮匠的人性丧失殆尽，也表现了春宝娘在母子之爱的漩涡里是如何地痛苦挣扎。

春宝娘到了秀才地主家里，当天晚上"大娘"就对她指桑骂槐，恶言相加。春宝娘深知自己卑微的地位，不敢说出半个"不"字，只能忍气吞声。秀才在悍妻面前畏首畏尾，他欺软怕硬，虚伪寡情。春宝娘晚间是秀才泄欲和生育的工具，白天则是"大娘"驱使的下人，过着牛马不如的生活。春宝娘为秀才生了一个儿子，取名为秋宝；然而"大娘"不准孩子叫她娘而只能称为"婶婶"。这时，春宝娘留在家里的孩子春宝生病了，然而她只能牵肠挂肚、焦急而无奈地等待，而不能得到地主和"大娘"丝毫的同情和关照。三年期满后，她被强横地赶走。她恋着秋宝，不愿回到那个痛苦的家；可是她又想着她的春宝，恨不得马上与他重逢。两难的处境，咬啮着、撕扯着她的心灵。春宝娘回到了家以后，业已长大的春宝冷漠地将她视为陌生的路人。她心如刀绞，疼痛难忍。生活还得继续，活下去既需要勇气，更需要韧力。"沉静而寒冷的死一般的长夜，似无限地拖延着，拖延着……”小说结束中的这句描写，暗示了她从一个黑夜走向另一个黑夜，苦难永无结束之日。

春宝娘忍受着多重压迫，处在封建社会的最底层。在物质生活上，她夜以继日地辛勤劳作，却吃不饱穿不暖，饱受着丈夫的斥骂和殴打以及“大娘”的白眼和欺凌。在精神生活上，作为一个女人，她得不到任何亲情和呵护；作为一个母亲，她还要忍受最惨烈的痛苦和折磨——母爱粗暴而野蛮地被剥夺。她的悲剧不是她一个人的，而是旧社会广大农村妇女整体命运的缩影。

鲁迅先生说，中国的封建社会是一个“想做奴隶而不得的时代，或是暂时做稳了奴隶的时代”。春宝娘在家里是丈夫的奴隶，在秀才地主家里蒙受“大娘”和秀才的压迫、欺侮，过着被侮辱与被损害的生活，仍然是个奴隶。更为不幸的是，做奴隶的同时，她还是一位母亲，为此她要忍受更多的痛苦和煎熬。在自己家，她是春宝的娘，可是却不得不与他生离死别；在地主家，她是秋宝的娘，可是她不得不再次与秋宝诀别，忍受着人世间的精神酷刑。作品题目的蕴含相当丰富而且深刻。

小说以“典妻”这个中心事件展开故事情节、刻画人物形象，收到了一以当十、事半而功倍的艺术效果。“典妻”这一“传统”，凝聚、折射了封建社会的落后和愚昧、对人性的践踏和扭曲，以及吃人、杀人的本质。春宝娘的艺术形象也在事件的过程中得到了很好的刻画，具有真实感、现实感和历史感，凸现了畸形社会的冷酷和残酷，深化了作品的主题思想。

作品叙事“聚光灯”之外的人物，如皮匠的无赖和残忍，沈家媒婆的油嘴滑舌和欺诈本性，“大娘”的暴戾和秀才的软弱虚伪，也都写得活灵活现，形神毕肖。

柔石在创作《为奴隶的母亲》时，曾在日记中写道：“决心用文学反映人生，同情被损害与侮辱者。”对弱者的满腔同情和悲悯，弥漫在小说的字里行间，体现了作者深广的人道主义情怀。

作品超越了左翼文学以阶级分析为核心的宏大叙事，而将关注点聚焦于个体生命的生存状态和对生命内核的书写和思考，从而使作品成为跨越时代的文学经典，至今不但仍被人们所接受和解读，而且还被改编成其他艺术形式，与更为广泛的受众交流、分享。

三姊妹

为深沉严肃所管辖着的深夜的西子湖边，一切眠在星光的微笑底下；从冷风的战栗里熟睡去了。在烟一块似的衰柳底下，有一位三十岁的男子，颓然地坐着；似醉了，痴了一般。他正在回忆，回忆他几年来为爱神所搬弄得失败了的过去。他的额上流着血，有几条一寸多长的破裂了的皮，在眉的上面，斜向的划着。这时已一半凝结着黑痕，几滴血还从眼边流到两颊。这显然是被人用器物打坏的。可是他并不怎样注意他自己的受伤，好似孩子被母亲打了一顿一样，转眼就没有这一回事了。他的脸圆，看去似一位极有幸福的人一样；而这时，一种悔恨与伤感的苦痛的夹流，正漩卷地在他胸中。夜色冷酷的紧密的包围着他，使他全身发起颤抖来，好像要充军他到极荒鄙的边疆上去，这时，公文罪状上，都盖上了远配的印章。他朦胧的两眼望着湖上，湖水是没有一丝漪涟的笑波，只是套上一副黑色而可怕的假面，威吓他逼他就道。一时，他又慢慢的站起来，在草地上往回的走了几圈。但身子非常的疲软，于是又向地上坐下，还卧倒了一时。

下面是他长夜的回忆：

一

八年前，正是他的青春在跳跃的时代。他在杭州德行中学里最高年级读书，预备再过一年，就毕业了。那时他年轻，貌美，成绩又比谁都要好。所以在这校内，似乎占着一个特殊的地位。这都由他的比其他同学们不同的衣服，穿起一套真哔叽的藏青色制服来，照耀在别人的面前的这一种举动上可以证明。

秋后，学生会议决创办一所平民女子夜校，帮助附近工厂里的女工识字。他就被选为这夜校的筹备主任兼宣传员。当筹备好了以后就着手宣传，这时一位同学来假笑的向他说：

“Mr. 章，你有方法使校后的三姊妹到我们这里来读书么？你若能够，我就佩服你宣传能力的浩大了。”

他随问：“怎样的人呢？”

“三姊妹，年纪都很轻，长的非常的漂亮。”

“就是你们每星期六必得去绕过她们的门口的那一家么？”

“是啊！我们是当她花园看待的。”

这位同学手足舞蹈起来。他说：

“那有什么难呢，只要她们没有受过教育。而且没有顽固的父母就好。”

“条件是合的，她们仅有一位年老的姑母，管理她们并不怎样好的家。她们是有可能性到我们这里来读书的。”

“好，”他答应着，“明天我就去宣传。我一定请到这三朵花，来做我们开学仪式的美丽的点缀。”

“看你浩大的能力罢。”那位同学做脸的说。

第二天，他就挟着几张招生简章，和一副英雄式的态度，向校后轩昂的走，他的心是忙碌着，他想好一切宣传的话：怎样说起，用怎样的语调，拣选怎样的字眼，——一路他竟如此想着。

走进她们的门口，他一径走进去。但三位可爱的姑娘，好似正在欢迎他一样，拍手大笑着。在她们的笑声中，他立住了。唉！真是三位天使，三只彩色的蝴蝶，三枝香艳的花儿。她们一齐停止了笑声，秀眼向他奇怪地一看，可是仍然做她们自己的游戏了。一位五十余岁的头发斑白的老妇人从里面出来，于是问他做什么事，他稍微喘了一喘气，就和这位慈善妇人谈起来了。

谈话的进行是顺利的，好似他的舌放在顺风中的帆上一样。他首先介绍了他自己，接着他就说明他们所以办这所夜校和女子为什么应当读书的理由，最后，他以邻里的资格，来请她们去加入这个学校了。他的说话是非常的正经有理，竟使这位有经验的老姑母失了主张。她们也停止了嬉笑，最幼的一位走到他的旁边来。于是姑母说：

“章先生，那么这个丫头，藐姑，一定送到贵校里来，你们实在有难得的热心。”一边她随向藐姑问：

“藐姑，这位章先生叫你们到他校里去读夜书，愿意么？”

藐姑随便点一点头说，“愿意的。”

于是他说，“好，那么到开课的那天再来接她。”稍稍息了一息，又说，“还有那两位妹妹呢？”

姑母说，“年龄太大了罢？莲姑已经二十岁，蕙姑也已经十七岁了。”

“也好，不过十七岁的那位妹妹，还正好读几年书呢！有两个人同道，夜里也更方便些，小妹妹又可不寂寞了。”

“再看，章先生，假如蕙姑愿意的话。我是不愿意她再读书了，而她却几次嚷着要再读。”

这样，他就没有再多说。以后又问了藐姑的年龄，姑母答是十四岁，“她们三姊妹，每人正相差三岁呢。”又转问了他一些别的话，他是很温柔的答着。姑母微笑了，并嘱他以后常常去玩。——这真是一个有力量的命令，顿时使他的心跳跃起来。他偷眼向窗边一看，叫做莲姑的正幽默的坐着，她真似一位西洋式的美人，眼大，闪动的有光彩，脸丰满而洁白，鼻与口子都有适度的大小和方正，唇是嫩红的，头发漆黑的打着一根辮儿垂在背后，身子穿着一套绿色而稍旧的绸夹袄裤，两足天然的并在地板上。他又仔细地一看，似乎他的神经要昏晕去了。一边听着姑母说话，他就接受了这种快乐，走了出来。

二

光阴趁着人们的不留意，飞快地过去。平民女子夜校也由热烈的进行，到了冷淡的敷衍了。这一以学生们的热情是有递减性的缘故，二以天气冷起来，姑娘们怕得出门，三呢，似乎以他和蕙姑姊妹的亲昵，引起其他的同学们的不同情。可是他并不怎样减低他的热度，他还是极力的设法，维持。这其间，他每隔一天就跑到莲姑的家里一趟。莲姑微笑的迎接他，姑母殷诚的招待他，他就在她们那里谈天，说笑，喝茶，吃点心，还做种种游戏；他，已似她们家的一位极亲爱的女婿一般。他叫这位姑母也是姑母，叫莲姑，对别人的面是叫莲妹，背地里只有他俩人时，就叫妹妹。总之，这时他和莲姑是恋爱了。他的聪明的举动，引起她们一家非常的快乐；再加他是有钱的，更引得她们觉得非有他不可，简直算是一位重要而有靠的宾客了。

有一天晚餐前，房内坐着他和莲姑，姑母三人。他正慢慢的报告他家中的情形，——说是父母都在的，还有兄弟姊妹，家产的收入也算不错。于是这位姑母就仔细的瞧了他，一边突然向他问道：

“章先生，听说你还没有定过婚呢？”

莲姑当时就飞红了脸，而他静默的答：

“是的。”

姑母接着说：

“我可怜的莲姑，你究竟觉得她怎样？”

他突然大胆而忠心地答，“我非莲姑不娶！”一面向莲姑瞧了一眼，心颤跳起来，垂下头去。

姑母说，“你的父亲会允许么？你是一个有身分的人，我们是穷家呢。”

他没有说，而莲姑却睁大她的一双秀眼，向姑母痴娇的问：

“姑母，你怎样了？”

姑母却立了起来，一边说，悲感的：

“我是时刻耽心你们三姊妹的终身大事。你们现在都长大了，可怜你们的父母都早死，只有我一人留心着你们，万一我忽然死去，你们怎么了？章先生是难得的好人，可惜我们太穷了。”

一边，她就向门外走出去，拭着她的老眼泪。这样，他走近莲姑，静静的立在她的身边，向她说：

“妹妹，你不要急，我已写信到家里去了。父母一定不会阻挠我们前途的幸福的。”

莲姑却慢慢的说：

“章先生，恐怕我配你不上啊？”

他听了却非常不舒服，立刻用两手放在她的两肩上，问，

“妹妹，你不爱我么？”

她答，“只有天会知道我的苦心，我怕不能爱你。”一边红了眼圈，一边用她的两手取下肩上的他的两手。而他趁势将她的两手紧紧的捻住说：

“妹妹，不要再说陈腐的话了！我假如得不到你的爱，——万一你的爱更宝贵地付给理想的男子的时候，我也一定要得你大妹的爱；假如你大

妹又不肯来爱我，我也定非你的小妹爱我不可！除了你们三姊妹，此外我是没有人生，也没有天地，也没有一切了！妹妹，你相信我罢，我可对你发誓。”

一时沉思深深地落在他俩人之间。当然，她这时是愿意将身前的这位青年，立刻变做她理想的丈夫的。

门外传来了藐姑的叫声：

“章先生！章哥哥！”

于是他就将她的手放在嘴边吻了一吻，说：

“你的小妹回来了。”

一边，他就迎了出去。

继续一星期，他没有到她们的家来，老姑母就奇怪了，问莲姑道：

“章先生好久没有来，你前次怎样对待他的呢?

莲姑没有答，蕙姑说道：

“真奇怪，为什么这样长久不来呢？莫非病了么？”

姑母又问藐姑。这几天她有没有看见他在校里做些什么事情。藐姑说：

“看见的机会很少，只见到两次，好似忧愁什么似的。夜里也并不教我们的书。对我也不似从前亲热。有一回，只说了一句，‘小妹妹，你衣服穿得太少了。’一面就冷淡淡的走开。”

这几句话，简直似尖刀刺进莲姑的心。她深痛的想道：

“一定是他的父亲的回信来了，不许他自由呢，否则，他是快乐的人，决不会如此的愁虑。不过父亲就是不允许也该来一趟，说个明白。莫非从此不来了么？”

她隐隐地想到自己的命运上去，眼里似乎要流下泪，她立起走开了。她们也没有再说话，只有意的看守寂寞的降临似的。可是不到半点钟，他到了，他穿着一件西装大衣，一顶水手帽，盖到两眉，腋下挟着两罐食物，两盒饼干，跳一般地走到了。房内的空气一齐变换了，藐姑走到他的面前，他向她们一看随即问：

“莲妹呢？”

姑母答：“她在房内呵！”

而莲姑房内的声音：

“我就出来了。”声音有些战抖。一种悲感的情调，显然在各人的脸上。接着他就看见莲姑跑出来，她的眼圈是淡红的，哭过了，她勉强的微笑着。他皱了一皱眉，向她说：

“你也太辛苦了，时常坐在房内做什么呢？”

蕙姑说，“姊姊是方才进去的，我们正奇怪，你为什么长久不来呢？”

“呵，”他说，“我好久不来了。”

“你又忧愁什么呢？”

“唉，却为了一个题目呀。”他笑了起来，接着叙述的说，“你们知道么？此地中等以上各学校，要举行一次演讲竞赛会了。我已被选为德行中学出席的演讲员。你们也知道，这是一件难事罢？这和我的前途名誉是有关系的，所以为了一个题目，却预备了一整星期的讲稿。为了它，我什么都没有心思，所以你们这里也不能来了。明天晚上就是竞赛的日子，我带了三张的入场券来，你们三姊妹可以同去。地点在教育会大礼堂，那时有一千以上的人与会，评判员都是名人。是值得你们去参观一下的。竞赛的结果是当场公开的，假如我能第一，小妹妹，不知道你们也怎样快乐呢！”

姑母也就插嘴说：

“所以你不到这里来。即使第一，又有什么用呢？”

“第一当然是要紧的，”莲姑说，“一个人有几次的第一呢？我们女子，简直没有一次第一。”

他听了，心里觉得非常的舒畅。同时想，假如明天不第一，岂不是又失望又倒霉么？姑母一边忙碌起来，向屋内走动，于是他问：

“姑母你忙什么呢？”

“你在这里吃了晚饭去。”

“不，校里还有事。”

“有这许多事么？现在已经是吃晚饭的时候了。”

“我就去，——姑母，这样罢，假如我明天竞赛会得到优胜了，后天到这里吃夜饭。你们庆祝我一下。”

她们都说好的。他看一看莲姑，似轻轻的向她一人说：

“明天你一定要到会的。”

莲姑点一点头，他就走出来了。

三

演讲的结果是奇异的优胜的。全堂的拍手声，几乎集中在他一人的身上，给他收买去一样。许多闪光的，有色彩的奖品，放在他的案前，他接受全部的注目，微笑地将这个光荣披戴在身外了。一般女学生们用美丽的脸向他，而他却完全一个英雄似的走了出来。在教育会的门口，他遇见莲姑三姊妹，——她们也快乐到发抖了。他低声的向她们的耳边说。

“妹妹，我已第一了；记住，明天夜饭到你家里吃。”

他看她们坐着两辆车子，影子渐渐地远去了。他被同学们拥着回到了校内，疲乏的睡在床上，自己觉得前途的色彩，就是图画家似乎也不能给他描绘的如此美丽。“美人”，“名誉”，这真是英雄的事业呢！他辗转着，似乎他的一生快乐，已经刻在铜牌上一样的稳固。他隐隐的喊出：

“莲妹，我亲爱的，我们的幸福呵！”

第二天，他没有上了几点钟的功课，一到学校允许学生们自由出外的时候，他就第一个跑出校门。向校后转了两个弯，远远就望见莲姑三姊妹嬉笑的坐在门边。他三脚并两步的跳上前去，捉住了藐姑的脸儿，在她将放的荷瓣似的两颊上，他给她狂吻了一下。直到这位小妹妹叫起来：

“章先生，章哥哥，你昨夜得了一个第一就发疯了么？”

他说，“是呀。”

藐姑歪着笑脸说，“我假如是个男人，我要得第一里面的第一呢！像你这样说一下有什么稀奇？倒还预备了一星期，聚眉蹙额的，羞煞人。幸得没有病了还好！”

说着就跑进去。他在后面说：

“等一下我捉住你，看你口子强不强？”

她们也随即走进屋内。说笑了一回，又四人做了一回捉象棋的游戏。在这个游戏里，却常见他是输了的。每输一回，给她们打一次的手心。以后藐姑笑他说：

“亏你昨夜得了一个优胜，今天同我们比赛，却见你完全失败了！”

这样，他要吻她，她跑了。

吃晚饭的时候，他非常荣耀而矜骄地坐着。姑母因为要给这位未来的女婿自由起见，她自己避在灶间给他们烧茶蔬。他是一边笑，一边吃，想象他自己是一位王子，眼前三姊妹是三位美丽的公主。一边，他更不自觉地喝了许多酒。

吃完了饭，酒的刺激带他陶然地睡在一张床上，这是他们三姊妹的房内。藐姑也为多喝了一杯酒而睡去了，莲姑和蕙姑似看守一位病人似的坐在床沿上，脸上也红的似拈上两朵玫瑰，心窝跳动着，低着头听房外的自然界的声音。他是半意识的看看她们两人，他觉得这是他的两颗心；他手拽住被窝，恨不得一口将她们吞下去。他模糊的透看着她们的肉体的美，温柔的曲线紧缠着她们的雪似的肌肤上，处女的电流是非常迅速的在她们的周身通过。他似要求她们睡下了，但他突然用了空虚的道德来制止他。他用两手去捻住她两人的手，坐了起来，说：

"两位妹妹，我要回校去了。"

她们也没有说，也是不愿意挽留，任他披上了大衣。将皮鞋的绳子缚好，又呆立了一息，冲到门口。一忽，又走回来，从衣袋内取出一枚桃形的银章，递给莲姑，笑向她说：

"我几乎忘记了，这是昨夜的奖章，刻着我的名字，你收藏着做一个纪念罢。"

莲姑受了。夜的距离就将她们和他分开来。

第二天的下午，他又急忙地跑到她们的家里。姑母带着蕙姑和藐姑到亲戚那里去了。他不见有人，就自己开了门，一直跑到莲姑的房内。莲姑坐着幻想，见他进来，就立了起来。而他却非常野蛮的跑去将她拥抱着，接吻着，她挣扎地说：

"不要这样！像个什么呢？"

"什么？像个什么？好妹妹，你已是我的妻子了！"

一边放了手，立刻从衣袋里取出一封信。快乐使他举动失了常态。抽出一张信纸，蔽在她的眼前，一边说：

"父亲的信来了。"

"怎么呢？"

"他听到我这次竞赛会得了一个第一，他说，可以任我和你结婚，你看，这是我俩怎样幸福的一个消息呀？"

他想她当然也以这个消息而快乐。密语，微笑，拥抱，接吻，于是就可以随便地举行了。谁知莲姑颠倒的看了几看信，却满脸微红的愁思起来，忧戚起来，甚至眼内含上泪珠。他看着，他奇怪了，用两手挡着她下垂的两颊，向上掀起来，用唇触近她的鼻，问道：

“妹妹，你不快乐么？”

她不答。他又问：

“你究竟为什么呢？”

她还不答。他再问：

“你不愿么？”

“我想到自己。”她慢慢的说了这一句。

“为什么又想到你自己？想到你自己的什么？”

“我没有受过教育，我终究是穷家的女子，知道什么？你是一个……”

她没有说完，他接着说：

“你为什么常想到这个呢？”

一边从他的衣袋里掏出一方手帕，递给她，她将泪拭了，说：

“叫我用什么来嫁给你呢？”

“用你美丽的心。”

他真率的说了出来。她应：

“这是不值钱的。”

“除了这个，人生还有什么呢？最少在你们女子，还有什么更可以嫁给男人的宝物？”

“唉，我总这样想。姑母是昏的，不肯将我嫁给工人。但我想，我想，我们的前途未必有幸福。章先生，你抛开我罢！你为什么要来爱我？爱我？我连父母也没有，又没有智识。注目你的女学生们很多呢！请你去爱她们。将这封信撕了罢！抛开我罢！”

这样，她退到了床边，昏沉的向床卧倒。他也不安的走到她的身边，一时，他问：

“莲姑，你痴了么？”

“我不痴。”

“我有什么得罪了你么？”

"那里。"

"那么，我无论怎样是爱你的！我只要你这颗美丽的心，我不要你其他一切什么，妆奁[1]呀，衣服呀，都是没有意思的。"

停一会儿，又说：

"你若要智识，这是没有问题的。我一定送你入学校，我有方法，无论婚前或者婚后。"

她一时呆着没有话。当然，她听了这几句恳切的慰语，烦闷的云翳[2]是消退了。他又说：

"妹妹，你有读书的志愿，更使我深深的敬佩你。不过智识是骗人的，假如你愿意受骗，这是一件容易的事，而且我们又年轻，你如能用心，只要在学校三年，就什么都知道了。你也会图画，你也会唱歌，妹妹，这实在是容易的事。"一边他将手放在她的肩上，凑近说，"你真是一个可爱的人呢！妹妹，现在我求你……"

她是低头默想着。但这时，她似决定了，——早年她所思索的，以及她姑母所盼望的所谓她的理想的丈夫，老天已经遣"他"来补偿这个空虚的位子了。她似乎疑心，身边立着的多情而美貌的青年，是她眼光恍惚中的影子，还是胸内荡漾着的心？一息，她娇憨而微笑的问：

"你求我什么呢？"

"我求你。"他简直似小孩在母亲身边一样。

"什么呢？"

他将口子去接触她玫瑰的唇边，颤动说：

"求你快乐一些。"

"我已经快乐了。你岂不是看见我在微笑么？"

她一边用手推开他的脸颊。

四

以后，四周的恶毒的口子，却随着他和莲姑的爱情的加增而逼近了。同学们责难他，校外的人们非议他。姑母听得不耐烦，私向莲姑说，"姑娘，你也知道外界的议论么？章先生到我们家里来的次数实在太多了。下次来，你可以向他说，请他努力读书，前途叙合的时候正多呢，现在不可消磨志向，还得少来为妙。姑娘，这不是姑母不喜欢你们要好，你看，我们这个冷静的家，他一到，就有哈哈的大笑声音了，不过别人的话是无法可想。况且你们也都还年轻呢！”莲姑听了这段话，气得脸上红热了。表面虽还是忍受，心里却想反抗了，“我们已经商量过，我们只有自己的幸福，我们没有别人的非议。别人是因为没有幸福而非议的，假如他们自己也在这样幸福的做，他们也憎恶别人的非议了。”但这全是纯粹幼稚的心，他们不知道社会的非议，立刻可以驱走幸福的；而且从此，幸福会永远消灭了。没有过了几天，他就被校长先生叫到校长室。老校长拨动胡须，气烘烘的严酷而又带微笑的向他说：

“你是一个好学生，但你们的学生会将你弄坏了！什么自由出入，什么女子夜校，现在，你的名誉好么？恐怕你的竞赛会第一的荣誉，早已被一个土娼式的女子窃取去还不够了！不，是你自己甘心送给她的。社会的舆论是骂你，也骂我；当然，是骂我‘管教不严’。不过，我要在这个学校做校长，免不了别人的责难。你呢，你年轻，又聪明，有才干，总值得为前途注意一下，以后不要到她们，土娼式的家里去才好。”

他从来没有受过这样的侮辱，况且又侮辱他神圣的恋人，他气极了！两眼火火地对校长说：

“校长，你只要问我的学业成绩怎样，犯了学校的何项规则就够！假如我并没有犯规则，成绩又是及格的，那我爱了一个女子，和一个我要她做妻子的姑娘恋爱，这是我终身的大事，你不能来干涉我！就是我的父母也来信给我婚姻自由了！”

说完，他就转身向门外走了。

一星期后，中学发生风潮了。这位顽固的老校长，有解散学生会所办的平民女子夜校的动议，——当然，也因平民夜校的教员，爱上平民夜校的女生的谣言，一对一对的起来太多了。平民夜校里的重要人物，多是学生会里面的委员，于是学生会就立刻开会，提出十几条对于学校的要求来。什么经济公开，什么择师自由，于是校长更老羞成怒，——还因第二天早晨，校长揭示处贴着一张很大的布告，上写“只准教员宿娼，不许学生恋爱”十二个大字，下署“校长白”。被一位教师看见，告诉校长，校长怒不可遏，就下了一道以学风嚣张为理由，解散学生会的命令。于是学生以为压迫全体的学生，群起反对。接着，校长就出了一张严重的布告，在布告后面，斥退了十六个学生，列着十六个名字，不幸第一名就是他的。他一见，心就灰冷，他觉得他是十分冤枉。他因为爱莲姑的心深切，不能不对于家庭讨点好感，对于学校处顺从的地位。处处想和校长避免了误会，当学校有解散学生会的议案时，他就向学生会辞去执行委员的职，这时被同学们责难了许多话。十几条要求，他并没有提议过一条，甚至同学们表决举手的时候，他也低头沉默着，不置可否。虽则平日他是一个意气激昂的人，到这时他终究知道任性会妨碍他和莲姑的结婚；一时的冲动，会将他的永久的幸福破坏了。所以几次当学生大会时，他想发表一点于校长不利的意见，却几次似莲姑在身边阻止一样，“不要宣布罢，这样我们会被拆散了！”将他锐气所激动的要发音的喉舌，几次的压制下去了。可是校长竟凭情感做事，以他列在斥退榜的首名，这不能不使他由悲愤而气恨了！当时的错误是在这一点：他这级的级任先生是非常钟爱他的，私向他说，“你单独去请求校长，向校长上一封悔过书。一面我再代你解释误会。现在已经是阴历十一月半，离放假只有一月。你先回家去，明年再来，不使你留级，只要半年，仍旧可以毕业了。你听我的话，上一封悔过书。”他当时竟赌气回答道，“我有什么过？叫我上悔过书？他对学生冤枉了，就不能出一张赦免的布告么？不毕业就是，我无过可悔。”他非特不听这位级任先生的话，反将风潮鼓动的更大起来：捣毁校长室，驱逐校长，学生会组织自卫队管守校门，不准校长的一党入校，一边向省长公署教育厅请愿，下免校长职令；分发传单，向各校请求援助；种种，他竟是一个领导的脚色了。结果呢，他和他们被警察驱逐出校，勒令回籍，好像押解犯人一样，将他送上沪杭车，竟连别一别莲姑都不能，一直装到上海了。

他是气弱的在上海马路上奔走了一星期，他心里非常的悲伤，失了他的莲姑似乎比失了他的文凭更厉害。他决计要报这一次的仇，他不回家去，筹借了二百元钱，预备到北京入什么大学，以备三年后自己要来做德行中学的校长。在他未往北京的前几天，顾念他心爱的莲姑，他偷偷的仍回到杭州，别一别他未来的妻子。

风潮的消息，也一条一条的传到她们三姊妹的耳里了。开始是说学生不上课了，接着是说他被校长斥退了，结果是说他被负枪的警察逼迫着走上火车，充军似的送到远处去了。姑母当初听了，战抖的叫藐姑到校里来打听，而藐姑打听了以后，竟吓的两腿酸软了走不回去。她哭着向她的姑母和姊姊们说，“章先生是不会再到我们家里来了！他绑在校内的教室边的柱子上，好像前次我看见的要枪毙的犯人一样了！章先生的脸孔青白，两眼圆而火一样可怕，章先生恐怕要死了！”这几句话，说的姑母她们都流起泪来；莲姑的心，更似被刀割下，放在火上烧一般，她几乎气殪[3]过去。这样，她们在悲伤与想念中，做事无心的，只等待他的消息，无论从那一方向来，报告他身体的平安就是。

莲姑有时嚼了两口饭，精神恍惚的向她姑母说：

“姑母，章哥是有心的人，不久总有信来罢？大概总回到家里去了，不会生病么？他不会把我们甩掉的！”

姑母嗫嚅[4]的安慰她：

“是的，是的，是的，邮差走过门口，我就想交给我一封从章先生那里寄来的信才好呢！不过三天之内总会有的。”

蕙姑说：

“也许他身体气坏了，病了；也许他从此父母就压迫他，不许他讲什么自由；也许，也许……”

“也许什么呢？姊姊！”藐姑问。

“也许怪我们了，不愿再和我们来往了。”

“什么缘故呢？姊姊！”藐姑又问。

“人家都说他是为了我们才斥退的！”

“为了我们才斥退的？”

“是呀！”

“那么一定不再来了！”

“难说。”

各人一时默然，眼眶上又要上泪了。

五

她们这样盼望了几天，声息终究如沉下海底的钟一样。一天傍晚，在莲姑仿佛的两眼内，他分明的走到她的前面来了。他很快的走，走到了她的身边，将遮住到眼睛以防别人看见的帽子，向上一翻，露出全个苦笑的脸来。在她的眼内，脸比从前清瘦许多了。莲姑一时战抖起来，垂下头，说不出话，只流泪的。他用手去弹了她颊上的泪，姑母进来了，立刻大喊：

"章先生，你来了么？"

"来了，"他说，"让我休息一下罢。"

他就走向莲姑的床边，睡倒，脸伏在被上，悲伤起来。姑母说：

"让你休息一下罢，你们还是孩子呢！"

她又避开出去，好像避了悲哀似的。莲姑走到他的身边，坐上，向他问：

"你没有回到家里去过么？"

"没有。"

"这许多天在什么地方呢？"

"上海。"

"什么时候回来的呢？"

"就是此刻。"

"你来看我们的么？"

"为你来的。"

静寂一息，她又问：

"你能在这里住长久么？"

"不能。"

"打算怎样呢？"

"到北京去。"

"到北京去么？"

莲姑的声音重了，在她，北京就和天边一样。他答：

"是的，我没处去了。家里，我不愿去，无颜见父母了。还是到北京去，努力一些，再回到这里来和你结婚，争得一口气。"

"过几时回来呢？"

“总要三年。”

“三年？”

“三年，那时我二十五岁，你呢，二十三岁——不过二年也说不定。可以什么时候早回来，我还是早回来的。”

这样，莲姑是坐不安定了，将头伏在他的胸上，呜咽的：

“哥哥，你带我同去罢！你带我同到北京去罢！我三天不见你，就咽不下饭了，三年，三年，叫我怎样过得去呢？哥哥，你带我同去罢！”

他这时似乎无法可想，坐起来说：

“好的，再商量罢。妹妹，你不可太悲感，你应该鼓励我一点勇气才好。”

姑母拿进茶来，蕙姑也在后面跟进来，她一句不响的坐在门边。莲姑就向她的姑母说：

“姑母，章先生说要到北京去呢！”

姑母也大惊问：

“到北京去？什么时候去呢？”

“在这里住三天。就要动身了。”

“什么时候回到这里来呢？”

“……我想将莲姑……不，再说罢！”

他就将头靠在床边，凝视着不动了。姑母悲伤的摇摇头，好似说：

“那么我的莲姑要被你抛弃了！”

一边她开口道：

“章先生，你为什么要闯这个祸啊？我们听也听得心碎了。”

他垂着头说：

“变故要加到你的身上来，这是无法避免的。”

房内沉静了一息，惠姑说道：

“章哥哥，你可以在这里多住一下么？”

“不能，我一见这座学校，就气起来。而且住的长久，一定会被他们知道，又以为我来鼓动同学闹风潮了。”

停了一息，又说：

“我想早些到北京去，也想早些回来，中间我当时时寄信来。除了你们三姊妹，我再没有记念的东西了。”

这样，他又凝视着不说。

莲姑这时也深深地沉思：眼前的这位青年，是她可爱的丈夫，她已委身给他了。除了他，她的前途再也不能说属于谁人。可是她俩的幸福生活还未正式的开始，苦痛已毫不客气地将她们拉得分离开来了。他从此会不会忘记了她！这实在无人知道，三年的时间是非常悠远的。她求他同他去，这是一个梦想，她还不是一位女孩儿么？经济与姑母们又怎样发付呢？不能不感受心痛了！她想，莫非从此她就要落到地狱里去么？他若真的忘了她，她也只好落到地狱里去，去受一世的罪孽，她已不愿再嫁给谁了。——这时，她抬头看一看身边的他，谁知他也想到了什么，禁不住苦痛的泪往眼角冲上来了。他转一转，斜倒头说：

"给我睡一睡罢！不知怎样，我是非常地疲倦了！"

姑母也受不住这种凄凉的滋味，开口说：

"你们姊妹应当给章先生一点笑谈，章先生到北京去还要等到后天呢。"

恰好这时，藐姑从外边回来，这位可爱的小妹妹，她却来试着打破这种沉寂的悲情的冰冻了。她不敢声张的起劲说：

"章先生，你偷偷的来了么？警察会不会再将你捉去？"

"不会的，小妹妹，你放心。"

他随取她的手吻了一吻。始终，他知道他在她们三姊妹中是有幸福的。一边，这位姑母去给她们预备晚饭了。

夜色完全落了下来。

六

他在她们家中这三天的生活，是他和这三姊妹间可以发生的快乐，她们都尽力地去找寻到了。她们竟似有意将这三天的光阴，延长如三年，三十年似的，好像从此再不会回来了的幸福，她们要尽力在其间盘桓一下。谈，笑，接吻，拥抱，她们样样都做遍了；她们的笑声，有时竟张到口子再也张不开来为止。冬天的晚上，似乎变做春天的午后。在他，这次斥退的代价实在有了。可是光阴是件怪物，要它慢，它偏快的使人不能想象。现在，他终于不得不走了。

在这中间，他向她们誓言，尤向莲姑指着心说，——他永不忘记她们了，除非这颗心灭去，他以后按每次星期天的早晨，或长或短的总有一封信来，报告他的近况和安慰；她可以按着一定的时间，向邮差索取的。一到明年暑假，他决定再回到杭州来走一趟，会见这三位刻在他一生的心碑上的姊妹。这都可以请她们放心的，而且可以望她们快乐的，他向她们深切地说过了。

他要走了，似一个远征军出发时的兵士，勇敢而又畏惧的。她们送着他，也似送一个人去冒险一样，战跳着失望的心。他是趁夜班火车回到上海，为要避免人们的看见。当吃这餐晚饭时，她们仍想极力勉强的说笑一番，他也有意逗她们玩，可是在莲姑，笑声终究两样了。她想她渺茫的前途，自己能力的薄弱，又看看眼前这位爱人，是不是到底被她捉住的，这只有天知道。她不敢自由的悲伤起来，他可以从她的做作的脸上看出，而泪珠始终附和着大家的笑声而流下来了。三姊妹送他到火车站，背地里莲姑向他说：

“哥哥，愿你处处留着我的影子，我的心是时刻伴在你的身边的。”

他紧急的回答了一句：

“假如上帝不相信有真爱情存在的时候，你就出嫁罢！”

火车的汽笛简直吹碎了莲姑的心，火车轮子的转动，也似带了她在转动一样。他这时的眼中，火车内也不仅是一个他，处处还有莲姑呢?

但“时间”终使别离的人感到可怕。

他到了北京以后，开始他的约是守的，除了读书和接洽入学校的事以外，他都用他纯洁幼稚的心来想到莲姑，摹拟她的举动，追求她的颜色，有时从书里字行内也会看出她的影子，路边的姑娘，也会疑作她的化身的。在两个月之内，竟发出了八封信，里面可以叫作“爱情的称呼”的字眼，他都尽量拣选的用上去，而用完了。

两个月之后，倦怠的冷淡的讥笑来阻止他，似叫他不要如此热情而努力。从莲姑手里得来的回信，只有两封，每封又只有寥寥几行字，爱情并不怎样火热地在信纸上面跳跃，而且错字又减去她描写的有力。当他一收到她的第一封信时，他自己好似要化气而沸腾了。他正在吃晚饭，用人送进粉红色的从杭州来的洋封的信。他立刻饭就咽不下去了！他将这口饭吐在桌上。怀着他的似从来没有什么宝贝比这个再有价值的一封信，跑到房内。可是当他一拆开，抽出一张绿色的信纸时，他的热度立刻降下来，一直降到冰点以下！他放这封信在口边，掩住这封信哭起来了。他一边悲哀这个命运将他俩分离开来，一边又感到什么都非常失望的。在这中间，他也极力为他的爱人解释，——她是一个发表能力不足的女子，她自己也是非常的苦痛，他应该加倍爱她。他可以责备社会的制度不好，使如此聪明的女子，不能求学；他不能怪他的爱人不写几千字的长信，在信里又写上错字了。当初她岂不是也向他声明她是一个无学识的女子么？他决计代她设法，叫她赶紧入什么学校，他在两个月后的第一封信，明明白白的说了。不知怎样，几个月以后，信是隔一月才写一封了。暑假也没有回到杭州来，在给莲姑的信上的理由，是说他自己的精神不好，又想补修学校的学分，所以不能来。实在，他是不想来了！几时以前，他又收到他父亲寄来的一封信，信上完全是骂他的词句，说他在外边胡闹，闹风潮，斥退，和人家的姑娘来往，这简直使这位有身分的老人家气的要死！最后，他父亲向他声明，假如他再不守本分，努力读书，再去胡作胡为，当停止读书费用的供给，任他流落去了。这样，他更不能不戒惧于心，专向学问上面去出点气。对于莲姑的写信，当然是一行一行的减短下来了。在高等师范里，他算是一位特色的学生。

所谓神圣的恋爱，所谓永久的相思，怕是造名词的学者欺骗他那时的！否则，他在北京只有四年，为什么会完全将莲姑挤在脑外呢？为什么竟挨延到一年，不给莲姑一条消息呢？莲姑最后给他的信，岂不是说的十二分真切么？除了他，她的眼内没有第二个男子的影子，而他竟为什么踌躇着，不将最后的誓言发表了呢？家庭要给他订婚时，他为什么只提出抗议，不将莲姑补上呢？虽则，他有时是记起这件婚事的，但为什么不决定，只犹豫着，漠淡的看过去呢？他要到杭州来才和她结婚，这是实在的，但他莫非还怀疑她么？无论如何，这是不能辩护的，莲姑的爱，在他已感觉得有些渺茫了。他将到杭州来的几个月前，他也竟没有一封快信或一个电报报告她。爱上第二个人么？没有真确的对象。那么他是一心一意在地位上想报以前被斥退的仇了？虽然是如此，“杭州德行中学校新校长委任章某”这一行字已确定了，但人生不是单调的，他那时就会成了傻子不成么？

七

隔离了四年的江南景色，又在他的眼前了。

他到了杭州有一星期。在这一星期中，似乎给他闲暇地打一个呵欠的功夫都没有。他竟为校事忙得两眼变色了。这天晚上，他觉得非去望一望莲姑不可。于是随身带了一点礼物，向校后走去。全身的血跟着他的脚步走的快起来。路旁的景物也没有两样，似乎生疏一些。他想象，莲姑还二十岁的那年一样，美丽而静默的在家里守着。他又勇敢起来，走快了几步，一直冲进她们的门。房内是黑漆漆的，似比以前冷落一些。藐姑坐在灯下，他这时立刻叫道：

“蕙姑，你好么？”

藐姑睁大眼向他仔细一看，说：

“你是章先生？”

“是。”他答。

蕙姑立刻从里边追出来，他转头一看，稍稍惊骇了一息，伸出他的两手，胡乱的叫出：

“莲姑！你……”

声音迟呆着没有说完，藐姑说：

“章先生，她是蕙姊呀！”

“你是谁？”他大惊的问。

“我是藐……”声音有些哽咽了。

“藐姑！你竟这么大了么？”

“是呀，我们已四年不见面了！我十八岁了，二姊二十一岁了。”

“你的大姊呢？”他昏迷的问。

“大姊？”

“是，莲姑？”

“她，她，……”藐姑一边想，一边吞吐的说，“她已经二十四岁了！”

“啊，好妹妹，我不问年纪，我问你的大姊到那里去了？”

“唉？”

藐姑骇怪的回问。他立刻想冲进莲姑的房里，她又气喘的叫：

“章先生！”

“什么？”

“大姊不在了！”

“死了么？”

“已经出嫁了！”

“你说什么？”

“出嫁六个月了。”

“出嫁六个月了？”

他回音一般的问。藐姑缓缓的说：

“你一年来，信息一点也没有。大姊是天天想，天天哭的。身子也病过了，你还是没有消息，什么方法呢？大姊只得出嫁了，嫁给一个黄胖的商人，并不见得怎样好。”

藐姑不住地流出泪，他也就在门边的门限上坐下了。他将头和手靠在门边，痴痴地说：

“梦么？我已经说不出一句话来了！”

蕙姑苦痛地站在他的身边，而这位老姑母适从外面进来。藐姑立刻向她说，“姑母，章先生来了。”

“谁？”

“就是我们以前常常记念的章先生。”

“他？”姑母追上去问了一声。

他没精打采的转过头说：

“姑母，求你恕我！你为什么将莲姑嫁了呢？”

“章先生！你为什么一年多不给我们一点消息呀？我们不知道你怎样了？莲姑是没有办法……”

“我以为莲姑总还是等着的，我可以等了莲姑四年，莲姑就不能等了我四年么？”

“你还没有结婚么？”姑母起劲的问。

“等了四年了！因为我决意要找一个好地位，等了四年了！现在，我已经是，……可是莲姑出嫁了！我为什么要这个？”

姑母停了一息，问：

"章先生，你现在做了什么呢？"

"前面这个中学的校长。"

"你做大校长了么？"

老人苦笑出来。他颓唐的说：

"是，我到这里已一星期。因为学校忙，才得今晚到你们家里来。谁知什么都不同了！"

老人流出泪来叫道：

"唉！我的莲姑真薄命啊！"

他一边鼓起一些勇气的立了起来，说：

"姑母，事已至此，无话可说。我将这点礼物送给你们，我要走了。"

一边手指着桌上的两包东西，一边就开动脚步。藐姑立刻走上前执住他的手问：

"章先生，你到那里去呢？"

"回到校里去。"

"你不再来了么？"

他向含泪的藐姑看了看，摇一摇头说：

"小妹妹呀，你叫我来做什么呢？"

他就离开她们走出门了。

八

当夜，他在床上辗转着，一种非常失望的反映，使他怎样也睡不去。他觉得什么都过去了，无法可想，再不能挽救，——莲姑已嫁给一位不知如何的男子，而且已经六个月了。他想，无论如何，莲姑总比他幸福一些。譬如此时，她总是拥抱着男人睡，不似他这么的孤灯凄冷，在空床上辗转反侧。因此，他有些责备莲姑了！他想女子实在不忠实，所谓爱他，不过是常见面时的一种欺骗的话。否则，他四年可以不结婚，为什么她就非结婚不可呢？她还只有二十四岁，并不老，为什么就不能再等他六个月呢？总之，她是幸福了，一切的责备当然归她。他这时是非常的苦痛，好似生平从没有如此苦痛过；而莲姑却正和她的男人颠倒絮语，那里还有一些影子出现于她的脑里，想着他呢！因此，他更觉得女子是该诅咒的，以莲姑的忠贞，尚从他的怀里漏出去，其余还有什么话可说呢？他想，他到了二十六岁了，以他的才能和学问，还不能得到一个心爱的人，至死也钟情于他的，这不能不算是他人生不幸的事！他能够不结婚么？又似乎不能。

这样，他又将他的思路转到方才走过的事上去。他骇异蕙姑竟似当年的莲姑一样长，现在的藐姑还比当年的蕙姑大些了。姊妹们的面貌本来有些相象，但相像到如此恰合，这真是人间的巧事。他在床上苦笑出来，他给她们叫错了，这是有意义的；否则，他那时怎么说呢？这样想了一息，他轻轻地在床上自言自语道：

"莲姑已经不是莲姑了，她已嫁了，死一样了。现在的蕙姑，却正是当年的莲姑，我心内未曾改变的莲姑。因为今夜所见的藐姑，岂不是完全占着当年蕙姑的地位么？那么莲姑的失却，为她自己的幸福，青春，是应该的。莫非叫我去娶蕙姑么？"

接着他又想起临走时藐姑问他的话，以及蕙姑立在他身边时的情景。这都使他想到处处显示着他未来命运的征兆。

房内的钟声，比往常分外的敲响了两下。他随着叫起来：

"蕙姑！我爱你了！"

一转又想：

"如此，我对蕙姑的爱情，始终如一的。"

他就从爱梦中睡去了。

第二天一早就起来，洗过脸，无意识的走到校门，又退回来。他想：我已是校长了，抛了校务，这样清早的跑到别人的家里去，怕不应该罢？人家会说笑话呢？而且她们的门，怕也还没有开，我去敲门不成么？昨天我还说不去呢！唉，我为爱而昏了。

他回到校园，在荒芜的多露的草上，来回的走了许久。

校事又追迫他去料理了半天。下午二时，他才得又向校后走来。态度是消极的，好像非常疲倦的样子。他也没有什么深切的计划，不过微微的淡漠的想，爱情是人生之花，没有爱情，人生就得枯萎了。可是他，除了和莲姑浓艳一时外，此处都是枯萎的。

路程是短的，他就望见她们的家。可是使他非常奇怪，——他从来没有看见过她们的家有过客，这时，这位姑母却同三位男子立在门口，好像送他们出来的样子，两位约五十年纪的老人，一位正是青年，全是商人模样，絮絮的还在门口谈判些什么。他向他们走去，他们也就向他走来。在离藐姑的家约五十步的那儿，他们相遇着。他很仔细地向他们打量了一下，他们也奇怪地向他瞧了又瞧。尤其是那位青年，走过去了，又回转头来。他被这位姑母招呼着，姑母向他这样问道：

“章先生，你到那里去呢？”

他觉得非常奇怪，因为姑母显然没有欢迎他进去的样子。而他却爽直的说，“我到你们家里来的。”

姑母也就附和着请他进去。同时又谢了他昨天的礼物，一边说：

“章先生太客气了，为什么买这许多东西来呢？有几件同样的有三份，我知道你是一份送给莲姑的。现在莲姑不在了，我想还章先生拿回去，送给别个姑娘罢。”

他听了，似针刺进他的两耳，耳膜要痛破了。他没有说话，就向蕙姑的房里走进去。蕙姑和藐姑同在做一件衣服，低着头忧思的各人一针一针的缝着袖子。姑母在他的身后叫：

“蕙姑，章先生又来了。”

她们突然抬起头，放下衣服，微笑起来。

他走近去。他这时觉得他自己是非常愚笨，和白痴一样。他不知向她们说什么话好，怎样表示他的动作。他走到蕙姑的身边。似乎要向她悲哀的跪下去，并且要求，“蕙姑，我爱你！我爱你！你真的和你姊姊一样喔！”但他忧闷地呆立着。等蕙姑请他坐在身边，他才坐下。藐姑说道：

“章先生，你送我们的礼物，我们都收到了。可是还有一份送给我大姊的，你想怎样办呢？”

“你代我收着罢。”他毫无心思的。

藐姑说，“我们太多了，收着做什么？我想，可以差人送去，假如章先生有心给我姊姊的话。”

“很好，就差人送去罢。”他附和着说。

姑母在门外说，摇摇头：

“不好的，那边讨厌的很呢！”

蕙姑接着说，“还是以我的名义送给姊姊罢。我多谢章先生一回就是了。等我见到姊姊的时候，我再代章先生说明。”

他眼看一看她，苦笑的，仍说不出话。许久，突然问一句：

“我不能再见你们的姊姊一次么？”

蕙姑答，“只有叫她到此地来。”

这位姑母又在门外叹了一口气说：

“不好的，那边猜疑的很呢！丈夫又多病，我可怜的莲姑，实在哭也不能高声的。”

他似遍体受伤一样，垂头坐着。藐姑向他看一看，勇气的对门外的姑母说，“姑母，姊姊并不是卖给他们的，姊姊是嫁给他们的！”

老妇人又悲叹了一声说：

“小女子，你那里能知道。嫁给他，就和卖给他一样的。”

姊妹们含起眼泪来，继续做她们的工作。他一时立起来，搔着头在房内来回的走了两圈。又坐下，嗤嗤的笑起来。他非常苦痛，好像他卖了莲姑去受苦一样。一息，他聚着眉向藐姑问：

“小妹妹，你大姊没有回来的时候么？”

“这样，等于没有了！谁能说我大姊一定什么时候回来呢？”

他觉得再也没有话好说，他自己如冰一般冷了。他即时立起来说：

“还有什么好说呢？——我走了！”

藐姑却突然放下衣服，似从梦中醒来一样，说：

“再坐一息罢，我们已经做好衣服了。”

他又在房内走了两步，好似彷徨着没有适当的动作似的。一时，他问，方才这三位客人是谁？但她们二人的脸，似经不起这样的袭击，红了。藐姑向她的姊姊一看，他也向蕙姑一看，似乎说：

“事情就在她的身上呢！”

他的脸转成青色了。他退到门的旁边，昏昏的两眼瞧住蕙姑，他觉得这时的蕙姑是非常的美，——她的眼似醉了，两唇特别娇红，柔白的脸和彩霞一样。但这个美丽倒映入他的心中，使他心中格外受着苦痛。他踌躇了，懊丧了，十二分的做着勉强的动作，微笑的向她们说：

“我要走了，你们做事罢。我或者再来的，因为我们住的很近呢！”

她们还是挽留他，可是他震颤着神经，一直走出来了。

九

路里，他切齿地自语，不再到她们的家里去了！蕙姑想也就成了别人的蕙姑，她家的什么都对他冷淡的，他去讨什么？藐姑还是一位小姑娘，总之，他此后是不再向校后这条路走了。

他回到了校里，对于校里的一切，都有些恼怒的样子。一个校役在他房里做错了一点小事，他就向他咆哮了一下。使这位校役疑心他在外边喝了火酒，凝视了半分钟。他在床上睡了一息，又起来向外面跑出去。他心里很明显的觉得——一个失恋的人来办学校，根本学校是不会办好的。但他接手还不到十天，又怎么便辞职呢？

他每天三时后到校外去跑了一圈，或到有妻子的教师的家里瞎坐了一息，为要镇静他自己的心意。在他的脑里，他努力的要将她们三姊妹的名字排挤了。

这样又过了一星期。一天，他刚穿好漂亮的衣服，预备出去，而藐姑突然向他的房里走进来，叫他一声：

“章先生！”

他转过眼，觉得喜悦而奇怪，呆了一忽，问：

“藐姑，你来做什么呢？”

藐姑向他庄皇的房的四壁看了一看，说：

“姑母因为你送我们许多东西，想不出什么可以谢谢你，所以请你晚上到我们家里吃便饭。你愿意来么？”

“心里很愿意，可是身体似乎不愿意走进你的家里了！”

“为什么呢？”藐姑奇异的问。

他说，“一则因为你的大姊出嫁了，二则你的二姊又难和我多说话。总之，我到你们家里来，有些不相宜的了。”

藐姑当时附和说：

“这因为章先生现在做了校长了！”

他突然将藐姑的两手执住，问她：

“小妹妹，这是什么意思呢？”

藐姑抽她的手说：

“你今晚早些就来罢，现在我要回去了。”

他还是执住的说：

“慢一些，我有话问你。而且你若不正经的答我，我今晚是不来了，也永远不到你们家里了。”

“什么呢？”她同情的可爱的问。

他急迫的茫然说出：

“你说蕙姑对我怎么样？”

藐姑的脸红了，娇笑的：

“这叫我怎样回答呢？章先生。”

他也知道说错了，改了口气说：

“小妹妹，这样问罢，你的蕙姊有没有订过婚呢？”

“还没有。”

“那么前次的三人是什么人呢？”

“两位是做媒的，一位是看看蕙姊来的。”

“事情没有决定么？”

“似乎可以决定了。”

他立刻接着问：

“似乎可以决定了？”

藐姑笑一笑，慢慢的说：

“姑母因为她自己的年纪老，姊姊的年纪也大了，就想随随便便的快些决定，许配给一位现在还在什么中学读书的。不知什么缘故，前次来过的两位媒人，昨天又来说，说年庚有些不利，还要再缓一缓。这样看来，又好像不成功了。

“又好像不成功了么？”

他追着问。藐姑答：

“又好像不成功了！”

这时，他好像骄傲起来，换了一种活泼的语气说：

“嫁给一个中学生有什么意思呢？你的姑母也实在太随便了。”

藐姑低头娇羞的凄凉的说：

“我们太穷了，又没有父母，谁看重呢！”

他深深的感动了，轻柔的向她说：

“小妹妹，你此刻回去罢，我停一下就来了。”

藐姑转了快乐的脸色，天真地跑出去。他又跌在沙发上，沉思起来。

十

他在这次的晚餐席上，却得以了意外的美满。蕙姑的打扮是简单的，只穿着一件青色绸衫，但显出分外的美丽来，好似为他才如此表情的。姑母也为博得他的欢心似的，将许多菜蔬叠在他的饭碗上，而且强他吃了大块的肉。她们全是快乐的样子，在蕙姑虽有几分畏缩，但也自然而大方的。藐姑说了许多有趣的话，使大家笑的合不拢口；似乎姑娘们不应该说的话，她也说出来了，使得她姑母骂她，她才正经地坐着。他在这个空气内，也说了许多的话。他详细地说他家庭的近况，报告了他在北方读书的经过及到这里来做校长的情形，并他眼前每月有多少的收入。总结言之，他说他这种行动，似乎都为莲姑才如此做的；没有莲姑，他当变得更平凡，更随便了。但莲姑终究不告知他而出嫁了！幸得这消息是到了她们家才知道，假如在北京就知道，他要从此不回到杭州来了。他有几句话是说得凄凉的，断断续续的，但给这位姑母听了，十分真切，也就对他表示了一番不幸的意思。老姑母低下头，他就提出，在这个星期三要和蕙姑藐姑去游一次湖，姑母也答应了。

星期三隔一天就到，他一句话也不爽约的同她们在湖里荡桨。秋阳温艳的漫罩着全湖，和风从她们的柔嫩的脸边掠过，一种微妙的秋情的幽默，沉眠在她们的心胸中。他开始赞了一套湖山之美，似间接的赞美蕙姑似的。接着就说了许多人生的问题，好像他是属于悲观哲学派。但这是他当时的一种做腔，他是一个乐天的人，肯定而且向前的。他所以说，“做人实在没有意思，”是一种恳求的话，话的反面就是，“只有爱情还是有些意思的。”不过蕙姑姊姊，并不怎样对于这种问题有兴趣，她们对于他的话，总是随随便便的应过去了。

荡过了湖，她们向灵隐那边去。太阳西斜了一点，她们选择一所幽僻的山边坐着。蕙姑坐在一株老枫树底下一块白石上，盘着腿，似和尚参禅一般。他在她的身边偃卧着，地上是青草，他用手放在她的腿上。藐姑，聪明的女孩子，她采摘了许多野花，在稍远的一块地上整理它们。这时他仰起头向蕙姑说：

"妹妹，你究竟觉得我怎样？"

蕙姑默然没有答。他又问：

"请你说一句，我究竟怎样？"

蕙姑"哈"的笑了一声，羞红着脸，说：

"你是好的。"

他立刻坐了起来，靠近她的身边，就从他的指上取下一只金的戒指，放在她的手心内，说：

"妹妹，你受了这个。"

"做什么呢？"她稍稍惊异的问他。

"爱的盟物。"他答。

她吃吃的说：

"章先生，这个……请你将这个交给我的姑母罢。"

一边她执着那个戒指，两眼注视着。他随即微笑的用手将那只戒指戴在她的左手的无名指上。同时说：

"我要交给你，我已经戴在你的指上了。你看，这边是一个爱字，那边有我的名字"

蕙姑颤荡着心，沉默了许久。她似深思着前途的隐现，从隐现里面，她不知是欢笑的，还是恐怖的，以后，她吞吐的问：

"章先生，你为什么不差人向我姑母说明白呢？"

"我是赞成由恋爱而结婚的，我不喜欢先有媒妁。假如妹妹真的不爱我，那我们就没有话了！"

可是蕙姑叹息说：

"姊姊也是爱你的，你和姊姊也是恋爱呢，但姊姊和你还是不能结婚。"

他说，"这是你的姊姊不好，为什么急忙去嫁给别人呢？我是深深地爱你的姊姊的，我到现在还是独身啊！"

蕙姑苦痛的似乎不愿意的说：

“你一年没有信来，谁知道你不和别人订婚呢？你假如真的有心娶我的姊姊，你会不写一封信么？现在姊姊或者有些知道你来做校长，不知姊姊的心里是怎样难受呢！姊夫并不见怎样好，他是天天有病的！”

她的眼泪如水晶一般滴下，他用手攀过她的脸说：

“不要说，不要说，过去了的有什么办法呢？还有挽救的余地么？我希望你继你的姊姊爱我，你完全代替了你姊姊。否则，我要向断桥跳下去了！”

这样，两人又沉寂了一息。这时也有一对美貌的青年男女，向她们走来。又经过她们的身边，向更远的幽谷里走去。四人的眼全是接触着，好像要比较谁俩有幸福似的。

藐姑理好了她的野花，走近她们说：

“姊姊，我们可以回去罢？”

他也恍惚的看了一看他的表说：

“回到孤山去走一圈，现在是四时少一刻。”

一边，两人都立起身子。

十一

从此以后，挫折是完全没有了。爱神是长着美丽的翅膀飞的，因此，他和蕙姑的进行，竟非常的快，俨然似一对未婚的夫妻了。蕙姑对于他，没有一丝别的疑惑，已完全将她自身谦逊的献给他了。他骄傲的受去，也毫不担心的占领了她。他每天必从校门出来，向校后走，到她们的家里。在那里也是谈天，说笑，或游戏。坐了许久，才不得已的离开她们，回到校内。这已成了他的习惯了，他每天到她们的家里一次，就是下雨，还是穿起皮鞋走的。姑母的招待他，更和以前不同了，细心的，周密的，似一位保姆一样，而且每天弄点心给他吃，使他吃得非常高兴。

一面，他和蕙姑就口头订下结婚的条件了。他已向她们表示，明年正月在杭州举行婚礼，再同蕙姑回家一次，住一星期，仍回到杭州来。一面，他供给这位姑母和藐姑每月几十元的生活费，并送藐姑到女子中学去读书。

总之，她们一家三人的一切，这时他统统愿意的背上肩背上去了。

多嘴的社会，这时是没人评论他。有的还说以他的年轻与地位，能与平常的女子结婚，还算一回难得的事了。学生们，也因校长是一位光棍，找一个配偶，并不算稀奇，也没有人非议他。只有几位教师，向他取笑，有时说：

“章校长，我们一定要去赏鉴一下校长太太，究竟是怎样一位美人呢？”

于是他笑答：

“好的，我领你们去罢。”

他就领他们到蕙姑的家里，胡乱地说一回。他们好象看新娘一样的看蕙姑；于是大赞其美丽。而他也几次叫蕙姑是“我的”，使得蕙姑满脸娇羞，背地里向他讨饶的说：

“章哥哥，你不要这样罢。”

而他笑眯眯的要吞她下去一样的说：

“解放一点罢，怕什么呢？我们终究要成夫妻了！”

有时他在摇椅上摇着身子，看看蕙姑想道：

“我的这一步的希望，已经圆满地达到了！”

这样过去了约两月，在太湖南北的二省，起了军事上的冲突了。杭州的军队，纷纷的向各处布防，调动；杭州的空气，突然紧张了。“江浙不久就要开火，”当人们说完这句话，果然“不久”接着就来。人们是逃的逃，搬的搬，不到一星期，一个热闹的西子湖头，已经变成凄凉的石岸了。这简直使他愁急不堪，他一边顾念着蕙姑姊妹，一边天天在校里开会，在学校议决提早放假的议案以前，学生们已经一大半回家去了。一边，学校的各种预备结束。

这一晚，在十时以后．他又跑到蕙姑的家里，蕙姑姊妹正在哭泣。他立刻问，“你们哭什么呢？”

蕙姑说，“邻居都搬走光了。”

“姑母呢？”

“姑母到亲戚家去商量逃走的方法，不知逃到那里去好，人们都说明天要打进这里呢！”

他提起声音说：

“不要怕，不要怕，断没有这件事。三天以内，决不会打到杭州的。而且前敌是我军胜利，督署来的捷报。不要怕，不要怕！”

“人们都说火车已经断了，轮船也被封锁了。”

“没有的事，我们校里的教师，有几位正趁夜班去的呢。”

他说了许多的理由，证明她们可以不必害怕。于是她们放心下来。一时，藐姑问：

“章哥哥，我们究竟怎样好呢？”

“等姑母回来商量一下罢。”

“不要逃么？”

“或者暂时向那里避一避。”

静寂了一息，她又问：

“那么你呢？”

“我？我不走。等它打进杭州再说。”

“为什么呢？”

“不愿离开杭州。”

“学校要你管着么？”

“并不，不愿离开杭州。”

又静寂了一息，姑母慌张地回来了。她一进门就叫：

“不好，不好，前敌已经打败了！此刻连城内的警察都开拔出去了。”

他随即疑惑的问：

“下午快车还通的呢？”

姑母沮丧的说：

“不通了！不通了！车到半路开回来了。”

藐姑在旁边听得全身发抖，牙齿咕咕的作响，她向他问：

“章哥哥，我们怎样呢？”

他向她强笑了一笑说：

“你去睡罢，明天决计走避一下好了。”

而姑母接着说：

“我想明天一早就走，到萧山一家亲戚那里去。现在赶紧理一点东西，藐姑，将你冬天要穿的衣服带去。”

于是他搔一搔头，又向藐姑说：

“小妹妹，你先去穿上一件衣服罢，你抖得太厉害了。”

藐姑悲哀的叫：

“事情真多！我们好好的只聚了三月，又什么要避难了！”

同时，蕙姑不住的滴下眼泪。姑母又向他问：

“章先生，你不逃么？”

“叫我逃到那里去呢？”

凄凉的停了一息，又说：

“我本想待校事结束以后，倘使风声不好，就同你们同到上海去。现在火车已经断了，叫我那里去呢？我想战事总不会延长太长久，一打到杭州，事情也就了结了。所以我暂时还想不走。”

藐姑很快的接上说：

“你同我们到萧山去好么？”

他随向姑母看了一眼说说：

“我还有一个学校在背上，我是走不干脆的。”

姑母又问：

“听说学校统统关门了？”

“是呀，只有我们一校没有关门。因为我们料定不会打败仗的。现在没有方法了，一部分远道的学生还在校内呢！”

喘一口气又说：

“不过就是打进来，学校也没有什么要紧。最后，驻扎军队或伤兵就是了，我个人总有法子好想。”

姑母着急的说：

“章先生，眼前最好早些走。现在的打仗是用炮火的。打好以后，你总要早些回到杭州来。”

这句话刚才说好，外面有人敲门。她们的心一齐跳起来，藐姑立刻跑到他的身边。他探头向外问：

“哪一个呀？”

外面的声音：

“章校长，王先生请你去。”

他看了一看表，长短针正重叠在 12 点钟。一边姑母已经开了门，走进一位校役来，随向他说：

“今夜的风声非常紧张，听说前敌已经打败了，退到不知什么地方。火车的铁桥也毁了，还说内部叛变，于是校内的学生们骚扰起来，王先生请你赶快去。”

“还有别的消息么？”他又问。

“听说督军老爷亲身出城去了，城内非常的空虚，连警察也没有。”

“还有别的消息么？”

“方才校门外烧了一个草棚，学生以为敌兵打到校内，大家哗起来。”

校役奇怪的说。他笑了一笑，向校役说：

“好，你去，我就来。”

校役去了。他一边又向姑母问：

“你们决计明天走？”

“只好走了！”蕙姑流出泪来。

他执住蕙姑的手说：

“那么我明天一早到这里来，我们再商量罢。”

姑母说：

“请章先生一早就来，否则我们要渡不过江的。”

“天亮就来。”

他一边说，一边向门外急忙的走出去，留下蕙姑姊妹。

十二

战争在他是完全该诅咒的！他想到这里，似乎再也不愿想下去了。

那时的第二天，待他醒来，已是早晨 7 时。他急忙穿好衣服，洗过脸，跑到她们的家里，而她们家的门，已铁壁一般的关起来了。她们走了，他立在她们的门外呆了半晌，没精打采的回到了校内。似乎对于战争，这时真心的感到它的罪恶了！他想蕙姑姊妹，不知走向何方面去了，渡过钱塘江，又谁知道几时渡回来？他愤了，他呆了，在风声鹤唳[5]的杭州城内，糊涂的过了几天，就同败兵一同退出城外。

以后，他流离辗转了一个月，才得到上海。在上海滩上记念蕙姑，已是无可奈何的一回事。再过半月，战争已告结束，败的完全败了，胜的却更改他一切的计划。德行中学的校长，也另委出一个人了。

他非常失意的在上海过了两月，他转变了他教育的信仰心，向政治一方面去活动。以后，也就得着上了相当的成功，唉，可是对于惠姑的爱，觉得渺茫了，渺茫了！他的神经，似为这次战争的炮弹所震撼，蕙姑的影子，渐渐地在他的心内隐没去了。

想到这时，他的气几乎窒塞住了。他展开手足，在湖滨的草地上仰卧多时。于是又立起来，昏沉地徘徊。

此后又过了四年，一直到现在。在这四年内的生活，他不愿想，好似近于堕落的。他有些老去的样子了，四年前的柔白的面皮，现在打起中年的皱纹来，下巴也有丛黑的胡须了。他的炯炯有英雄气的目光，也深沉起来，似经过了不少的世故的烁闪。四年以前的活泼也消失了，现在只有沉思与想念，或和一般胡闹的同僚作乐就是了。

这其间，他也没有去找蕙姑的心思，总之，他好似蕙姑已是他过去的妻子了，和莲姑一样的过去。这四年他都在军队里生活，现在已升到师部参谋之职，他觉得军队的生活是报酬多，事务少，又非常舒服而自由的，因此，将四年的光阴，一闪眼的送过去了。

现在，他和他的一师兵同时移防到杭州来。在到杭州的当晚，他和德行中学一位同事在湖滨遇见。那位同事立刻叫他：

“章先生，你会在杭州么？听说你已经做官了？”

“还是今天同军队一道来的。”

他答，又转问：

“王先生现在那里？”

“我仍在德行教书，没有别的事可做。”

他说，“教书很好，这是神圣的事业。我是一面诅咒军队，一面又依赖军队的堕落的人了！”

“客气客气，章先生是步步高升的。”

两人又谈了一些别的空话。于是王先生又问：

“章先生从那次战争以后，就没有和蕙姑来往了么？”

他心里突然跳了一跳，口里说：

“以后就无形隔离了，不知怎样，就无形隔离了！不知道蕙姑现在怎样？”

王先生说：

“现在？现在我也不知道。不过有一时期，听说她那位姑母到处打听章先生的消息呢！也有几封信写到府上，没有收到一封回信。以后，她们疑心章先生是死了，她们天天哭起来。以后我也不知道。至于章先生升官的消息，我还是前天从友人那里听来的。”

他这时模糊地问：“你没有去看过她们一回么？”

“没有，我也离开过杭州一年呢！”息一息又说：“假如章先生有心，现在还可以去找一找她们罢？大概她们都出嫁了。”

他一时非常悲惨,没有答应着什么话。以后又谈了一些别的,就分别了。

十三

这时，他不能不到蕙姑的家里去看一趟。他看一看他的表，时候已经八时，但他的良心使他非常不安，他就一直向蕙姑的家奔走来了。

他在她的门外敲了约有二十分钟的门，里面总是没有人答应。他疑心走错了，又向左右邻舍望了一望，分明是不错的。于是他又敲，里面才有一种声音了：“你是那个？”

“请开门。”

“你是那个？”

声音更重，听来是陌生的。他又问：

“这里是蕤姑女士住的么？”

“是。”门内的声音。

“请你开门罢！”

可是里面说：

“你有事明天来，我们夜里是不开门的！”

他着急了，说：

“我姓章，是你们很熟的人。”

这样，门才开了。

开门的是一位脸孔黄瘦的约三十岁的妇人。他们互相惊骇的一看，他疑心姑母不知到那里去了，同时仍和以前一样，直向内走，立刻就遇见藐姑呆呆地向外站着，注视他。他走上前，疯狂一般问道：

“你是莲姑呢，还是蕙姑？”

“都不是！”

藐姑的眼珠狠狠地吐出光来。他说，狞笑的：

“那么你当然是藐姑了？”

藐姑不答。接着重声的问他：

“你是谁？”

“章——”

“谁啊？”

实在，她是认得了。他答：

“是你叫过一百回的章哥哥！”

“胡说！”

藐姑悲痛地骂了一声，涌出泪来，转向房中走了。他呆立了半晌，一时想：

“到此我总要问个明白。”

随即跟她到房内。藐姑冰冷地坐在灯下，脸色惨白。他立在她前面，哀求的说道：

“藐姑，请你告诉我罢！”

“什么？”

“你的蕙姊那里去了？”

“哼！还有蕙姊么？你在做梦呢！”

“她那里去了？”

他又颓丧的哀求着。藐姑凛凛的说：

“早已出嫁了！两年多了！”

“又出嫁了么？”

“谁知道你没有良心，离开了就没个消息。”

他一时也不知从何处说起，恍恍惚惚的呆立了一回，又问道：

“你的姑母呢？”

“早已死了！”

他随着叫：

“死了？”

“已经三年了！”

她垂着头答，一息又说：

“假如姑母不死，二姊或一时不至出嫁。但姑母竟为忧愁我们而死去！姑母也是为了你而死去的，你知道么？姑母临死时还骂你，她说你假如还活的，她做鬼一定追寻你！你昏了么？”

他真的要晕去了。同时他向房中一看，觉得房中非常凄凉了。以前所有的较好的桌子用具等，现在都没有了。房内只有一张旧桌，一张旧床，两把破椅子，两只旧箱，——这都是他以前未曾看见过的。此外就是空虚的四壁，照着黝黯的灯光，反射出悲惨的颜色来。他又看了一看藐姑，藐姑也和四年以前完全两样了，由一位伶俐活泼的姑娘，变成沉思忧郁而冷酷的女子。虽则她的两眼还有秀丽的光，她的两唇还有娇美的色，可是一种经验的痛苦不住地在她的全脸上浮荡着。他低一低头又说：

“藐姑，你必须告诉我，你的两位姊姊眼前的生活究竟怎样？”

“告诉你做什么？”她睁一睁她的大眼。

“假如我能帮忙的时候，我当尽力帮忙。我到现在还没有妻子，也没有家，是成了一个漂流的人了！”

藐姑抬起头来，呼吸紧张地说：

“告诉你，因为我姊姊的幸福，全是你赐给她们的！”喘了一口气，“大姊已经是寡妇了！姊夫在打仗的一年，因为逃难就死去。现在大姊是受四面人的白眼，吞着冷饭过生活。二姊呢，姊夫是一位工人，非常凶狠品性又不好的，他却天天骂二姊是坏人，二姊时常被打的！今天下午又有人来说，几乎被打的死去！你想罢，我的二位姊姊为什么到这样？”

“藐姑，是我给她们受苦的了！”

“不是么？”

她很重的问一句。他说：

“那么你呢？”

“你不必问了！”

“告诉我，你现在怎样？你还不曾出嫁么？”

“我永远不想嫁了！”

这样，他呆了许久，又向房内徘徊了一息，他的心苦痛着，颠倒着，一时，他又走近蘋姑的身前，一手放在她的肩上说：

“蘋姑！请你看我罢！”

“看你做什么？”

他哀求而迷惑地说：

“蘋姑，这已经无法了，你的两位姊姊。现在，我只有使你幸福，过快乐而安适的日子。蘋姑，你嫁给我罢！”

“什么？你发昏了！”

她全身抖起来，惊怕的身向后退。而他又紧急的说：

“蘋姑，你无论怎样要爱我！你岂不是以前也曾爱过我么？我求你现在再爱我。我要在你的身上，使你有姊妹们三位的幸福，将你姊姊们所失去的快乐，完全补填在你的身上！你的房内是怎样的凄凉，简直使我一分钟都站立不住，我从没有见过姑娘的绣阁是如此的。蘋姑，你再爱我。你用你自己的爱来嫁给我，也继续你姊姊的爱来嫁给我！我知道你为什么不出嫁的理由，你还可以等待我。你很年轻，你不该将你的青春失去。我忘记你的年龄了，但一计算就会明白，你我少八岁，我今年是，是，是三十岁。蘋姑，你为什么发怒？你为什么流起泪来？你的面孔完全青白了！蘋姑，你不相信我的话么？我可对你发誓，我以后是一心爱你了！蘋姑，你爱我，我明天就可以送过聘金，后天就可以同你结婚，不是草率的，我们当阔绰一下，拣一个大旅馆，请极阔的人主婚，这都是我现在能力所能做得到的。你爱我，不要想到过去，过去了的有什么办法呢？抬起你的眼来，你看我一看罢！”

同时，他将手扳她的脸去，她怒道：

“你发昏了么？你做梦么？请你出去！”

他继续说：

“蘋姑，你为什么怕我？你为什么如此对待我？我是完全明白的，我非这样做不可！我已得过你的两位姊姊了，我完全占领过她们；可是她们离弃我，从我的梦想中，一个个的漏去了！现在剩着你了，我的惟一的人，求你爱我，以你十八岁那一年的心来爱我，不，以你十四岁那一年的心来爱我，我们可以继续百年，我们可以白头偕老。藐姑，我是清楚的，你为什么不答？你为什么如此凶狠的？”

“请你出去！”她站了起来。

“你为什么不说爱我？假如你不说，我是不走的。”

“你要在深夜来强迫人么？”

“断不，我还是今天上午到杭州的，我一到杭州，就想到你们了。现在你不爱我么？你不能嫁我了么？”他昏迷了，他不自知他的话是怎样说的。

“哼！”

“藐姑，我无论怎样也爱你。你若实在不说爱我，我明天可以将你掳去，可以将你的房子封掉。但我终使你快乐的，我将如爱护一只小鸟一般的爱护你。你还不说爱我么？你非说不可，因你以前曾经说过的！”

“你不走出去么？”

“你想，叫我怎样走出去呢？”

“你是禽兽！”

同时，她一边将桌子上的茶杯，打在他的额上，一边哭起来。茶杯似炸弹地在他的额上碎裂开，粉碎的落到地下。他几乎昏倒，血立刻注射出来，流在他的脸上。可是他还是笑微微的说，

“藐姑，我是应得你打，这一打可算是发泄了你过去对我的怨恨！现在，你可说句爱我了。”

她却一边哭，一边叫：

“张妈！张妈！”

一边用手推他出去，他这时完全无力，苦脸的被她推到房外。张妈自从他走进来，就立在门边看，现在是看得发抖了。她们又把他推出门外，好似推一乞丐一个样。藐姑一边哭道：

“你明天将我杀死好了！今夜你要出去，我的家不要你站！”

这样，他就完全被逐于门外，而且门关上了。

十四

他被她们赶出以后，昏沉地在她们的阶沿上坐了一息。以后，他不想回到司令部去，就一直向湖滨走了。

现在，他一坐一走的将他和她们的关系全部想过了。这一夜，确是他八年来苦痛最深的一夜。血还是不住的流出来，似乎报酬他的回忆似的。这八年来的生活，梦一般地过去，他想，这好像一串罪恶。他看四年前的蕙姑，就是八年前的莲姑；而现在的藐姑，就是四年前的蕙姑。一个妹子的长大，恰恰替代了一位姊姊的地位和美，好像她们三姊妹只是一个人，并没有三姊妹。他计算，他和莲姑相爱的时候，莲姑是二十岁；他和蕙姑相爱的时候，蕙姑是二十一岁；现在的藐姑呢，正是二十二岁。她们不过过了三年，因此，他今夜还向藐姑求爱了！可是这时他想，他衰老了，他堕落了，以前的纯洁而天真的心是朽腐了！莲姑成了寡妇，蕙姑天天被丈夫殴打着，她们的前途是完全黑暗的，地狱似的！藐姑呢，她不要嫁了，她的青春也伤破了！在他未和她们认识以前，她们的美丽与灿烂是怎样的啊？人们谁都爱谈她们三姊妹，似乎一谈到她们，舌上就有甜味似的。那时她们所包含的未来的幸福是怎样的啊？她们的希望，简直同园丁的布置春天的花园一样；放在她们的眼前，正是一座异样快乐的天地。唉！于是一接触他的手，就什么都毁坏了！他简直是一个魔鬼，吸收了她们的幸福和美丽，而报还她们以苦痛和罪恶！

这样，他又想了一想；他低低的哭了。一边，又向草地上睡了一息。

他决定，她们的人生是被他断送了的，他要去追还她们，仍用他的手，设法的使她们快乐。

冷风吹着他的头，头痛得不堪，身体也发抖起来。于是他重又立起，徘徊了一息。东方几乎要亮了。

第二天很早，他头上裹着一扎白布，脸色苍白的，一直向藐姑的家走去。她的家没有一个人，门也没有锁，景象显然是凄凉。于是他又向藐姑的房内闯进去，脚步很响。

藐姑还睡着，身上盖着棉被，她并没有动，也没有向他看。头发蓬乱的，精神很颓丧。她昨夜也整整哭了一夜，想尽了她的人生所有的灰色，但勇气使她这样做，她还是荣耀的。他呆立在她的面前，许久没有说出一句话。藐姑止不住，向他问道：

“你又来做什么？”

他慢慢的说：

“请你恕我，恕我一切的过去。我要你商量以后正当的事，你必得好好地答我。”

“答你做什么呢？”

她怒气的。他萎弱的说：

“你必得答我，我昨夜思量了一夜，我非如此做不可。”

“你一定要娶我么？你又来使我受和我姊姊的同样苦痛么？”

她说。同时在床上坐起来。他答：

“不，并不是。”

“你还想怎样做？”

他也坐下床边，眼瞧住她说：

“我要娶你的大姊。”

“什么呀？”

她十分惊骇的。他又说一句：

“我要娶你的大姊。”

“你以为我的大姊还和以前一样美丽么？你昏了！”

“不，无论美丽不美丽，我现在还是爱她。我当使用我的力量，叫你的大姊立刻和那家脱离关系。以后用我的手保护她，使她快乐。”

“你不知道我的大姊已经老了么？”

“没有关系，在我未死以前，她还应该得到快乐的。”

他悲哀的说了，两人沉默一息。一时，他又说：

“我也要使你的二姊和那位暴虐的工人离婚。”

“做什么？”

藐姑突然又惊骇了。他冷冷的说：

“自然也是这样。”

“怎样呢？”

“我娶她。”

“你也娶我的二姊?”

“是的，以后我也尽心对待她，使她快乐。”

藐姑冷笑了一笑说：

“你可以醒了！你不要再住在梦里了！你为什么我的姊姊以前等你迎娶的时候，你连影子都没有了，现在却要来娶她们？你或想她们还和以前一样，对你实说罢，她们都老了，丑了，她们也再不会爱你，她们只有怨你，痛恨你。诅咒你！”

他冷淡的接着说：

“我只要使她们快乐，我去追回她们的幸福。事实已经布置好要这样做了，藐姑，请你即速差一个人去，请你的两位姊姊来，我们先商量一下，究竟愿意不愿意离婚。”

“你有这样的力量么？你能使我的姊姊离婚就离婚么？”

“我有的。”

“恐怕姊姊未必愿意嫁给你！”

“等待以后再说罢。总之，我这几年来，已有一万元钱的积蓄，我当分给你们三姊妹。”

“我不要你的，我发誓不要你的！”

房内静止了一息，他又说：

“藐姑，你为什么这样说呢？你为什么如此怒气对我？事实已叫我如此做，非如此做不可了。人生是为快乐而人生的，莫非你们三姊妹都忍受苦痛到死么？你们以吃苦为人生的真义么？要吃苦，也不该吃这样的苦，这是由别人的指头上随意施给你们的。藐姑，你仔细想一想，有你的勇敢和意志，你应得幸福的报酬的。”息一息又说，“我呢，这是我的错误。我因为要求自己的快乐，竟把别人的快乐拿来断送了。现在，我想做一做，竭力使你的姊姊们快乐，愿意自己成了一位奴隶。你懂得我的意思么？我娶了你的离婚后的两位姊姊，我的名誉恐怕从此不能收拾了，但我不管，我曾经要娶她过的，现在就非娶她不可。事实如此，我们也不必说空话了。”

说完，他垂下头去。她说：

“我不相信你的话，恐怕姊姊们也不相信你的话了。你自想，你四年前的态度比今日如何？你一离开我们，你就没有心思了。我的姊姊是愿意离婚，但不愿再上你的当。离了婚，你就不会把她们抛掉么？谁相信你！”

他摇一摇头又说：

“藐姑，请你不要如此盛气罢！你相信我，赶快叫你的两个姊姊来，我当以我的财产担保你们。我锈了的心，昨夜磨了一夜，请你照一照罢。”

他苦痛的用手托一托她的颊，她也随即转过脸来，两人仔细地对看着。

十五

三星期以后，莲姑和蕙姑的脱离夫家的手续完全办好。当然，因为他使用了他的势力，法庭立刻判决了！一面又拿出两百元的钱来还给她们的夫家，好像赎身一样，夫家也满足，事情非常容易的办了。这其间，县长与师长们，却代他愁眉，奇怪，几次向他说，“给她们两百元钱就是；为你着想，还是不判决离婚好些。”而他却坚执的说，“为我着想，还是判决离婚为是，金钱是不能赎我良心的苦痛的。”

现在是一切手续办好的下午，在他的公馆内的一间陈设华丽的房内，坐着他和莲姑三姊妹。她们都穿着旧的飞上灰尘的衣服，态度冷淡而凄凉，精神也用的疲乏了似的。一副对于人生有些厌倦，从她们的过程中已经饱尝了苦味的景象，是很浓厚地从她们的脸上反映出来。年最大的一位，就是莲姑，这时坐在房角一把椅上，显然似一位中年妇人了。美丽消退了，脸上不再有彩霞般粉红的颜色，她的脸皮灰白而粗厚的，两边两块颧骨露出来，两颊成了两个窝。眼睛特别的圆大，可是炯炯的光里，含着前途的苍茫之色，不再有迷人的闪烁了。坐在旁边较小的一位是蕙姑，她很似做苦工的女工似的。脸比前瘦长了，下巴尖下了。藐姑坐在她们对面的沙发上，也异常憔悴，好像病了许久一般。脸比她的姊姊们还青白，完全没有在她年龄应得的光彩。她们没有一句话，沉思着，似从她们的眼前，一直想到极辽远无境界的天边。

在她们的前面的一张桌上，放着一只银质的奖章，一只金质的戒指。它们都没有光彩，似埋葬在地底许多年了一样。

他坐在桌子的对面，房的中央。两手支着下巴靠在桌面上，似乎一切思路都阻塞了，简直想不出什么来一样。他只有微微的自己觉着，他似乎是个过去时代的浪漫派的英雄。于是他慢慢的苦笑起来。随即，他抬头向莲姑问：

“依你的意思要怎样呢？”

莲姑也抬头苦笑的答：

“假如你还有一分真情对我的时候，请你送我到庵里做尼姑去。”

他又低下头去，一息，又抬起来，向蕙姑问：

“依你的意思要怎样呢？”

蕙姑也抬头凄惨的答：

“假如你还有一分真情对我的时候，请你送我到工厂做女工去。”

这样，他又静默了一息，向藐姑问：

“那么，你告诉我，你的意思要怎样呢？”

藐姑目光闪闪的答：

“我不想怎样，除出被男人侮辱的事以外，什么都会做，我跟我的两位姊姊。”

接着，他摇摇头说：

“我不是这样想，我不是这样想。”

于是他又站起来，用手去拨一拨戒指和奖章，吐了一口气，在房内愁眉的徘徊起来。

据1929年4月15日上海水沫书店版

注释

1．妆奁（zhuāng lián）：女子梳妆用的镜匣，借指嫁妆。

2．云翳（yì）：阴暗的云。

3．殪（yì）：死，杀死。

4．嗫嚅（niè rú）：想说而又吞吞吐吐不敢说出来。

5．风声鹤唳（lì）：唳：鹤叫声。形容惊慌失措，或自相惊扰。

导读

《三姊妹》是柔石的第一部中篇小说，创作并出版于1929年。是时军阀割据，战火频仍，社会动荡，民不聊生。

作品的主人公是一位被称为“章先生”的青年。他二十多岁，在一所高中读书。他具有“五四”风潮之后青年知识分子的特征，追求民主自由，热情浪漫，对于旧社会富有叛逆精神。他参与学潮，动员平民子女上学，见到三姐妹后立刻坠入爱河。

“章先生”与大姐莲姑的恋爱遭到了校内外的批评和嘲讽，象征旧社会势力的老校长将他列为“斥退”的首名。他没有屈服，他说：“这是我的终身大事，你不能来干涉我！”他富有才气，在学校的讲演大赛中荣获第一名，功课也好，他的老师很惋惜他这个只差半年就毕业的学生，劝他为前程计给校长写个悔过书，以保其不被开除。他断然拒绝了，组织同学驱逐校长，然而运动失败，他被警察驱逐出了杭州城。

“章先生”到北京去读了大学。南北遥远的阻隔并没有影响他对莲姑的想念，他不断地给她写去火热而甜蜜的情书，在他焦急的热盼中，却只得到了两封回信，寥寥几行字，而且还有错别字！莲姑没有上过学。于是，“他的热度立刻降下来，一直降到冰点以下！”作品细腻入微地刻画了他的矛盾和变化，他对莲姑的“神圣的恋爱”和“永久的相思”终于“感到有些茫然了”。于是梦断关山，爱变成了记忆。四年后，当他回到杭州时，莲姑已经忍受了巨大的痛苦，为生活所迫嫁做了商人妇。

“章先生”在短暂的失落后，又开始追求同样美丽的蕙姑。爱情的攻势如急风暴雨，没多久他就把象征着天长地久“爱的盟物”的金戒指戴到了蕙姑的无名指上。天真的姑娘在爱的陷阱里沉醉了，“没有一丝疑惑”地重蹈着姐姐的覆辙，“已完全将她自身谦逊的献给他了”。

几个月后，他们的热恋被无情的战争粉碎了，“太湖南北的二省，起了军事上的冲突”了。作品正面描绘了军阀混战给黎民百姓平静生活带来的深重伤害，虽然只是寥寥数笔的背景文字，却展现了20世纪初叶的时代特征，风声鹤唳，家破人亡，流离失所，苦不堪言。“章先生”“真心的感到它的罪恶了！”

“章先生”没有跟随他的恋人蕙姑一起逃往萧山。他们从此天各一方。又是一个四年过去了，令人惊讶的是，“章先生”已从一个性格上热情正直、思想上进步向上的青年学子变成了一个旧军队的师部参谋。作品只用“他觉得军队的生活是报酬多，事务少，又非常舒服而自由的”短短一行字来交代这个巨大的变化，至于他怎样“一面诅咒军队，一面又依赖军队”地“堕落”，作品是一片空白。他所经受的心灵的撕裂，灵魂的挣扎，种种复杂的纠结和矛盾，都留给了读者的想象。这种剪裁上的大胆舍弃，使作品含蓄蕴藉，突出了全文关于“爱”的主题。

追逐功名利禄的“章先生”，对于自己发誓所爱的蕙姑，四年的时间已足够“在他的心内隐没去了”。当他富贵还乡重回杭州时，蕙姑和她的姐姐一样，早已沉入了生活的最底层。“章先生”转而去追求与两个姐姐当年同样漂亮天真的妹妹藐姑，然而这一次他失算了。他遭到了断然的拒绝。

“章先生”见一个爱一个，而且始爱终弃，暴露了他在感情上的飘忽不定和人生态度上的游移沉浮，也反映了那个时代小资产阶级知识分子的利己、矛盾、彷徨和动摇。作为“这一个”的“章先生”，他的真挚和虚伪，追求和背叛，无论在情感世界，还是在理想追求上，都是混杂在一起而且一脉相承的。

“章先生”向藐姑求爱碰壁后，特别是当他得知莲姑和蕙姑的悲惨遭遇后，他的心灵受到了极大的震撼，他深感自己“简直是一个恶魔，吸收了她们的幸福和美丽，而报还她们以苦痛与罪恶”！良心未泯的他开始忏悔，他利用自己的能量，把自己占有过的两个女人从人间地狱的处境里“拯救”出来。尽管她们早已青春不再，而且面貌丑陋，他还是要娶她们为妻，以为心灵的自我救赎。遭到拒绝后，他又要拿出自己的全部积蓄分给三姐妹，“愿意自己成了一位奴隶”。

“章先生”的忏悔是否真诚，是否真实可信，是否符合人物的性格逻辑，都可以深入探讨，但作品出现的忏悔意识，对于20世纪初叶的中国文学，还是鲜见因而难能可贵的。也许我们这个民族本身就缺乏忏悔传统，因而作为生活反映的文学在这方面也就更加乏善可陈。作者显然受到过俄罗斯文学特别是列夫·托尔斯泰的影响，尽管难与大师比肩，但对人性和人的内心的关注，还是应该肯定的。

与莲姑和蕙姑的轻信柔弱相比，藐姑的清醒、果断、坚定和对自身尊严的维护，为作品增添了亮色。“章先生”最后来到三姐妹家时，藐姑依然“秀丽”“娇美”，可是当他向她甜言蜜语求爱并以物质诱惑时，她淋漓酣畅地痛骂对方“你是禽兽！”并用茶杯猛地砸向他，以至他头破血流。“章先生”深切地感到“藐姑和四年前完全两样了，由一位伶俐活泼的姑娘，变成沉思忧郁而冷酷的女子”。藐姑这个形象像一道锐利的闪电，划破了黑暗而罪恶的夜空，给那个万恶的社会带来了一线希望的光明。

二　月

一

是阴历二月初，立春刚过了不久，而天气却奇异地热，几乎热的和初夏一样。在芙蓉镇的一所中学校底会客室内，坐着三位青年教师，静寂地各人看着各人自己手内底报纸。他们有时用手拭一拭额上的汗珠，有时眼睛向门外瞟一眼，好象等待什么人似的，可是他们没有说一句话。这样过去半点钟，其中脸色和衣着最漂亮的一位，名叫钱正兴，却放下报纸，站起，走向窗边将向东的几扇百页窗一齐都打开。一边，他稍稍有些恼怒的样子，说道：

"天也忘记做天的职司了！为什么将五月的天气现在就送到人间来呢？今天我已经换过两次的衣服了：上午由羔皮换了一件灰鼠，下午由灰鼠换了这件青缎袍子，莫非还叫我脱掉赤膊不成么？陶慕侃，你想，今年又要有变卦的灾异了——战争，荒歉，时疫，总有一件要发生呢？"

陶慕侃是坐在书架的旁边，一位年约三十岁，脸孔圆黑微胖的人，就是这所中学的创办人，现在的校长。他没有向钱正兴回话，只向他微笑的看一眼。而坐在他对面的一位，身躯结实而稍矮的人，却响应着粗的喉咙，说道：

"哎，灾害是年年不免的，在我们这个老大的国内！近三年来，有多少事：江浙大战，甘肃地震，河南盗匪，山东水灾，你们想？不过像我们这芙蓉镇呢，总还算是世外桃源，过的太平日子。"

"要来的，要来的，"钱正兴接着恼怒地说："这样的天气！"

前一位就站了起来，没趣地向陶慕侃问：

"陶校长，你以为天时的不正，是社会不安的预兆么？"

这位校长先生，又向门外望了一望，于是放下报纸，运用他老是稳健的心，笑眯眯地诚恳似的答道：

“那里有这种的话呢！天气的变化是自然底现象，而人间底灾害，大半都是人类自己底多事造出来的：譬如战争……”

他没有说完，又抬头看一看天色，却转了低沉的语气说道：

“恐怕要响雷了，天气有要下雷雨的样子。”

这时挂在壁上的钟，正铛铛铛的敲了三下。房内静寂片刻，陶慕侃又说：

“已经三点钟了，萧先生为什么还不到呢？方谋，照时候计算应当到了。假如下雨，他是要淋的湿的。”

就在他对面的那位方谋，应道：

“应当来了，轮船到埠已经有两点钟的样子。从埠到这里总只有十余里路。”

钱正兴也向窗外望一望，余怒未泄的说：

“谁保险他今天一定来的吗？那里此刻还不会到呢？他又不是小脚啊。”

“来的，”陶慕侃那么微笑的随口答，“他从来不失信。前天的挂号信，说是的的确确今天会到这里。而且嘱我叫一位校役去接行李，我已叫阿荣去了。”

“那么，再等一下罢。”

钱正兴有些不耐烦的小姐般的态度，回到他的原位子上坐着。

正这时，有一个十三四岁的小学生，快乐地气喘地跑进会客室里来，通报的样子，叫道：

“萧先生来了，萧先生来了，穿着学生装的。”

于是他们就都站起来，表示异常的快乐，向门口一边望着。随后一二分钟，就见一位青年从校外走进来。他中等身材，脸面方正，稍稍憔悴青白的，两眼莹莹有光，一副慈惠的微笑，在他两颊浮动着。看他底头发就可知道他是跑了很远的旅路来的，既长，又有灰尘。身穿着一套厚哔叽的藏青的学生装，姿势挺直。足下一双黑色长统的皮鞋，跟着挑行李的阿荣，一步步向校门踏进。陶慕侃等立刻迎上门口，校长伸出手，两人紧紧地握着。陶校长说：

“辛苦，辛苦，老友，难得你到敝地来，我们底孩子真是幸福不浅。”

新到的青年谦和的稍轻地答：

“我呼吸着美丽而自然底新清空气了！乡村真是可爱哟，我许久没有见过这样甜蜜的初春底天气哩！”

陶校长又介绍了他们，个个点头微笑一微笑，重又回到会客室内。陶慕侃一边指挥挑行李的阿荣，一边高声说：

“我们足足有六年没有见面，足足有六年了。老友，你却苍老了不少呢！”

新来的青年坐在书架前面的一把椅子上，同时环视了会客室——也就是这校的图书并阅报室。一边他回答那位忠诚的老友：

“是的，我恐怕和在师范学校时大不相同，你是还和当年一样青春。”

方谋坐在旁边插进说：

“此刻看来，萧先生底年龄要比陶先生大了。萧先生今年的贵庚呢？”

“二十七岁。”

“照阴历算的么？那和我同年的。”他非常高兴的样子。

而陶慕侃谦逊的曲了背，似快乐到全身发起抖来：

“劳苦的人容易老颜，可见我们没有长进。钱先生，你以为对吗？”

钱正兴正呆坐着不知想什么，经这一问，似受了刺讽一般的答：

“对的，大概对的。”

这时天渐暗下来，云密集，实在有下雨的趋势。

他名叫萧涧秋，是一位无父母，无家庭的人。六年前和陶慕侃同在杭州省立第一师范学校毕业。当时他们两人底感情非常好，是同在一间自修室内读书，也同在一张桌子上吃饭的。可是毕业以后，因为志趣不同，就各人走上各人自己底路上。萧到过汉口，又到过广州。近三年来都住在北京，因他喜欢看骆驼底昂然顾盼的姿势，听冬天底尖厉的北方底怒号的风声，所以在北京算住的最久。终因感觉到生活上的厌倦了，所以答应陶纂侃底聘请，回到浙江来。浙江本是他底故乡，可是在他底故乡内，他却没有一椽房子，一片土地的。从小就死了父母，只孑然[1]一身，跟着一位堂姊生活。后来堂姊又供给他读书的费用，由小学而考入师范，不料在他师范学校临毕业的一年，堂姊也死去了。他满想对他底堂姊报一点恩，而他堂姊却没有看见他底毕业证书就瞑目长睡了。因此，他在人间更形孤独，他底思想，态度，也更倾向于悲哀，凄凉了。知己的朋友也很少，因为陶慕侃还是和以前同样地记着他，有时两人也通通信。陶慕侃一半也佩服他对于学问的努力，所以趁着这学期学校的改组和扩充了，再三要求他到芙蓉镇来帮忙。

当他将这座学校仔细地观察了一下以后，他觉得很满意。他心想——愿意在这校内住二三年，如有更久的可能还愿更久的做。医生说他心脏衰弱，他自己有时候也感到对于都市生活有种种厌弃，只要看到孩子，这是人类纯洁而天真的花，可以使他微笑的。况且这座学校底房子，虽然不大，却是新造的，半西式的；布置，光线，都像一座学校。陶慕侃又将他底房间位置靠在小花园的一边，当时他打开窗，就望见梅花还在落瓣。他在房内走了两圈，似乎他底过去，没有一事使他挂念的，他要在这里新生着了，从此新生着了。因为一星期的旅路的劳苦，他就向新床上睡下去。因为他是常要将他自己底快乐反映到人类底不幸的心上去的，所以，这时，他的三点钟前在船上所见的一幕，一件悲惨的故事底后影，在他脑内复现了。

小轮船从海市到芙蓉镇，须时三点钟，全在平静的河内驶的。他坐在统舱的栏杆边，眺望两岸的衰草。他对面，却有一位青年妇人，身穿着青布夹衣，满脸愁戚的。她很有大方的温良的态度，可是从她底两眼内，可以瞧出极烈的悲哀，如骤雨在夏午一般地落过了。她底膝前倚着一位约七岁的女孩，眼秀颊红，小口子如樱桃，非常可爱。手里捻着两只橘子，正在玩弄，似橘子底红色可以使她心醉。在妇人底怀内，抱着一个约两周的小孩，啜着乳。这也有一位老人，就向坐在她旁边的一位老妇问：

“李先生到底怎么哩？”

那位老妇凄惨地答：

“真是打死了！”

“真的打死了吗？”

老人惊骇地重复问。老妇继续答，她开始是无聊赖的，以后却起劲地说下去了：

“可怜真的打死了！什么惠州一役打死的，打死在惠州底北门外。听说惠州底城门，真似铜墙铁壁一样坚固。里面又排着阵图，李先生这边的兵，打了半个月，一点也打不进去。以后李先生愤怒起来，可怜的孩子，真不懂事，他自讨令箭，要一个人去冲锋。说他那时，一手捻着手提机关枪，腰里佩着一把钢刀，藏着一颗炸弹，背上又背着一支短枪，真像古代的猛将，说起来吓死人！就趁半夜漆黑的时候，他去偷营。谁知城墙还没有爬上去，那边就是一炮，接着就是雨点似的排枪。李先生立刻就从半城墙上跌下来，打死了！”老妇人擦一擦眼泪，继续说：“从李先生这次偷营以后，惠州果然打进去了。城内的敌兵，见这边有这样忠勇的人，胆也吓坏了。他们自己逃散了。不过李先生终究打死了！李先生的身体，他底朋友看见，打的和蜂窠[2]一样，千穿百孔，血肉模糊。那里还有鼻头眼睛，说起来怕死人！”她又气和缓一些，说：“我们这次到上海去，也白跑了一趟。李先生底行李衣服都没有了，恤金一时也领不到。他们说上海还是一个姓孙的管的，他和守惠州的人一契的，都是李先生这边的敌人。所以我们也没处去多说，跑了两三处都不像衙门的样子的地方，这地方是秘密的。他们告诉我，恤金是有的，可不知道什么时候一定有。我们白住在上海也费钱，只得回家。”稍停一息，又说：“以后，可怜她们母子三人，不知怎样过活！家里一块田地也没有，屋后一方种菜的园地也在前年卖掉给李先生做盘费到广东去。两年来，他也没有寄回家一个钱。现在竟连性命都送掉了！李先生本是个有志的人，人又非常好，可是总不得志，东跑西奔了几年。于是当兵去，是骗了他底妻去的，对她是说到广东考武官。谁知刚刚有些升上去，竟给一炮打死了！”

两旁的人都听得摇头叹息，嘈杂地说——像李先生这样的青年死的如此惨，实在冤枉，实在可惜。但亦无可奈何！

这时，那位青年寡妇，止不住流出泪来。她不愿她自己底悲伤的泪光给船内的众眼瞧见，几次转过头，提起她青夹衫底衣襟将泪拭了。老妇人说到末段的时候，她更低头看着小孩底脸，似乎从小孩底白嫩的包含未来之隐光的脸上，可以安慰一些她内心底酸痛和绝望。女孩仍是痴痴地，微笑的，一味玩着橘子底圆和红色。一时她仰头向她底母亲问：

“妈妈，家里就到了喔？”

“就到了。”

妇人轻轻而冷淡的答。女孩又问：……

“是呀，就到了。”

妇人不耐烦地。女孩又叫：

“家里真好呀！家里还有娃娃呢！”

这样，萧涧秋就离开栏杆，向船头默默地走去。

船到埠，他先望见妇人，一手抱着小孩，一手牵着少女。那位述故事的老妇人是提着衣包走在前面。她们慢慢的一步步地向一条小径走去。

这样想了一回，他从床上起来。似乎精神有些不安定，失落了物件在船上一样。站在窗前向窗外望了一望，天已经刮起风，小雨点也在干燥的空气中落下几滴。于是他又打开箱子，将几部他所喜欢的旧书都拿出来，整齐地放在书架之上。又抽出一本古诗来，读了几首，要排遣方才的回忆似的。

二

从北方送来的风，一阵比一阵猛烈，日间的热气，到傍晚全有些寒意了。

陶慕侃领着萧涧秋，方谋，钱正兴三人到他家里吃当夜的晚饭。他底家离校约一里路，是旧式的大家庭的房子。朱色的柱已经为久远的日光晒的变黑。陶慕侃给他们坐在一间书房内。房内的橱，桌，椅子，天花板，耀着灯光，全交映出淡红的颜色。这个感觉使萧涧秋觉得有些陌生的样子，似发现他渺茫的少年的心底阅历。他们都是静静地没有多讲话，好像有一种严肃的力笼罩全屋内，各人都不敢高声似的。坐了一息，就听见窗外有女子底声音，在萧涧秋底耳里还似曾经听过一回的。这时陶慕侃走进房内说：

“萧呀，我底妹妹要见你一见呢！”

同着这句话底末音时，就出现一位二十三四岁模样的女子在门口，而且嬉笑的活泼的说：

“哥哥，你不要说，我可以猜得着那位是萧先生。”

于是陶慕侃说：

“那么让你自己介绍你自己罢。”

可是她又痴痴地，两眼凝视着萧涧秋底脸上，慢慢的说：

“要我自己来介绍什么呢？还不是已经知道了？往后我们认识就是了。”

陶慕侃笑向他底新朋友道：

“萧，你走遍中国底南北，怕不曾见过有像我妹妹底脾气的。”

她却似厌倦了，倚在房门的旁边，低下头将她自然的快乐换成一种凝思的愁态。一忽，又转呈微笑的脸问：

“我好似曾经见过萧先生的？”

萧涧秋答：

“我记不得了。”

她又依样淡淡地问：

“三年前你有没有一个暑假住过杭州底葛岭呢？”

萧涧秋想了一想答：

“曾经住过一月的。”

“是了，那时我和姊姊们就住在葛岭的旁边。我们一到傍晚，就看见你在里湖岸上徘徊，徘徊了一点钟，才不见你，天天如是。那时你还蓄着长发拖到颈后的，是么？”

萧涧秋微笑了一笑：

“大概是我了。八月以后我就到北京。”

她接着叹息的向她哥哥说：

“哥哥，可惜我那时不知道就是萧先生，假如知道，我一定会冒昧地叫起他来。”又转脸向萧涧秋说：“萧先生，我是很冒昧的，简直粗糙和野蛮，往后你要原谅我。我们以前失了一个聚集的机会，以后我们可以尽量谈天了。你学问是渊博的，哥哥时常谈起你，我以后什么都要请教你，你能毫不客气地教我么？我是一个无学识的女子——本来，‘女子’这个可怜的名词，和‘学识’二字是连接不拢来的。你查，学识底人名表册上，能有几个女子底名字么？可是我，硬想要有学识。我说过我是野蛮的，别人以为女子做不好的事，我却偏要去做。结果，我被别人笑一趟，自己底研究还是得不到。像我这样的女子是可怜的，萧先生，哥哥常说我古怪，倒不如说我可怜切贴些，因为我没有学问而任意胡闹；我现在只有一位老母——她此刻在灶间里——和这位哥哥，他们非常爱我，所以由我任意胡闹。我在高中毕业了，我是学理科的；我又到大学读二年，又转学法科了。现在母亲和哥哥说我有病，叫我在家里。但我又不想学法科转想学文学了。我本来喜欢艺术的，因为人家说女子不能做数学家，我偏要去学理科。可是实在感不到兴味。以后想，穷人打官司总是输，我还是将来做一个律师，代穷人做状子，辩诉。可是现在又知道不可能了。萧先生，哥哥说你是于音乐有研究的人，我此后还是跟你学音乐罢。不过你还要教我一点做人的知识，我知道你同时又是一位哲学家呢！你或者以为我是太会讲话了，如此，我可详细地将自己介绍给你，你以后可以尽力来教导我，纠正我。萧先生，你能立刻答应我这个请求么？”

她这样滔滔地婉转地说下去，简直房内是她一人占领着一样。她一时眼看着地，一时又瞧一瞧萧，一时似悲哀的，一时又快乐起来，她底态度非常自然而柔媚，同时又施展几分娇养的女孩的习气，简直使房内的几个人看呆了。萧涧秋是微笑的听着她底话，同时极注意的瞧着她的。她真是一个非常美貌的人——脸色柔嫩，肥满，洁白；两眼大，有光彩；眉黑，鼻方正，唇红，口子小；黑发长到耳根；一见就可知道她是有勇气而又非常美丽的。这时，他向慕侃说道：

“陶，我从来没有这样被窘迫过，像你妹妹今夜的愚弄我。”又为难地低头向她说：“我简直倒霉极了，我不知道向你怎样回答呢？”

她随即笑一笑说：

“就这样回答罢。我还要你怎样回答呢？萧先生，你有带你底乐谱来么？”

“带了几本来。”

“可以借我看一看么？”

“可以的。”

“我家里也有一架旧的钢琴呢，我是弹它不成调的，而给贝多芬还是一样地能够弹出《月光曲》来。萧先生请明天来弹一阕罢？”

“我底手指生疏了，我好久没有习练。”

“何必客气呢？”

她低声说了一句。这时方谋才惘惘然说：

“萧先生会弹很好的曲么？”

“他会的，”陶慕侃说，“他在校时就好，何况以后又努力。”

“那我也要跟萧先生学习学习呢！”

“你们何必这样窘我！”他有些惭愧地说，“事实不能掩饰的，以后我弹，你们评定就是了。”

“好的。”

这样，大家静寂了一息。倚在门边的陶岚——慕侃底妹妹，却似一时不快乐起来，她没有向任何人看，只是低头深思的，微皱一皱她底两眉。钱正兴一声也不响，抖着腿，抬着头向天花板望，似思索文章似的。当每次陶岚开口的时候，他立刻向她注意看着，等她说完，他又去望着天花板底花纹了。一时，陶岚又冷淡地说：

“哥哥，听说文嫂回来了，可怜的很呢！”

“她回来了？李……？”

她没有等她哥哥说完，又转脸向萧问：

“萧先生，你在船内有没有看见一位二十六七岁的妇人，领着一个少女和孩子的？”

萧涧秋立刻垂下头，非常不愿提起似的答：

“有的，我知道她们底底细了。”

女的接着说，伤心地：

“是呀，哥哥，李先生真的打死了。”

校长皱一皱眉，好像表示一下悲哀以后说：

“死总死一个真的，死不会死一个假呢？虽则假死的也有，在他可是有谁说过？萧，你也记得我们在师范学校的第一年，有一个时常和我一块的姓李的同学么？打死的就是此人。”

萧想了一想，说：

“是，他读了一年就停学了，人是很慷慨激昂的。”

“现在，”校长说，“你船上所见的，就是他底寡妻和孤儿啊！”

各人底心一时似乎都被这事牵引去，而且寒风隐约的在他们底心底四周吹动。可是一忽，校长却首先谈起别的来，谈起时局的混沌，不知怎样开展；青年死了之多，都是些爱国有志之士，而且家境贫寒的一批，家境稍富裕，就不愿做冒险的事业，虽则有志，也从别的方面去发展了。因此，他创办这所中学是有理由的，所谓培植人材。他愿此后忠心于教育事业，对未来的青年谋一种切实的福利。同时，陶慕侃更提高声音，似要将他对于这座学校的计划，方针，都宣布出来，并议论些此后的改善，扩充等事。

可是用人传话，晚餐已经在桌上布置好了。他们就不得不停止说话，向厅堂走去。方谋喃喃地说：

“我们正谈的有趣，可是要吃饭了！有时候，在我是常常，谈话比吃饭更有兴趣的。”

陶慕侃说：

“吃了饭尽兴地谈罢，现在的夜是长长的。”

陶岚没有同在这席上吃。可是当他们吃了一半以后，她又站出来，倚在壁边，笑嘻嘻地说：

“我是痴的，不知礼的，我喜欢看别人吃饭。也要听听你们高谈些什么，见识见识。”

他们正在谈论着“主义”，好似这时的青年没有主义，就根本失掉青年底意义了。方谋底话最多，他喜欢每一个人都有一种主义，他说：“主义是确定他个人底生命的；和指示着社会底前途的机运的。”于是他说他自己是信仰三民主义，因为三民主义就是救国主义。“想救国的青年，当然信仰救国主义，那当然信仰三民主义了。”一边又转问：

“可不知道你们信仰什么？”

于是钱正兴兴致勃勃，同时做着一种姿势，好叫旁人听得满意一般，开口说道：

“我却赞成资本主义！因为非商战，不能打倒外国。中国已经是欧美日本的商场了，中国人底财源的血，已经要被他们一口一口地吸燥了。别的任凭什么主义，还是不能救国的。空口喊主义，和穷人空口喊吃素会成佛一样的！所以我不信仰三民主义，我只信仰资本主义。惟有资本主义可以压倒军阀；国内的交通，实业，教育，都可以发达起来。所以我以为要救国，还是首先要提倡资本主义，提倡商战！”

他起劲地说到这里，眼不瞬的看着坐在他对面的这位新客，似要引他底赞同或驳论。可是萧涧秋低着头不做声响，陶慕侃也没有说，于是方谋又说，提倡资本主义是三民主义里底一部分，民生主义上是说借外债来兴本国底实业的。陶岚在旁边几次向她哥哥和萧涧秋注目，而萧涧秋却向慕侃说，他要吃饭了，有话吃了饭再谈。方谋带着酒兴，几乎手足乱舞地阻止着，一边强迫地问他：

“萧先生，你呢？你是什么主义者？我想，你一定有一个主义的。主义是意志力的外现，像你这样意志强固的人，一定有高妙的主义的。”

萧涧秋微笑地答：

“我没有。——主义到了高妙，又有什么用处呢？所以我没有。”

“你会没有？”方谋起劲地，“你没有看过一本主义的书么？”

“看是看过一点。”

“那么你在那书里找不出一点信仰么？”

“信仰是有的，可是不能说出来，所以我还是个没有主义的人。”

在方谋底酒意的心里一时疑惑起来，心想他一定是个共产主义者。但转想，——共产主义有什么要紧呢？在党的政策之下，岂不是联共联俄的么？虽则共产主义就是……于是他没有推究了，转过头来向壁边呆站着的陶岚问：

“Miss 陶，你呢？请你告诉我们，你是什么主义者呢？我们统统说过了：你底哥哥是人才教育主义，钱先生是资本主义……你呢？”

陶岚却冷冷地严峻地几乎含泪的答：

“我么？你问我么？我是自私自利的个人主义者！社会以我为中心，于我有利的拿了来，于我无利的推了去！”

萧涧秋随即向她奇异地望了一眼。方谋底已红的脸，似更羞涩似的。于是各人没有话。陶慕侃就叫用人端出饭来。

吃了饭以后，他们就从校长底家里走出来。风一阵一阵地刮大了。天气骤然很寒冷，还飘着细细的雨花在空中。

三

萧涧秋次日一早就醒来。他望见窗外有白光，他就坐起。可是窗外的白光是有些闪动的。他奇怪，随即将向小花园一边的窗的布幕打开，只见窗外飞着极大的雪。地上已一片白色。草，花，树枝上，都积着约有小半寸厚。正是一天的大雪，在空中密集的飞舞。

他穿好衣服，开出门。阿荣给他来倒脸水，他们迎面说了几句关于天气奇变的话，阿荣结尾说：

“昨天有许多穷人以为天气从此会和暖了，将棉衣都送到当铺里去。谁知今天又突然冷起来，恐怕有的要冻死了。”

他无心地洗好脸，在沿廊下走来走去的走了许多圈。他又想着昨天船中的所见。他想寡妇与少女三人，或者竟要冻死了，如阿荣所说。他心里非常地不安，仍在廊下走着。最后，他决计到她们那里去看一趟，且正趁今天是星期日。于是就走向阿荣底房里，阿荣立刻站起来问：

“萧先生，你要什么？”

“我不要什么，”他答，“我问你，你可知道一个她丈夫姓李的在广东打死的底妇人的家里在那里么？”

阿荣凝想了一息，立刻答：

“就是昨天从上海回来的么？”

“是呀。”

“她和你同船到芙蓉镇的。”

“是呀。你知道她的家么？”

“我知道。她底家是在西村，离此地只有三里。”

“怎么走呢？”

“萧先生要到她家里去么？”

“是，我想去，因为她丈夫是我同学。”

“呵，便当的，”阿荣一边做起手势来。“从校门出去向西转，一直去，过了桥，就沿河滨走，走去，望见几株大柏树的，就是西村。你再进去一问，便知道了，她底家在西村门口，便当的，离此地只有三里。”

于是他又回到房内。轻轻的愁一愁眉，便站在窗前，对小花园呆看着下雪的景象。

九点钟，雪还一样大。他按着阿荣所告诉他的路径，一直往西村走去。他外表还是和昨天一样，不过加上一件米色的旧的大衣在身外，一双黑皮鞋，头上一顶学生帽，在大雪之下，一片白色的河边，一片白光的野中，走的非常快。他有时低着头，有时向前面望一望，他全身似乎有一种热力，有一种勇气，似一只有大翼的猛禽。他想着，她们会不会认得他就是昨天船上的客人。但认得又有什么呢？他自己解释了。他只愿一切都随着自然做去，他对她们也没有预定的计划，一任时光老人来指挥他，摸摸他底头，微笑的叫他一声小娃娃，而且说，“你这样玩罢，很好的呢！”但无可讳免，他已爱着那位少女，同情于那位妇人底不幸的命运了。因此，他非努力向前走不可。雪上的脚印，一步一步的留在他的身后，整齐的，蜿蜒[3]的，又有力的，绳索一般地穿在他底足跟上。从校门起，现在是一脚一脚地踏近她们门前了。

他一时直立在她底门外，约五分钟，他听不出里面有什么声音。他就用手轻轻的敲了几下门，一息，门就开了。出现那位妇人，她两眼红肿的，泪珠还在眼檐上，满脸愁容，又蓬乱着头发。她以为敲门的是昨天的老妇人,可是一见是一位陌生的青年,她随想将门关上。萧涧秋却随手将门推住，愁着眉，温和的说：

“请原谅我，这里是不是李先生底家呢？”

妇人一时气咽的答不出话。许久，才问道：

“你是谁？”

萧涧秋随手将帽脱下来，抖了一抖雪，慢慢的凄凉的说道：

“我姓萧，我是李先生的朋友。我本不知道李先生死了，我只记念着他已有多年没有寄信给我。现在我是芙蓉镇中学里的教师，我也还是昨天到的。我一到就向陶慕侃先生问起李先生的情形，谁知李先生不幸过去了！我又知道关于你们家中底状况。我因为切念故友，所以不辞冒昧的，特来访一访。李先生还有子女，可否使我认识他们？我一见他们，或者和见李先生一样，你能允许吗？”

年轻的寡妇，她一时觉得手足无措。她含泪的两眼，仔细地向他看了一看。到此，她已不能拒绝这一位非亲非戚的男子的访谒了，随说：

“请进来罢，可是我底家是不像一个家的。”

她衣单，全身为寒冷而战抖，她底语气是非常辛酸的，每个声音都从震颤的身心中发出来。他低着头跟她进去，又为她掩好门。屋内是灰暗的，四壁满是尘灰。于是又向一门弯进，就是她底内室。在地窖似的房内，两个孩子在一张半新半旧的大床上坐着，拥着七穿八洞的棉被，似乎冷的不能起来。女孩子这时手里捻着一块饼干，在喂着她底弟弟，小孩正带着哭的嚼着。这时妇人就向女孩说：

“采莲，有一位叔叔来看你！”

女孩扬着眉向来客望，她底小眼是睁得大大的。萧涧秋走到她底床前，一时，她微笑着。萧涧秋随即坐下床边，凑近头向女孩问：

“小娃娃，你认得我吗？”

女孩拿着饼干，摇了两摇头。他又说：

“小妹妹，我却早已认识你了。”

“那里呀？”

女孩奇怪的问了一句。他说：

“你是喜欢橘子的，是不是？”

女孩笑了。他继续说：

“可惜我今天忘记带来了。明天我当给你两只很大的橘子。”

一边就将女孩底红肿的小手取去，小手是冰冷的，放在他自己底唇上吻了一吻，就回到窗边一把椅上坐着。纸窗的外边，雪正下的起劲。于是他又看一遍房内，房内是破旧的，各种零星的器物上，都反映着一种说不出的凄惨的黝色。妇人这时候取着床边的位子，给女孩穿着衣服，她一句也没有话，好像心已被冻的结成一块冰，小孩子呆呆的向来客看看，又咬了一口饼干，——这当然是新从上海带来的，又向他底母亲哭着叫冷。女孩也奇怪的向萧涧秋底脸上看，深思的女孩子，她也同演着这一幕的悲哀，叫不出话似地。全身发抖着，时时将手放在口边呵气。这样，房内沉寂片时，只听窗外嘶嘶的下雪声。有时一两片大雪也飞来敲她底破纸窗。以后，萧涧秋说了：

“你们以后怎样的过去呢？”

妇人奇怪的看他一眼，慢慢的答：

“先生，我们还有怎样的过去呀？我们想不到怎样的过去啊！”

“产业？”

“这已经不能说起。有一点儿，都给死者卖光了！”

她底眼圈里又涌起泪。他随问：

“亲戚呢？”

“穷人会有亲戚么？”

她又假做的笑了一笑。他一时默着，实在选择不出相当的话来说。于是妇人接着问道：

“先生，人总能活过去的罢？”

“自然。”他答，“否则，天真是没有眼睛。”

“你还相信天的么？”妇人稍稍起劲的：“我是早已不相信天了！先生，天底眼睛在那里呢？”

“不是，不过我相信好人终究不会受委屈的。”

“先生，你是照戏台上的看法。戏台上一定是好人团圆的。现在我底丈夫却是被枪炮打死了！先生，叫我怎样养大我底孩子呢？”

妇人竟如疯一般说出来，泪从她底眼中飞涌出来。他一时呆着。女孩子又在她旁边叫冷，她又向壁旁取出一件破旧而大的棉衣给她穿上，穿得女孩只有一双眼是伶俐的，全身竟像一只桶子。妇人一息又说：

“先生，我本不愿将穷酸的情形诉说给人家听，可是为了这两个造孽的孩子，我不能不说出这句话来了！”一边她气咽的几乎说不成声，“在我底家里，只有一升米了。”

萧涧秋到此，就立刻站起来，强装着温和，好象不使人受惊一般，说：

“我到这里来为什么呢？我告诉你罢，——我以后愿意负起你底两个孩子的责任！采莲，你能舍得她离开么？我当带她到校里去读书。我每月有三十元的收入，我没有用处，我可能以一半供给你们。你觉得怎样呢？我到这里来，我是计算好来的。”

妇人却伸直两手，简直呆了似的睁眼视他，说道：

“先生，你是……？”

“我是青年，我是一个无家无室的青年。这里，——”他语声颤抖的同时向袋内取出一张五元的钞票，“你……”一边更苦笑起来，手微颤地将钱放在桌上，“现在你可以买米。”

妇人身向床倾，几乎昏去似的说：

“先生，你究竟是……你是菩萨么？……”

“不要说了，也无用介意的，”一边转向采莲，“采莲，你以后有一位叔叔了，你愿意叫我叔叔么？”

女孩子也在旁边听呆着，这时却点了两点头。萧涧秋走到她底身边，轻轻的将她抱起来。在她左右两颊上吻了两吻，又放在地上，一边说：

“现在我要回校去了。明天我又来带你去读书。你愿意读书么？”

“愿意的。”

女孩终于娇憨的说出话来。他随即又取了她底冰冷的手吻了一吻，又放在他自己底颈边，回头向妇人说：“我要回校去了。望你以后勿为过去的事情悲伤。”一边就向门外走出，他底心非常愉快。女孩却在后面跟出来，她似乎不愿意这位多情的来客急速回去，眼睛不移的看着他底后影。萧涧秋又回转头，用手向她挥了两挥，没有说话，竟一径踏雪走远了。妇人非常痴呆地想着，眼看着桌上的钱，竟想得又流出眼泪。她对于这件突然的天降的福利，不知如何处置好。但她能拒绝一位陌生的青年的所赐么？天知道，为了孩子的缘故，她诚心诚意地接受了。

四

萧涧秋在雪上走，有如一只鹤在云中飞一样。他贪恋这时田野中的雪景，白色的绒花，装点了世界如带素的美女，他顾盼着，他跳跃着，他底内心竟有一种说不出的微妙的愉悦。这时他想到了宋人黄庭坚有一首咏雪的词。他轻轻念，后四句是这样的：

> 贫巷有人衣不纩[4]，
> 北窗惊我眼飞花。
> 高楼处处催沽酒，
> 谁念寒生泣《白华》！

一边，他很快的一息，就回到校内。

他向他自己底房门一手推进去，他满望在他自己底房内自由舒展一下，他似乎这两点钟为冰冷的空气所凝结了。不料陶岚却站在他底书架的面前，好像检查员一样的在翻阅他底书。她听到声音立刻将书盖拢，微笑的迎着。萧涧秋一时似乎不敢走进去。陶岚说；

“萧先生，恕我冒昧。我在你底房内，已经翻了一点多钟的书了。几乎你所有的书，都给我翻完了。”

他一边坐下床上，一边回答：

"好的，可惜我没有法律的书。你或者都不喜欢它们的呢？"

她怔了一怔，似乎听得不愿意，慢慢的答道：

"喜欢的，我以后还想读它几本。虽则，我恐怕不会懂它。"

这时萧涧秋却自供一般的说：

"我此刻到过姓李的妇人底家里了。"

"我已经知道。"

陶岚回答的非常奇怪。一息，补说：

"阿荣告诉我的。她们现在怎样呢？"

萧涧秋也慢慢的答，同时摩擦他底两手，抵着头：

"可怜的很，孩子叫冷，米也没有。"

陶岚一时静默着，她似乎说不出话。于是萧又说道：

"我看她们底孩子是可爱的，所以我允许救济她们。"

她却没有等他说完，又说，简慢地：

"我已经知道。"

萧涧秋却稍稍奇怪地笑着问她：

"事情我还没有做，你怎样就知道呢？"

她也强笑的好像小孩一般的说：

"我知道的。否则你为什么到她们那里去？我们又为什么不去呢？天岂不是下大雪？哥哥他们都围在火炉的旁边喝酒，你为什么独自冒雪出去呢？"

这时他却睁大两眼，一瞬不瞬地看住她。可是他却看不出她底别的，只从她底脸上看出更美来了：柔白的脸孔，这时两颊起了红色，润腻的，光洁的。她低头，只动着两眼，她底眼毛很长，同时在她深黑的眼珠底四周衬的非常之美。萧仔细的觉察出——他底心胸也起伏起来。于是他站起，在房内走了一圈。陶岚说：

"我不知自己怎样，总将自己关在狭小的笼里。我不知道笼外还有怎样的世界，我恐怕这一世是飞不出去的了。"

"你为什么说这话呢？"

"是呀，我不必说。又为什么要说呢？"

"你不坐么？"

"好的，"她笑了一笑，"我还没有将为什么到你这里来的原意告诉你。我是来请你弹琴的。我今天一早就将琴的位置搬移好，叫两个用人收拾。又在琴的旁边安置好火炉。我是完全想到自己的。于是我来叫你，我和跑一样快的走来。可是你不在，阿荣说，你到西村去，我就知道你底意思了。现在，已经没有上半天了，你也愿意吃好中饭就到我家里来么？"

"愿意的，我一定来。"

"呵！"她简直叫起来，"我真快乐，我是什么要求都得到满足的。"

她又仔细的向萧涧秋看了一眼，于是说，她要去了。可是一边她还在房内站着不动，又似不愿去的样子。

白光晃耀的下午，雪已霁[5]了！地上满是极大的绣球花。

萧涧秋腋下挟着几本泰西名家的歌曲集，走到陶岚底家里。陶岚早已在门口迎着他。他们走进了一间厢房，果然整洁，幽雅，所谓明窗净几。壁上挂着几幅半新旧的书画，桌上放着两三样古董。萧涧秋对于这些，是从来不留意的，于是径坐在琴边。他谦逊了几句，一边又将两手放在火炉上温暖了一下，他就翻开一阕进行曲，弹了起来。他弹的是平常的，虽则陶岚说了一句"很好"，他也能听得出这是普通照例的称赞。于是他又弹了一首跳舞曲，这比较是艰难一些，可是他底手指并不怎样流畅。他弹到中段，戛然停止下来，向她笑了一笑。这样，他弹起歌来。他弹了数首浪漫主义的作家底歌，竟使陶岚听得沉醉了。她靠在钢琴边，用她全部的注意力放在音键底每个发音上，她听出婴记号与变记号的半音来。她两眼沉沉地视着壁上的一点，似乎不肯将半丝的音波忽略过去。这时，萧涧秋说：

"就是这样了。音乐对于我已经似久放出笼的小鸟对于旧主人一样，不再认得了。"

"请再弹一曲。"她追求的。

"我是不会作曲的，可是我曾谱过一首歌。现在奏一奏我自已的。你不能笑我，你必得首先允许。"

"好。"陶岚叫起来。

同时他向一本旧的每页脱开的音乐书上，拿出了两张图画纸。在这个上面，抄着萧涧秋自填的一首诗歌，题着《青春不再来》五字。他展开在琴面上，向陶岚看了一看，似乎先要了解她的感情底同感程度的深浅如何。

而她这时是愁着两眉向他微笑着。他于是坐正身子，做出一种姿势，默默地想了一息，就用十指放在键上，弹着。一边轻轻的这样唱下去：

荒烟，白雾，
迷漫的早晨。
你投向何处去？
无路中的人呀！

洪蒙转在你底脚底，
无边引在你底前身，
但你终年只伴着一个孤影，
你应慢慢行呀慢慢行。

记得明媚灿烂的秋与春，
月色长绕着海浪在前行。
但白发却丛生到你底头顶，
落霞要映入你心坎之沁深。

只留古墓边的暮景，
只留白衣上底泪痕，
永远剪不断的愁闷！
一去不回来的青春。

青春呀青春，
你是过头云；
你是离枝花，
任风埋泥尘。

琴声是舒卷地一丝丝在室内飞舞，又冲荡而漏出到窗外，蜷伏在雪底凛冽的怀抱里；一时又回到陶岚底心坎内，于是她底心颤动了。这是冷酷的颤动，又是悲哀的颤动，她也愁闷了。她耳听出一个个字底美的妙音，又想尽了一个个字所含有的真的意义。她想不到萧涧秋是这样一个人，她要在他底心之深处感到惆怅而渺茫。当他底琴声悠长地停止以后，她没精打采地问他：

"什么时候做成这首歌的呢？"

"三年了。"他答。

"你为什么作这首歌的呢？"

"为了我在一个秋天的时分。"

她一看不看地继续说：

"不，春天还未到，现在才是二月呀！"

他将两手按在键盘上，呆呆地答：

"我自己是始终了解的；我是喜欢长阴的秋云里底飘落的黄叶的一个人。"

"你不要弹这种歌曲罢！"

她还是毫无心思地说出。萧涧秋却振一振精神，说：

"哈，我却无意地在你面前发表我底弱点了。不过这个弱点，我已经用我意志之力克服了，所以我近来没有一点诗歌里的思想与成分。感动了你么？这是我底错误，假如我在路上预想一想我对你应该弹些什么曲，适宜于你底快乐的，那我断不会拣选这一个。现在……"

他看陶岚还是没有心思听他底话，于是他将话收止住。一边，他底心也飘浮起来，似乎为她底情意所迷醉。一边，他翻起一首极艰深的歌曲，他两眼专注地看在乐谱上。

陶岚却想到极荒渺的人生底边际上去。她估量她自己所有的青春，这青春又不知是怎样的一种面具。一边，她又极力追求萧涧秋的过去到底是如何的创伤，对于她，又是怎样的配置。但这不是冥想所能构成的——眼前的事实。她可以触一触他底手，她可以按一按他底心罢？她不能沉她自身到一层极深的渊底里去观测她底自身，于是她只有将她自己看作极飘渺的空幻化——她有如一只蜉蝣[6]，在大海上行走。

许久，他们没有交谈一句话。窗外也寂静如冰冻的，只有雪水一滴滴的从檐上落到地面，似和尚在夜半敲磬一般。

萧涧秋一边站起，恍恍惚惚的让琴给她：

“请你弹一曲罢。”

她睁大眼痴痴地：

“我？我？……唉！”

十分羞怯地推辞着。

萧涧秋重又坐在琴凳上，十分无聊赖似的，擦擦两手，似怕冷一样。

五

当晚七点钟，萧涧秋坐在他自己房内的灯下，这样的想：

“我已经完全为环境所支配！一个上午，一个下午，我接触了两种模型不同的女性底感情的飞沫，我几乎将自己拿来麻痹了！幸福么？苦痛呢？这还是一个开始。不过我应该当心，应该避开女子没有理智的目光的辉照。”

他想到最后的一字的时候，有人敲门。他就开门让他进来，是陶慕侃。这位中庸的校长先生，笑眯眯的从衣袋内取出一封信，递给他。一边说：

“这是我底妹妹写给你的，她说要向你借什么书。她晚上发了一晚上的呆，也没有吃夜饭，此刻已经睡了。我底妹妹是有些古怪的，实在因她太聪明了。她不当我阿哥是什么一回事，她可以指挥我，利用我。她也不信任母亲，有意见就独断独行。我和母亲都叫她王后，别人们也都叫她‘Queen’[7]。我有这样的一位妹妹，真使我觉得无可如何。你未来以前，她又说要学音乐。现在你来，当然可以说配合她底胃口，她可以说是‘一学便会’的人，现在或者要向你借音乐书了。”陶慕侃说到这里为止，没有等萧说“你那里能猜得到，音乐书我已经借给她了”，就笑着走出去了。

萧涧秋不拆信，他还似永远不愿去拆它的样子，将这个蓝信封的爱神的翅膀一般的信放在抽斗内。他在房内走了几圈。他本来想要预备一下明天的教课，可是这时他不知怎样，将教学法翻在案前，他总看不进去。他似觉得倦怠，他无心预备了。他想起了陶岚，实在是一位稀有的可爱的人。于是不由他不又将抽斗开出来，仍将这封信捧在手内。一时他想：

“我应该看看她到底说些什么话。”

一边就拆了，抽出二张蓝色的信纸来。他细细的读下：

萧先生：这是我给你的第一封信，你可在你底日记上记下的。

我和你认识不到二十四小时，谈话不上四点钟。而你底人格，态度，动作，思想，却使我一世也不能忘记了。我底生命的心碑上，已经深深地刻上你底名字和影子，终我一生，恐怕不能泯灭了。唉，你底五色的光辉，天使送你到我这里来的么？

我从来没有像今天下午这样苦痛过，从来没有！虽则吐血，要死，我也不曾感觉得像今天下午这样使我难受。萧先生，那时我没有哭么？我为什么没有哭的声音呢？萧先生，你也知道我那时的眼泪，向心之深处流罢？唉，我为什么如此苦痛呢？因为你提醒我真的人生来了。你伤悼你底青春，可知你始终还有青春的。我想，我呢？我却简直没有青春，简直没有青春！这是怎么说法的？萧先生！

我自从知道人间有丑恶和痛苦之后——总是七八年以前了，我底知识是开窍的很早的——我就将我自己所有的快乐，放在人生底假的一面去吸收。我简直好像玩弄猫儿一样的玩弄起社会和人类来，我什么都看得不真实，我只用许许多多的各种不同的颜色，涂上我自己底幸福之口边去。我竟似在雾中一样的舞起我自己底身体来。唉，我只有在雾中，我那里有青春！我只有晨曦以前的妖现，我只有红日正中的怪热，我是没有青春的。我一觉到人性似魔鬼，便很快的将我底青春放走了，自杀一样的放走了。我真可怜，到今天下午才觉得。是你提醒我，用你真实的生命底哀音唤醒我！

萧先生，你或者以为我是一个发疯的女子——放浪，无礼，骄傲，痴心，你或者以为我是这一类的人么？萧先生，假如你来对我说一声轻轻的“是”，我简直就要自杀！但试问我以前是不是如此？是不是放浪，无礼，骄傲，痴心等等呢？我可以重重地自己回答一句：“我是的！”萧先生，你也想得到我现在是怎样的苦痛？你用神圣的钥匙，将我从假的门里开出，放进真的门内去，我有如一个久埋地下的死人活转来，我是如何的委屈，悲伤！

我为什么到了如此？我如一只冰岛上的白熊似的，我在寒威的白色的光芒里喘息我自己底生命。母亲，哥哥，唉。我亦不愿责备人世了！萧先生，你以为人底本性都是善的么？在你慈悲的眼球内或者都是些良好的活动影子，而我却都视它们是丑恶的一团呢！现在，我怎样，我想此后找住我底青春，追回我底青春，尽力地享受一下我底残余的青春！萧先生，希望你给我一封回信，希望你以对待那位青年寡妇的心来对待我，我是受着精神的折磨和伤害的！

祝你在我们这块小园地内得到快乐！

陶岚敬上

他读完这封信，一时心里非常地踌躇起来。叫他怎样回答呢？假如这时陶岚在他的身边，他除出睁着眼，紧紧地用手捻住她底手以外，他会说不出一句话来，半天，他会说不出一句话来的，可是这时，房内只有他独自。校内的空气也全是冷寂的，窗外的微风，吹动着树枝，他也可以听得出树枝上的积雪就此簌簌的落下来，好像小鸟在绿叶里跳动一样。他微笑了一笑，又冥想了一冥想。抽出一张纸，他自己愿意的预备写几句回信了，一边也就磨起墨。可是又有人推进门来，这却是同事方谋。他来并没有目的的，似乎专为慨叹这天气之冷，以及夜长，早睡睡不着，要和这位有经历的青年人谈谈而已。方谋底脸孔是有些方的，谈起话来好像特别诚恳的样子。他开始问北京的情形和时局，无非是些外交怎么样，这次的内阁总理究竟是怎么样的人以及教育部对于教育经费独立，小学教员加薪案到底如何了等。萧涧秋——据他所知回答他，也使他听得满意。他虽心里记着回信，可是他并没有要方谋出去的态度。两人谈的很久，话又转到中国未来的推测方面，就是革命的希望，革命成功的预料。萧涧秋谈到这里，就一句没有谈，几乎全让方谋一个人滔滔地说个不尽。方谋说，革命军不久就可以打到江浙，国民党党员到处活动的很厉害，中国不久就可以强盛起来，似乎在三个月以后，一切不平等条约就可取消，领土就可收回，国民就可不做弱国的国民，一变而为世界的强族。他说："萧先生，我国是四千年来的古国，开化最早，一切礼教文物，都超越乎泰西诸邦。而现在竟为外人所欺侮，尤为东邻弹丸小国所辱，岂非大耻？我希望革命早些成功，使中华二字一跃而惊人，为世界的泱泱乎大国！”萧涧秋只是微笑的点点头，并没有插进半句嘴。方谋也就停止他底宏论。房内一时又寂然。方谋坐着思索，忽然看见桌上的蓝信封——在信封上是写着陶岚二字——于是又鼓起兴致来，欣然地向萧涧秋问道：

“是密司陶岚写的给你么？”一边就伸出手取了信封看了一看。

“是的，”萧答。

方谋没有声音的读着信封上的“烦哥哥交——”等字样。他也就毫无疑义地接着说道，几乎一口气的：

“密司陶岚是一位奇怪的女子呢！人实在是美丽，怕像她这样美丽的人是不多有的。也异常的聪明：古文做的很好，中学毕业第一。可是有古怪的脾气，也骄傲的非常。她对人从没有好礼貌，你到她底家里去找她底哥哥。她一见就不理你的走进房，叫一个用人来回复你，她自己是从不肯对你说一句‘哥哥不在家’的话的。听说她在外边读书，有许多青年竟被她弄的神魂颠倒，他们写信，送礼物，求见，很多很多，却都被她胡乱的玩弄一下，笑嘻嘻地走散。她批评男子的目光很锐利，无论你怎样，被她一眼，就全体看得透明了。所以她到现在——已经二十三四岁了罢？——婚姻还没有落定。听说她还没有一个意中人，虽则也有人毁谤她，攻击她，终究似乎还没有一个意中人。现在，你知道么？密司脱钱正积极地进行，媒人是隔一天一个的跑到慕侃底家里。慕侃底母亲，大有允许的样子，门第是阔的。他自己又是商科大学的毕业生，头戴着方帽子，家里也挂着一块‘学士第’的直竖匾额在大门口的。虽则密司陶不爱钱，可是密司陶总爱钱的，况且母兄作主，她也没有什么办法。女子一过二十五岁，许配人就有些为难，况且密司脱钱，也还生的漂亮。她母亲又以为女儿嫁在同村，见面便当。所以这婚姻，恐怕不长久了，明年二月，我们大有吃喜酒的希望。”

方谋说完，又哈哈笑一声。萧涧秋也只是微笑的静默地听着。

钟已经敲十下。在乡间，十时已是一个很迟的时候，况且又是寒天，雪夜，谁都应当睡了。于是方谋寒暄的抖着站起身说：

“萧先生，旅路劳惫，天气又冷，早些睡罢。”

一边又说句“明天会”，走出门外。

萧涧秋在房内走了两圈，他不想写那封回信了，不知为什么，他总不想立刻就写了，并不是他怕冷，想睡，爱情本来是无日无夜，无冬无夏的，但萧涧秋好像没有爱情。最少，他不愿说这个就是爱情，况且正是别人良缘进行的时候。

于是他将那张预备好写回信的纸，放还原处。他拿出教科书，预备明天的功课。

第二天，天晴了，阳光出现。他教了几点钟的功课，学生们都听得非常欢喜。

下午三点钟以后，他又跑到西村。青年寡妇开始一见他竟啜泣起来，以后她和采莲都对他非常快乐。她们泡很沸的茶，茶里放很多的茶叶，请他喝。这是她想的惟一的酬答。她问萧涧秋是什么地方人，并问何时与她底故夫是同学，而且问的非常低声，客气。萧涧秋一边抱着采莲，采莲也对他毫不陌生了，一边简短的回答她。可是当妇人听到他说他是无家无室的时候，不禁又含起泪来悲伤，惊骇，她温柔地问：

“像萧先生这样的人竟没有家么？”

萧涧秋答：

“有家倒不能自由；现在我是心想怎样，就可以怎样做去的。”

寡妇却说：

“总要有一个家才好，像萧先生这样好的人，应该有一个好的家。”

她底这个“家”意思就是“妻子”。萧涧秋不愿与她多说，他以为女人只有感情，没有哲学的，就和她谈到采莲底读书的事。妇人底意思，似乎想要她读，又似乎不好牵累萧涧秋。并说，她底父亲在时，是想培植她的，因为女孩子非常聪明听话。于是萧说：

“跟我去就是了。钱所费是很少的。”

他们就议定，叫采莲每天早晨从西村到芙蓉镇校里，母亲送她过桥。下午从芙蓉镇回家，萧涧秋送她过桥，就从后天起。女孩子一听到读书，也快活的跳起来，因为西村也还有到芙蓉镇读书的儿童，他们背着书包走路的姿势，早已使她底小心羡慕的了。

六

当天晚上，萧涧秋坐在他自己底房内，心境好像一件悬案未曾解决一般的不安，并不全是为一天所见的钱正兴，使他反映地想起陶岚，其中就生一种恐惧和伤感；——钱正兴在他底眼中，不过是一个纨绔[8]子弟，同世界上一切纨袴子弟一样的。用大块的美容霜擦白他底脸孔，整瓶的香发油倒在他已光滑如镜子的头发上。衣服香而鲜艳，四边总用和衣料颜色相对比的做镶边，彩蝶的翅膀一样。讲话时做腔作势，而又带着心不在焉的样子，这似乎都是纨绔子弟的特征，普遍而一律的。而他重读昨夜的那封信，对于一个相知未深的女子底感情底澎湃，实在不知如何处置好。不写回信呢，是可以伤破女子的神经质的脆弱之心的，写回信呢，她岂不是同事正在进行的妻么？他又找不出一句辩论，说这样的通信是交际社会的一切通常信札，并不是情书。他要在回信里写上些什么呢？他想了又想，选择了又选择，可是没有相当的简洁的而可以安慰她的字类，似乎全部字典，他这时要将它掷在废纸堆里了。他在房内徘徊，沉思，吟咏，陶岚的态度，不住地在他底冷静的心幕上演出，一微笑，一瞬眼，一点头，他都非常清楚地记得她。可是他却不知道怎样对付这个难题。他几乎这样空费了半点钟，竟连他自己对他自己痴笑起来，于是他结论自语道，轻轻的：

"说不出话，就不必说话罢。"

一边他就坐下椅子，翻开社会学的书来，他不写回信了，并用一种人工假造的理论来辩护他自己，以为这样做，正是他底理智战胜。

第二天上午十时，萧涧秋刚退了课，他预备到花园去走一圈，借以晒一回阳光。可是当他回进房，而后面跟进一个人来，这正是陶岚。她只是对他微笑，一时气喘的，并没有说一句。镇定了好久以后，才说：

"收到哥哥转交的信么？"

"收到的。"萧答。

"你不想给我一封回信么？"

"叫我从什么开端说起？"

她痴痴的一笑，好像笑他是一个傻子一样。同时她深深地将她胸中底郁积，向她鼻孔中无声地呼出来。呆了半晌，又说：

“现在我却又要向你说话了。”

一边就从她衣袋内取出一封信，仔细地交给他，像交给一件宝贝一样。萧涧秋微笑地受去，只略略的看一看封面，也就仔细地将它藏进抽斗内，这种藏法也似要传之久远一般。

陶岚将他底房内看一遍，就低下头问：

“你已叫采莲妹来这里读书么？”

“是的，明天开始来。”

“你要她做你底干女儿么？”

“谁说？”

萧涧秋奇怪地反问。她又笑一笑，不认真的，又说：

“不必问他了。”

萧涧秋也转叹息的口气说：

“女孩子是聪明可爱的。”

“是，”她无心的，“可是我还没有见过她。”

停一息，忽然又高兴地说：

“等她来时，我想送她一套衣服。”

又转了慢慢的冷淡的口气说：

“萧先生，我们是乡下，农村，村内底消息是传的非常快的。”

“什么呢？”萧涧秋全不懂得地问。

她却又苦笑了一笑，说：

“没有什么。”

萧涧秋转过他底头向窗外。她立刻接着说：

“我要回去了。以后我在校内有课，中一的英文，我已向哥哥嚷着要来了。每天上午十时至十一时一点钟。哥哥以前原要我担任一点教课，我却仰起头对他说：‘我是在家养病的。’现在他不要我教，我却偏要教，哥哥没有办法。他没有对你说过么？哎，我自己是不知道什么缘故。”

一边，她就得胜似的走出门外，萧涧秋也向她点一点头。

他坐到床上，几乎发起愁来，可是一时又自觉好笑了。他很快的走到桌边，将那封信重新取出来，用剪刀裁了口，抽出一张信纸，他靠在桌边，几乎和看福音书一样，他看下去：

萧先生：我今天失望了你两次的回音：日中，傍晚，孩子放学回家的时候。此次已夜十时了，我决计明天亲身到你身边来索取！

我知道你一定不以我为一位发疯的女子？不会罢？那你应该给我一封回信。说什么呢？随你说去，正似随我说来一样——我是想到什么就说什么的。

你应告诉我你底思想，并不是宇宙人生的大道理，这是我所不懂得的，是对我要批评的地方。我知道我自己底缺点很多，所谓坏脾气。但母亲哥哥都不能指摘我，我是不听从他们底话的。现在，望你校正我罢！

你也应告诉我你底将来，你底家乡和家庭等。

因为对面倒反说不出话，还是以笔代便些，所以你必得写回信，虽则邮差就是我自己。

你在此地生活不舒服么？——这是哥哥告诉我的，他说你心里好似不快。还有别的原因么？校内几个人的模型是不同的，你该原谅他们，他们中有的实在是可怜——无聊而又无聊的。

一个望你回音的人。

他看完这封信，心里却激烈地跳动起来，似乎幸福挤进他底心，他将要晕倒了！他在桌边一时痴呆地，他想，他在人间是孤零的，单独的，虽在中国的疆土上，跑了不少的地面，可是终究是孤独的。现在他不料来这小镇内，却被一位天真可爱而又极端美丽的姑娘，用爱丝来绕住他，几乎使他不得动弹。虽则他明了，她是一个感情奔放的人，或者她是用玩洋囡囡[9]的态度来玩他，可是谁能否定这不是“爱”呢？爱，他对于这个字却仔细地解剖过的。但现在，他能说他不爱她么？这时，似乎他底秋天的思想，被夏天的浓云的动作来密布了。他还是用前夜未曾写过的那张信纸，他写下：

我先不知道对你称呼什么好些？一个青年可以在他敬爱的姑娘前面叫名字么？我想，你有少年人底理性和勇敢，你还是做我底弟弟罢。

我读你底信，我是苦痛的。你几乎将我底过去的寂寞的影子云重重地翻起，给我清冷的前途，打的零星粉碎。弟弟，请你制止一下你底红热的感情，热力是要传播的。

我底过去我只带着我自己底影子伴个到处。我有和野蛮人同样的思想，认影子就是灵魂，实在，我除了影子以外还有什么呢？我是一无所有的人，所以我还愿以出诸过去的，现诸未来。因为“自由”是我底真谛，家庭是自由的羁绊。

而且这样的社会，而且这样的国家，家庭的幸福，我是不希望得到了。我只有淡漠一点看一切，真诚地爱我心内所要爱的人，一生的光阴是有限的，愿勇敢抛过去，等最后给我安息。不过弟弟底烂漫的野火般的感情我是非常敬爱的，火花是美丽的，热是生命的原动力。不过弟弟不必以智慧之尺来度量一切，结果苦恼自己。

说不出别的话，祝你快乐！

萧涧秋上。

他一边写完这封信，随手站起，走到箱子旁，翻开那箱子。它里面乱放着旧书，衣服，用具等。他就从一本书内，取出二片很大的绛红色的非常可爱的枫叶来，这显然已是两三年前的东西了，因他保存很好，好像标本。这时他就将它夹在信纸内，一同放入信封中。

放昼学的铃响了，他一同和小朋友们出去。几乎走了两个转角，他找着一个孩子——他是陶岚指定的，住在她的左邻——将信轻轻的交给他，嘱他带去。聪明的孩子，也笑着点头，轻跳了两步，跑去了。

仍在当天下午，陶慕侃从校外似乎不愉快地跑进来。萧涧秋迎着，向他谈了几句关于校务的话。慕侃接着，却请他到校园去，他要向他谈谈。二人一面散步，一面慕侃几乎和求他援助一般，向他说道：

“萧，你知道我底妹妹的事真不好办，我竟被她弄得处处为难了。你知道密司脱钱很想娶我底妹妹，当初母亲大有满意的样子。我因为妹妹终身的事情，任妹妹自己作主，我不加入意见。而妹妹却向母亲声明，只要有人愿意每年肯供给她 3000 元钱，让她到外国去跑三年，她回来就可以同这人结婚，无论这人是怎么样，瞎眼，跛足；六十岁或十六岁都好。可是密司脱钱偏答应了，不过条件稍稍修改一些，是先结了婚，后同她到美国去，而我底母亲偏同意这修改的条件。虽则妹妹不肯答应，母亲却也不愿让一个女孩儿到各国去乱跑。萧，你想，天下也会有这样的呆子，放割断了线的金纸鸢么？所以母亲对于钱的求婚，竟是半允许了。所谓半允许，实际也就是允许的一面。不料今天吃午饭时，母亲又将上午钱家又差人来说的情形告诉妹妹，并拣日送过订婚礼来。妹妹一听，却立刻放下筷，跑到房内去哭了！母亲是非常爱妹妹的，她再三问妹妹，而妹妹对母亲却表示不满，要母亲立刻拒绝，在今天一天之内。"陶说到这里，向四周看一看，提防别人听去一样。接着又轻轻地说："母亲见劝的无效，那有不依她。于是来叫我去，难题目又落到我底身上了。妹妹并限我在半夜以前，要将一切回复手续做完。萧，我底妹妹是 Queen，你想，叫我怎样办呢？密司脱钱是此地的同事，他一听消息，首当辞退教务。这还不要紧，而他家也是贵族，他父亲是做官的，曾经做过财政部次长，会由我们允就允，否就否，随随便便么？妹妹虽可对他执住当初的条件，可是母亲却暗下和他改议过了。现在却叫我去办，这虽不是一件离婚案，实际却比离婚案更难，离婚可提出理由，叫我现在提出什么理由呢？"

他说到这里，竟非常担忧地搔搔他底头发。停一息，又叹了一口气，说：

"萧，你是一个精明的人，代我想想法子，叫我怎样办好？"

这时萧涧秋向他看了一看，几乎疑心这位诚实的朋友有意刺他。可是他还是镇静的真实地答道：

"延宕就是了。使对方慢慢地冷去，假如你妹妹真的不愿意的话。"

"真的不愿，"慕侃勾一勾头，着重的。

萧又说：

"那只好延宕。"

慕侃还是愁眉的，为难的说：

"延宕，延宕，谁知道我妹妹真的又想怎样呢？我代她延宕，而妹妹却偏不延宕了，叫我怎样办呢？"

萧涧秋忽然似乎红了脸，他转过头取笑说：

"这却只好难为了哥哥！"

二人又绕走了一圈路，于是回到各人底房内。

七

采莲——女孩子来校读书的早晨。

这天早晨，萧涧秋迎她到桥边，而青年寡妇也送她到桥边，于是大家遇着了。这是一个非常新鲜幽丽的早晨，阳光晒的大地镀上金色，空气是清冷而甜蜜的。田野中的青苗，好顿然青长了几寸；桥下的河水，也悠悠地流着，流着；小鱼已经在清澈的水内活泼地争食了。萧涧秋将采莲轻轻抱起，放在唇边亲吻了几下，于是说：

"现在我们到校里去罢。"一边又对那妇人说：

"你回去好了，你站着，女孩子是不肯走的。"

女孩子依依地视了一回母亲，又转脸慢慢地看了一回萧涧秋——在她弱小的脑内，这时已经知道这位男子，是等于她爸爸一样的人了。她底喜悦的脸孔倒反变得惆怅起来，妇人轻轻的整一整她底衣，向她说：

"采莲，你以后要听萧伯伯底话的，也不要同别的人去闹，好好的玩，好好的读书，记得么？"

"记得的，"女孩子回答。

一时她又举手头向青年说：

"萧伯伯，学校里有橘子树么？妈妈说学校里有橘子树呢！"

妇人笑起来，萧涧秋也明白这是引诱她的话，回答说：

"有的，我一定买给你。"

于是他牵着她底手，离开妇人，一步一步向往校这条路走。她几次回头看她的母亲，她母亲也几次回头来看她，并遥远向她挥手说：

"去，去，跟萧伯伯去，晚上妈妈就来接你。"

萧涧秋却牵她的袖子，要使她不回头去，对她说：

"采莲，校里是什么都有的，橘子树，苹果的花，你知道苹果么？哎，学校里还有大群的小朋友，他们会做老虎，做羊，做老鹰，做小鸡，一同玩着，我带你去看。"

采莲就和他谈起关于儿童的事情来。不久，她就变作很喜悦的样子。

到了学校底会客室，陶慕侃方谋等几位教师也围拢来。他们称赞了一会女孩子底面貌，又惋惜了一会女孩子底命运，高声说，她底父亲是为国牺牲的。最后，陶慕侃还老老实实地拍拍萧涧秋底肩膀说：

“老弟，你真有救世的心肠，你将来会变成一尊菩萨呢！”

方谋又附和着嘲笑说：

“将来女孩子得到一个佳婿，萧先生还和老丈人一般地享福呵！”

萧涧秋摇摇头，觉得话是愈说愈讨厌，一边正经的向慕侃说：

“不要说笑话，我希望你免了她的学费。”

慕侃急忙答：

“当然，当然，书籍用具也由我出。”

一边就跑出做事去了。萧涧秋又叫了三数个中学部的学生，对他们说：

“领这位小妹妹到花园，标本室去玩一趟罢。”

小学生也一大群围拢她，拥她去，谁也忘记了她是一个贫苦的孤女。萧涧秋在后面想：

“她倒真像一位 Queen 呢！”

十点钟，陶岚来教她英文的功课。她也首先看一看女孩子，也一见便疼爱她了。似乎采莲的黑小眼，比陶岚底还要引人注意。陶岚搂了她一会，问了她一些话。女孩子也毫不畏缩的答她，答的非常简单，清楚。她一会又展开了她底手，嫩白的小手，竟似荷花刚开放的瓣儿，她又在她手心上吻了几吻。萧涧秋走来，她却慢慢地离开了陶岚，走近到他底身边去，偎依着他。他就问她：

“你已记熟了字么？”

“记熟了。”采莲答。

“你背诵一遍看。”

她就缓缓的好像不得不依地背诵了一遍。

陶岚和萧涧秋同时相对笑了。萧在她底小手上拍拍，女孩接着问：

“萧伯伯，那边唱什么呢？”

“唱歌。”

“我将来也唱的么？”

“是呀，下半天就唱了。”

她就做出非常快乐而有希望的样子。萧涧秋向陶岚说：

“她和你底性情相同的，她也喜欢音乐呢。”

陶岚娇媚地一笑，轻说：

“和你也相同的，你也喜欢音乐。”

萧向她看了一眼，又问女孩子，指着陶岚说：

“你叫这位先生是什么呢？”

女孩子一时呆呆的，摇摇头，不知所答。陶岚却接着说：

“采莲，你叫我姊姊罢，你叫我陶姊姊就是了。”

萧涧秋向陶岚又睁眼看了一看，微微愁他底眉，向女孩说：

“叫陶先生。”

采莲点头。陶岚继续说：

“我做不像先生，我做不像先生，我只配做她底姊姊，我也愿永远做她底姊姊。‘陶先生’这个称呼，让我底哥哥领去罢。”

“好的，采莲，你就叫她陶姊姊罢。可是你以后叫我萧哥哥好了。”

“妈妈教我叫你萧伯伯的。”

女孩子好像不解地娇憨地辩驳。陶岚笑说：

“你失败了。”

同时萧涧秋摇摇头。

上课铃响了，于是他们三人分离的走向三个教室去，带着各人底美满的心。

萧涧秋几乎没有心吃这餐中饭。他关了门，在房内走来走去。桌上是赫赫然展着陶岚一时前临走时交给他的一封信，在信纸上面是这么清楚地写着：

萧先生：你真能要我做你底弟弟么？你不以我为愚么？唉，我何等幸福，有像你这样的一个哥哥！我底亲哥哥是愚笨的——我说他愚笨——假如你是我底亲哥哥，我决计一世不嫁——一世不嫁——陪着你，伴着你，我服侍着你，以你献身给世的精神，我决意做你一个助手。唉，你为什么不是我底一个亲哥哥？九泉之下的爸爸哟，你为什么不养一个这样的哥哥给我？我怎么这样不幸……但，但，不是一样么？你不好算我底亲哥哥么？我昏了，萧先生，你就是我惟一的亲爱的哥哥。

我底家庭底平和的空气，恐怕从此要破裂了。母亲以前是最爱我的，现在她也不爱我了，为的是我不肯听她底话。我以前一到极苦闷的时候，我就无端地跑到母亲底身前，伏在她底怀内哭起来，母亲问我什么缘故，我却愈被问愈大哭，及哭到我底泪似乎要完了为止。这时母亲还问我为什么缘故，我却气喘地问她说："没有什么缘故，妈妈，我只觉得自己要哭呢！"母亲还问："你想到什么啊？""我不想到什么，只觉得自己要哭呢！"我就偎着母亲底脸，母亲也拍拍我底背，叫我几声痴女儿。于是我就到床上去睡，或者从此睡了一日一夜。这样，我底苦闷也减少些。可是现在，萧哥哥，母亲底怀内还让我去哭么？母亲底怀内还让我去哭么？我也怕走近她，天呀，叫我向何处去哭呢？连眼泪都没处流的人，这是人间最苦痛的人罢？

哥哥，现在我要问你：人生究竟是无意义的么？就随着环境的支配，好像一朵花落在水上一样，随着水性的流去，到消灭了为止这么么？还是应该挣扎一下，反抗一下，依着自己底意志的力底方向奋斗去这么呢？萧先生，我一定听从你的话，请你指示我一条路罢！

说不尽别的话，嘱你康健！

你底永远的弟弟岚上。

下面还附着几句：

红叶愿永远保藏，以为我俩见面的纪念。可是我送你什么呢？

萧涧秋不愿将这封信重读一遍，就仔细地将这封信拿起，藏在和往日一道的那只抽斗内。

一边，他又拿出了纸，在纸上写：

岚弟：关于你底事情，你底哥哥已详细地告诉过我了。我也了解了那人，但叫我怎么说呢？除出我劝你稍稍性子宽缓一点，以免损伤你自己底身体以外，我还有什么话呢？

我常常自己对自己这么大声叫：不要专计算你自己底幸福之量，因为现在不是一个自求幸福之量加增的时候。岚弟，你也以为我这话是对的么？

两条路，这却不要我答的，因为你自己早就实行一条去了。不是你已经走着一条去了么？

希望你切勿以任性来伤害你底身体，勿流过多的眼泪。我已数年没有流过一滴泪，不是没有泪，——我少小时也惯会哭的，连吃饭时的饭，热了要哭，冷了又要哭。——现在，是我不要它流！

末尾，他就草草地具他底名字，也并没有加上别的情书式的冠词。

这封信，他似乎等不住到明天陶岚亲自来取，他要借着小天使底两翼，仍叫着那位小学生，嘱他小心地飞似的送去。

他走到会客室内，想宁静他一种说不出的惆怅的心。几位教员正在饭后高谈着，却又谈的正是“主义”。方谋一见萧涧秋进去，就起劲地几乎手脚乱舞的说：

“喏，萧先生，我以前问他是什么主义，他总不肯说。现在，我看出他底主义来了，”萧同众人一时静着。“他是一个悲观主义者，他底思想非常悲观，他对于中国的政治，社会一切论调都非常悲观。”

陶慕侃也站了起来，他似乎要为这位忠实的朋友卖一个忠实的力，急忙说：

“不是，不是。他底人生的精神是非常积极的。悲观岂不是要消极了吗？我底这位老友底态度却勇敢而积极。我想赐他一个名词，假如每人都要有一个主义的话，他就是一个牺牲主义者。”

大家一时点点头。萧涧秋缓步地在房内走，一边说：

“主义不是像皇帝赐姓一般随你们乱给的。随你们说我什么都好，可是我终究是我。假如要我自己注释起来，我就这么说，——我好似冬天寒夜里底炉火旁的一二星火花，倏忽便要消灭了。”

这样，各人一时默然。

八

第三天，采莲没有到校里来读书。萧涧秋心里觉得奇怪，陶慕侃就说：

“小孩子总不喜欢读书。无论家里怎么样，总喜欢依在母亲底身边，母亲底身边就是她底极乐国。像我们这样的学校总不算坏的了，而采莲读了两天书，今天就不来。”

下午三点钟，萧涧秋退了课。他就如散步一样，走向她们底家里。他先经过一条街，买了两只苹果——苹果在芙蓉镇里，是算上等的难得的东西，外面包了一张纸，藏在透明的玻璃瓶内——萧涧秋拿了苹果，依着河边，看看阴云将雨的天色，他心里非常凉爽地走去。

走过了柏树底荫下，他就望见采莲的家底门口，青年寡妇坐着补衣，她底孩子在旁边玩。萧涧秋走近去，他们也望见他了，远远的招呼着，孩子举着两手，似向他说话。他疑心采莲为什么不在，可是一边也就走近，拿出一个苹果来，叫道：

“喂，小弟弟，你要么？”

孩子跑向他，用走不完全的脚步跑向他。他就将他抱起，一个苹果交在他底手里，用他底两只小手捧着，也就将外面的一张包纸撕脱了，闻起来。萧涧秋便问道：

“你底姊姊呢？”

“姊姊？”

小孩子重复了一句。青年寡妇接着说：

“她早晨忽然说肚子痛，我探探她底头有些热，我就叫她不要去读书了。采莲还想要去，是我叫她不要去，我说先生不会骂的。中饭也没有吃，我想饿她一餐也好。现在睡在床内，她睡去好久了。”

“我去看看。”萧涧秋说。

同时三人就走进屋内。

等萧涧秋走近床边，采莲也就醒了，仿佛被他们底轻轻的脚步唤醒一样。萧低低地向她叫了一声，她立刻快乐地唤起来：

“萧伯伯，你来了么？”

“是呀，我因你不来读书，所以来看看你。”

“妈妈叫我不要读书的呢！”

女孩子向她母亲看了一眼。萧涧秋立刻接着说：

“不要紧，不要紧。”

很快地停了一息，又问：

“你现在身体觉得怎样？”

女孩微笑地答：

“我好了，我病好了，我要起来。”

“再睡一下罢，我给你一个苹果。”

同时萧涧秋将另一苹果交给她，并坐下她底床边。一边又摸了一摸她底额，觉得额上还有些微热的。又说：

“可惜我没有带了体温表来，否则也可以量一量她有没有热度高些。”

妇人也探了一下，说：

“还好，这不过是睡醒如此。”

采莲拿着苹果，非常喜悦地，似从来没有见过苹果一样，放在唇边，又放在手心上。这时这两个苹果的功效，如旅行沙漠中的人，久不得水时所见到的一样，两个小孩底心，竟被两个苹果占领了去。萧涧秋看得呆了，一边他向采莲凑近问：

“你要吃么？”

“要吃的。”

妇人接着说：

“再玩一玩罢，吃了就没有。贵的东西应该保存一下才好。”

萧涧秋说：

“不要紧，要吃就吃了；我明天再买两个来。”

妇人接着凄凉地说：

“不要买，太贵呢！小孩子底心又那里能填得满足。”

可是萧涧秋终于从衣袋内拿出裁纸刀子来，将苹果的皮刮去了。

这样大概又过了半点钟，窗外却突然落起了小雨，萧随即对采莲说：

“小妹妹，我要回去了，天已下雨。”

女孩子却娇娇地说：

“等一等，萧伯伯，你再等一等。”

可是一下，雨却更大了。萧涧秋愁起眉说：

“趁早，小妹妹，我要走；否则，天暗了我更走不来路。”

“天会晴的，一息就会晴的。”

她底母亲也说：

“现在已经走不来路，雨太大了，我们家里连雨伞也没有。萧先生还是等一等罢，可惜没有菜蔬，或者吃了饭去。”

“还是走。”

他就站起身来。妇人说道：

“这样衣服要完全打湿的，让我借伞去罢。”

窗外的雨点已如麻绳一样，借伞的人简直又需要借伞了。萧涧秋重又坐下，阻止说：

“不要去借，我再坐一息罢。”

女孩子也在床上欢喜的叫：

“妈妈，萧伯伯再坐一息呢！”

妇人留在房内，继续说：

“还是在这里吃了晚饭，我只烧两只鸡蛋就是。”

女孩应声又叫，牵着他底手：

“在我们这里吃饭，在我们这里吃饭。”

萧涧秋轻轻地向她说：

“吃了饭还是要去的！”

女孩想了一下，慢慢说：

“不要去，假如雨仍旧大，就不要去。我和萧伯伯睡在床底这一端，让妈妈和弟弟睡在床底那一端，不好么？”

萧涧秋微笑地向青年寡妇看了一眼，只见她脸色微红地低下头。房内一时冷静起来，而女孩终于奇怪的不懂事地问：

“妈妈，萧伯伯睡在这里有什么呢？”

妇人勉强的吞吐答：

“我们的床，睡不下萧先生的。”

采莲还是撒娇地：

“妈妈，我要萧伯伯也睡在这里呢！”

妇人没有话，她底心被女孩底天真的话所拨乱，好像跳动的琴弦。各人抬起头来向各人一看，只觉接触了目光，便互相一笑，又低下头。妇人一时似想到了什么，可是止住她要送上眼眶来的泪珠，抱起孩子。萧涧秋也觉得不能再坐，他看一看窗外将晚的天色，雨点疏少些的时候，就向采莲轻微地说：

“小妹妹，现在校里那班先生们正在等着我吃饭了，我不去，他们要等的饭冷了。我要去了。”

女孩又问：

“先生们都等你吃饭的么？”

“对咯。”他答。

“陶姊姊也在等你么？”

萧涧秋又笑了一笑，随口答：

“是的。”

妇人在旁就问谁是陶姊姊，萧涧秋答是校长的妹妹。妇人蹙着眉说：

“采莲，你怎么好叫她陶姊姊呢？”

女孩没精打采地：

“陶姊姊要我叫她陶姊姊的。”

妇人微愁地说：

“女孩太娇养了，一点道理也不懂。”

同时萧涧秋站起来说：

“不要管她，随便叫什么都可以的。”

一边又向采莲问：

“我去了，你明天来读书么？”

女孩不快乐的说，似乎要哭的样子：

“我来的。”

他重重地在她脸上吻了两吻，吻去了她两眼底泪珠，说：

“好的，我等着你。”

这样，他举动迅速地别了床上含泪的女儿和正在沉思中的少妇，走出门外。

头上还是雨，他却在雨中走的非常起劲。只有十分钟，他就跑到了校内。已经是天将暗的时候，校内已吃过晚饭了。

九

萧涧秋底衣服终究被雨淋的湿了。他向他自己底房里推进门去，不知怎样一回事，陶岚正在阴暗中坐着，他几乎辨别不出是她。他走近她底身前，向她微笑的脸上，叫一声“岚弟！”同时他将他底右手轻放在她底左肩角上，心想：

“我却随便地对采莲答她等着，她却果然等着，这不是梦么？”

而陶岚好似挖苦地问：

“你从何处来？”

“看了采莲底病。”

“孩子有病了吗？”陶岚问。

随着，他就将她底病是轻微的，或者明天就可以来读书；因天雨，他坐着陪她玩了一趟；夜黑了，他不得不冒雨回来，也还没有吃饭等话，统统说了一遍。一边点亮灯，一边开了箱子拿出衣服来换。陶岚叙述说：

“我是向你来问题目的。同时哥哥也叫我要你到我们家里去吃晚饭。可是我却似带了雨到你这里来，我也在这里坐了有一点钟了。我看托尔斯泰的《艺术论》，看了几十页。我不十分赞成这位老头子底思想。现在也不必枵腹[10]论思想了，哥哥等着，你还是同我一道到家里吃晚饭去罢。”

萧将衣服换好，笑着说：

“不要，我随便在校里吃些。”

而她嬉谑的问：

“那么叫我此刻就回去么？还是叫我吃了饭再来呢？”

她简直用要挟孩子的手段来要挟他，可是他在她底面前也果然变成一个孩子了。借了两顶伞，灭下灯，两人就向门外走出去。

小雨点打着二人底伞上，响出寂寞的调子。黄昏底镇内，也异样地潇索。

二人深思了一时，萧涧秋不知不觉地说道：

“钱正兴好似今天没有来校。”

“你不知道他底缘故么？”

陶岚睁眼地问。他微笑的：

“叫我从什么地方去知道呢！”

陶岚非常缓冷地说：

“他今天上午差人送一封信给哥哥，说要辞去中学的职务。原因完全关于我的，也关于你。”

同时她转过头向他看了一眼。萧随问：

“关于我？”

“是呀，可是哥哥坚嘱我不能告诉你。”

“不告诉我也好，免得我苦恼地去推究。不过我也会料到几分的，因为你已经说出来。”

“或者会。”陶岚说话时，总带着自然的冷淡的态度。

萧涧秋接着说：

“不是么？因为我们互相的要好。”

她笑一笑，重复问：

“互相的要好？”

语气间似非常有趣。一息，又说：

“我们真是一对孩子，会一见，就互相的要好。哈，孩子似的要好。你也是这个意思么？”

“是的。”

“可是钱正兴怎样猜想我们呢？神秘的天性，奇妙的可笑的人，他或者也猜的不错。”她没精打采的。一时，又微颤的嗫嚅[11]的说：

“我本答应哥哥不告诉你的，但止不住不告诉你。他说：我已经爱上你了！虽则他知道我爱你的‘爱’比他爱我的‘爱’深一百倍，因为你是完全不知道怎样叫做‘爱’的一个人，他说，你好似一块冷的冰。但是他恨，恨他自己为什么要有家庭，要有钱；为什么不穷的只剩他孤独一身。否则，我便会爱他。”陶岚说上面每个“爱”字的时候，已经吃吃的说不出，这时她更红起脸来，匆忙继续说：“错了，你能原谅我么？他底语气没有这样厉害，是我格外形容的。卑鄙的东西！”

萧涧秋几乎感到身体要炸裂了。他没有别的话，只问：

“你还帮他辩护么？”

“我求你！你立刻将这几句话忘记去罢！”

她挨近他底身，两人几乎同在一顶伞底子下。小雨继续在他们的四周落下。她没有说：

“我求你。因我们是孩子般要好，才将这话告诉你的。”

他向她苦笑一笑，同时以一手紧紧地捻她底一手，一边说：

“岚，我恐怕要在你们芙蓉镇里死去了！”

她低头含泪的：

“我求你，你无论如何不要烦恼。”

“我从来没有烦恼过，我是不会烦恼的。”

“这样才好。”她默默地一息，又嗫嚅的说，“我真是世界上第一个坏人，我每每因为自己的真率，一言一动，就得罪了许多人。哥哥将钱的信给我看，我看了简直手足气冷，我不责备钱，我大骂哥哥为什么要将这信给我看？哥哥无法可想，只说这是兄妹间的感情。他当时嘱咐我再三不要被你知道。当然，你知道了这话的气愤，和我知道时的气愤是一样的；我呢，”她向他看一眼，“不知怎样在你底身边竟和在上帝底身边一样，一些不能隐瞒，好似你已经洞悉我底胸中所想的一样，会不自觉地将话溜出口来。现在你要责备我，可以和我那时责备哥哥为什么要告诉，有意使你发怒一样。不过哥哥已说：‘这是兄妹间的感情。’我求你，为了兄妹间的感情，不要烦恼罢！”

他向她苦笑，说：

“没有什么。我也决不愤恨钱正兴，你无用再说了！”

他俩一句话也没有，走了一箭，她底门口就出现在眼前。这时萧涧秋和陶岚二人底心想完全各异，一个似乎不愿意走进去，要退回来；一个却要一箭射进去，愈快愈好；可是二人互相一看，假笑的，没有话，慢慢地走进门。

晚餐在五分钟以后就安排好。陶慕侃，陶岚，萧涧秋三人在同一张小桌子上。陶慕侃俨然似大阿哥模样坐在中央，他们两人孩子似的据在两边。

主人每餐须喝一斤酒，似成了习惯。萧涧秋的面前只放着一只小杯，因为诚实的陶慕侃知道他是不会喝的。可是这一次，萧一连喝了三杯之后，还是向主人递过酒杯去，微笑的轻说：

“请你再给我一杯。”

陶慕侃奇怪地笑着对他说：

“怎样你今夜忽然会有酒兴呢？”

萧涧秋接杯子在手里又一口喝干了，又递过杯去，向他老友说：

“请你再给我一杯罢。”

陶慕侃提高声音叫：

“你底酒量不小呢！你底脸上还一些没有什么，你是会吃酒的，你往常是骗了我。今夜我们尽兴吃一吃，换了大杯罢！”

同时他念出两句诗：

人生有酒须当醉，

莫使金樽空对月。

陶岚多次向萧涧秋做眼色，含愁地。萧却仍是一杯一杯的喝。这时她止不住的说道：

“哥哥，萧先生是不会喝酒的，他此刻当酒是麻醉药呢！”

她底哥哥正如一班酒徒一样的应声道：

“是呀，麻醉药！”

同时又念了两句诗：

何以解忧，

惟有杜康。

萧涧秋放下杯子，轻轻向他对面的人说：

“岚，你放心，我不会以喝酒当作喝药的。我也不要麻醉自己。我为什么要麻醉自己呢？我只想自己兴奋一些，也可勇敢一些，我今天很疲倦了。”

这时，他们底年约六十的母亲从里面走出来，一位慈祥的老妇人，头发斑白的，向他们说：

“女儿，你怎么叫客人不要喝酒呢？给萧先生喝呀，就是喝醉，家里也有床铺，可以给萧先生睡在此地的。天又下大雨了，回去也不便。”

陶岚没有说，愁闷地。而且草草吃了一碗饭，不吃了，坐着，监视地眼看他们。

萧涧秋又喝了三杯，谈了几句关于报章所载的时事，无心地。于是说：

“够了，真的要麻醉起来了。”

慕侃不依，还是高高地提着酒壶，他要看看这位新酒友底程度到底如何。于是萧涧秋又喝了两杯；两人同时放下酒杯，同时吃饭。

在萧涧秋底脸上，终有夕阳反照的颜色了。他也觉得他底心脏不住地跳动，而他勉强挣扎着。他们坐在书室内，这位和蔼的母亲，又给他们泡了两盏浓茶，萧涧秋立刻捧着喝起来。这时各人底心内都有一种离乎寻常所谈话的问题。陶慕侃看看眼前底朋友和他底妹妹，似乎愿意他们成为一对眷属，因一个是他所敬的，一个是他所爱的。那么对于钱正兴的那封信，究竟怎样答复呢？他还是不知有所解决。在陶岚底心里，想着萧涧秋今夜的任情喝酒，是因她告诉了钱正兴对他的讽刺的缘故，可是她用什么话来安慰他呢？她想不出。萧涧秋底心，却几次想问一问这位老友对于钱正兴的辞职，究竟想如何。但他终于没有说，因她的缘故，他将话支吾到各处去，——广东，或直隶。因此，他们没有一字提到钱正兴。

萧涧秋说要回校，他们阻止他，因他酒醉，雨又大。他想：

“也好，我索兴睡在这里罢。”

他就留在那间书室内，对着明明的灯光，胡思乱想——陶慕侃带着酒意睡去了。——一息，陶岚又走进来，她还带她母亲同来，捧了两样果子放在他底前面。萧涧秋说不出的心里感到不舒服。这位慈爱的母亲问他一些话，简单的，并不像普通多嘴的老婆婆，无非关于住在乡下，舒服不舒服一类。萧涧秋是“一切都很好”，简单地回答了，母亲就走出去。于是陶岚笑微微地问他：

“萧先生，你此刻还会喝酒么？”

“怎么呢？”

“更多地喝一点。”

她几分假意的。他却聚拢两眉向她一看，又低下头说：

“你却不知道，我那时不喝酒，我那时一定会哭起来。否则我也吃不完饭就要回到校里去。你知道，我是怎样的一个人，我是人间底一个孤零的人。现在你们一家底爱，个个用温柔的手来抚我，我不能不自己感到凄凉，悲伤起来。”

“不是为钱正兴么？”

“为什么我要为他呢？”

“噢！”陶岚似乎骇异了。

一时，她站在他身前慢慢说：

“你可以睡了。哥哥吃饭前私向我说，他已写信去坚决挽留。”

萧涧秋接着说：

“很好，明天他一定来上课的。我又可以碰见他。”

“你想他还会来么？”

“一定的，他不过试试你哥哥底态度。”

“胡！”她又说了一个字。

萧继续说：

“你不相信，你可以看你哥哥的信稿，对我一定有巧妙的话呢！”

她也没有话，伸出手，两人握了一握，她踌躇地走出房外，一边说：

“祝你晚安！”

十

如此过去一个月。

萧涧秋在芙蓉镇内终于受校内校外的人们底攻击了。非议向他而进行，不满也向他注视了。

一个孤身的青年，时常走进走出在一个年轻寡妇底家里底门限，何况他底态度的亲昵，将他所收入的尽量地供给了她们，简直似一个孝顺的儿子对于慈爱的母亲似的。这能不引人疑异么？萧涧秋已将采莲和阿宝看作他自己底儿女一样了，爱着他们，留心着他们底未来，但社会，乡村的多嘴的群众，能明了这个么？开始是那班邻里的大人们私私议论，——惊骇挟讥笑的，继之，有几位妇人竟来到寡妇底前面，问长问短，关于萧涧秋底身上。最后，谣言飞到一班顽童底耳朵里，而那班顽童公然对采莲施骂起来，使采莲哭着跑回到她母亲底身前，咽着不休地说：“妈妈，他们骂我有一个野伯呢！”但她母亲听了女儿无故的被骂，除出也跟着她女儿流了一淌眼泪以外，又有什么办法呢？妇人只有忍着她创痛的心来接待萧涧秋，将她底苦恼隐藏在快乐底后面同萧涧秋谈话。可是萧涧秋，他知道，他知道乡人们用了卑鄙的心器来测量他们了，但他不管。他还是镇静地和她说话，活泼地和孩子们嬉笑，全是一副“笑骂由人笑骂，我行我素而已”的态度。在傍晚，他快乐的跑到西村，也快乐的跑回校内，表面全是快乐的。

可是校内，校内，又另有一种对待他的态度了。他和陶岚的每天的见面时的互相递受的通信，已经被学校的几位教员们知道了。陶岚是芙蓉镇里的孔雀，谁也愿意爱她，而她偏在以他们底目光看来等于江湖落魄者底身前展开锦尾来，他们能不妒忌么？以后，连这位忠厚的哥哥，也不以他妹妹底行为为然，他听得陶岚在萧涧秋底房内的笑声实在笑的太高了。一边，将学校里底教员们分成了党派，当每次在教务或校务会议的席上，互相厉害地争执起来，在陶慕侃底心里，以为全是他妹妹一人弄成一样。一次，他稍稍对他妹妹说：“我并不是叫你不要和萧先生相爱，不过你应该尊重舆论一些，众口是可怕的。而且母亲还不知道，假使知道，母亲要怎样呢？这是你哥哥对你底诚意，你应审察一下。”而陶岚却一声不响，突然睁大眼睛，向她底哥哥火烧一般地看了一下，冷笑地答：“笑骂由人笑骂，我行我素而已。”

一天星期日底下午，陶岚坐在萧涧秋底房内。两人正在谈话甜蜜的时候，阿荣却突然送进一封信来，一面向萧涧秋说：

“有一个陌生人，叫我赶紧将这封信交给先生，不知什么事。”

“送信的人呢？”

“回去了。”

答完，阿荣自己也出去。萧涧秋望望信封，觉得奇怪。陶岚站在他身边向他说：

“不要看它好罢？”

“总得看一看。”

一边就拆开了，抽出一张纸，两人同时看下。果然，全不是信的格式，也没有具名，只有这样八行字：

芙蓉芙蓉二月开，
一个教师外乡来。
两眼炯炯如鹰目，
内有一副好心裁。
左手抱着小寡妇，
右手还想折我梅！
此人若不驱逐了，
吾乡风化安在哉！

萧涧秋立刻脸转苍白，全身震动地，将这条白纸捻成一团，镇静着苦笑地对陶岚说：

“我恐怕在这里住不长久了。”

一个也眼泪噙住地说：

“上帝知道，不要留意这个罢！”

两人相对。他慢慢地低下头说：

“一星期前，我就想和你哥哥商量，脱离此间。因为顾念小妹妹底前途，和一时不忍离别你，所以忍止住。现在，你想，还是叫我早走罢！我们来商量一下采莲底事情。”

他底语气非常凄凉，好似别离就在眼前，一种离愁底滋味缠绕在两人之间。沉静了一息，陶岚有力地叫：

“你也听信流言么？你也为卑鄙的计谋所中么？你岂不是以理智来解剖感情的么？”

他还是软弱地说：

“没有意志，我此刻就会昏去呢！”

陶岚立刻接着说：

“让我去彻查一下，这究竟是谁人造的谣。这字是谁写的，我拿这纸去，给哥哥看一下。”

一边她将桌上的纸团又展开了。他在旁说：

“不要给你哥哥看，他也是一个有同情心的人。”

“我定要彻查一下！”

她简直用王后的口气来说这句话的。萧涧秋向她问：

“就是查出又怎样？假如他肯和我决斗，他不写这种东西了。杀了我，岂不是干脆的多么？”

于是陶岚忿忿地将这张纸条撕作粉碎。一边流出泪，执住他底两手说：

“不要说这话罢！不要记住那班卑鄙的人罢！萧先生，我要同你好，要他们来看看我们底好。他们将怎样呢？叫他们碰在石壁上去死去。萧先生，勇敢些，你要拿出一点勇气来。”

他勉强地微笑地说：

“好的，我们谈谈别的罢。”

空气紧张地沉静一息，他又说：

“我原想在这里多住几年，但无论住几年，我总该有最后的离开之一日的。就是三年，三年也只有一千零几日，最后的期限终究要到来的。那么，岚，那时的小妹妹，只好望你保护她了。”

“我不愿听这话，”她稍稍发怒的，“我没有力量。我该在你底视线中保护她。”

“不过，她母亲若能舍得她离开，我决愿永远带她在身边。”

正是这个时候，有人敲门。萧涧秋去迎她进来，是小妹妹采莲。她脸色跑到变青的，含着泪，气急地叫：

“萧伯伯！”

同时又向陶岚叫了一声。

两人惊奇地随即问：

“小妹妹，你做什么呢？”

采莲走到他底面前，说不清地说：

“妈妈病了，她乱讲话呢！弟弟在她身边哭，她也不理弟弟。”

女孩流下泪。萧涧秋向陶岚摇摇头。同时他拉她到他底怀内，又对陶说：

“你想怎么样呢？”

陶岚答：

“我们就去望一望罢。我还没有到过她们底家。”

“你也想去吗？”

“我可以去吗？”

两人又苦笑一笑，陶岚继续说：

“请等一等，让我叫阿荣向校里借了体温表来，可以给她底母亲量一量体温。”

一边两人牵着女孩底各一只手同时走出房外。

十一

当他们走入妇人底门限时，就见妇人睡在床上，抱着小孩高声地叫：

“不要进来罢！不要进来罢！让我一个人跳下去好了！”

萧涧秋向陶岚愁眉说：

“她还在讲乱话，你听。”

陶岚低着头点一点，将手搭在他底臂上。妇人继续叫：

“你们向后看看，唉！追着虎，追着虎！”

妇人几乎哭起来。萧涧秋立刻走到床边，推醒她说：

“是我，是我，你该醒一醒！”

小孩正在被内吸着乳。萧从头看到她底胸，胸起伏地。他垂下两眼，愁苦地看住床前。采莲走到她母亲的身边，不住地叫着妈妈，半哭半喊地。寡妇慢慢地转过脸，渐渐地清醒起来的样子。一下，她看见萧，立刻拉一拉破被，盖住小孩和她自己底胸膛，一面问：

“你在这里吗？”

“还有陶岚先生也在这里。”

陶岚向她点一点首，就问：

“此刻心里觉得怎样呢？”

妇人无力地慢慢地答：

“没有什么，只口子渴一些。”

“那么要茶吗？”

妇人没有答，眼上充满泪。陶岚就向房内乱找茶壶，采莲捧来递给她，里边一口水也没有。她就同采莲去烧茶。妇人向萧慨叹地说：

“多谢你们，我是没有病的。方才突然发起热来，人昏昏不知。女孩子大惊大怪，她招你们来的吗？”

“是我们自己要求看看的。”

妇人滴下泪在小孩底发上，用手拭去了，没有话。小孩正在吸奶。萧涧秋缓缓地说：

“你在发热的时候，最好不要将奶给小孩吃。”

“叫我用什么给他吃呢！——我没有什么病。”

萧涧秋愁闷地站着。

这样到了天暗，妇人已经能够起床，他们两人才回家。

当天晚上，陶岚又差人送来一封信。照信角上写的 No.12 看起来，这已是她给他的第十五封信了。萧涧秋坐在灯下，将她底信展在桌上：

我亲爱的哥哥：我活了二十几年，简直似黑池里底鱼一样。除了自己以外，一些不知道人间还有苦痛。现在，却从你底手里，认识了真的世界和人生。

不知怎样我竟会和你同样地爱怜采莲妹妹底一家了。那位妇人，真是一位温良，和顺，有礼貌的妇人。虽则和我底个性有些相反，我却愿意引她做我底一位姊姊，以她底人生的经验，来调节我底粗疏与无知识的感情是最好的。但是，天呀！你为什么要夺去她底夫？造物生人，真是使人来受苦的么？即使她能忍得起苦，我却不能不诅咒天！

我坐在她们底房内，你也瞧着我吗？我几乎也流出眼泪来了。我看看她房底四壁，看看她底孩子和她所穿的衣服，又看看她青白而憔悴的脸，再想想她在病床上的一种凄凉苦况，天呀！为什么给她布置的如此凄惨呢？我幻想，假如你底两翅转了方向，不飞到我们村里来，有谁怜惜她们？有谁安慰她们？那她在这种呓语呻吟中的病的时候，我们只想见两个小孩在床前整天地哭，还有什么别的呢？哥哥，伟大的人，我已愿她做我底姊姊了。此后我们当互相帮助。

至于那个谣言，侃哥先向我谈起。在吃晚饭的时候，他照旧喝过一口酒感慨地说：“外边的空气，已甚于北风的凛凛。”哥哥也鄙夷他们，望你万勿（万勿！）介意。以后哥哥又喝了一口酒道："此系以小人之心，度君子之德也。"不过哥哥始终说，造这八句诗的人，决不是校内同事。我向他辩驳，不是孔方老爷，就是一万同志。他竟对我赌起咒来，弄得母亲都笑了。

萧先生，你此刻怎样？以你底见识，此刻想一定不为他们无端所恼？你千万不可有他念，你底真诚与坦白，终有笼罩吾全芙蓉镇之一日！祝你快乐地嚼着学校底清淡的饭。

弱弟岚上。

萧涧秋一时呆着，似乎他所有底思路，一条条都被她的感情裁断了。他迟疑了许久，才恍惚地向抽斗拿出一张纸，用钢笔写道：

我不知怎样，只觉自己在漩涡里边转。我从来没有经过这个现象，现在，竟转的我几乎昏去。唉！我莫非在做梦么？

你当也记得——采莲底母在呓语时所说底话。莫非我的背后真被追着老虎么？那我非被这虎咬死不成？因为我感到，无论如何，不能让那位可怜的寡妇"一个人跳下去"！

我已将一切解剖过。几乎费了我今晚全个吃晚饭的时候。我是勇敢的，我也斗争的，我当预备好手枪，待真的虎来时，我就照准它底额一枪！岚弟，你不以为我残暴么？打狼不能用打狗的方法的，你看，这位妇人为什么病了？从她底呓语里可以知道她病底根由。

我不烦恼，祝你快乐！

你底勇敢的秋白。

他写好这信，睡在床上，自想他非常坚毅。

第二天一早，女孩来校。她带着书包首先就跑到萧涧秋底身边来，告诉他说：

"萧伯伯，妈妈说，妈妈底病已好了，谢谢你和陶姊姊。"

这时室内有好几位教师坐着，方谋也在座。他们个个屏息地用他们好奇的眼睛，做着恶意的笑的脸孔注视他和她。萧涧秋似乎有意要多说几句话，向女孩问道：

“你妈妈起来了吗？”

“起来了。”

“吃过粥吗？”

“吃过。”

“你底陶姊昨晚交给她的药也吃完了吗？”

女孩似听不清楚，答：

“不知道。”

于是他和往日一样地向采莲底颊上吻一吻，女孩就跑去。

十二

第二天晚上，萧涧秋在房内走来走去，觉得非常地不安。虽则当夜的天气并不热，可是他以为他底房内是异常郁闷。他底桌上放着一张白信纸，似乎要写信的样子，可是他走来走去，并不曾写。一息，想去开了房门，放进冷气来，清凉一下他底脑子。可是当他将门拉开的时候，钱正兴一身华服，笑容可掬地走进来，正似他迎接他进来一样。钱正兴随问，声音温美的：

“萧先生要出去吗？”

“不。”

“有事吗？”

“没有。”

钱正兴又向桌上看一看，又问：

“要写信吗？”

“想要写，写不出。”

“写给谁呢？”

他说这几句话的时候，眼向房内乱转，似要找出那位和他通信的人来。萧涧秋却立刻答：

“写给陶岚。”

这位漂亮的青年，一时默然，坐在墙边，眼看着地，似一位怕羞的姑娘底样子。萧转问他：

"钱先生有什么消息带来告诉我呢？"

钱正兴抬头，笑着：

"消息？"

"是呀，乡村底舆论。"

"有什么乡村底舆论呢！我们底镇内岂不是个个人对萧先生都敬重的么？虽则萧先生到我们这里来不上两月，而萧先生大名，却已经连一班牧童都知道了。"

萧涧秋附和着笑了一笑。心狐疑地猜想着，——对面这位情敌，不知对他究竟是善意，还是恶意？一边他说：

"那我在你们这里真是有幸福的。"

"假如萧先生以为有幸福，我希望萧先生永远住下去。"

"永远住下去？可以吗？"

"同我们一道做芙蓉镇底土著。"

很快的停一息，接着说：

"所以我想问一问，萧先生有心要组织一个家庭在芙蓉镇里吗？"

萧涧秋似快乐的心跳的样子，问：

"组织一个家庭？你这么说吗？"

"我也是听来的，望你勿责。"

他还是做着温柔的姿势。萧又哈的冷笑一声说：

"这于我是好事。可是外界说我和谁组织呢？"

"你当然有预备了。"

"没有，没有。"

"没有？"他也笑，"藏着一位很可爱的妇人呢！实在是一位难得的贤良妇人。"

萧冷冷地假笑问：

"谁呀？我自己根本还没有选择。"

"选择？"很快地停一息，"外界都说你爱上采莲底母亲。她诚然是可爱的，在西村，谁都称赞她贤慧。"

"胡说！我另有爱。"

萧涧秋感得几分怒忿，可是他用他底怒容带笑地表现出来。钱又娇态地问：

“谁呢，可以告诉我吗？”

“陶岚，慕侃底妹妹。”

“你爱她吗？”

“我爱她。”

萧自然有力地说出。钱一时默然。一息，萧又笑问：

“闻你也爱她？”

“是，也爱她，比爱自己底生命还甚。”

语气凄凉地。萧接着笑问：

“她爱你吗？”

一个慢慢地答：

“爱过我。”

“现在还爱你吗？”

“不知道她底心。”

“那让我代告诉你罢，钱先生，她现在爱我。”

“爱你？”

“是。所以还好，假如她同时爱两人，那我和你非决斗不可。你也愿意决斗么？”

“决斗？可以不必。这是西方的野蛮风。萧先生，为友谊不能让一个女人么？”

萧一时愁着，没有答，一息说：

“她不爱你，我可以强迫她爱你吗？”

钱正兴却几乎哭出来一般说：

“她是爱我的，萧先生，在你未来以前。她是爱我的，已经要同我订婚了。可是你一来，她却爱你了。在你到的那天晚上的一见，她就爱你了。可是我，我失恋的人，心里怎样呢？萧先生，你想，我比死还难受。我是十分爱陶岚的，时刻忘不了她，夜夜底梦里有她。现在，她爱你——我早知道她爱你了。不过我料你不爱她，因为你是采莲底母亲的。现在，你也爱她，那叫我非自杀不可了！……”

他没有说完，萧涧秋不耐烦地插进说：

“钱先生，你为什么对我说这些话呢？你爱陶岚，你向陶岚去求婚，对我说有什么用呢？”

钱正兴哀求似的接着说：

“不，我请求你！我一生底苦痛与幸福，关系在你这一点上。你肯允许，我连死后都感激，破产也可以。”

“钱先生，你可拿这话勇敢地向陶岚去说。我对你有什么帮助呢？”

“有的，萧先生，只要你不和她通信就可以。慕侃已不要她来校教书，假如你再不给她信，那她就会爱我了。一定会爱我的，我以过去的经验知道。那我一生底幸福，全受萧先生所赐。萧先生的胸怀是救世的，那先救救我吧！救救我底自杀，萧先生会这样做吗？”

“钱先生，情形不同了。她也不会再爱你了。”

“同的，同的，萧先生，只求你不和她通信……”

他仍似没有说完，却突然停止住。萧涧秋非常愤激的，默默地注视着对面这位青年。他想不到这人是如此阴谋，软弱。他底全身几乎沸腾起来，这一种的请求，实在如决了堤的河水流来一样。一息，又听钱说道：

“而且，萧先生，我当极力报答你，你如爱就和采莲底母亲组织家庭。”

萧涧秋立刻站起来，愤愤地说：

“不要说了，钱先生，我一切照办，请你出去罢。”

一边他自己开了门，先走出去。他气塞地愤恨地一直跑到学校园内，倚身在一株冬青树的旁边。空间冰冷的，他似要溶化他底自身在这冰冷的空间内。他极力想制止他自己底思想，摆脱方才那位公子所给他的毫无理由的烦恼，他冷笑了一声。

他站了半点钟，竟觉全身灰冷的；于是慢慢转过身子，回到他底房内。钱正兴，无用的孩子已经走了。他蹙着眉又沉思了一息，就精疲力尽地向床上跌倒，一边喊：

“爱呀，爱呀，摆脱了罢！”

十三

光阴是这样无谓地过去。三天以后，采莲又没有来校读书。上午十点钟，陶岚到校里来，问起她，萧涧秋答：

“恐怕她母亲又病了。”

陶岚迟疑地说：

“否则为什么呢？她底母亲也是一个多思多虑的人。处这样的境遇，外界又没有人同情她，还用带荆棘的言语向她身上打，不病也要病了！我们，”她眼向萧转一转，说错似的，“我，就可以不管人家，所以还好，不生病，——我的病是慢性的。——像她，……这个社会……你想孩子怎样好？”

她语句说不完全，似乎说的完全就没有意义了。萧接着说：

“我们下午再去看一看罢。”

正这时，话还未了，采莲含着泪珠跑来。他们惊奇了，萧立刻问：

“采莲，你怎么？”

女孩子没有答，书袋仍在她底腋下。萧又问：

“你妈妈底病好了么？”

“妈妈好了。”

女孩非常难受地说出。她站着没有动。陶岚向她问，蹲下身子：

“小妹妹，你为什么到此刻才来呢？你不愿来读书么？”

女孩用手掩在眼上答：

“妈妈叫我不要告诉萧伯伯，还叫我来读书。弟弟又病了，昨夜身子热，过了一夜，妈妈昨夜一夜不曾睡。她说弟弟的病很厉害，叫我不要被萧伯伯知道。还叫我来读书。”

女孩要哭的样子。萧涧秋呆站着。陶岚将女孩抱在身边，用头偎着她头，向萧问：

“怎么呢？”

他愁一愁眉，仍呆立着没有说。

“怎么呢？”

“我简直不知道。”

“为社会嘴多，你又是一个热心的人。”

他忽然悔悟地笑一笑，说：

“时光快些给我过去罢，上课的铃，我听它打过了。”

同时他就向教务处走去。

在吃晚饭以前，萧涧秋仍和往常散步一样，微笑的，温良的，向采莲底家里走去。他觉得在无形之中，他和她们都隔膜起来了。

当他走到她们底门外时，只听里面有哭声，是采莲底母亲底哭声。他立刻惊惶起来，向她底门推进，只见孩子睡在床上，妇人坐在床边，采莲不在。他立刻气急地问：

“孩子怎么了？”

妇人抬头向他看了一看，垂下头，止着哭。他又问：

“什么病呢？”

“从前天起，一刻刻地厉害。”

他走到孩子底身边，孩子微微地闭着眼。他放手在小孩底脸上一摸，脸是热的；看他底鼻孔一收一放地扇动着。他站着几分钟，有时又听他咳嗽，将痰咽下喉去。他心想：“莫非是肺炎么？”同时他问她：

“吃过药么？”

“吃过一点，是我自己想想给他吃的，没有看过医生。此刻看来不像样，又叫采莲去请一位诊费便宜些的伯伯去了。”

“要吃奶么？”

“也似不想吃。”

他又呆立一会，问：

“采莲去了多久？”

“半点钟的样子。大概女孩又走错路了，离这里是近的。”

“中国医生么？”

“嗯。”

于是他又在房内走了两圈，说：

“你也不用担忧，小孩总有他自己底命运。而且病是轻的，看几天医生，总可以好。不过此地没有西医么？”

“不知道。”

天渐渐黑下来，黄昏又现出原形来活动了。妇人慢慢地说：

“萧先生，这孩子底病有些不利。关于他，我做过了几个不祥的梦。昨夜又梦见一位红脸和一位黑脸的神，要从我底怀中夺去他！为什么我会梦这个呢？莫非李家连这点种子都留不下去么？”她停一停，泪水涌阻着她底声音。“先生，假如孩子真的没有办法，叫我……怎样……活……的下……去呢？”

萧涧秋心里是非常悲痛的。可是他走近她底身边说：

“你真是一个不懂事的人。为什么要说这话？梦是迷信呢！”

一边又踌躇地向房内走了一圈，又说：

“你现在只要用心看护这孩子，望他快些好起来。一切胡思乱想，你应当丢开它。”

他又向孩子看一回，孩子总是昏昏地——呼吸着，咳着。

“梦算什么呢？梦是事实么？我昨夜也梦自己向一条深的河里跳下去，昏沉地失了知觉，似乎只抱着一块小木板，随河水流去，大概将要流到海里，于是我便——”他没有说出死字，转过说：“莫非今天我就真的要去跳河么？”

他想破除妇人底对于病人最不利的迷信，就这样轻缓地庄重地说出。而妇人说：

“先生，你不知道——”

她底话没有说完，采莲气喘喘地跑进来。随后半分钟，也就走进一位几乎要请别人来给他诊的头发已雪白了的老医生。他先向萧涧秋慢慢地细看一回，伛着背又慢慢地戴起一副阔边的眼镜，给小孩诊病。他按了一回小孩底左手，又按了一回小孩底右手，翻开小孩底眼，又翻开小孩底口子，将小孩弄得哭起来。于是他说：

“没有什么病，没有什么病，过两三天就会好的。”

“没有什么病么？伯伯！”

妇人惊喜地问。老医生不屑似的答：

“以我行医六十年的经验，像这样的孩子底病是无用医的。现在姑且吃一副药罢。”

他从他底袖口内取出纸笔，就着灯下，写了十数味草根和草叶。妇人递给他四角钱，他稍稍客气地放入袋里，于是又向萧涧秋——这时他搂着采莲，愁思地——仔细看了看，偻着背走出门外，妇人送着。

妇人回来向他狐疑地问，脸上微微喜悦地：

“萧先生，医生说他没有什么病呢？”

“所以我叫你不要忧愁。”

一个无心地答。

“看这样会没有病么？”

“我代你们去买了药来再说罢。”

可是妇人愚笨地，一息说：

“萧先生，你还没有吃过晚饭呢！”

“买好药再回去吃。”

妇人痴痴地坐着，她自己是预备不吃晚饭了。萧涧秋拿着药方走出来。采莲也痴痴地跟到门口。

十四

第二天，萧涧秋又到采莲的家里去一趟。孩子底病依旧如故。他走去又走回来，都是空空地走，于孩子毫无帮助。妇人坐守着，对他也不发微笑。

晚上，陶岚又亲自到校里来，她拿了几本书来还萧，当递给他的时候，她苦笑说：

“里面还有话。”

同时她又向他借去几本图画，简直没有说另外的话，就回去了。

萧涧秋独自呆站在房内，他不想读她底信，他觉得这种举动是非常笨的，可笑的。可是终于向书内拿出一条长狭的纸，看着纸上底秀丽的笔迹：

计算，已经五天得不到你底回信了。当然，病与病来扰乱了你底心，但你何苦要如此烦恼呢？我看你底态度和以前初到时不同，你逐渐逐渐地消极起来了。你更愁更愁地愁闷起来了。侃哥也说你这几天瘦的厉害，萧先生，你自己知道么？

我，我确乎和以前两样。谢谢你，也谢谢天。我是勇敢起来了。你不知道罢？侃哥前几天不知怎样，叫我不要到校里来教书，强迫我辞职。而我对他一声冷笑。他最后说："妹妹，你不辞职，那只好我辞职了！一队男教师里面夹着一位女教师，于外界底流言是不利的。"我就冷冷地对他说："就是你辞了职，我也还有方法教下去，除非学校关门，不办。"到第二天，我在教室内对学生说了几句暗示的话。学生们当晚就向我底哥哥说，他们万不肯放"女陶先生"走，否则，他们就驱逐钱某。现在，侃哥已经悔悟了，再三讨我宽恕，并对你十二分敬佩。他说，他的对你的一切"不以为然"现在都冰释了。此后钱某若再辞职，他一定准他。哥哥笑说："为神圣的教育和神圣的友爱计，不能不下决心！"现在，我岂不是战胜了？最亲爱的哥哥，什么也没有问题，你安心一些罢！

请你给我一条叙述你底平安的回字。

再，采莲底弟弟底病，我下午去看过他，恐怕这位小生命不能久留在人世了。他底病，你也想得到吗？是她母亲底热传染给他的，再加他从椅子上跌下来，所以厉害了！不过为他母亲着想，死了也好。哈，你不会说我良心黑色罢？不过这有什么方法呢？以她底年龄来守几十年的寡，我以为是苦痛的。但身边带着一个孩子可以嫁给谁去呢？所以我想，万一孩子不幸死了，劝她转嫁。听说有一个年轻商人要想娶她的。

请你给我一条叙述你底平安的回字。

你底岚弟上。

他坐在书案之前，苦恼地脸对着窗外。他决计不写回信，待陶岚明天来，他对面告诉她一切。他翻开学生们底习练簿子，拿起一支红笔浸着红墨水，他想校正它们。可是怎样，他却不自觉地于一忽之间，会在空白的纸间画上一朵桃花。他一看，自己苦笑了，就急忙将桃花涂掉，去找寻学生的习练簿上底错误。

第三天早晨，萧涧秋刚刚洗好脸，采莲跑来。他立刻问：

"小妹妹，你这么早来做什么？"

女孩轻轻地答：

“妈妈说，弟弟恐怕要死了！”

“啊！”

“妈妈说，不知道萧伯伯有方法没有？”

他随即牵着女孩底手，问：

“此刻你妈妈怎样？”

“妈妈只有哭。”

“我同你到你底家里去。”

一边，他就向另一位教师说了几句话，牵着女孩子，飞也似地走出校门来。清早的冷风吹着他们，有时萧涧秋咳嗽了一声，女孩问：

“你咳嗽么？”

“是，好像伤风。”

“为什么伤风呢？”

“你不知道，我昨夜到半夜以后还一个人在操场上走来走去。”

“做什么呢？”

女孩仰头看他，一边脚步不停地前进。

“小妹妹，你是不懂得的。”

女孩没有话，小小的女孩，她似乎开始探究人生底秘密了，一息又问：

“你夜里要做梦么？因为要做梦就不去睡么？”

萧向她笑一笑，点一点头，答：

“是的。”

可是女孩又问：

“梦谁呢？”

“并不梦谁。”

“不梦妈妈么？不梦我么？”

“是，梦到你。”

于是女孩接着诉说，似乎故事一般。她说她曾经梦到他：他在山里，不知怎样，后面来了一只狼，狼立刻衔着他去了。她于是在后面追，在后面叫，在后面哭。结果，她醒了，是她母亲唤醒她的。醒来以后，她就伏在她母亲底怀内，一动也不敢动。她末尾说：

“我向妈妈问：萧伯伯此刻不在山里么？在做什么呢？妈妈说：在校里，他正睡着，同我们一样。于是我放心了。”

这样，萧涧秋向她看看，似乎要从她底脸上，看出无限的意义来。同时，两人已经走到她底家，所有的观念，言语，都结束了，用另一种静默的表情向房内走进去。

这时妇人是坐着，因为她已想过她最后的命运。

萧走到孩子底身边，孩子照样闭着两眼呼吸紧促的。他轻轻向他叫一声：

“小弟弟。”

而孩子已无力张开眼来瞧他了！

他仔细将他底头，手，脚摸了一遍。全身是微微热的：鼻翼扇动着。于是他又问了几句关于夜间的病状，就向妇人说：

“怎么好？此处又没有好的医生。孩子底病大概是肺炎，可是我只懂得一点医学的常识，叫我怎样呢？”

他几乎想得极紧迫样子，一息，又说：

“莫非任他这样下去么？让我施一回手术，看看有没有效。”

妇人却立刻跳起说：

“萧先生，你会医我底儿子么？”

“我本不会的，可是坐守着，又有什么办法？”

他稍稍踌躇一息，又向妇人说：

“你去烧一盆开水罢。拿一条手巾给我，最好将房内弄的暖些。”

妇人却呆站着不动。采莲向她催促：

“妈妈，萧伯伯叫你拿一条手巾。”

同时，这位可爱的姑娘，她就自己动手去拿了一条半新半旧的手巾来，递给他，向他问：

“给弟弟洗脸么？”

“不是，浸一些热给你弟弟缚在胸上。”

这样，妇人两腿酸软地去预备开水。

萧涧秋用他底力气，叫妇人将孩子抱起来，一面他就将孩子底衣服解开，再拿出已浸在面盆里底沸水中的手巾，稍稍凉一凉，将过多的水绞去，等它的温度可以接触皮肤，他就将它缚在孩子底胸上，再将衣服给他裹好。孩子已经一天没有哭声，这时，似为他这种举动所扰乱，却不住地单声地哭，还是没有眼泪。母亲的心里微微地有些欢欣着，祝颂着，她从不知道一条手巾和沸水可以医病，这实在是一种天赐的秘法，她想她儿子底病会好起来，一定无疑。一时房内清静的，她抱着孩子，将头靠在孩子底发上，斜看着身前坐在一把小椅子上也搂着采莲的青年。她底心是极辽远辽远地想起。她想他是一位不知从天涯还是从地角来的天使，将她阴云密布的天色，拨见日光，她恨不能对他跪下去，叫他一声“天呀”！

房内静寂约半点钟，似等着孩子底反应。他一边说：

“还得过了一点钟再换一次。”

这时妇人问：

“你不上课去么？”

“上午只有一课，已经告了假了。”

妇人又没有声音。他感到寂寞了，他慢慢地向采莲说：

“小妹妹，你去拿一本书来，我问问你。

女孩向他一看，就跑去。妇人却忽然滴下眼泪来说：

“在我这一生怕无法报答你了！”

萧涧秋稍稍奇怪地问——他似乎没有听清楚：

“什么？”

妇人仍旧低声地流泪的说：

“你对我们的情太大了！你是救了我们母子三人的命，救了我们这一家！但我们怎样报答你呢？”

他强笑地难以为情地说：

“不要说这话了！只要我们能好好地团聚下去，就是各人底幸福。”

女孩已经拿书到他底身边，他们就互相问答起来。妇人私语的：

“真是天差先生来的，天差先生来的。这样，孩子底病会不好么？哈，天是有它底大眼睛的。我还愁什么？天即使要辜负我，天也不敢辜负先生，孩子底病一定明天就会好。”

萧涧秋知道这位妇人因小孩底病的缠绕过度，神经有些变态，他奇怪地向她望一望。妇人转过脸，避开愁闷的样子。他仍低头和女孩说话。

十五

上午十时左右。

阳光似金花一般撒满人间。春天之使者似在各处舞跃：云间，树上，流动的河水中，还来到人类的各个底心内。在采莲底家里，病的孩子稍稍安静了，呼吸不似以前那么紧张。妇人坐在床边，强笑地静默想着。半空吊起的心似放下一些了。萧涧秋坐在一把小椅子上，女孩是在房内乱跑。酸性的房内，这时舒畅不少安慰不少了。

忽然有人走进来，站在他们底门口，而且气急地——这是陶岚。他们随即转过头，女孩立刻叫起来向她跑去，她也就慢慢地问：

“小弟弟怎么样？”

“谢谢天，好些了。”妇人答。

陶岚走进到孩子底身边，低下头向孩子底脸上看了看。采莲的母亲又说：

“萧先生用了新的方法使他睡去的。”

陶岚就转头问他，有些讥笑地：

“你会医病么？”

“不会。偶然知道这一种病，和这一种病的医法，——还是偶然的。此地又没有好的医生，看孩子气急下去么？”

他难以为情地说。陶岚又道：

“我希望你做一尊万灵菩萨。”

萧涧秋当时就站起来，两手擦了一擦，向陶岚说：

“你来了，我要回去了。”

“为什么呢？”一个问。

“她已经知道这个手续，我下午再来一趟就是。”

“不，请你稍等片刻，我们同回去。”

青年妇人说：

“你不来也可以。有事，我会叫采莲来叫你的。”

陶岚向四周看一看，似侦探什么，随说：

“那么我们走罢。”

女孩依依地跟到门口，他们向她摇摇头就走远了。一边陶岚问他：

“你要到什么地方去？”

“除出学校还有别的地方吗？”

“慢些，我们向那水边去走一趟罢，我还有话对你说。”

萧涧秋当即同意了。

他慢慢地抬头看她，可是一个已俯下头，问：

“钱正兴对你要求过什么呢？”

“什么？没有。”

“请你不要骗我罢。我知道在你底语言底成分中，是没有一分谎的，何必对我要异样？”

“什么呢，岚弟？”

他似小孩一般。一个没精打采地说：

“你运用你另一副心对付我，我苦恼了。钱正兴是我最恨的，已经是我底仇敌。一边毁坏你底名誉，一边也毁坏我底名誉。种种谣言的起来，他都同谋的。我说这话并不冤枉他，我有证据。他吃了饭没事做，就随便假造别人底秘密，你想可恨不可恨？”

萧这时插着说：

“那随他去便了，关系我们什么呢？”

一个冷淡地继续说：

“关系我们什么？你恐怕忘记了。昨夜，他却忽然又差人送给我一封信，我看了几乎死去！天下有这样一种不知羞耻的男子，我还是昨夜才发现！”她息一息，还是那么冷淡地，“我们一家都对他否认了，你为什么还要对他说，叫他勇敢地向我求婚呢？为友谊计？为什么呢？”

她完全是责备的口气。萧却态度严肃起来，眼光炯炯地问：

“岚弟，你说什么话呢？”

一个不响，从衣袋内取出一封信，递给他。这时两人已经走到一处清幽的河边，新绿的树叶底阴翳[13]，铺在浅草地上。春色的荒野底光芒，静静地笼罩着他俩底四周。他们坐下。他就从信内抽出一张彩笺，读下：

亲爱的陶岚妹妹：现在，你总可允诺我底请求了。因为你所爱的那个男子，我和他商量，他自己愿意将你让给我。他，当然另有深爱的；可以说，他从此不再爱你了。妹妹，你是我底妹妹！

妹妹，假如你再还我一个“否”字，我就决计去做和尚——自杀！我失了你，我底生命就不会再存在了。一月来，我底内心的苦楚，已在前函详述之矣，想邀妹妹青眼垂鉴。

我在秋后决定赴美游历，愿偕妹妹同往。那位男子如与那位寡妇结婚，我当以五千元畀[14]之。

下面就是“敬请闺安”及具名。

他看了，表面倒反笑了一笑，向她说，——她是忿忿地看住一边的草地。

“你也会为这种请求所迷惑吗？”

她没有答。

“你以前岂不是告诉我说，你每收到一种无礼的要求的信的时候，你是冷笑一声，将信随随便便地撕破了抛在字纸篓内？现在，你不能这样做吗？”

她含泪的惘惘然回头说：

“他侮辱我底人格，但你怎么要同他讨论关于我底事情呢？”

萧涧秋这时心里觉得非常难受，一阵阵地悲伤起来，他想——他亦何尝不侮辱他底人格呢？他愿意去同他说话么？而陶岚却一味责备他，正似他也是一个要杀她的刽子手，他不能不悲伤了！——一边他挨近她底身向她说：

“岚弟，那时设使你处在我底地位，你也一定将我所说的话对付他的。因为我已经完全明了你底人格，感情，志趣。你不相信我吗？”

“我相信你的，深深地相信你的。不过你不该对他说话。他是因为造我们底谣，我们不理他，才向你来软攻的，你竟被他计谋所中吗？”

“不是。我知道假如你还有一分爱他之心，为他某一种魔力所引诱，你不是一个意志坚强的人，那我无论如何也不会叫他向你求婚的。何况，”他静止一息，“岚弟，不要说他罢！”

一边他垂下头去，两手靠在地上，悲伤地，似乎心都要炸裂了。陶岚慢慢地说：

“不过你为什么不……”她没有说完。

“什么呢？”

萧强笑地。她也强笑：

“你自己想一想罢。”

静寂落在两人之间。许久，萧震颤地说：

“我们始终做一对兄弟罢，这比什么都好。你不相信么？你不相信人间有真的爱么？哈，我还自己不知道要做怎样的一个人，前途开拓在我身前的又是怎样的一种颜色，环境可以改变我，极大的漩涡可以卷我进去。所以，我始终——我也始终愿你做我底一个弟弟，使我一生不致十分寂寞，错误也可以有人来校正。你以为不是吗？”

岚无心地答：“是的，”意思几乎是——不是。

他继续凄凉的说：

“恋爱呢，我实在不愿意说它。结婚呢，我根本还没有想过。岚弟，我不立刻写回信给你，理由就在这里了！”停一息，又说：“而且生命，生命，这是一回什么事呢？在一群朋友底欢聚中，我会感到一己的凄怆，这一种情感我是不该有家庭的了。”

陶岚轻轻地答：

“你只可否认家庭，你不能否认爱情。除了爱情，人生还有什么呢？”

“爱情，我是不会否认的。就现在，我岂不是爱着一位小妹妹，也爱着一位大弟弟吗？不过我不愿意尝出爱情底颜色的另一种滋味罢了。”

她这时身更接近他的娇羞地说：

“不过，萧哥，人终究是人呢！人是有一切人底附属性的。”

他垂下头没有声音。随着两人笑了一笑。

一切温柔都收入在阳光底散射中，两人似都管辖着各人自己底沉思。一息，陶岚又说：

“我希望在你底记忆中永远伴着我底影子。”

“我希望你也一样。”

“我们回去罢？”

萧随即附和答：

“好的。”

十六

萧涧秋回到校内，心非常不舒服。当然，他是受了仇人底极大的侮辱以后。他脸色极青白，中饭吃的很少，引得阿荣问他："萧先生，你身体好吗？"他答："好的。"于是就在房内呆呆地坐着。几乎半点钟，他一动不动，似心与身同时为女子之爱力所僵化了。他不绝地想起陶岚，他底头壳内充满她底爱；她底爱有如无数个小孩子，穿着各种美丽的衣服，在他底头壳内游戏，跳舞。他隐隐地想去寻求他底前途上所遗失的宝物。但有什么呢？他于是看一看身边，似乎这时有陶岚底倩影站着，可是他底身边是空虚的。这样又过十分钟，却有四五个年约十三四岁的少年学生走进来。他们开始就问：

"萧先生，听说你身体不好吗？"

"好的。"他答。

"那你为什么上午告假呢？先生们都说你身体不好才告假的。我们到你底窗外来看看，你又没有睡在床上，我们很奇怪。"

一个面貌清秀的学生说。萧微笑地答：

"我也不知道他们为什么缘故要骗你们。我是因为采莲妹妹底小弟弟底病很厉害，我去看了一回。"

接着他就和采莲家里雇用的宣传员一样，说起她们底贫穷，苦楚以及没人帮助的情形，——统说了一遍。学生们个个低头叹息，里面一个说：

"他们为什么要讳言萧先生去救济呢？"

"我实在不知道，"萧答。

另一个学生插嘴道：

"他们妒忌罢？现在的时候，善心的人是有人妒忌的。"

一个在萧旁边的学生却立刻说：

"不是，不是，钱正兴先生岂不是对我们说过吗？他说萧先生要娶采莲妹妹底母亲。

那位学生微笑地。萧愁眉问：

"他和你们谈这种话吗？"

"是的，他常常同我们说恋爱的事情。他教书教的不好，可是恋爱谈的很好，他每点钟总是上了半课以后，就和我们讲恋爱。他也常常讲到女陶先生，似乎不讲到她，心里就不舒服似的。”

萧涧秋仍旧悲哀地没有说。一个年龄小些的学生急急接上说：

“有什么兴味呢，讲这种话？书本教不完怎么办？他以后若再在讲台上讲恋爱，我和几个朋友一定要起来驱逐他！”

萧微笑地向他看一眼，那位小学生却态度激昂地红着脸。

可是另一个学生却又向萧笑嘻嘻地问：

“萧先生，你为什么不和女陶先生结婚呢？”

萧淡淡地骂：

“你们不要说这种话罢！这是你们所不懂得的。”

而那个学生还说：

“女陶先生是我们一镇的王后，萧先生假如和她结了婚，萧先生就变做我们一镇的皇帝了。”

萧涧秋说：

“我不想做皇帝，我只愿做一个永远的真正的平民。”

而那个学生又说：

“但女陶先生是爱萧先生的。”

这时陶慕侃却不及提防的推进门来，学生底嘈杂声音立刻静止下去。陶慕侃俨然校长模样地说：

“什么女陶先生男陶先生。那个叫你们这样说法的？”

可是学生们却一个个微笑地溜出房外去了。

陶慕侃目送学生们去了以后，他就坐在萧涧秋底桌子的对面，说：

“萧，这究竟是怎么一回事？昨天钱正兴向我说，又说你决计要同那位寡妇结婚？”

萧涧秋站了起来，似乎要走开的样子，说：

“老友，不要说这种事情罢。我们何必要将空气弄得酸苦呢？”

陶慕侃灰心地：

“我却被你和我底妹妹弄昏了。”

“并不是我，老友，假如你愿意，我此后决计专心为学校谋福利。我没有别的想念。”

陶慕侃坐了一会，上课铃也就打起来了。

十七

阳光底脚跟带了时间移动，照旧过了两天。

萧涧秋和一队学生在操场上游戏。这是课外的随意的游戏，一个球从这人底手内传给那人底。他们底笑声是同春三月底阳光一样照耀，鲜明。将到了吃中饭的时候，操场上的人也预备休歇下来了。陶岚却突然出现在操场出入口的门边，一位小学生顽皮地叫：

“萧先生，女陶先生叫你。”

萧涧秋随即将他手内底球抛给另一个学生，就汗喘喘地向她跑来。两人没有话，几乎似陶岚领着他，同到他底房内。他随即问：

“你已吃过中饭了么？”

“没有，我刚从采莲底家里来。”

她萎靡地说。一个正洗着脸，又问：

“小弟弟怎样呢？”

“已经死了。”

“死了？”

他随将手巾丢在面盆内，惊骇地。

“两点钟以前，”陶岚说，“我到她们家里，已经是孩子喘着他最后一口气的时候。孩子底喉咙已胀塞住，眼睛不会看他母亲了。他底母亲只有哭，采莲也在旁边哭，就在这哭声中，送去了一个可爱的孩子底灵魂！我执着他底手，急想设法，可是法子没有想好，我觉得孩子底手冷去了，变青了！天呀，我是紧紧地执住他底手，好像这样执住，他才不致去了似的；谁知他灵魂之手，谁有力量不使他蜕化呢？他死了！造化是没有眼睛的，否则，见到妇人如此悲伤的情形，会不动他底心么？妇人发狂一般地哭，她抱着孩子底死尸，伏在床上，哭的昏去。以后两位邻舍来，扶住她，劝着，她又那里能停止呢？孩子是永远睡去了！唉，小生命永远安息了！他丢开了他母亲与姊姊底爱，永远平安了！他母亲底号哭那里能唤得他回来呢？他又那里会知道他母亲是如此悲伤呢？”

陶岚泪珠莹莹地停了一息。这时学校摇着吃中饭的铃，她喘一口气说：

“你吃饭去罢。”

他站着一动不动地说：

“停一停，此刻不想吃。”

两人听铃摇完，学生们的脚步声音陆续地向膳厅走进，静寂一忽，萧说：

“现在她们怎样呢？”

陶岚一时不答，用手巾拭了一拭眼，更走近他一步，胆怯一般，慢慢说：

“妇人足足哭了半点钟，于是我们将昏昏的她放在床上，我又牵着采莲，一边托她们一位邻舍，去买一口小棺，又托一位去叫埋葬的人来。采莲底母亲向我说，她已经哭的没有力气了，她说：

‘不要葬了他罢，放他在我底身边罢！他不能活着在他底家里，我也要他死着在家里呢！’

“我没有听她底话，向她劝解了几句。劝解是没有力量的，我就任自己底意思做。将孩子再穿上一通新衣服，其实并不怎样新，不过有几朵花，没有破就是，我再寻不出较好的衣服来。孩子是满想来穿新衣服的。他这样没有一件好看的新衣服，孩子当然要去了，以后我又给他戴上一顶帽子。孩子整齐的，工人和小棺都来了。妇人在床上叫喊：‘在家里多放几天罢，在家里多放几天罢！，我们也没有听她，于是孩子就被两位工人抬去了。采莲，这位可爱的小妹妹，含泪问我：‘弟弟到那里去呢？’我答：‘到极乐国去了！’她又说：‘我也要到极乐国去。’我用嘴向她一努，说：‘说不得的。’小妹妹又恍然苦笑地问：

“‘弟弟不再回来了么？’

“我吻着她的脸上说：

“‘会回来的，你想着他的时候。夜里你睡去以后，他也会来和你相见。’

“她又问：

“‘梦里弟弟会说话么？’

“‘会说的，只要你和他说。’

“于是她跑到她母亲底跟前，向她母亲推着叫：

“‘妈妈，弟弟梦里会来的。日里不见他，夜里会来的。陶姊姊说的，你不要哭呀。’

"可是她母亲这时非常旷达似的向我说，叫我走，她已经不悲伤了，悲伤也无益。我就到这里来。"

两人沉默一息，陶岚又说：

"事实发生的太悲惨了！这位可怜的妇人，她也有几餐没有吃饭，失去了她底肉，消瘦的不成样子。女孩虽跟在她旁边，终究不能安慰她。"

萧涧秋徐徐地说：

"我去走一趟，将女孩带到校里来。"

"此刻无用去，女孩一时也不愿离开她母亲的。"

"家里只有她们母女两人么？"

"邻舍都走了，我空空地坐也坐不住。"

一息，她又低头说：

"实在凄凉，悲伤，叫那位妇人怎么活得下去呢？"

萧涧秋呆呆地不动说：

"转嫁，只好劝她转嫁。"

一时又心绪繁乱地在房内走一圈，沉闷地继续说：

"转嫁，我想你总要负这点责任，找一个动听的理由告诉她。我呢，我不想到她们家里去了。我再没有帮助她的法子；我帮助她的法子，都失去了力量。我不想再到她们家里去了。女孩请你去带她到校里来。"

陶岚轻轻地说：

"我想劝她先到我们家里住几天。这个死孩的印象，在她这个环境内更容易引起悲感来的。以后再慢慢代她想法子。孩子刚刚死了就劝她转嫁，在我说不出口，在她也听不进去的。"

他向她看一看，似看他自己镜内的影子，强笑说：

"那很好。"

两人又无言地，各人深思着。学生们吃好饭，脚步声在他们的门外陆续地走来走去。房内许久没有声音。采莲。这位不幸的女孩，却含着泪背着书包，慢慢地向他们底门推进去，出现在他俩底前面。萧涧秋骇异地问：

"采莲，你还来读书么？"

"妈妈一定要我来。"

说着，就咽咽地哭起来。

他们两人又互相看一看，觉得事情非常奇怪。他愁着眉，又问：

“妈妈对你说什么话呢？”

女孩还是哭着说：

“妈妈叫我来读书，妈妈叫我跟萧伯伯好了！”

“你妈妈此刻在做什么呢？”

“睡着。”

“哭么？”

“不哭，妈妈说她会看见弟弟的，她会去找弟弟回来。”

萧涧秋心跳地向陶岚问：

“她似有自杀的想念？”

陶岚也泪涔涔地答：

“一定会有的。如我处在她这个境遇里，我便要自杀了。不过她能丢掉采莲么？”

“采莲是女孩子，在这男统的宗法社会里，女孩子不算得什么。况且她以为我或能收去这个孤女。”

同时他向采莲一看，采莲随拭泪说：

“萧伯伯，我不要读书，我要回家去。妈妈自己会不见掉的。”

萧涧秋随又向陶岚说：

“我们同女孩回去罢。我也只好鼓舞自己底勇气再到她们底家里去走一遭。看看那位命运被狼嘴嚼着的妇人底行动，也问问她底心愿。你能去邀她到你家里住几天，是最好的了。我们同孩子走罢。”

“我不去，”陶岚摇摇头说，“我此刻不去。你去，我过一点钟再来。”

“为什么呢？”

“不必我们两人同时去。”

萧明白了。又向她仔细看了一看，听她说：

“你不吃点东西么？我肚子也饿了。”

“我不饿，”他急忙答。“采莲，我们走。”

一边就牵着女孩底手，跑出来。陶岚跟在后面，看他们两个影子在向西村去的路上消逝了。她转到她底家里。

十八

妇人在房内整理旧东西。她将孩子所穿过的破小衣服丢在一旁。又将采莲底衣服折叠在桌上，一件一件地。她似乎要将孩子底一切，连踪迹也没有地掷到河里去，再将采莲底命运裹起来。如此，似悲伤可以灭绝了，而幸福就展开五彩之翅在她眼前翱翔。她没有哭，她底眼内是干燥的，连一丝隐闪的滋润的泪光也没有。她毫无精神地整理着，一时又沉入呆思，幻化她一步步要逼近来的时日：

——男孩是死了！只剩得一个女孩。——

——女孩算得什么呢？于是便空虚了！——

——没有一份产业，没有一分积蓄，

——还得要人来帮忙，不成了！——

——一个男子像他一样，不成了！

——我毁坏了他底名誉，以前是如此的，——

——为的忠贞于丈夫，也忍住他底苦痛，

——他可以有幸福的，他可以有……

——于是我底路……便完了！——

女孩轻轻地先进门，站在她母亲底身前，她也不知觉。女孩叫一声：

“妈妈！”女孩含泪的。

“你没有去么？我叫你读书去！”

妇人愁结着眉，十分无力地发怒。

“萧伯伯带我回来的。”

妇人仰头一望，萧涧秋站在门边，妇人随即低下头去，没有说。

他远远地站着说了一句，似想了许久才想出来的：

“过去了的事情都过去了。”

妇人好像没有听懂，也不说。

萧一时非常急迫，他眼钉住看这妇人，他只从她脸上看出憔悴悲伤，他没有看出她别的。他继续说：

“不必想；要想的是以后怎么样。”

于是她抬头缓缓答：

“先生，我正在想以后怎么样呢！”

“是，你应该……”

一边他走近拢去。她说，声音轻到几乎听不见：

“应该这样。”

一个又转了极弱极和婉的口声，向她发问：

“那么你打算怎样呢？”

她底声音还是和以前一样轻地答：

“于是我底路……便完了！”

他更走近，两手放在女孩底两肩上，说：

“说重一点罢，你怕想错了！”

这时妇人止不住涌流出泪，半哭地说，提高声音：

“先生！我总感谢你底恩惠！我活着一分钟，就记得你一分钟。但这一世我用什么来报答你呢？我只有等待下世，变做一只牛马来报答你罢！”

“你为什么要说像这样陈腐的话呢？”

“从心深处说出来的。以前我满望孩子长大了来报答你底恩，现在孩子死去了，我底方法也完了！”一边拭着泪，又忍止住她底哭。

“还有采莲在。”

“采莲……”她向女孩看一看，“你能收受她去做你底丫头么？”

萧涧秋稍稍似怒地说：

“你们妇人真想不明白，愚蠢极了！一个未满三岁的小孩，死了，就死了，算得什么？你想，他底父亲二十七八岁了，尚且给一炮打死！似这样小的小孩，心痛他做什么？”

“先生，叫我怎样活得下去呢？”

他却向房内走了一圈，忍止不住地说出：

“转嫁！我劝你转嫁。”

妇人却突然跳起来，似乎她从来没有听到过妇人是可以有这样一个念头的。她迟疑地似无声的问：

“转嫁？”

他吞吐地，一息坐下，一息又站起：

“我以为这样办好。做一个人来吃几十年的苦有什么意思？还是择一位相当的你所喜欢的人……”

他终于说不全话，他反感到他自己说错了话了。对于这样贞洁的妇人的面，一边疑惑地转过头向壁上自己暗想：

“天呀，她会不会疑心我要娶她呢？”

妇人果然似触电一般，心急跳着，气促地，两眼钉在他底身上看，一时断续的说：

“你，你，你是我底恩人，你底恩和天一样大，我，我是报答不尽的。没有你，我们三人早已死了，这个短命的冤家，也不会到今天才死。”

他却要引开观念的又说：

“我们做人，可以活，总要忍着苦痛，设法活下去。”

妇人正经地说：

“死了也算完结呢！”

萧涧秋摇摇头说：

“你完全乱想，你一点不顾到你底采莲么？”

采莲却只有谁说话，就看着谁，在她母亲与先生之间，呆呆的。妇人这时将她抱去，一面说：

“你对我们太有心了，先生，我们愿意做你一世的用人。”

“什么？”

萧吃惊地。她说：

“我愿我底女孩，跟你做一世的用人。”

“这是什么意思？”

“你能收我们去做仆役么，恩人？”

她似乎要跪倒的样子，流着泪。他实在看得非常动情，悲伤。他似乎操着这位不幸的妇人底生死之权在他手里，他极力镇定他自己，强笑说：

“以后再商量。我当极力帮助你们，是我所能做到的事。”

一边他心里想：

“假如我要娶妻，我就娶去这位妇人罢。”

同时他看这位妇人，不知她起一个什么想念和反动，脸孔变得更青；又见她两眼模糊地，她晕倒在地上了。

采莲立刻在她母亲底身边叫：

“妈妈！妈妈！”

她母亲没有答应，她便哭了。萧涧秋却非常急忙地跑到她底前面，用两手执着她底两臂，又摇着她底头，口里问：

“怎样？怎样？”

妇人底喉间有些哼哼的。他又用手摸一摸她底额，额冰冷，汗珠出来。于是他扶着她底颈，几乎将她抱起来，扶她到了床上，给她睡着。口子又问，夹并着愁与急的：

“怎样？你觉得怎样？”

“好了，好了，没有什么了。”

妇人低微着喘气，轻弱地答。用手擦着眼，似睡去一回一样。女孩在床边含泪的叫：

“妈妈！妈妈！”

妇人又说，无力的：

“采莲呀，我没有什么，你不用慌。”

她将女孩底脸拉去，偎在她自己底脸上，继续喘气地说：

“你不用慌，你妈妈是没有什么的。”

萧涧秋站在床边，简直进退维谷的样子，低着头，似想不出什么方法。一时又听妇人说，声音是颤抖如弦的：

“采莲呀，万一你妈妈又怎样，你就跟萧伯伯去好了。萧伯伯对你的好，和你亲生的伯伯一样的。”

于是青年忧愁地问：

“你为什么又要说这话呢？”

“我觉得我自己底身体这几天来坏极！”

“你过于悲伤了，你过于疲倦了！”

“先生，孩子一病，我就没有咽下一口饭；孩子一死，我更咽不下一口水了！”

“不对的，不对的，你底思想太卑狭。”

妇人没有说，沉沉地睡在床上。一时又睁开眼向他看一看。他问：

“现在觉得怎样？”

“好了。”

“方才你想到什么吗？”

她迟疑一息，答：

“没有想什么。”

“那么你完全因为太悲伤而疲倦的缘故。”

妇人又没有说，还是睁着眼看他。他呆站一息，又强笑用手按一按她底额上，这时稍稍有些温，可是还有冷汗。又按了一按她底脉搏，觉得她底脉搏缓弱到几乎没有。他只得说：

“你应当吃点东西下去才好。”

“不想吃。”

“这是不对的，你要饿死你自己吗？”

她也强笑一笑。青年继续说：

“你要信任我才好，假如你自己以为你对我都是好意的话。人总有一回死，这样幼小的孩子，又算得什么？而且每个母亲总要死了她一个儿子，假如是做母亲的人，因为死了一个孩子，就自己应该挨饿几十天，那么天下的母亲一个也没有剩了。人底全部生命就是和命运苦斗，我们应当战胜命运，到生命最后的一秒不能动弹为止。你应当听我底话才好。”

她似懂非懂地苦笑一笑，轻轻说：

“先生请回去罢，你底事是忙的。我想明白了，我照先生底话做。”

萧涧秋还是执着妇人底枯枝似的手。房内沉寂的，门却忽然又开了，出现一位女子。他随将她底手放回，转脸迎她。女孩也从她母亲怀里起来。

十九

陶岚先走近他底身前问：

“你还没有去吗？”

他答：

“因她方才一时又晕去，所以我还在。”

她转头问她，一边也按着她底方才被萧涧秋捻过的手：

“怎样呢，现在？”

妇人似用力勉强答：

“好了，我请萧先生回校去。萧先生怕也还没有吃过中饭。”

“不要紧，”他说，“我想喝茶。方才她晕去的时候，我找不到一杯热的水。”

“让我来烧罢。”陶岚说，“还有采莲也没有吃中饭么？已经三点钟了。”

“可怜这小孩子也跟在旁边挨饿。”

陶岚却没有说，就走到灶间，倒水在一只壶里，折断生刺的柴枝来烧它。她似乎想水快一些沸，就用很多的柴塞在灶内，可是柴枝还青，不容易着火，弄得满屋子是烟，她底眼也滚出泪来。妇人在床上向采莲说：

“你去烧一烧罢，怎么要陶先生烧呢？”

女孩跑到炉子的旁边，水也就沸了。又寻出几乎是茶梗的茶叶来，泡了两杯茶，端到他们底面前。

这样，房内似换了一种情景，好像他们各人底未来的人生问题，必须在这一小时内决定似的。女孩偎依在陶岚底身边，眼睁视着她母亲底脸上，好像她已不是她底母亲了，她底母亲已同她底弟弟同时死去了！而不幸的青年寡妇，似上帝命她来尝尽人间底苦汁的人，这时倒苦笑地，自然地，用她沉静的目光向坐在她床边的陶岚看了一回，又看一回；再向站在窗边垂头看地板的萧涧秋望了几望。她似乎要将他俩底全个身体与生命，剖解开来又联接拢去。似乎她看他俩底衣缘上，钮边，统统闪烁着光辉，出没着幸福，女孩在他们中间，也会有地位，有愿望地成长起来，于是她强笑了。严肃的悲惨的空气，过了约一刻钟。陶岚说：

“我想请你到我底家里去住几天。你现在处处看见都是伤心的，损坏了你底身体，又有什么用呢？况且小妹妹跟在你底身边也太苦，跟你流泪，跟你挨饿，弄坏小妹妹底身子也不忍。还是到我家里去住几天，关锁起这里的门来。”

她婉转低声地说到这里，妇人接着说：

“谢谢你，我真不知怎样报答你们底善意。现在我已经不想到过去了，我只想怎样才可算是真正的报答你们底恩。”

稍停一息，对采莲说：

“采莲，你跟萧伯伯去罢！跟陶先生去罢！家里这几天没有人烧饭给你吃。我自己是一些东西也不想吃了。”

采莲仰头向陶岚瞧一瞧，同时陶岚也向她一微笑。更搂紧她，没有其他的表示。一息，陶岚又严肃地问：

“你要饿死你自己么？”

“我一时是死不了的。”

“那么到我家里去住几天罢。”

妇人想了一想说：

“走也走不动，两腿醋一般酸。”

“叫人来抬你去。”

陶岚又和王后一般的口气。妇人答：

“不要，谢谢你，儿子刚死了，就逃到人家底家里去，也说不过去。过几天再商量罢。我身子也疲倦。让我睡几天。”

他们没有说。一息，她继续说：

“请你们回去罢！”

萧涧秋向窗外望了一望天色，向采莲说：

“小妹妹，你跟我去罢。”

女孩走到他底身边。他向她们说：

“我两人先走了。”

“等一等，”陶岚接着说。

于是女孩问：

“妈妈也去吗？”

妇人却心里哽咽的，说不出“我不去”三个字，只摇一摇头。陶岚催促地说：

“你同去罢。”

“不，你们去，让我独自睡一天。”

“妈妈不去吗？”

“你跟陶先生去，明天再来看你底妈妈。”

他们没有办法，低着头走出房外。他们一时没有说话。离了西村，陶岚说：

“留着那位妇人，我不放心。”

“有什么方法？”

"你以为任她独自不要紧吗？"

"我想不出救她的法子。"

他底语气凄凉而整密的。一个急促地：

"明天一早，我再去叫她。"

这样，女孩跟陶岚到陶底家里，陶岚先拿了饼干给她吃。萧涧秋独自回到校内。

他愈想那位妇人，觉得危险愈逼近她。他自己非常地不安，好像一切祸患都从他身上出发一样。

他并不吃东西，肚子也不饿，关着房门足足在房内坐了一点钟。黄昏到了，阿荣来给他点上油灯。他就在灯下很快地写这几行信：

亲爱的岚！我不知怎样，好像生平所有底烦恼都集中在此时之一刻！我简直似一个杀人犯一样——我杀了人，不久还将被人去杀！

那位可怜的妇人，在三天之内，我当用正当的根本的方法救济她。我为了这事，我萦回，思想，考虑：岚，假如最后我仍没有第二条好法子的时候——我决计娶了那位寡妇来！你大概也听得欢喜的，因为对于她你和我都同样的思想。

过了明天，我想亲身去对她说明。岚弟，事实恐非这样不可了！但事实对于我们也处置的适宜的，你不要误会了。

写不出别的话，愿幸福与光荣降落于我们三人之间。

祝君善自珍爱！

萧涧秋上。

他急忙将信封好，就差阿荣送去。自己仍兀自坐在房内，苦笑起来。

不上半点钟，一位小学生就送她底回信来了。那位小学生跑得气喘的向萧涧秋说：

"萧先生，萧先生，陶先生请你最好到她底家里去一趟。采莲妹妹也不时要哭，哭着叫回到家里去。"

"好的。"萧向他点一点头。

学生去了。回信是这么写的：

萧先生！你底决定简直是一个霹雳，打的使我发抖。你非如此做不可吗？你就如此做罢！

可怜的岚。

萧涧秋将信读了好几遍，简直已经读出陶岚写这信时的一种幽怨状态，但他还是两眼不转移地注视着她底秀劲潦草的笔迹上，要推敲到她心之极远处一样。

将近七时，他披上一件大衣，用没精打采的脚步走向陶岚底家里。

采莲吃好夜饭就睡着了，小女孩似倦怠的不堪。他们两人一见简直没有话，各人都用苦笑来表示心里底烦闷。几乎过去半小时，陶岚问：

"我知道你，你非这样做不可吗？"

"我想不出比这更好的方法来。"

"你爱她吗？"

萧涧秋慢慢地：

"爱她的。"

陶岚冷酷地讥笑地做脸说：

"你一定要回答我——假如我要自杀，你又怎样？"

"你为什么要说这话？"

他走上前一步。

"请你回答我。"

她还是那么冷淡地。他情急地说：

"莫非上帝叫我们几人都非死不可吗？"

沉寂一息，陶岚冷笑一声说：

"我知道你不相信自杀。就是我，我也偏要一个人活下去，活下去；孤独地活到八十岁，还要活下去！等待自然的死神降临，它给我安葬，它给我痛哭——一个孤独活了几十年的老婆婆，到此才会完结了！"一边她眼内含上泪，"在我底四周知道我心的人，只有一个你；现在你又不是我底哥哥了，我从此更成孤独。孤独也好，我也适宜于孤独的，以后天涯地角我当任意去游行。一个女子不好游行的么？那我剃了头发，扮做尼姑。我是不相信菩萨的，可是必要的时候，我会扮做尼姑。”

萧涧秋简直恍恍惚惚地，垂头说：

“你为什么要说这话呢？”

“我想说，就说了。”

“为什么要有这种思想呢？”

“我觉得自己孤单。”

“不是的，在你的前路，炫耀着五彩的理想。至于我，我底肩膀上是没有美丽的羽翼的。岚，你不要想错了。”

一个丧气地向他看一看，说：

“萧哥，你是对的，你回去罢。”

同时她又执住他底手，好似又不肯放他走。一息，放下了，又背转过脸说：

“你回去，你爱她罢。”

他简直没有话，昏昏地向房外退出去。他站在她底大门外，大地漆黑的，他一时不知道要投向那里去，似无路可走的样子。仰头看一看天上的大熊星，好像大熊星在发怒道：

“人类是节外生枝，枝外又生节的——永远弄不清楚。”

二十

他回到校里，看见一队教师聚集在会客室内谈话。他们很起劲地说，又跟着高声的笑，好像他们都是些无牵挂的自由人。他为的要解除他自己底忧念，就向他们走近去。可是他们仍旧谈笑自若，而他总说不出一句话，好像他们是一桶水，他自己是一滴油，终究溶化不拢去。没有一息，陶慕侃跟着进来。他似来找萧涧秋的，可是他却非常不满意地向大众说起话来：

“事情是非常稀奇的，可是我终在闷葫芦里，莫名其妙。萧先生是讲独身主义的，听说现在要结婚了。我底妹妹是讲恋爱的，今夜却突然要独身主义了！萧，到底是怎么一回事？”

大家立时静止下来，头一齐转向萧，他微笑地答：

“我自己也不知道到底是怎么一回事。”

方谋立刻就向慕侃问：

“那么萧先生要同谁结婚呢？”

慕侃答：

“你问萧自己罢。”

于是方谋立刻又问萧，萧说：

“请你去问将来罢。”

教师们一笑，哗然说：

“回答的话真巧妙，使人坠在五里雾中。”

慕侃接着说，慨叹地：

“所以，我做大阿哥的人，也给他们弄得莫名其妙了。我此刻回到家里，妹妹正在哭。我问母亲什么事，母亲说——你妹妹从此要不嫁人了。我又问，母亲说，因为萧先生要结婚。这岂不是奇怪么？萧先生要结婚而妹妹偏不嫁，这究竟为什么呢？”

萧涧秋就接着说：

“无用奇怪，未来自然会告诉你的。至于现在，我自己也不甚清楚。”

说着，他站了起来似乎要走，各人一时默然。慕侃慢慢地又道：

“老友，我看你近来的态度太急促，像这样的办事要失败的。这是我妹妹的脾气，你为什么学她呢？”

萧涧秋在室内走来走去，一边强笑答：

“不过我是知道要失败才去做的。不是希望失败，是大概要失败。你相信么？”

“全不懂，全不懂。”

慕侃摇了摇头。

正是这个时候，各人底疑团都聚集在各人底心内，推究着芙蓉镇里底奇闻。有一位陌生的老妇却从外边叫进来，阿荣领着她来找萧先生。萧涧秋立刻跑向前去，知道她就是前次在船上叙述采莲底父亲底故事那人。一边奇怪地向她问道：

“什么事？”

那位老妇只是战抖，简直吓的说不出话。一时，她似向室内底人们看遍了。她叫道：

“先生，采莲在那里呢？她底妈妈吊死了！”

“什么？”

萧大惊地。老妇气喘的说：

“我，我方才想到她两天来没有吃东西，于是烧了一碗粥送过去。我因为收拾好家里的事才送去，所以迟一点。谁知推不进她底门，我叫采莲，里面也没有人答应。我慌了，俯在板缝上向里一瞧，唉！天呀，她竟高高地吊着！我当时跌落粥碗，粥撒满一地，我立刻跑到门外喊救命，来了四五个男人，敲破进门，将她放下来，唉！气已断了！心头冰冷，脸孔发青，舌吐出来，模样极可怕，不能救了！现在，先生，请你去商量一下，她没有一个亲戚，怎样预备她底后事。”老妇人又向四周一看，问：

“采莲在那里呢？也叫她去哭她母亲几声。”

老妇人慌慌张张地，似又悲又怕。教师们也个个听得发呆。萧涧秋说：

“不要叫女孩，我去罢。”

他好似还可救活她一般地急走。陶慕侃与方谋等三四位教师们也跟去，似要去看看死人底可怕的脸。

他们一路没有说话，只是踢踢踏踏的脚步声，向西村急快地移动。田野是静寂地，黑暗地，猫头鹰底尖利鸣声从远处传来。在这时的各教师们底心内谁都感觉出寡妇的凄惨与可怜来。

四五位男人绕住寡妇底尸。他们走上前去。尸睡在床上，萧涧秋几乎口子喊出“不幸的妇人呀！”一句话来。而他静静地站住，流出一两滴泪。他看妇人底脸，紧结着眉，愁思万种地，他就用一张棉被将她从发到脚跟盖上了。邻居的男人们都退到门边去。就商量起明天出葬的事情来，一边，雇了两位胆大些的女工，当晚守望她底尸首。

于是人们从种种的议论中退到静寂底后面。

第二天一早，陶岚跑进校里来，萧涧秋还睡在床上，她进去。

“究竟是怎么一回事？”

陶岚问，含起泪珠。

“事情竟和悲剧一般地演出来……女孩呢？”

“她还不知道，叫着要到她妈妈那里去，我想带她去见一见她母亲底最后的面。”

“随你办罢，我起来。”

陶岚立刻回去。

萧涧秋告了一天假，进行着妇人的丧事。他几乎似一位丈夫模样，除了他并不是怎样哭。

坟做在山边，石灰涂好之后，他就回到校里来。这已下午五时，陶慕侃，陶岚——她搂着采莲——，皆在。他们一时没有说，女孩哭着问：

“萧伯伯。妈妈会醒回来么？”

“好孩子，不会醒回来了！”

女孩又哭：

“我要妈妈那里去！我要妈妈那里去！”

陶岚向她说，一边拍她底发，亲昵的，流泪的：

“会醒回来的，会醒回来的。过几天就会醒回来。”

女孩又哽咽地静下去。萧涧秋低低地说：

“我带她到她妈妈墓边去坐一回罢。也使她记得一些她妈妈之死的印象，说明一些死的意义。”

“时候晚了，她也不会懂得什么的。就是我哥哥也不懂得这位妇人底自杀的意义。不要带小妹妹去。”

陶岚说了，她哥哥笑一笑没有说，忠厚的。

学校底厨房又摇铃催学生去吃晚饭。陶岚也就站起身来想带采莲回到家里去。她底哥哥说：

“密司脱萧，你这几天也过得太苦闷了！你好似并不是到芙蓉镇来教书，是到芙蓉镇来讨苦吃的。今晚到敝舍去喝一杯酒罢，消解消解你底苦闷。以后的日子，总是你快乐的日子。”

萧涧秋没有答可否。接着陶岚说：

“那么去罢，到我家里去罢。我也想回家去喝一点酒，我底胸腔也塞满了块垒[15]。”

“我不想去。我简直将学生底练习簿子堆积满书架。我想今夜把它们改正好。”

陶慕侃说，他站起来，去牵了他朋友底袖子：

“不要太心急，学生们都相信你，不会哄走你的。”

他底妹妹又说：

“萧先生，我想和你比一比酒量。看今夜谁喝的多。谁底胸中苦闷大。”

“我却不愿获得所谓苦闷呢！”

一下子，他们就从房内走出来。

随着傍晚底朦胧的颜色，他们到了陶底家。晚餐不久就布置起来。在萧涧秋底心里，这一次是缺少从前所有的自然和乐意，似乎这一次晚餐是可纪念的。

事实，他也喝下许多酒，当慕侃斟给他，他在微笑中并不推辞。陶岚微笑地看着他喝下去。他们也说话，说的都是些无关系的学校里底事。这样半点钟，从门外走进三四位教师来，方谋也在内。他们也不快乐地说话，一位说：

“我们没有吃饱饭，想加入你们喝一杯酒。”

“好的，好的。”

校长急忙答。于是陶岚因吃完便让开坐位。他们就来挤满一桌。方谋喝过一口酒以后，就好像喝醉似的说起来：

“芙蓉镇又有半个月可以热闹了。采莲底母亲的猝然自杀，竟使个个人听得骇然！唉！真可算是一件新闻，拿到报纸上面去揭载的。母亲殉儿子，母亲殉儿子！”

陶慕侃说：

“真是一位好妇人，实在使她活不下去了！太悲惨，可怜！”

另一位教师说：

“她底自杀已传遍芙蓉镇了。我们从街上来，没有一家不是在谈论这个问题。他们叹息，有的流泪，谁都说她应当照烈妇论。也有人打听着采莲的下落。萧先生，你在我们一镇内，名望大极了，无论老人，妇女，都想见一见你，以后我们学校的参观者，一定络绎不绝了！”

方谋说：

“萧先生实在可以佩服，不过枉费心思。”

萧涧秋突然向他问：

“为什么呢？”

“你如此煞费苦心地去救济她们，她们本来在下雪的那几天就要冻死的，幸你毅然去救济她们。现在结果，孩子死了，妇人死了，岂不是……”

方谋没有说完，萧涧秋就似怒地问：

“莫非我的救济她们，为的是将来想得到报酬么！”

一个急忙改口说：

“不是为的报酬，因为这样不及意料地死去，是你当初所想不到的。”

萧冷冷地带酒意的说：

“死了就算了！我当初也并没有想过孩子一定会长大，妇人一定守着孩子到老的。于是儿子是中国一位出色的有名的人物，母亲因此也荣耀起来，对她儿子说：‘儿呀，你还没有报过恩呢！于是儿子就将我请去，给我供养起来。哈哈，我并没有这样想过。”

陶岚在旁笑了一笑。方谋红起脸，吃吃的说：

“你不要误会，我是完全对你敬佩的话。以前镇内许多人也误会你，因你常到妇人底家里去。现在，我知道他们都释然了！”

“又为什么呢？”萧问。

方谋停止一息，终于止不住，说出来：

“他们想，假如寡妇与你恋爱，那孩子死了，正是一个机缘，她又为什么要自杀？可见你与死了的妇人是完全坦白的。”

萧涧秋底心胸，突然非常壅塞的样子。他举起一杯酒喝空了以后，徐徐说：

“群众底心，群众底口……”

他没有说下去，眼睛转瞧着陶岚，陶岚默然低下头去。采莲吃过饭依在她底怀前。一时，女孩凄凉地说：

“我底妈妈呢？”

陶岚轻轻对她说：

“听，听，听先生们说笑话。假如你要睡，告诉我，我领你睡去。”

女孩又说：

“我要回到家里去睡。”

“家里只有你一个人了！”

“一个人也要去。”

陶岚含泪的，用头低凑到女孩底耳边：

“小妹妹，这里的床多好呀，是花的；这里的被儿多好呀，是红的：陶姊姊爱你，你在这里。”

女孩又默默的。

他们吃起饭来，方谋等告退回去，说学校要上夜课了。

二十一

当晚八点钟，萧涧秋微醉地坐在她们底书室内，心思非常地缭乱。女孩已经睡了，他还想着女孩——不知这个无父无母的穷孩子，如何给她一个安排。又想他底自己——他也是从无父无母底艰难中长大起来，和女孩似乎同一种颜色的命运。他永远想带她在身边，算作自己底女儿般爱她。但芙蓉镇里底含毒的声音，他没有力量听下去；教书，也难于遂心使他干下去了。他觉得他自己底前途是茫然！而且各种变故都从这茫然之中跌下来，使他不及回避，忍压不住。可是他却想从“这”茫然跳出去，踏到“那”还不可知的茫然里。处处是夜的颜色；因为夜的颜色就幻出各种可怕的魔脸来。他终想镇定他自己，从黑林底这边跑到那边，涉过没膝的在他脚上急流过去的河水。他愿意这样走，这样地再去探求那另一种的颜色。这时他两手支着两颊，两颊燃烧的，心脏搏跳着。陶岚走进来，无心地站在他底身边。一个也烦恼地静默一息之后，强笑地问他：

“你又想着什么呢？”

“明天告诉你。”

她仰起头似望窗外底漆黑的天空，一边说：

“我不一定要知道。”

一个也仰头看着她底下巴，强笑说：

“那么我们等待事实罢。”

“你又要怎样？”

陶岚当时又很快地说，而且垂下头，四条目光对视着。萧说：

“还不曾一定要怎样。”

“哈，”她又慢慢的转过头笑起来，“你怎么也变做一位辗转多思的。

不要去想她罢，过去已经给我们告了一个段落了！虽则事实发生的太悲惨，可是悲剧非要如此结局不可的。不关我们底事。以后是我们底日子，我们去找寻一些光明。”她又转换了一种语气说：“不要讲这些无聊的话，我想请你奏钢琴，我好久没有见你奏了。此刻请你奏一回，怎样？”

他笑眯眯地答她：

“假如你愿意的话，我可以奏；恐怕奏的不能和以前一样了。”

“我听好了。”

于是萧涧秋就走到钢琴的旁边。他开始想弹一阕古典的曲，来表示一下这场悲惨的故事。但故事与曲还是联结不起来，况且他也不能记住一首全部的叙事的歌。他在琴边呆呆的，一个问他：

“为什么还不奏？又想什么？”

他并不转过头说：

“请你点一歌给我奏罢。”

她想了一想，说：

“《我心在高原》好么？”

萧没有答，就翻开谱奏他深情的歌，歌是 Burns[16] 作的：

我心在高原，
离此若干里；
我心在高原，
追赶鹿与麋。
追赶鹿与麋，
中心长不移。

别了高原月，
别了朔北风，
故乡何美勇，
祖国何强雄；
到处我漂流，
漫游任我意，

高原之群峰，
永远心相爱。

别了高峻山，
山上雪皓皓；
别了深湛涧，
涧下多芳草；
再别你森林，
森林低头愁；
还别湍流溪，
溪声自今古。

我心在高原，
离此若干里，
……

他弹了三节就突然停止下来，陶岚奇怪地问：
“为什么不将四节弹完呢？”
“这首诗不好，不想弹了。”
“那么再弹什么呢？”
“简直没有东西。”
“你自己有制作么？”
“没有。”
“《Home, Sweet Home》[17]，我唱。”
“也不好。”
“那么什么呢？”
“想一想什么丧葬曲。”
“我不喜欢。”
萧涧秋从琴边离开。陶岚问：
“不弹了么？”

“还弹什么呢？”

“好哥哥！”她小姑娘般撒娇起来，她看得他太忧郁了。“请你再弹一个，快乐一些的，活泼一些的。”

一个却纯正地说：

“艺术不能拿来敷衍用的。我们还是真正的谈几句话罢。”

“你又想说什么呢？”

“告诉你。”

“不必等到明天了么？”

陶岚笑谑地。萧涧秋微怒的局促地说：

“不说了似觉不舒服的。”

陶岚快乐地将两手执住他两手，叫起来：

“那么请你快说罢。”

一个却将两手抽去伴在背后，低低的说：

“我这里住不下去了！”

“什么呀？”

陶岚大惊地，在灯光之前，换白了她底脸色。萧说，没精打采的：

“我想向你哥哥辞职，你哥哥也总只得允许。因为这不是我自己心愿的事，我底本心，是想在这里多住几年的。可是现在不能，使我不能。人人底目光看住我，变故压得我喘不出气。这二天来，我有似在黑夜的山冈上寻路一样，一刻钟，都难于捱过去！现在，为了你和我自己的缘故，我想离开这里。”

房内沉寂一忽，他接着说：

“我想明后天就要收拾走了。总之，住不下去。”

陶岚却含泪的说：

“没有理由，没有理由。”

萧强笑地说：

“你底没有理由是没有理由的。”

“我想，不会有人说那位寡妇是你谋害了的。”

房内底空气，突然紧张起来，陶岚似盛怒地，泪不住地流，又给帕拭了。他却站着没有动。她激昂地说：

“你完全想错了，你要将你自己底身来赎个人底罪么？你以为人生是不必挽救快乐的么？”

“平静一些罢，岚弟！”

这时她却将桌上一条玻璃，压书用的，拿来咔的一声折断。同时气急的说：

“错误的，你非取消成见不可！”

一个却笑了一笑。陶岚仰头问：

“你要做一位顽固的人么？”

“我觉得没有在这里住下去的可能了。”

萧涧秋非常气弱的。陶岚几乎发狂地说：

“有的，有的，理由就在我。”

同时她头向桌上卧倒下去。他说：

“假如你一定要我在这里的时候……我是先向你辞职的。”

“能够取消你底意见么？”

“那么明天再商量，怎样？事情要细细分析开来看的，你实在过用你底神经质，使我没有申辩的余地。”

“你是神经过敏，你底思想是错误的！”

他聚起眉头，走了两步，非常不安地说：

“那么等明天再来告诉我们到底要怎样做。此刻我要回校去了。”

陶岚和平起来说：

“再谈一谈。我还想给你一个参考。”

萧涧秋走近她，几乎脸对脸：

“你瞧我底脸，你摸我底额，我心非常难受。”

陶岚用两手放在他底两颊上，深沉地问：

“又怎样？”

“太疲乏的缘故罢。”

“睡在这里好么？”

“让我回去。”

“头晕么？”

“不，请你明天上午早些到校里来。”

“好的。”

陶岚点点头，左右不住的顾盼，深思的。

这时慕侃正从外边走进来，提着灯光，向萧说：

“你底脸还有红红的酒兴呢。”

“哥哥，萧先生说心里有些不舒服。”

“这几天太奔波了，你真是一个忠心的人。还是睡在这里罢。”

“不，赶快走，可以到校里。”

说着，就强笑地急走出门外。

二十二

门外迎着深夜底寒风，他感觉得一流冷颤流着他底头部与身上。他摸他底额，额火热的；再按他底脉搏，脉搏也跳的很快。他咬紧他底牙齿，心想：“莫非我病了？”他一步步走去，他是无力的，支持着战抖，有似胆怯的人们第一次上战场去一样。

他还是走的快的，知道迎面的夜底空气，簌簌地从耳边过去。有时他也站住，走到桥边，他想要听一听河水底缓流的声音，他要在河边，舒散地凉爽地坐一息。但他又似非常没有心思，他要快些回到校里。他脸上是微笑的，心也微笑的，他并不忧愁什么，也没有计算什么。似乎对于他这个环境，感到无名的可以微笑。他也微微想到这二月来他有些变化，不自主地变化着。他简直似一只小轮子，装在她们的大轮子里面任她们转动。

到了学校，他将学生底练习簿子看了一下。但他身体寒抖的更厉害，头昏昏地，背上还有冷汗出来。他就将门关好，没有上锁，一边脱了衣服，睡下。这时心想：

“这是春寒，这是春寒，不会有病的罢！”

到半夜一点钟的样子，身体大热。他醒来，知道已将病证实了。不过他也并不想什么，只想喝一杯茶。于是他起来，从热水壶里倒出一杯开水喝下。他重又睡，可是一时睡不着。他对于热病并不怎样讨厌，讨厌的是从病里带来的几个小问题：“什么时候脱离病呢？竟使我缠绕着在这镇里么？”“假如我病里就走，也还带去采莲么？”他又自己不愿意这样多想，极力使他底思潮平静下去。

第二天早晨，阿荣先来给他倒开水。几分钟后，陶岚也来，她走进门，就问：

“你身体怎样呢？”

他醒睡在床上答：

“夜半似乎发过热，此刻却完全好了。”

同时他问她这时是几点钟。一个答：

“正是八点。”

“那么我起来罢，第一时就有功课。”

她两眼望向窗外，窗外有两三个学生在读书，坐在树下。萧坐起，但立刻头晕了，耳鸣，眼眩。他重又跌倒，一边说：

“岚，我此刻似乎不能起来。”

“觉得怎样呢？”

“微微头昏。”

“今天再告假一天罢。”

“请再停一息。我还想不荒废学生底功课。”

“不要紧。连今天也不过请了两天假就是。因为身体有病。”

他没有话。她又问：

“你不想吃点东西么？”

“不想吃。”

这时有一位教师进来，问了几句关于病的话，嘱他休养一两天，就走出去了。方谋又进来，又说了几句无聊的话，嘱他休息休息，又走出去。他们全似侦探一般，用心是不能测度的。陶岚坐在他床边，似对付小孩一般的态度，半亲昵半疏远的说道：

“你太真情对付一切，所以你自己觉得很苦罢！不过真情之外，最少要随便一点。现在你病了，我本不该问，但我总要为自己安心，求你告诉我究竟有没有打消你辞职的意见？我是急性的，你知道。”

“一切没有问题，请你放心。”

同时他将手伸出放在她底手上。她说，似不以为然：

“你底手掌还很热的！”

“不，此刻已不。昨夜比较热一点。”

“该请一个医生来。”

他却笑起来，说：

“我自己清楚的，明天完全可以走起。病并不是传染，稍稍疲倦的关系。让我今天关起门来睡一天就够了。”

“下午我带点药来。”

“也好的。”

陶岚又拿开水给他喝，又问他需要什么，又讲一些关于采莲的话给他听。时光一刻一刻地过去，她底时光似乎全为他化去了。

约十点钟，他又发冷，他底全身收缩的。一群学生走进房内来，他们问陶岚：

“女陶先生，萧先生怎样呢？”

“有些冷。”

学生又个个挤到他的床前，问他冷到怎样程度。学生嘈杂地要他起来，他们的见解，要他到操场上去运动，那么就可以不冷，就可以热了。萧涧秋说：

“我没有力气。”

学生们说：

“看他冷下去么？我们扶着你去运动罢。”

孩子们的见解是天真的，发笑的，他们胡乱地缠满一房，使得陶岚没有办法驱散。但觉得热闹是有趣的。这样一点钟，待校长先生走进房内，他们才一哄出去。可是有一两个用功的学生，还执着书来问他疑难的地方，他给他们解释了，无力的解释了。陶慕侃说：

“你有病都不安，你看。”

萧笑一笑答：

“我一定还从这不安中死去。”

陶岚有意支开的说：

“哥哥，萧先生一星期内不能教书，你最好去设法请一下朋友来代课。也使得萧先生休息一下。”

萧听着不做声，慕侃说：

“是的，不过你底法子灵一些，你能代我去请密司脱王么？”

“你是校长，我算什么呢？”

“校长底妹妹，不是没有理由的。”

“不高兴。”

“为的还是萧先生。”

“那么让萧先生说罢，谁底责任。”

萧笑着向慕侃说：

“你能去请一位朋友来代我一星期教课，最好。我底病是一下就会好的，不过即使明天好，我还想到女佛山去旅行一趟。女佛山是名胜的地方，我想趁到这里来的机会去游历一次。”

慕侃说：

“要到女佛山去是便的，那还得我们陪你去。我要你在这里订三年的关约，那我们每次暑假都可以去，何必要趁病里？”

“我想去，人事不可测的。小小的易于满足的欲望，何必要推诿得远？”

“那么哥哥，”岚说，“我们举行一次踏青的旅行也好。女佛山我虽到过一次，终究还想去一次。赶快筹备，在最近。”

“我想一个人去。”萧说。

兄妹同时奇怪地问：

“一个人去旅行有什么兴趣呢？”

他慢慢的用心的说：

“我却喜欢一个人，因为儿童时代的喜欢一队旅行的脾气已经过去了。我现在只觉得一个人游山玩水是非常自由：你喜欢这块岩石，你就可在这块岩石上坐几个钟点；你如喜欢这树下，或这水边，你就睡在这树下，水边过夜也可以。总之，喜欢怎样就怎样。假使同着一个人，那他非说你古怪不可。所以我要独自去，为的我要求自由。”

两人思考地没有说。他再说道：

“请你赶快去请一位代理教师来。”

慕侃答应着走出去。一时房内又深沉的。

窗外有孩子游戏底笑喊声，有孩子底唱歌声，快乐的和谐的一丝丝的音波送到他们两人底耳内，但这时两人感觉到寥寂了。萧睡不去，就向她说：

"你回家去罢。"

"放中学的时候去。"一息又问:"你一定要独自去旅行么?"

"是的。"

她吞吐地说不出似的:

"无论如何,我想同你一道去。"

他却伤感似地说:

"等着罢!等着罢!我们终究会有长长的未来的!"

说时,头转过床边。她悲哀地说:

"我知道你不会……"又急转语气:"让你睡,我去。我去了你会睡着的,睡罢。"

她就走出去,坐在会客室内看报纸。等待下课钟底发落,带采莲一同回家。她底心意竟如被寒冰冰过,非常冷淡的。

下午,她教了第二课之后,又到他底房内,问他怎样。他答:

"好了,谢谢你。"

"吃过东西么?"

"还不想吃。"

"什么也不想吃一点么?"

同时她又急忙地走出门外,叫阿荣去买了两个苹果与半磅糖来,放在他底床边。她又拿了一把裁纸刀,将苹果的皮薄薄削了,再将苹果一方方切开。她做这种事是非常温爱的。他吃着糖,又吃苹果。四肢伸展在床上是柔软的。身子似被阳光晒得要融化的样子,一种温慰与凄凉紧缠着他心上,他回想起十四五岁的那年,身患重热病,他底堂姐侍护他的情形来。他想了一息,就笑向她说:

"岚弟,你现在已是我十年前的堂姊了!你以后就做我底堂姊罢,不要再做我底弟弟了,这样可以多聚几时。"

"什么?你说什么?"

她奇怪地。萧没有答,她又问:

"你想起了你底过去么?"

"想起养护我底堂姊。"

"为什么要想到过去呢?你是不想到过去的呀!"

“每当未来底进行不顺利的时候，就容易想起过去。”

“未来底进行不顺利？你底话是什么意思呢？”

“没有什么意思的。”

“你已经没有女佛山旅行的心想了么？”

“有的。”

同时他伸出手，执住她底臂，提高声音说：

“假如我底堂姊还在……不过现在你已是我底堂姊了！”

“无论你当我什么，都任你喜欢，只要我接近着你。”

他将她底手放在口边吻一吻，似为了苦痛才这样做的。一边又说：

“我为什么会遇见你？我从没有像在你身前这样失了主旨的。”

“我，我也一样。”

她垂头娇羞的说。他正经应着：

“可是，你知道的，我的志趣，我的目的，我不愿——”

“什么呢？”

她呼吸紧张地。他答：

“结婚。”

“不要说，不要说，”她急忙用手止住他，红着两颊，“我也不愿听到这两个字，人的一生是可以随随便便的。”

这样，两人许久没有添上说话。

二十三

当晚，天气下雨，陶岚从雨中回家去了。两三位教师坐在萧涧秋底房内。他们将种种主义高谈阔论，简直似辩论会一样。他并不说，到了十点钟。

第二天，陶岚又带采莲于八时来校。她已变做一位老看护妇模样。他坐在床上问她：

“你为什么来的这样早呢？”

她坦白的天真地答：

“哎，我不知怎样，一见你就快乐，不见你就难受。”

他深思了一忽，微笑说：

"你向你母亲走，向你母亲底脸看好了。"

她又缓缓的答：

"不知怎样，家庭对我也似一座冰山似的。"

于是他没有说。以后两人寂寞的谈些别的。

第三天，他们又这样如荼如蜜的过了一天。

第四天晚上，月色非常皎洁。萧涧秋已从床上起来。他同慕侃兄妹缓步走到村外的河边。树，田，河水，一切在月光下映得异常优美。他慨叹地说道：

"我三天没有出门，世界就好像换了一副样子了。月，还是年年常见的月，而我今夜看去却和往昔不同。"

"这是你心境改变些的缘故。今夜或者感到快乐一点罢？"

慕侃有心的说。他答：

"或者如此，也就是你底'或者'。因此，我想趁这个心境和天气，明天就往女佛山去玩一回。"

"大概几天回来呢？"慕侃问。

"你想需要几天？"

"三天尽够了。"

"那么就逗留三天。"

陶岚说，她非常不愿地：

"哥哥，萧先生底身体还没有完全健康，我想不要去罢。那里听见过病好了只有一天就出去旅行的呢！"

"我底病算作什么！我简直休息了三天，不，还是享福了三天。我一点也不做事，又吃得好，又得你们陪伴我。所以我此刻精神底清朗是从来没有过的。我能够将一切事情解剖的极详细，能够将一切事情整理的极清楚。因此，我今夜的决定，决定明天到女佛山去，是一点也不错的，岚，你放心好了。"

她凄凉的说：

"当然，我是随你喜欢的。不过哥哥和你要好，我又会和你要好，所以处处有些代你当心，我感觉得你近几天有些异样。"

"那是病的异样，或者我暴躁一些。现在还有什么呢？"

她想了一想说：

“你全不信任我们。”

“信任的，我信任每位朋友，信任每个人类。”

萧涧秋起劲地微笑说。她又慢慢的开口：

“我总觉得你和我底意见是相左！”

他也就转了脸色，纯正温文地眼看着她：

“是的，因为我想我自己是做世纪末的人。”

慕侃却跳起来问：

“世纪末的人？萧，这句话又是什么意思呢？”

他答：

“请你想一想罢。

陶岚松散的，不顾她哥哥的接着说：

“世纪末，也还有个二十世纪底世纪末的。不过我想青年的要求，当首先是爱。”

同时她高声转向她哥哥说：

“哥哥，你以为人生除了爱，还有什么呢？”

慕侃又惊跳地答：

“爱，爱！我假使没有爱，一天也活不下去。不过妹妹不是的，妹妹没有爱仍可以活。妹妹不是说过么？——什么是爱！”

她垂头看她身边底影子道：

“哎，不知怎样，现在我却相信爱是在人类底里面存在着的。恐怕真的人生就是真的爱底活动。我以前否认爱的时候，我底人生是假的。”

萧涧秋没有说。她哥哥戏谑地问：

“那么你现在爱谁呢？”

她斜过脸答：

“你不知道，你就不配来做我底哥哥！”

慕侃笑说：

“不过我的不配做你底哥哥这一句话，也不仅今夜一次了。”同时转过头问萧：“那么萧，你以为我妹妹怎样？”

“不要谈这种问题罢！这种问题是愈谈愈缥缈的。”

“那叫我左右做人难。”

慕侃正经地坐着。萧接着说：

“现在我想，人只求照他自己所信仰的勇敢做去就好。不必说了，这就是一切了。现在又是什么时候？岚，我们该回去了。”

慕侃仰头向天叫：

“你们看，你们看，月有了如此一个大晕。”

他说：

“变化当然是不一定的。”

陶岚靠近他说：

“明天要发风了，你不该去旅行。”

他对她笑一笑，很慢很慢说出一句：

“好的。”

于是他们回来，兄妹往向家里，他独自来到学校。

他一路想，回到他底房内，他还坐着计议。他终于决定，明天应当走了。钱正兴底一见他就回避的态度，他也忍耐不住。

他将他底房内匆匆整了一整。把日常的用品，放在一只小皮箱内。把二十封陶岚给他的信也收集起来，包在一方帕儿内。他起初还想带在身边，可是他想了一忽，却又从那只小皮箱内拿出来，夹在一本大的音乐史内，藏在大箱底里，他不想带它去了。他衣服带得很少，他想天气从此可以热起来了。几乎除他身上穿著以外，只带一二套小衫。他草草地将东西整好以后，就翻开学生底练习簿子，一叠叠地放在桌上，比他的头还高。他开始一本本的拿来改正，又将分数记在左角。有的还加上批语，如“望照这样用功下去，前途希望当无限量”，或“太不用心”一类。

在十二时，阿荣走来说：

“萧先生，你身体不好，为什么还不睡呢？”

“我想将学生底练习簿子改好。”

“明天不好改的么？还有后天呢？”

阿荣说着去了。他还坐着将它们一本本改好，改到最末的一本。

已经是夜半两点钟了。乡村的夜半是比死还静寂。

他望窗外的月色，月色仍然秀丽的。又环顾一圈房内，预备就寝。可是他茫然觉到，他身边很少钱，一时又不知可到何处去借。他惆怅地站在床前，一时又转念：

“我总不会饿死的！”

于是他睡入被内。

但他睡不着，一切的伤感涌到他底心上，他想起个个人底影子，陶岚底更明显。但在他底想象上没有他父母底影子。眼内润湿的这样自问：

“父母呀，你以为你底儿子这样做对么？”

对自己回答道：

“对的，做罢！”

这一夜，他在床上辗转到村中的鸡鸣第三次，才睡去。

二十四

第二天七时，当萧涧秋拿起小皮箱将离开学校的一刻，陶慕侃急忙跑到，气喘地说：

“老兄，老兄，求你今天旅行不要去！无论如何，今天不要去，再过几天我当陪你一道去玩。昨夜我们回家之后，我底妹妹又照例哭起来。你知道，她对我表示非常不满意，她说我对朋友没有真心，我被她骂的无法可想。现在，老兄，求你不要去。”

萧涧秋冷冷的说一句：

“箭在弦上。”

“母亲底意思，”慕侃接着说，“也以为不对。她也说没有听到过一个人病刚好了一天，就远远地跑去旅行的。”

萧又微笑问：

“你们底意思预备我不回来的么？”

慕侃更着急地：

“什么话？老友！”

“那么现在已七点钟，我不能再迟疑一刻了。到码头还有十里路，轮船是八点钟开的，我知道。”

慕侃垂下头，无法可想的说：

“再商量一下。”

“还商量什么呢！商量到十二点钟，我可以到女佛山了。”

旁边一位年纪较老的教师说：

“陶先生，让萧先生旅行一次也好。他经过西村这次事件，不到外边去舒散几天，老在这里，心是苦闷的。”

萧涧秋笑说：

“终究有帮助我的人。否则个个像你们兄妹的围起来，我真被你们急死。那么，再会罢！”

说着，他就提起小皮箱向校外去了。

“那让我送你到码头罢。”慕侃在后面叫。

他回过头来：

“你还是多教一点钟学生的功课，这比跑二十里路好的多了。”

于是他就掉头不顾地向前面去。

他一路走的非常快，他又看看田野村落的风景。早晨的乳白色空中，太阳照着头顶，还有一缕缕的微风吹来，但他却感不出这些景色底美味了。比他二月前初来时的心境，这时只剩得一种凄凉。农夫们荷锄地陆续到田野来工作，竟使他想他此后还是做一个农夫去。

当他转过一所村子的时候，他看见前面有一位年轻妇人，抱着一位孩子向他走来。他恍惚以为寡妇的母子复活了，他怔忡地站着向她们一看，她们也慢慢的低着头细语的从他身边走过，模样同采莲底母亲很相似，甚至所有脸上的愁思也同量。这时他呆着想：

“莫非这样的妇人与孩子在这个国土内很多么？救救妇人与孩子！”

一边，他又走的非常快。

他到船，正是船在起锚的一刻。他一脚跳进舱，船就离开埠头了。他对着岸气喘的叫：

“别了！爱人，朋友，小弟弟小妹妹们！”

他独自走进一间房舱内。

这船并不是他来时所趁的那小轮船，是较大的，要驶出海面，最少要有四小时才得到女佛山。船内乘客并不多，也有到女佛山去烧香的。

陶慕侃到第三天，就等待朋友回来。可是第三天底光阴是一刻一刻过去了，终不见有朋友回来的消息。他心里非常急，晚间到家，采莲又在陶岚底身边哭望她底萧伯伯为什么还不回来。女孩简直不懂事地叫：

“萧伯伯也死了么？从此不回来了么？”

陶岚底母亲也奇怪。可是大家说：

“看明天罢，明天他一定回来的。”

到了第二天下午三时，仍不见有萧涧秋底影子，却从邮差送到一封挂号信，发信人署名是“女佛山后寺萧涧秋缄”。

陶慕侃吃了一惊，赶快拆开。他还想或者这位朋友是病倒在那里了；他是决不会做和尚的。一边就抽出一大叠信纸，两眼似喷出火焰来地急忙读下去。可是已经过去而无法挽回的动作，使这位诚实的朋友非常感到失望，悲哀。

信底内容是这样的——

慕侃老友：

我平安地到这里有两天了。是可玩的地方大概都去跑过。这里实在是一块好地方——另一个世界，寄托另一种人生的。不过我，也不过算是“跑过”就是，并不怎样使我依恋。

你是熟悉这里底风景的。所以我对于海潮，岩石，都不说了。我只向你直陈我这次不回芙蓉镇的理由。

我从一脚踏到你们这地土，好象魔鬼引诱一样，会立刻同情于那位自杀的青年寡妇底命运。究竟为什么要同情她们呢？我自己是一些不了然的。但社会是喜欢热闹的，喜欢用某一种的生毛的手来探摸人类底内在的心的。因此我们三人所受的苦痛，精神上的创伤，尽有尽多了。实在呢，我倒还会排遣的。我常以人们底无理的毁谤与妒忌为荣；你的妹妹也不介意的，因你妹妹毫不当社会底语言是怎么一回事。不料孩子突然死亡，妇人又慷慨自杀，——我心将要怎样呢，而且她为什么死？老友，你知道么？她为爱我和你底妹妹而出此的。

你底妹妹是上帝差遣她到人间来的！她用一缕缕五彩的纤细的爱丝，将我身缠的紧紧，实在说，我已跌入你妹妹底爱网中，将成俘虏了！我是幸福的。我也曾经幻化过自己是一座五彩的楼阁，想象你底妹妹是住在这楼阁之上的人。有几回我在房内徘徊，我底耳朵会完全听不到上课铃的打过了，学生们跑到窗外来喊我，我才自己恍然向自己说：

“醒了罢，拿出点理智来！”

我又自己问自己答：

“是的，她不过是我底一位弟弟。”

自采莲底母亲自杀以后，情形更逼切了！各方面竟如千军万马的围困拢来，实在说，我是有被这班箭手底乱箭所射死的可能性的。而且你底妹妹对我的情义，叫我用什么来接受呢？心呢，还是两手？我不能拿理智来解释与应用的时候，我只有逃走之一法。

现在，我是冲出围军了。我仍是两月前一个故我，孤零地徘徊在人间之中的人。清风掠着我底发，落霞映着我底胸，站在茫茫大海的孤岛之上，我歌，我笑，我声接触着天风了。

采莲的问题，恐怕是我牵累了你们，但我之妹妹，就是你和你妹妹之妹妹，我知道你们一定也爱她的。待我生活着落时，我当叫人来领她，我决愿此生带她在我身边。

我底行李暂存贵处，幸亏我身边没有一件值钱的物，也到将来领女孩时一同来取。假如你和你妹妹有什么书籍之类要看，可自由取用。我此后想不再研究音乐。

今天下午五时，有此处直驶上海的轮船，我想趁这轮到上海去。此后或南或北，尚未一定。人说光明是在南方，我亦愿一瞻光明之地。又想哲理还在北方，愿赴北京去垦种着美丽之花。时势可以支配我，像我如此孑然一身的青年。

此信本想写给你妹妹的，奈思维再四，无话可言。望你婉辞代说几句。不过她底聪明，对于我这次的不告而别是会了解的。希望她努力自爱！

余后再谈。

弟萧涧秋上。

陶慕侃将这封信读完，就对他们几位同事说：

“萧涧秋往上海去了，不回来了。”

“不回来了？”

个个奇怪的，连学生和阿荣都奇怪，大家走拢来。

慕侃怅怅地回家，他妹妹迎着问：

“萧先生回来了么？”

“你读这信。”

他失望地将信交给陶岚，陶岚发抖地读了一遍，默了一忽，眼含泪说：

“哥哥，请你到上海去找萧先生回来。”

慕侃怔忡的。她母亲走出来问什么事。陶岚说：

“妈妈，萧先生不回来了，他往上海去了。他带什么去的呢？一个钱也没有，一件衣服也没有。他是哥哥放走他的，请哥哥找他回来。”

“妹妹真冤枉人。你这脾气就是赶走萧先生底原因。”

慕侃也发怒地。陶岚急气说：

“那么，哥哥，我去，我同采莲妹妹到上海去。在这情形之下，我也住不下去的，除非我也死了。”

她母亲也流泪的，在旁劝说道：

“女儿呀，你说什么话呵？”同时转脸对慕侃说，“那你到上海去走一趟罢。那个孩子也孤身，可怜，应该找他回来。我已经愿将女儿给他了。”

慕侃慢慢的向他母亲说：

“向数百万的人群内，那里去找得像他这样一个人呢？”

“你去找一回罢。”他母亲重复说。

陶岚接着说；

“哥哥，你这推诿就是对朋友不忠心的证据。要找他会没有方法吗？”

老诚的慕侃由怒转笑脸，注视他妹妹说：

“妹妹，最好你同我到上海去。”

据1929年11月1日上海春潮书局版

注释

1. 孑（jié）然：形容单独；也可解作剩余，遗落。
2. 蜂窠（kē）：.即蜂巢，比喻小屋。
3. 蜿蜒（wān yán）：龙蛇等曲折爬行的样子。
4. 纩（kuàng）：絮衣服的新丝绵。
5. 霁（jì）：雨雪停止，天放晴。
6. 蜉蝣（fú yóu）：亦作蜉蝤，虫名。幼虫生活在水中，成虫褐绿色，有四翅，生存期极短。比喻微小的生命。
7. Queen：英语，意为王后。
8. 纨绔（wán kù）：原指细绢做的裤子；引申指官僚、地主等有钱有势人家成天吃喝玩乐、不务正业的子弟。
9. 囡囡（nān nān）：女儿的昵称，亦有宝贝的意思。
10. 枵（xiāo）腹：空腹，谓饥饿。
11. 嗫嚅（niè rú）：想说而又吞吞吐吐不敢说出来。
12. NO.：为英语中number的缩写，意为“数字，号码，数（量）”。
13. 翳（yì）：原指用羽毛做的华盖，后引申为起障蔽作用的东西，也指病症名，另指一种鸟。
14. 畀（bì）：给予。
15. 块垒：比喻郁积在心中的气愤或愁闷。
16. Burns：苏格兰诗人。生于1759年，卒于1796年。
17.《Home, Sweet Home》：歌名，即《家，甜蜜的家》，美国戏剧家沛恩（1791—1852）所作。

导读

1926年2月，柔石从北京失学回到家乡，任镇海县中学国语和音乐老师。小说《二月》带有自传色彩，与作者的这一段生活密切相关，镇海县中学在小说中被称为芙蓉镇，宁波市被称为海市，普陀山被称为女佛山，而镇海县中学则就是芙蓉镇中学。

《二月》是柔石的小说代表作，在中国的现代文学史上广有影响。《二月》于1929年由上海春潮书局出版后，引起了热烈反响，鲁迅先生著文评价推荐，对小说的研究和争论迄今仍在进行。1962年北京电影厂将其拍成电影，成为“文革”前的电影经典之作。2002年上海越剧院排演了越剧《二月》，使无数观众享受到作品带来的视听盛宴，颇受欢迎。

《二月》以 1926 年前后作为背景，是时军阀混战，民不聊生，知识分子在忧国忧民的苦闷中徘徊中探索、寻找出路。小说的主人公萧涧秋经历了“五四”爱国学生运动的洗礼，怀着救国救民的拳拳之心，六年之中他在大半个中国漂泊，却并没有找到自己所追求的道路。到了芙蓉镇后，他认为可以通过青少年的启蒙，实现“人才教育主义”。他与学生打成一片，言传身教，抱病为学生批改作业。这时，一个叫文嫂的青年寡妇闯进了他的生活，平静被打破了。

文嫂的丈夫李志浩是个激进的革命者，他参加北伐军，在攻打军阀陈炯明的战役中英勇牺牲，留下了孤苦无依的妻子和一双儿女。萧涧秋出于对烈士敬仰和对孤儿寡母的同情，真诚地尽其所能地帮助文嫂。受此大恩的文嫂惊惶感动得不知所措：“先生……你是菩萨么？”对革命者的敬重和对弱者的同情，构成了萧涧秋的性格底色。

人道主义是黑暗社会的温暖亮色，是柔石小说书写的精神谱系，在《二月》中表现得尤为突出。文嫂的小男孩患病之际，萧涧秋全力以赴地帮忙；而当小男孩死了之后，萧涧秋在悲痛之余，耐心地劝慰、开导文嫂。面对在悲痛中不能自拔的文嫂，萧涧秋“哀其不幸，怒其不争”地说道：“你们妇人真想不明白，愚蠢极了！”显示了萧涧秋的清醒和理智，而他发自内心地要文嫂“选择一位相当的你所喜欢的人”，则显示了萧涧秋对封建伦理的蔑视和抗争。至于后来萧涧秋要娶文嫂为妻，则并非出于爱，而是要“用正当的根本的方法救济她”，这不但彰显了萧涧秋情感的纯洁高尚，而且表现了萧涧秋的自我牺牲精神。在那个死气沉沉“交头接耳”的社会里，一个青年与一个寡妇的过从必然招致非议和攻讦，萧涧秋的挑战是勇敢的。

文嫂是一个恪守封建礼教的传统，在生活重压下自我封闭的典型，生活的全部希望就是为夫家将儿子抚养好，以维持其“香火”。她对萧涧秋的感情是信任、感激与依赖，从文本来看，没有理由说此外还有其他内容。当“香火”断了之后，她果断地结束了生命，完成了“殉夫”“殉子”的悲惨使命。顽固而僵化的封建意识抽空了文嫂作为一个年轻女人生命的所有的丰富性。

文嫂及其幼子的双双死亡，使萧涧秋受到了沉重的打击。他拯救弱者和人道主义的寄托彻底毁灭了。他苦闷、矛盾、绝望、挣扎，对未来更加迷茫，看不到希望，也看不到路在哪里。

美丽、热情、叛逆、富有朝气的芙蓉镇“女王”陶岚与萧涧秋一见面，彼此便被对方所深深吸引，之后感情的相融、互振、碰撞、矛盾和起伏发展，构成了小说的中心情节，给读者以青春美感的阅读享受。萧、陶的好感是建立在“同道之感”的基础之上。然而芙蓉镇并非世外桃源，保守、冷漠、钩心斗角，是旧中国的缩影。在这样的环境里，萧涧秋视富有理想和追求的陶岚为“弟弟”，这是耐人寻味的。他们都在寻找出路，陶岚对萧涧秋期盼的也是“请你指示我一条出路罢”，然而处于迷茫矛盾中的萧涧秋无力也无能充当陶岚指路人的角色，他只能躲闪。在与以钱正兴为代表的芙蓉镇腐朽、没落、卑劣的社会对抗时，他们站到了一起；在对以文嫂为代表的弱小生命的救助上，他们心心相印，并肩行动。他们是绽放在黑暗世界里顶着狂风暴雨袭击的两株同病相怜的小花。

对于陶岚的真挚爱情，萧涧秋开始也是充满了幻想，他曾“幻化过自己是一座五彩的楼阁”，而陶岚就是“住在这阁楼上的人”。萧涧秋的犹豫和矛盾，表层是因对文嫂的救助而实行自我牺牲，深层的原因则要复杂得多。陶岚火一样的爱，使萧感到了无形的巨大压力。萧十分清楚，他不会给陶岚带来方向和力量，他只能使对方失望。与其让对方的精神偶像坍塌，不如维持这种若即若离、似有若无的状态。这样带来的痛苦，总比真相暴露的痛苦缓和一些吧。软弱和无力感是那个时代小资产阶级知识分子的共性，即使面对神圣的爱情也不能例外。萧涧秋最后不辞而别、独自跑到女佛山去，是他在经历文嫂母子之死和陶岚之爱后对现实的逃避。

陶岚是作品塑造得最成功的人物形象。大胆、泼辣和独对内心的品性，使她成为时代的叛逆者。她对萧涧秋的感情来自对理想的追求，“……以你献身给世的精神，我决意做你一个助手”。她爱憎分明，对于富家子弟钱正兴的求婚态度坚决，她把财富视为粪土；相反，对于文嫂和采莲则充满了关爱，她要孤苦无助的文嫂到她家去住，她把孤苦伶仃的采莲视为自己的妹妹，处处给予呵护。她对爱的大胆追求，是小说写得最动人的部分。她给萧涧秋的二十封情书，倾吐了她纯真美好的情感。当她得知萧要娶文嫂为妻时，表示要“自杀”、“终身不嫁”，当萧问她为什么这样时，她埋下了心中的万丈波澜，只是淡淡地说：“我觉得自己孤单。”火的热情和水的柔情，面对令人沮丧的现实，只能演绎成一出剜心挖肺的悲剧。

旧时代之死

（上部　未成功的破坏）

第一　秋夜的酒意

凄惨寒切的秋夜，时候已经在十一点钟以后了。繁华的沪埠的S字路上，人们是一个个地少去了他们的影子。晚间有西风，微微地；但一种新秋的凉意，却正如刚磨快的钢刀，加到为夏汗所流的疲乏了的皮肤上，已不禁要凛凛然作战了。何况地面还要滑倒了两脚；水门汀[1]的地面，受着下午四时的一阵小雨的洗涤之后，竟如关外久经严冬的厚冰到阳春二三月而将开冻的样子。空间虽然有着沐浴后的清净呵，但凄惨寒切的秋夜，终成一个凄惨寒切的秋夜呀！在街灯的指挥之下，所谓人间的美丽，恰如战后的残景，一切似被恐吓到变出死色的脸来。

一个青年，形容憔悴的，年纪约二十三四岁，乱发满盖头上。这时正紧蹙着两眉，咬坚他的牙齿，一步一步地重且快，在这S字路上走。他两眼闪着一种绿色的光芒，鼻孔沉沉地呼吸着，两手握着拳，脚踏在地上很重，是使地面起了破裂的回声。被身子所鼓激的风浪，在夜之空间猛烈地环绕着。总之，他这时很像马力十足的火车，向最后一站开去。

他衣服穿的很少；一套斜纹的小衫裤之外，就是一件青灰色的爱国布长衫。但他却特不感到冷，而且还有一种蓬蓬勃勃的热气，从他的周身的百千万毛孔中透出来。似在夏午的烈日下，一片焦土中，背受着阳光的曝炙；还有一种汗痛的侵袭，隐隐地。但有谁知道他这时脑内的漩涡，泛滥到怎样为止呢?

“我为什么要在这样深夜的冷街上跑?

我为什么呵? 这个没眼睛的大蠢物!

人们都藏进他自己的身子在绣被中，
但我却正在黑暗之大神的怀中挣扎。
我将要痛快地破坏这存在中的一切，
唉，我并要毁灭我自己灵肉之所有；
世界的火灾呵，一群恶的到了末日，
人类呀，永远不自觉的兽性的你们！”

他的两唇颤动着，他的神经是兴奋而模糊地。他觉着什么都在动摇；街，房屋，小树；地也浮动起来。他不住地向前走，他极力感到憎恶；好像什么都是他的仇敌。同时他又念了：

“这样的夜有何用?
开枪罢！开枪罢！
敌人！敌人！
残暴者把持所有，
这是怎样的一个时代呀?”

走不到半里，他无意识的将他的拳头举起，像要向前打去了。一边他又半吞半吐地咀咒道：

“勾引，拖拉，嘲笑，詈[2]骂；
四周是怎样地黑暗呵！夜之势力的汹涌与澎湃，
我明白地体验着了。
但谁愿做奴隶的死囚?
荣耀的死等待着！
出发罢！向前进行！
这是最后的动作。”

他的本身简直成了狂风暴雨。一种不能制止的猛力，向四周冲激；他走去，空气也为他而微微沸热了。一时，他立住，头似被什么东西重重地一击；精神震撼着，恍惚，他又抬起眼来；天空是漆黑的，星光没有半丝的踪迹；宇宙，好像是一座大墓。但他并不是找寻星月，他也没有这样的闲心意。空际似落下极酸的泪来，滴到他的额角，他不觉擦了擦他自己的眼睛，仍向前跑了。

这时，在他的身后，出现四位青年。从他们索索的走衣声听来，很可以知道他们之间有一种紧张，急迫，高潮的关系。当他们可以在街灯下辨别出前面跑着的影子是谁的时，他们就宽松一些，安慰一些，同时也就沉寂一些，脚步放轻一些了。

“前面？”

“前面。”

“是呀。”

“叫一声他吗？”

“不要罢。”

这样陆续发了几句简单之音以后，又静寂走了几分钟，一位说，

“雨来了，已有几点滴到我的面上了。”

“是，天气也冷的异样呵！”

另一位缓而慨叹的回答，但以后就再没有声音了。四个注意力重又集中到前面的他的变异上。前面的人又想道：

“将开始我新的自由了！

一个理想的名词，

包含着一个伟大的目的；

至尊极贵的伟大哟，

任我翱翔与歌唱。

——努力，努力，

你们跟我来罢！”

朱胜瑀的变态，是显而易见的了。近两三日来的狂饮，和说话时的带着讥讽，注意力的散漫，都是使这几位朋友非常的忧虑。神经错乱了，判断力与感情都任着冲动，一切行为放纵着。实在，他似到了一个自由的世界，开始他新的自由了。但有意无意间，却常吐出几句真正不能抑遏的悲语；心为一种不能包含的烦恼所涨破，这又使他的好友们代受着焦急。星期六的晚上，他们随便地吃了晚餐以后，在八点钟，李子清想消除朋友的胸中的苦闷，再请他们去喝酒。他们吃过鱼了，也吃过肉了，酒不住地一杯一杯往喉下送，个个的脸色红润了。话开始了，滔滔地开始了：人生观，国内外新闻，所努力的工作，家庭的范围。清说着，他们也说着，一个个起劲地说着。但瑀却一句也不说，半句也不说，低头，默想着。时间一分

一分地过去了，瑀却总想他自己所有的：——想他所有的过去，想他所有的眼前，并想他所有的将来。唉！诅咒开始了，悲剧一般的开始了。他想着，他深深地想着。一边他怀疑起来了，惭愧起来了，而且愤恨起来了。壁上的钟是报告十一时已经到了，他却手里还捻着一支酒杯，幻想他自己的丑与怨。正当他朋友们一阵笑声之后，他却不拿这满满的一杯酒向口边饮，他却高高地将它举起，又使劲地将它掷地上了！砰的一声，酒与杯撒满一地。朋友们个个惊骇，个个变了脸色，睁圆他们的眼睛，注视着他和地。一边，听他苦笑说，"我究竟为着什么呀！？"一边，看他站起来，跑了，飞也似的向门外跑去。

这时，S 字路将走完了，他弯进到 M 二里，又向一家后门推进；跑上一条窄狭而黑暗的二十余级的楼梯，照着从前楼门缝里映射出来的灯光，再转弯跑进到一间漆黑的亭子间。房内的空气似磨浓的墨汁似的，重而黏冷。他脱了外面的长衫，随被吞蚀在一张床上，蒙着被睡了。

四位朋友也立刻赶到，轻轻地侦探似的走进去。四人的肩膀互撞，手互相牵摸，这样他们也就挤满了这一间小屋。

有一位向他自己的衣袋里掏取一盒火柴，抽一根擦着，点着桌上那枝未燃完的洋蜡，屋也就发出幽弱的光亮来。棺材式的亭子间和几件旧而笨重的床桌与废纸，一齐闪烁起苦皱的眉头的脸了。墙边是一张床，它占全屋子的二分之一，是一个重要的脚色；这时，我们的青年主人公正睡着。床前是一张长狭的台桌，它的长度等于那张床子；它俩是平行的，假如床边坐着三个人，他们可以有同一的姿势伛[3]在台桌上写字了。他们中的一位坐在桌的那端，伸直他的细长的头颈，一动不动，似正在推求什么案子的结论一样。一位立在床边，就是李子清，他是一个面貌清秀，两眼含着慧光，常常表现着半愁思的青年。一位则用两手掩住两耳，坐在桌的这端，靠着桌上。一时，他似睡去了，微醉地睡去了；但一时又伸出他的手来拿去桌上的锈钢笔，浸入已涸燥了的墨水瓶中，再在旧报纸上乱划着。还有一位是拌着手靠在门边，他似没有立足的余地了，但还是挺着身子站在那里。这样，显示着死人的面色的墙壁与天花板，是紧紧地包围着他们，而且用了无数的冷酷的眼，窥视这一幕。

窗外，装满了凄凉与严肃的交流，没有一丝快乐之影的跳动。寒气时时扑进房里来，灯光摇闪着，油一层层地发散。冷寂与悲凉，似要将这夜延长到不可知不可知的无限。四人各有他们自己的表情，一种深的孤立的酸味，在各人的舌头上尝试着，他们并不曾互相注意，只是互相联锁着同一的枷梏[4]，仿佛他们被沉到无底的深渊中，又仿佛被装到极原始的荒凉的海岛上去一样。迷醉呀，四周的半模糊的情调。不清不楚的心，动荡起了辽阔而无边际的感慨，似静听着夜海的波涛而呜咽了！

许久许久，他们没有说一句话。有时，一个想说了，两唇间似要冲出声音来；但不知怎样，声音又往肚里吞下去了。因此，说话的材料渐渐地更遗失去；似乎什么都到了最后之最后，用不着开口一般，只要各人自己的内心感受着，用各人不同的姿势表示出来就完了。

夜究竟能有多少长呢？靠在门边的一个，他的身体渐渐地左倾，像要跌倒一下，他说了出来，

“什么时候了？”

“一点一刻。”

这端桌边的一位慢慢地回答他一下，同时看了一看他的手表。

“清哥，怎样？”那人轻问着。

“你们回去罢，我呢，要陪瑀随便地过一夜。”

清的声音低弱。这样，第二重静寂又开始了。各人的隐隐的心似乎更想到，——明天，以后，屋外，辽远的边境。但谁也不会动一动，谁也还是依照原样继续。这是怎样的一个夜呵！

忽然间，瑀掀动了，昂起他的头向他们一个个看了一下，像老鹰的恶毒的眼看地下的小鸡一样。于是他们也奇怪了，增加各人表情的强度。他们想问，而他抢着先开口道，做着他的苦脸：

“你们还在这里么？这不是梦呀，真辛苦了你们！”接着换了他一鼻孔气，“我的身体一接触床就会睡去，我真是一只蠢笨的动物！但太劳苦你们了，要如此的守望。你们若以为我还没有死去，你们快请回寓罢！”

声音如破碎的锣一样，说完，便又睡倒。

这样，“走，”颈细长的青年开口，而且趁势立了起来。他本早有把握，这样无言的严涩的看守，是不能使酒的微醉和心潮的狂热相消灭的。“顺从是最大的宽慰，还是给他一个自由罢！”他接着说，镇静而肯定的口吻。

于是门边的一个也低而模糊的问，

“清哥，你怎么样？”

“我想……”清又蹙了蹙眉，说不出话。

“回去。”决定者动了他的两脚，于是他们从不顺利中，用疲倦的目光互相关照一下，不得已地走动了。他们看了一看房的四壁，清还更轻轻地关拢两扇玻璃窗，无声的通过，他们走了。一边又吹熄将完的烛光，一边又将房门掩好；似如此，平安就关进在房内。蹑着各人的脚步，走下楼去。

走出了屋外，迎面就是一阵冷气，各人的身微颤着。但谁的心里都宽松了，一个就开了他自然的口说道，

“他的确有些变态了，你看他说话时的眼睛么？”

“是呀，”清说，一边又转脸向颈细长的那位青年问道，“叶伟，你看他这样怎么好呢？”

“实在没有法子，他现在一来就动火，叫我们说不得话。”

“今夜也因他酒太喝醉了，”另一位插嘴，“他想借酒来消灭他的苦闷，结果正以酒力增加他的苦闷了。”

“他那里有醉呢，”清说，“这都是任性使他的危险，我们不能不代他留意着。”

脚步不断地进行，心意不断地转换。一位又问，

“C 社书记的职，真辞了么？”

“辞了，”清说，“一星期前就辞了。但他事前并没有和我商量，事后也没有告诉过我，我还是前天 N 君向我说起，我才知道的。”

“什么意思呢？”又一位问。

“谁知道。不过他却向我说过一句话，——他要离开此地了。我也找不到他是什么意思。实在，他心境太恶劣了。”清用着和婉而忧虑的口吻说着。又静寂一息，叶伟和平地说，

“十几天前，他向我说起，他要到甘肃或新疆去。他说，他在三年前，认识了一位甘肃的商人，那人信奉回教。回教徒本不吃猪肉的，但那人连牛肉羊肉并鸟类鱼类都不吃，实在是一个存心忠厚的好人。他说他的家本住敦煌，这是历史上有名的地方。现在安西亦有他的家，都在甘肃的西北境。那位商人常到新疆的哈蜜去做生意，贩布，锡箔，盐之类。据说地方倒很好，

一片都是淡黄色的平沙，沓沓渺渺地和天边相联接。在哈蜜，也有澄清的河流，也有茂盛的林木。不过气候冷些，而生活程度倒极低，能操作，就能够活过去。那位商人曾和他相约过，告诉他安西，哈蜜的详细地址，及一路去的情形方法。吃惊他有机会，一定可以去玩玩。那位商人还说，'那边的地方倒很好玩的，正像北方人到江南来好玩一样。'因此，现在瑀是很想到那边去一趟，据他说，已经有信写给那位商人了。"

伟说完，空间沉静一下，因为谁的心里都被这新的旅行兴所牵动。以后，清问，

"那边怎样适宜他的身体呢？"

"是呀，"伟答，"我也向他说过，你是有T.B病的，不能有长途的跋涉和劳苦。但他却说，旅行与大陆性的气候，或者对于他的精神与身体都有裨益些。因此，我也没有再说了。"

这样又静寂了一息，只有脚步节节的进行。另一位有意开玩笑似的叹：

"会想到沙漠那里去，他为什么不变一只骆驼呀？"

但伟接着就说，"我想，我想劝他回家去。在这样溷浊[5]的社会里呼吸空气，对于他实在不适宜。往西北呢，身体一定不能胜任。我想还是劝他回家乡去；并且解决了他的婚姻问题。你觉得怎样？"

清答，"他实在太偏执了，他不能听我们一句话。"

"不，假如我们的决定于他真正有利益，那我们只好当他是一件货物，任我们的意思搬运。"伟笑了一笑。

清辩护了一句，

"心境不改变，到底是没有药救的。"

"有什么方法呵？除安睡到永久的归宿之家乡去以外，有什么方法呵？"

一边就没有人再说话了。

这时相距他们的寓所已不到百步，他们走的更快；但各人还没有睡意，关于夜深，天冷，说了几句，就两两的分别开来。

第二 不诚实的访谒

当他们的脚跟离开了他的门限时，他几乎伏在他的枕上哭出声音来了。

他怎样也不能睡着。虽则微弱的酒的刺激，到此已消散殆尽；而非酒的刺激，正如雷雨一般地落到他的心上来。一边，他觉得对于友谊有几分抱歉；但有什么方法呢？他没有能力消减他对于他自身的憎恨，他更不能缓和他对于他自己的生活的剧苦的反动，这有什么办法呢？他想坐起来写一封家书，寄给他家乡的老母和弱弟：他想请他的母亲对他不要再继续希望了！他从此将变做断了生命之线的纸鸢，任着朔风的狂吹与漫飘，颠簸于辽阔的空际，将不知堕落到何处去了！深山，大泽，又有谁知道呢？——他眼圈不自主地酸楚起来，昂起头看一下。但房内什么东西都不见，只见一团的黑暗，跑进到他的视线之中。他终于又倒在枕上面不想写信了！头昏沉沉地，周身蒸发着汗。当朋友们坐着时，他一动不曾动，现在却左右不住地辗转，辗转，他不知怎样睡才好。好像这并不是床。——这是沙漠，这是沙漠，他已睡在沙漠之上了！枯燥，凄凉，冷寂，紧贴着他的周身。北极来的阴风，也正在他的耳边拍动；骆驼的锐悲的鸣声，也隐隐地可以听到了。怎样的孤苦呵，一时似睡去了，但不一时又醒来。左脚向床板重敲一下，仿佛他梦中的身子，由壁削千仞的岩崖上流落去一样。

东方一圈圈地发白，人声如蝇地起来，远远的清韵的声音，也逐近到他的房外，变做复杂与枯涩。他这时神经稍稍清楚一些，耳内也比较净朗一些；他辨别出屋外各色的怪声来：——呜呜，呜呜，汽车跑过去了，咯，咯，咯，卖馄饨的打着竹筒来了。“冷来死”，女子卖俏地说到；但哈哈哈哈，男人接着笑了。小孩子又有咽，咽，咽的哭泣声；一边，卖大烧饼油条的，又高声喊着。此时，骂“死乌龟”的，卖火熟包子的，货车的隆隆的震耳的响，脚踏车的喔喔的讨厌的叫；唉，他不愿再静着他的耳朵做受声机，各种奇怪的震动，有的是机械的，有的从口腔里出来，尖利，笨拙，残酷，还有的似悲哀；实在，他听不出这其中有什么意义存在。他想，“这不过是 1925 年沪埠的 M 二里的一个秋天早晨的一出独幕剧。”随即他翻过身子，勉强地想再睡去。

正在这时候，有人推门进来，是清伟二君。这倒使他吃了一惊，似乎他们昨夜并没有回寓去，只在他的门外打了一个盹，所以这么早就进来了。一边，他们本是絮絮地谈着话走上楼的，但一进房门就不说了。只用慈惠的眼睛，向他的床上看了看，似代替口子中的问好。于是一位坐在床边，一位仍坐在昨夜坐过的桌旁。

清几次想说，颤动着两唇似发音的弦一般，但终冲不出声音来。他这并不是胆怯，实在不知道拣选出哪一句讲，是使床上的朋友投机。一时他转过脸看一看伟，似授意请他先发言；但伟不曾理会，清也只得又默默地视在地上。

伟正用着指甲刨着桌子上的烛油，昨夜所烧过的。他将它一块块地抛到窗外去，小心地，含着几分游戏的意味。一时，他又挺着一挺他的胸部，鼻上深吸进两缕清冷的空气，似举行起新呼吸来。但接着就缓缓地说话了，

“我下午要去领这月份的薪金，领来我一定还你一半。还想去买一件马褂来，因为天气冷得太快了。——假直贡呢的，三块钱够罢？”

于是清抬起头答，

“我的暂时不要还，我横是没有什么用。前天拿来的三十元，除出付十元给房东，昨夜吃了三元以外，其余还在袋里，我没有什么用了。”

“这月的房租你又付他了吗？”伟立刻问。

“给他了，连伙食十元。”清答。

“我曾对他说过，还是前天早晨，叫他这月的房钱向我拿，怎样又受去你的呢？”

一边他从衣袋里掏出一块手帕，擦了一擦鼻子。清微笑地说，

“你的月薪真丰富呵！二十四元，似什么都应付不完了。”

“不是，”他也自己好笑的辩论，“我已向会计先生说妥，今天拿这月的，明天就拿下月的，我要预支一个月。”

“下月你不生活了么？”一个无心地反诘了一句，一个却窘迫似的说，

“你也太计算的厉害了！这当然是无法可想，——有法么？总是用的不舒服；还是增加下月的不舒服，得这次的舒服些。不见没有理由罢？会计先生也说，‘朋友，下月的 30 天呢？’我答，‘总不会饿死罢？’现在连你也不原谅人的下计。”

他停止了；一息，又说了一句，

“还为瑀着想。”

但二人的谈话没有再进行。一提到瑀，似乎事情就紧迫起来，也不顺利起来。

阳光忽然从东方斜射进窗角，落在墙上很像秋天的一片桐叶。但不一刻，又淡淡地退回去了。

这时又有二人上楼的声音，脚步停止在他们的门外；一息，也就推进门来。无疑的，仍是昨夜发现过的两位，一位名叫方翼，一位名叫钱之佑。他们带着微笑，仔细而迟钝地看看床上一动不动的瑀。于是翼坐在桌边，佑立着吃吃说道，

“奇怪，奇怪，在 M 二里的弄口，我们碰着一个陌生人，他会向我们笑起来，莫名其妙地。我们只管走，没有理他，而他却跟着我们来了。我偶一回头去，他又向我笑，还要说话的样子。我始终没有理，快走了两步，走进屋里来。奇怪，他有些什么秘密告诉我呢？在上海这种人多有，其目的总是路费没有，向你借贷一些。”

“或者他有些知道你，你该和他招呼一下。”伟一边翻着一本旧《大代数学》，一边说。

“怎样的一个人呢？”清无心的问。佑答，

“蓝布衫，身矮，四十岁左右，似乡下人，似靠不住的乡下人！”

没有等他说完，楼下却送上女子的娇脆的唤声来了，

“朱先生！朱先生！”

“什么？”伟问，随将他的头伸出窗外。他就看见蓝布衫的乡人走进屋子里来。女子在楼下说，

“一位拜望朱先生的客人上楼来了。”而伟回头向窗内说，

“奇怪的人却跟你到这里来呢！”

“可是朱胜瑀还一动不曾动简直不是他的客人一样。”一边是走梯的声响，一边是咕噜的自语，

“真不容易找呵，梯也格外长，狭。——这边么？”

前个奇怪的佑，这时真有些奇怪，他窘着开了门去迎他进来。

他是一个身材短小，脸圆，微有皱，下巴剃的很光的乡人。他常说常笑，还常笑着说，说着笑的。任什么时候，他都发同样高度的声音，就是跑到病室和法庭，他也不会减轻一些。而且也不想一想，他所说的话究竟有什么意思没有。总之，他什么都不管，短处也就很多了；——废话，静默的人讨厌他，即多嘴的妇人也讨厌他。而且爱管闲事，为了小便宜，常爱管

闲事。虽讨过几次的没趣，被人骂他贪吃，贪东西，甚至要打他，但他还是不自觉的。在他是无所谓改过与修养。因此，现在一进门，话又开始了，

"唉，满房是客，星期日么？李子清先生也在，你是长久没有见过面了，还是前年，再前年见了的。今天是星期日么？朱先生还睡着，为什么还睡着？听说身体不好，不好么？又是什么病呢？受了寒罢？这几天突然冷，秋真来的快。我没有多带衣服来，昨夜逛屋顶花园，真抖的要命。喝了两杯酒，更觉得冷，硬被朋友拉去的。不到十一点也就回来了。我不愿费钱在这种地方。昨夜游客很少，为了冷的缘故罢？上海人也太怕冷了，现在还是七月廿外。不过容易受寒，朱先生恐怕受寒了吧？苦楚，他是时常有病的！"

他那里有说完的时候。他一边说，一边在房中打旋，看完了个个青年的脸孔，也对着个个脸孔说话。这时清忍不住了，再三请他坐，于是打断他的话。他坐下桌的一边，还是说，

"不要客气，不要客气。"不到一分钟，又继续说道，

"朱先生患什么病？看过医生么？不长久？药吃么？就是生一天病，第二天也还该补吃药。朱先生太用功了，乡里谁都称赞他用功，身体就用功坏了。身体一坏，真是苦楚，尤其是青年人！——这位先生似身体很好？"

他还是没有说完，竟连问句也不要别人回答。只眼不住地向大家乱转，又偷看房的四角。清有些讨厌了，于是一到这"好"字，就止住他解释道，

"瑀哥没有什么病，不过有几分不舒服。"一边又丢眼给伟道，"请你去泡一壶茶罢。"

伟起立，来客坚执地说，"不要去泡，我是喝了很多来的，不要去泡。"清说，

"我也口干的很，虽则没有多说话。"来客无法了。

伟向桌上拿去一只白瓷的碎了盖的大茶壶，一边吹了灰，似有半年没有用过它。方翼说"我去泡，"他说"不要，"就下楼去了。

来客接着又问，可是这回的语气，却比前慢一些了。或者因他推演他的三段论法，"不舒服？为什么不舒服呢？不舒服就是病，身子好，还有什么不舒服呢？"

这时候在床边作半坐势的钱之佑却说道，

"心不舒服。"心字说的很响，或者也因来客的眼睛，常圆溜溜的钉住

他的缘故。

于是来客静默了一息，房内也随之静默了一息。来客是思索什么辩护，但辩护终究思索不出来。他却转了说话的方向对钱之佑说，

“这位先生，我很有些面熟；但现在竟连尊姓大名也记不起了。”

“有些面熟么？”佑问。

“有些面熟，是不是同乡？口音又像不是？”

“那里不是。”

“是么？”来客的语吻似乎胜利了，“所以面熟。”他接着说。

“面熟呢，或者未必，”佑窘迫而讥笑地说，“但同乡是一定的；我脸黄色，你脸也黄色，你又不是一个日本矮子，或朝鲜亡国奴，哈。”

清和翼也似乎好笑起来，但忍止住。因此，来客也不自然地无言了。

瑀始终不曾动，似乎连呼吸都没有了。但静听着谈话，谈话如无聊的夜雨般落到他的心上来，他将如何地烦恼，如何地伤感呵！他想一心用到他自己的幻想上去，“造我自己的楼阁罢！”但未失去他两耳的注意力时，耳膜怎样也还在鼓动着。“讨厌的一群！”他似要暴发了，不过终怂恿不起力来。他还是无法可想，如死地睡着，沙漠上的睡着。

房内平静不到十分钟。清想，“这样给多言的来客太不好意思了。敷衍，当敷衍的时候。”因此，他问了，

“王家叔，你什么时候到上海的？为什么生意？”

“到了已经三天，”来客倒没精打采起来，“也不为什么买卖，纯来玩一趟。上海有一年多没有来了，想看看大马路有什么改变没有，新世界有什么新把戏没有？还有……”

他似还要往下说，伟回来了，把茶壶放在桌上。一边说，“茶叶想买包龙井，足足多跑了三里路。”一边喘着气的拿了两只茶杯，茶杯也罩上一厚层的灰，洗了，倒出两杯淡绿色的热茶来，一杯放在来客的桌边，递一杯给清，“请你喝，”清也就接过去。来客似不知所措，于是清说，

“喝茶罢，方才也还没有说完。”他自己喝了一口，来客也捧起喝了一口，他已忘了“喝了很多”的话，只是说，

“是呀，没有说完。”一边又喝了一口，接着道，“我来的时候，朱先生的娘托我来看看朱先生，朱先生是很久没有写信到家里了。还有……”

一边又喝了一口茶，

“还有什么？”清问。

“还有谢家的事，他娘是叫我问问朱先生，那边时常来催促，朱先生究竟什么意思？”息一息，似扫兴一般，又说，“现在呢，朱先生的心不舒服，也没有什么话好说了。”

而伟偏滑稽的说，

“你说罢，不妨，他娘有什么意思？”

“意思呢，老人家总是这么，怕还有不爱她儿子的地方？”来客的喉又慢慢地圆滑起来，“谢家的姑娘是很长大了，她实在是一位难得的姑娘；貌好而且贤慧。她整天坐在房内，从不轻易的跑出大门外一步。祠庙里的夜戏，已经许多年没有去看了。人们想看一看她也万难。她曾说了一句话，惊倒我们乡村里的前辈先生什么似的；谁不称赞她？她说的有理极了！她说，‘女子是属阴的，太阳是阳之主人，女子不该在太阳之下出头露面。’谁有这样的聪明？因此，她自己也就苦煞了。连她的衣服也只晒在北面的墙角，或走过了阳光的廊下。现在，她终日坐在房内做女工。她什么都会，缝，剪，刺，绣，那一样不比人强？说到读书呢，会写会画，画起荷花来，竟使人疑作池里长出来的。《诗经》也全部会背诵的，哼，她虽没有进过学校，可是进过学校的人，有谁能比得她上呢？”

他喘了一口气，一边又喝了一口茶，接着说，

“也无用我来称赞她了，村前村后，谁不知道她是一位难得的姑娘？这也是因缘前生注定。现在，她年纪大了，不能不出阁了。虽则外貌看看还只有十八九岁模样，实在，女子到了廿二三岁，是不能不结婚了。她的父母几次叫我到朱先生的娘的跟前催促，他娘当然是说好的，但说朱先生不愿意，要想再缓几年；那里再有几年好缓呢？朱先生的娘说，她要早把瑀的婚事办好，再办他的弟弟　的婚事了。他娘说，她今年已经六十岁，哪里还有一个六十岁呢？以前倒也还算康健的，近一年来，身体大差远了，——背常腰酸，眼也会凭空地流出眼泪来，夜里不能久坐，吃过中饭非睡一觉不可。因此，她更想早娶进瑀的妻来，也好帮帮她的忙。这次，特意叫我来问问朱先生的意思，否则，十二月有很好的日子——而现在……朱先生的心不舒服，也没有什么好商量了。”

他说完，似败兴一般，而且勉强地做了微笑。

个个人呆呆地听着。用难受的意识，沉思地听他一段一段的叙述，——女的才，老母的苦楚，谁都闷闷地不能忍受。但谁也没有说一句话。

瑀呢，也听的清楚了。以前是气愤，想他的代定妻，简直不是一个人！老古董，陈旧的废物！来客愈夸张，他愈憎恨！但以后，无声之泪，竟一颗一颗地渗透出来，沿着耳边潜湿在他的枕上。

太阳淡黄色，大块的秋云如鲸一样在天空游过。因此，房内的阳光，一时漏进来，一时又退回去。

瑀微微转了转身，似乎他的身子陷在极柔软的棉堆里一样。他想开口向来客说几句，可是他的心制止他的口，

"闭住！闭住！闭住！"

而泪更厉害地涌出来。

清这时坐在床边，他觉察瑀在流泪了。他想提出问题来解决，否则也应当和平地讨论一下，这是他的义务，总不可闷在肚子里。但无论怎样，说不出话来，"说什么好呢？""瑀会不会赌气？"于是他只好低头。看看伟，伟也是如此，用眼看住他自己的胸膛。

房内一时沉寂到可怕的地步。

来客虽爱说话，但坐在这一班不爱说话的青年中，他也不好说话起来。他像什么也不得要领，又不能自己作主地。他偷看各人的脸上，都浮着一种不能描摹的愁思，——远而深的愁思，各种成分复杂的愁思，他更难以为情起来了。清脸清白，伟也黄瘦，瑀，他访谒的目的物，因一转身，略略的窥得半面，更憔悴的不堪！他想，"究竟有什么心事呢？如此岑寂的延长，将拉他到苦楚之门阈[6]，他不能忍受。有时，他拖上一句，"这房是几块钱一月的房租？"或凑上一句，"这么贵吗？"但回答不是冷淡的"是"，就是简慢的"非"。他再也无法可想，除非木鸡似的坐着。

忽然，他想，"还是走罢。"一边，立起来，理由是"恐怕好吃中饭了"。实在，时候还很早。翼看了一看他的表，长短针正重叠在十点。但他们也没有留他，只随着立起来听他说，

"我要回到旅馆里去。还想趁下午四点钟这班轮船回家。要买些东西，邻舍托我的，各种零碎的东西。关于婚事，望你们几位向朱先生说说，他

应当顺从他娘的苦心。可寄信到家里，十二月有好日子。我不能多陪了，心不舒服，还要保养，请医生吃几帖药。”

两脚动了，许多脚也都在地板上动起来。瑀是死心蹋地的一动不曾动。来客又奇怪的看了一看他的被，有意说，“朱先生睡着不醒呢！我也不向他问好了。”一边就走出门外。“留步，留步，”他向清等说，但他们还是送出门，似送晦气出去一样。一边，他们又恢复了原有的布局。

第三　反哲学论文

这时，在瑀的脑内，似比前爽朗一些；好像不洁的污垢，都被那位多嘴的乡人带去了。但杂乱的刺激会不会再来，只有等待以后的经验才知道。现在，在他自己以为，凭着清明的天气说话，他很能认得清楚。因此，当朋友们布好第三幕的剧景时，他开口说话，

“你们离开我罢！现在正是各人回到各人自己的位子上去做事的时候了。”

声音破碎，语句也不甚用力。清听了，似寻得什么东西似的，问道，

“你能够起来么？”

“不，让我独自罢！”

“为什么？”

“还是你们离开了我！”

“你不能这样睡，你也知道不能这样睡的理由么？”

“我无力地在床上辗转，假如四周没有一个人伴着我，任我独自睡一个痛快，一天，二天，或三天也好，不会永久睡去的，你们放心——，让我独自的睡罢！”

语气悲凉，说时也没有转他的眼睛。清说，

“瑀哥，不对罢？当一个人不能在床上睡着的时候，‘空想’这件无赖的东西，就要乘机来袭击了！空想占领了你有什么益处呢？无非使你的神经更衰弱，使你实际的步骤更紊乱罢了。”

他也似伴着死人忏悔似的。瑀苦笑一下说，

“你不必代我辩护，世界对我，已变做一张黑皮的空棺，我将厌恶地

被放进去就完了。现在呢，你也该知道，睡是死的兄弟啊！”

“这是小孩子说的，实在是一句陈腐的话，瑀哥！”

“还是一样，请你们离开我罢。”

“怎样离法呢？”

“好似棺已放下了泥土以后一般的走开了。”

个个的心很伤感，房内一时又无声音。几分钟，伟说，

“我实在不知道你这几天来的欲望是怎么样？不过，你不能跑出我们的队伍以外。你也该用修养的功夫，来管束你自己的任性一下。世界的脸色已经变换了，未来的社会是需要人们的力量，宝贵的理想，隐现于未来的天国里，你是有智识的，我们将怎样去实现它？”

“请不要说罢！请不要说罢！你的大题目将窒死我了！我是一个幼稚的人，我自认是一个幼稚的人！我的眼前已不能解决了，在我已没有论理和原则，请你不要说罢！”

“什么是眼前不能解决的呢？”清问。

“债与性欲吗？”伟忿怒地答。

“不要去解决就是咯，”清说，“就是婚姻，也不值得我们怎样去注意的。我们只要做去，努力向前做去，‘不解决’自然会给我们解决的。”

“好罢！你们的哲学我早明白了。人与人无用关心的太厉害。”

“我们看着你跑进感情的迷途里去么？”

清几乎哭一样。房内一时又只有凄楚。

什么似不能宣泄一般。空气也死了，僵了，凝固了，一块块的了。几人各管领着他们自己的眼前，他们是悲伤的，愤怒的，郁结的，气闷的，复杂的；科学不能用来分析，公理不能用来应用的时候，这是怎样的一个时候呵！

而伟却似火引着似的说，

“不必再空谈了，瑀，起来罢！太阳跑到天中来，是报告人们到了午餐的时候。下午，去找一块地方玩一趟，你喜欢什么地方玩啊？问题是跟着生活来的，我们只好生活着去解决问题，不能为问题连生活都不要了。”

“盲目地生活，浸在生活的苦汁里吸取苦汁，我自己想想有些怀疑起来了，有些怀疑起来了。”

“怀疑有什么用呢?”伟说。

“怀疑之后是憎恨。”

“憎恨又有什么用呢?”清问。

“是呵，我知道自己还是不能不活下去!还是不能不活下去!可是我的思想是如此，有什么方法呢?所以请你们离开我，让我独自罢!”

“但是我们不走，仍可与你决断!”伟说，

“瑀哥，我们是幸福了么?你眼前的我们，竟个个如笨驴，生命受着鞭鞑而不自觉的么?”清说。

“我们也有苦痛呵，”翼说，“但我们还连睡也睡不安稳呵!”

“好，请你们制止罢!”

停一息，又说，并转了一身，语气极凄凉的，

“我也知道你们对于我的友谊了!假如人们一定要我的供状，那我不得不做一篇反哲学论文来宣读。”

没有说下去，又停止了。

他们倒又吃一惊，简直摸不着头脑。时候将近中午，阳光也全退出他们的窗外。接着，又听瑀说，

“我所以要请求你们离开我，就想减轻我的苦痛。我本怀疑我自己的生活，这因我的思想无聊，无法可想的!每天早晨，我向自己问，你为什么要穿起这件灰色的布衫呢?天不使你发抖，你又不爱穿它，你为什么不赤裸裸地向外边去跑呢?警察要揪住你，你可不必管，总之，你一些勇气也没有。这并不是因布的不爱它，实在觉得穿这样的衣服是没有意义!对于住，我也一样，一样憎恨它，我憎恨这座地狱!床对我已变做冷冰冰的死土，但我总还要睡在它上面，我多么苦痛。我有我自己的大自然的床，我可以每夜在星光的眼中眠着，我多么快乐呀!我已成了我自己错误的俘虏了，我无法可想。我也不愿食，胃对于我似讨厌的儿子对于穷苦的母亲一般。受累呀，快给他杀死罢!但我一边这样喊，一边还是吃，食物到口边，就往喉下送，不管咸酸苦辣。有时我更成为一个贪吃的人，比什么人都吃的快，比什么人都吃的多，抢着吃，非吃不可，虽则自己在诅咒，还是非吃不可。一等到吃完了，吃好了，那就心灰意冷，好似打败仗的兵士一般。自己丧气，自己怨恨自己了!我真矛盾的厉害，我真矛盾的不可思议呀!”

说到这里，他停了一息，朋友们是个个屏息听着。他似良心压迫他说，非如此说完不可。但愈说脸愈苍白，虽有时勉强地苦笑了一声。神色颓唐，两眼眨眨地望到窗外。

“在昨夜吃酒的时候，我本来已失了快乐之神的欢颜的光顾。不知什么缘故，我是觉到一点兴趣也没有。你们是喝着，说着，笑着；而我却总是厌恶，烦乱，憎恨！我只有满杯地喝自己的清酒，我只有自己沉默地想着。同时，你们的举动、你们的人格，却被我看得一文不值了！”以后他更说重起来。“你们的人格是光明灿烂的，神圣不可侵犯的，而我却看做和生了梅毒被人拷打的下流妓女一样，和在街头向他的敌人做无谓的谄笑的小人一样，和饿毙而腐烂的乞丐一样！唉！我怎么丑化你们到如此！你们的身体，纯洁英隽的，春花秋月一般的，前途负有怎样重大的使命的；而我却比作活动的死尸！饿鹰不愿吃它的肠，贪狼不愿吃它的肉！唉，该死的我，不知为什么，将你们腐化到这样！没智慧，没勇敢，向自私自利顺流，随着社会的粪土而追逐，一个投机的动物，惯于取巧而自贪荣誉的动物，唉，我何苦要告诉你们呢？我何苦要向你们陈说呢？你们不愿意听么？真诚的朋友们，请你们勿责，请你们勿怒！我还有我自己对于自己！我伤心呀，我流泪呀，我痛彻心髓而不渝了！粉碎了我的骸骨，磨烂了我的肌肤，我还有未尽的余恨！孑孑可爱，蝌蚪也可贵，我竟还不如孑孑与蝌蚪了！痛心呵，我又何用尽述呢？给你们以悲哀，给你们以苦痛，真诚的朋友们，请恕我罢！万请恕我罢！恕我这在人间误谬的动物，恕我这在人间不会长久的动物！”喘了一口气，又说，“因此，我掷碎了酒杯，我走了！现在，你们在我身边，我的苦痛将如野火一般燃烧，我的憎恨将如洪水一般泛滥！我是一个极弱极可怜的东西，如黑夜暴风雨中跄踉于深山丛谷内！唉，我失掉了驾御自己的力量，感情夺去了我理智的主旨，不，还是意志侵占了我冲动的领域罢！因为自己愿意这样做，自己愿意变做一滴醋，牛乳放到唇边也会凝固了。什么一到我身边，就成了一件余剩的东西；所以人间的美丽与幸福，在我已经是例外呀，我的末日，我的未为上帝所握过的手，我将如何来结算呢？”语气呜咽，竟说不上来。一时，又说，“现在，朋友们，请离开我罢！请永远离开我罢！负着你们的使命，到你们的努力道上去，保重你们的身体，发扬你们的人格，向未来的世界去冲锋罢！莫在我身前了，你们的身体在我前面，你们的精神就重重加我以苦痛，要拉我到无底的地狱中去一样！真诚的朋友们，你们爱我的，让我独自罢，以后请勿再见了！我内心有万恶的魔鬼，这魔鬼使我牺牲与灾难。因此，我不能在光天化日下行走，我不能在大庭广众前说话，更不能在可敬可爱的人们眼前出现了！我将永不回家，我将到荒僻的沙漠上去，我决意到人迹很少的沙漠上去生活。亲爱的朋友们，这是我的反哲学论文，也是我对你们的最后的供状。还要我怎样说呢？你们竟一动也不动么？唉！唉……"

他说完，长叹了一声。

四位朋友，没一个不受惊吓，脸色青了，白了。他们的两眼的四周含着红色的润，在润中隐荡着无限的汹涌的泪涛哟！

清全身颤动，以后，嗫嚅的说，

"瑀哥，你……究竟为什么这样说呢？"

一边几乎滴下泪来。瑀说，

"这样想，就这样说。"

"你不想不可以么？这种胡思乱想，对你好像是强盗。"翼说。

"不，比强盗还凶！"佑悲哀的加上一句。瑀说，

"你们何苦要压迫我？"

伟说，"谁压迫你？谁还有力量压迫你！不过你既不能立刻就毁灭掉你自己，又不能遂愿毁灭了你所憎恨的社会，什么沙漠，荒僻的沙漠，在这篇反哲学论文中间，究竟有什么意思呢？"

"你听着我此后的消息便是了。"瑀冷冷地。清急向伟轻说，

"辩他做什么？"一边向瑀说，

"我无论如何不能离开你。"

"你又为什么呢？压迫么？"瑀微笑地。

"你是我二十年来的朋友，从小时一会走，就牵着手走起的。"

"那我死了呢？"

"这是最后的话。"

"当我死了就是咯！瑀死了，葬了！"

"不能，没有死了怎么好当他死了呢？肚饿好当吃饱么？"

"不当就是。你自己说过，'辩他做什么？'"

房里一时又无声。

太阳渐渐西去了，他们的窗外很有一种憔悴的萎黄色的昼后景象。他们个个很急迫似的。虽则伟，他已经决定了，还是暂时的回避他，使他尽量地去发展他自己，就是杀人也有理由。佑和翼呢，是介乎同情与反感之间，捉摸不到他们自己的主旨。对眼前似将死的朋友，也拿不出决定来。而清呢，一味小弟弟的模样，似在四无人迹的荒野，暮风冷冷地吹来，阳光带去了白昼的尊严，夜色也将如黑脸一般来作祟；他怎样也不能离开，紧拖着他哥哥的衣襟似的。

独瑀这时的心理，反更觉得宽慰一些了。吐尽了他胸中的郁积与块垒，似消退了几层云翳的春天一样。他静听着朋友们谁都被缠绕着一种无声的烦恼，这是他所施给他们的，他很明白了。所以他勉强笑了一声，眼看了一看他们，说，

"你们何苦要烦恼？老实说罢，前面我说的这些话，都是些呓语。呓语，也值得人们去注意么？我的人生已成了梦，我现在的一切话，都成了呓语了。你们何苦要为这些呓语而烦恼呢？"

停一息，又说，

"我还要向你们直陈我辞退C社书记的职的理由，我生活，我是立在地球上生活，用我的力去换取衣食住，谁不能赐与的。但我却为了十几元一月的生活费，无形地生活于某一人的翼下了；因他的赐书，我才得生活着！依他人的意旨做自己所不愿意做的事以外，还要加我以无聊。我说，'先生，这样可以算罢？'他说，'重抄，脱落的字太多了！'因此，我不愿干了。现在我很明白，社会是怎样一个怪物！它是残暴与专横的辗转，黑暗与堕落的代替，敷衍与苟且的轮流，一批过去，一批接着；受完了命令，再去命令别人。总之，也无用多说，将生命来廉价拍卖，我反抗了！"

接着又摇头重说了一句，

"将生命来廉价拍卖，我反抗了！"

他的眼又涌上了泪，但立刻自己收住了。一息，又说，

"也不必再谈别的了，太阳已西，你们还是去吃中饭罢！"

清才微笑地说，

"我的肚子被你的话装的够饱了，——你们饿么？"一边转眼问他们。

“不，”伟说。

“也不，”翼答。

“我也不，”佑答。

于是瑀又说，

“你们也忘记了社会共同所遵守而进行的轨道了么？吃饭的时候吃饭，睡觉的时候睡觉，用得到许多个不字？”一边他又想睡去。

清立刻又问，

“你也想吃一点东西么？”

“不必讨我的‘不’字了。”瑀说着，一边掀直他的棉被。

这时伟说，一边立了起来，

“我们去罢！让他睡，让他独自静静地睡。”

“是呀，你们去罢，给我一个自由。我很想找到一个机会，认识认识自己，认识到十分清楚。现在正有了机会了。”一边转身向床内。

“瑀哥，……”清叫。

“我们走罢。”伟又催促的。

于是各人将不自由的身子转了方向：伟首先，佑第二，翼第三，清最末，他们排着队走下楼去。

第四 空虚的填补

他们去了，缓滞的脚步声，一步步远了。

他睡在床上，一动没有动，只微微地闭着两眼。一时眼闭了，他又茫无头绪。他好像愿意到什么地方去受裁判，虽则过去的行动和谈话，他已完全忘记了，但未来总有几分挂念，他将怎样呢？他坐起，头是昏昏的；什么他都厌弃，他也感到凄凉了。好似寂寞是重重地施展开它的威力，重重地高压在他的肩上。窗外，楼前，楼下，都没有一些活动，他又觉得胆怯了。他起来，无力地立在房中，一种淡冷的空气裹着他，他周身微微震颤了。他的心似被置在辽远的天边，天边层层灰黯的。他在房内打了一个旋，他面窗立着，两颗深陷的眼球一瞬也不瞬。但窗外如深山的空谷，树林摇着尖瘦的阴风，雨意就在眼前了。他又畏吓了，重仰睡倒在床上。他静听他自己的心脏跳动的很厉害，他用两手去压住他的心胸，口齿咬得紧紧的，他好像要鼓起勇敢来，但什么都没有力气。他又微微地闭起眼，一边，周身浸透出冷汗来。呼吸又紧迫的，他叫了，

“唉！我怎会脆弱到这个地步！我简直不如一个婴儿了！我要怕，我心跳，母亲呀，你赋给我的勇敢到哪里去了？”

一边流出一颗泪，落在被上。

这时他想起他家乡的母亲，——一位头发斑白了的老妇人，偻着背，勤苦地度着她日常细屑的生活。她嚼着菜根，穿着粗布的补厚的衣服，她不乱费一个钱，且不费一个钱在她自己的身上；她只一文一文的储蓄着，还了债，并想法她两个儿子的婚姻。她天天挂念着他，希望他身健，希望他努力，希望他顺流的上进，驯服地向社会做事，赚得钱来。就不赚钱也可以，只要他快活地过去，上了轨道的过去，为了盲目的未来而祈求吉利地过去；不可乱想，不可奢望，不可烦恼而反抗的，这是她素所知道她儿子的，她常切戒他。但他却正因这些而烦恼了，苦闷了，甚至诅咒了。他气愤人类的盲目，气愤他母亲的盲目；一边她自己欺骗过她自己的一生，一边又欺骗别人来依她一样做去。这时，他竟将最开心切爱的老母，也当作他的敌人之一了！他觉得没有母亲，或者还要自由一些，奔放一些，任凭你自杀和杀人，任凭你跑到天涯和地角去，谁关心？谁爱念？但现在，他以过去的经验来说，他无形中受着母亲的软禁了！他想到这里，好似要裂碎他的五脏，他叫道，

“母亲呀，你被命运卖做一世的奴隶了！你也愿你的儿子继续地被命运卖做一世的奴隶么？”

他叫着母亲，又叫着命运，——他低泣了！

这样几分钟，他忽然醒悟的自说，

“我为什么悲哀？我为什么愁苦？哼，我真成了一个婴儿了！我没有母亲，我也没有命运，我正要估计自己的人生，抛弃了一切！我没有母亲，我只有自己的肉和血；我也没有命运，只有自己的理想与火！我岂为命运叹息？我岂为母亲流泪？哼，我要估计自己的人生，将抛弃一切！我得救了，我勇敢了，在这样的灰色的天和灰色的地间，并在灰色的房内，正要显现出我的自己来！”

他勇敢了，内心似增加一种火，一种热力。一边他深深地吐出一口气，一边将床上的棉被完全掀开。两手两脚伸得很直，如死一般的仰卧在床上。——这样经过许久。

太阳西斜了，光射到他窗外一家黄色的屋顶上，反射出星眼的斑点来。而他的房内更显示的黝黯了。

正在这个时候，突然有人推进他的房门。他一惊，以为朋友又来吵扰他。随转他的头仔细一看，是一个二十岁左右的姑娘，他房东的女儿，名叫阿珠。

“阿珠，做什么？”他立刻问，眼中射出幽闪的光。

这位姑娘，仔细而奇怪地看着他，好像不敢走近他，立在门边。于是他更奇怪，随即又问，

“阿珠，你做什么？”

她这才慢慢的娇脆的说，手里带着一封信和两盒饼干，走近他，

“朱先生，有人送信和饼干来。”

“谁啊？”

“我不知道，有信。”

“人呢？”

“人在楼下，请你给他一张回字。”

一边笑眯眯的将信和饼干放在他身边的桌上。

他就拿去信，一看，上写着，

“信内附洋五元送 S 字路 M 二里十七号朱胜瑀先生收

清缄即日下午”

一边就将信掷在床边，眼仍瞧着天花板。

但阿珠着急了，眼奇怪地注视着他苍白的脸上，说，

“为什么不拆信呢？他说信内夹着一张钞票，等着要回字的。”

“谁要这钞票！”

“你！”

“呀，”才瞧了她一眼，苦笑的，重拾了信，拆了。他抽出一张绿色的信笺和一张五元的钞票，但连看也没有看，又放在枕边了。一边他说，

“请你同来人说一声，收到就是了。”

“他一定要回字的。”

“我不愿写字。”

“那么写‘收到’两字好了。人家东西送给你，你怎样连收到的回条都不愿写？你真马虎。”

“好罢，请你不要教诫我。”

语气有几分和婉的。同时就向桌下取了一张纸，并一支铅笔，手颤抖地写道，

“钱物均收到。我身请清勿如此相爱为幸。”

笔迹潦草，她在旁竟“哈”的一声笑出来。

他随手递给她，

“阿珠，请你发付他！”

她拿去了，微笑的跑到门口向楼下叫，

“客人，你上来。”

接着，就是来客走梯的声音，但瑀蹙眉说，

“你给他就是，不要叫到我的房内来。”一边想，

“怎么有这样的女子？”

于是女子就在门口交给他回字，来客也就下楼去了。

阿珠还是不走，留在他床边，给他微笑的，狐疑而又愉快似的。一时，她更俯近头说道，

“朱先生，你为什么啊？你竟连信也没有看，你不愿看它么？”

“是。”他勉强说了一字。

“你知道信内写些什么呢？”

“总是些无聊的话。”

“骂你么？”

“倒并不是，不过没怎样差别。”

“你应当看它一下，别人是有心的。”

一边就将这信拿去，颠倒看了看。

“请你给我罢。”

她就将这信递给他，他接受了，但仍旧没有展开，只将四分之一所折着的一角，他默念了，

“这是自然的法则，我说不出别的有力量的话，

今夜当不到你这里来，且头痛不堪，不知什么可笑，此亦奇事之一，而今人不能梦想者也。”

他一字一字的念了三行，也就没有再念了，又将它抛在床边。

女子不能不惊骇，她看瑀这种动作，似极疲倦似的，于是问道，

“朱先生，你有病么？”

“什么病啊？”

“我问你有病么？”

“我不知道。”

“你为什么这样呢？”

“怎样？”

“懒，脸色青白。”

“呀，”一边心想：

这女子发痴了，为什么来缠着我呢？

想至此，他微微换了另一样的心。虽则这心于他有利呢，还有害？无人知道。可是那种强烈的冷酷，至此变出别的颜色来。

“阿珠，你为什么立在这里？”

“我没有事。”

“想吃饼干么？”

“笑话。”

“你拿去一盒罢。”

“不要。”但接着问，

“是那位朋友送你的？”

“你问这个做什么？”

“我想知道。”

“拿去吃就是咯。”

“不要吃。”

“那说他做什么？”

他的心头更加跳动起来。两眼瞪在阿珠的脸上，火一般地。而阿珠却正低头视着地板，似思索什么。

这样两分钟，她又问了，

“朱先生，你为什么常是睡？”

“精神不快活。”

“我看你一天没有吃东西？”

“是的。”

“不想买什么东西么？”

“不想。”

“肚子竟不饿么？”

“饿也没有办法。”

“哈，”她笑了。

“什么？”他瞧了她一眼。

“饿当然可以买东西。”

“什么呢？”

“当然是你所喜欢的。”

“我没有喜欢的东西。”

“一样都没有？”

“好，给我去买罢。”

“买什么呢？”

“一瓶膏粱！”

“膏粱？”她声音提高了。

“是呀，我所喜欢的。”

“还要别的东西么？”

“不要。”

“专喝膏粱么？”

“你已经许我去买了。”

“钱？”

“这个拿去。”

随将五元的钞票交给她。

她一时还是呆立着，手接了这五元的钞票，反翻玩弄着。她似思索，但什么也思索不出来。终于一笑，动了她的腰，往房外跑下楼去。

他留睡在床上，还是一动不动地眼望着天花板。

第五 小诱

原来他的二房东是一位寡妇，年纪约四十左右，就是阿珠的母亲。她有古怪的脾气，行动也不可捉摸，人们很难观察她的地位是怎样，职业是什么。她身矮，脸皮黑瘦，好像一个病鬼。但她却天天涂上铅粉，很厚很厚的。她残缺的牙齿，被烟毒薰染的漆黑，和人讲起话来，竟吐出浓厚的烟臭；但香烟还继续地不离了口。眼睛常是横瞧，有时竟将眼珠藏的很少，使眼白的部分完全露出来，——这一定在发怒了。衣服也穿的异样，发光的颜色，很蓝很黄的都有。她大概每星期总要打扮一次，身上穿起引人注目的衣服。涂着铅粉的脸，这时更抹上两大块胭脂，在眼到耳的两颊上。满身洒的香香的，袅袅婷婷的出去了，但不知道她为何事。大部分的时间她总在家里，似乎发怒的回数很多。常是怒容满面，对她的女儿说话也使气狠声。但也有快乐的时候，装出满脸的狞笑来，一摇一摆的走到瑀的面前，告诉说，用着发笑的事实来点缀起不清楚的语音，吞吞吐吐的腔花，有时竟使瑀听得很难受。她会诉说她自己的心事，——丈夫死了，死了长久了，这是悲痛的！她留在人间独自，父母兄弟都没有，女儿又心气强硬的，不肯听她的使唤。因此，她似乎对于人生是诅咒的。但不，她眼前的世界仍使她乐观，仍使她快活地过活；因为有一部分的男人看重她，用他们不完全的手来保护她生活下去。她也会诉说关于她女儿的秘密，用过敏的神经，说她有了情人了，情人是一个年轻裁缝匠，钱赚的很大的，比起朱先生来，要多三四倍。但她最恨裁缝匠，裁缝匠是最没良心，她自己也上过裁缝匠的当的，在年轻的时候。可是现在她很能识别出人来，谁好谁坏；但裁缝匠是没有一个坏中之好的。因此，她看管她的女儿更厉害，周密严厉，防她或者要同她情人私自逃奔的缘故。

"朱先生，这种事情在上海是天天有发生的。"有时她竟这样说了一句。

"不会的，阿珠不过浪漫一些，人是很好的，她决不会抛弃孤独无依的母亲。"瑀却总是这么正经地答。

"天下的人心，哪里个个能像朱先生一样诚实啊！"

结果，她常常这样称夸他。

实在，她的女儿是一个怪物；或者有母亲这样的因，不得不有女儿那样的果。不过阿珠还是一无所知呵！

阿珠，是一个身躯发育很结实的强壮的女子。面圆，白，臂膀两腿都粗大；眼媚，有强光，唇红，齿白，外貌是和她母亲正相反。她常不梳头，头发蓬到两眉与眉上。脸不涂粉，但也不穿袜，常是拖着一双皮拖鞋，跑来跑去。她从没有做工作的时候，一息在弄堂里和人漫骂，开玩笑，一息又会在楼上独自呜呜地哭。

她们母女二人，前者的房在前楼，后者的房在后楼，相隔一层孔隙很大的板壁。所以每当夜半或午后，二人常是一人骂，一人应；一人喊，一人哭。有时来了许多客，不知是怎样的人。说他们是工人呢，衣服实在怪时髦，态度实在太活动的；说他们是富贵子弟呢，言语实在太粗鄙，举动实在太肉麻。或者是裁缝匠一流，但裁缝匠是这位妇人最不喜欢的。他们常大说大笑，在她母女二人的房内，叫人听的作呕。这样胡闹，甚至会闹的很久很久。

有时在傍晚，天气稍热一些。于是这位妇人，穿起一套很稀疏的夏布衫裤，其每个布孔，都可以透出一块皮肉来卖给人看。她却伸直着两腿，仰卧在天井里的藤眠椅上，一边大吞吐其香烟，烟气腾腾地。瑀或走过她，她就立刻装出狞笑，叫一声“先生！”声音是迟钝而黏涩的，听来很不自然。这时的女儿呢？却穿起了全身粉红色的华丝葛的衫裙，还配上同样颜色的丝袜，一双白色的高底皮鞋，装扮的很像一位少奶奶。皮肤也傅粉的更柔滑起来，浓香郁郁的，真是妖艳非常。这时，态度也两样了，和往日的蓬头赤足的浪漫女子，几乎两个人模样。走起路来，也有昂然的姿势，皮鞋声滴滴地，胸乳也特别地挺。假如遇见了瑀，也用骄傲妒忌的横眼，横了他一眼，好像看他不屑在她的屋内打旋一般。这样，她总要到外边去了，在门口喊着黄色车，声音很重很娇地，做着价，去了。这样，至少也要到夜半，极深极深的夜半才回来。

瑀在这个环境之内，当初是十二分地感受到不舒服。他是旧历三月半搬到这里，第一个月的房租付清了后，他就想搬出去；但一时找不到房子，于是就住着了。不料第二个月，因小病的缘故，竟将房租拖欠到端午，——照例是先付房租，后住屋的。——到第三个月，房租完全付不出了。一边，也因这房租比任何处便宜；何况这位大量的妇人，对他的欠租不甚讨的厉害。因此，一住住下，也就不以为怪了。以后，他对她们，更抱着一种心理，所谓“这样也有趣。”横是没有什么大关系，用冷眼看看她们的行动，有什么？“我住我的房，她们行她们所好。”以后他这样想，所以他每次出入总是微笑的对她们点一个头，她们来告诉他话，他也随随便便地听过了。但阿珠，对于这位住客，始终没有敬礼。这回，不知什么缘故，会到他身前来献殷诚，卖妖媚了。

大概十五分钟，阿珠买酒回来。她梯走的很快，一边推进门，喘着气；一边笑嘻嘻，将酒和找回来的钱，一把放在桌上。

“四个角子。”她随即说。

瑀仍睡着没动，也没有说，待她声音一止，房内是颤动的镇静，同时太阳已西下。

“朱先生，四个角子一瓶。”

“你放着罢。”他心头跳动。

“为什么不吃？”她问的轻一些。

“不要吃。”

“和饼干吃罢。”

“不想吃。”

“那为什么买呢？”

“我可不知道。”

“你在做梦吗？”

“是。”

这位女子很有些狼狈的样子，觉得无法可想。一息说，

“朱先生，我要点灯。”

一边就向桌下的板上找。瑀说，

“没有灯了。”

“洋蜡烛呢？”

“亮完了。”

她一怔。又说，

“那么为什么不买？”

“我横是在做梦，没有亮的必要。”

“我再去代你去买罢。”

一边就向桌上拿了铜子要走。

“请不要。”瑀说。

“为什么？”

“我已很劳你了。”

他在床上动了一动，好似要起来。但她说，

“笑话，何必这样客气呢！你是……”

她没有说完，停了一息，秘密似的接着说，

“现在我的妈妈还没有回来，前门也关了，所以我可以代你……”

她仍没有说完，就止住。瑀问，

“你的妈妈哪里去了？”

他好像从梦中问出了这句话。阿珠没精打采地说，

“不知道她到哪里去了。她去的地方从来不告诉我的。好像我知道了，就要跟着她去一样。而且回来的时候也没有一定，今天，怕要到夜半了。我的晚餐也不知怎样，没得吃了。她对我是一些也不想到的，只有骂。骂我这样，骂我那样，她又一些也不告诉我。常叫我没得吃晚餐。哈！”

她笑了一声，痴痴的。

这时瑀坐了起来，他觉得头很痛。看了看酒，又看了看阿珠，他自己觉得非常窘迫。用手支持着头，靠在桌上，神气颓丧地。

这样几分钟没有声音，阿珠是呆呆立着。瑀似要开口请她下楼去，而她又“哈！”的一声嗤笑起来，眼媚媚地斜头问他，

“先生！我可以问你？”

“什么？”他抬头看了她一眼。

“你说么？”

“知道就可以说。”

“你一定知道，因为你是读书的。”

“要我说什么呢？”

“你不觉得难……？”

“什么意思？”

“不好……”

“明白说罢！”

瑀的心头，好似纺车般转动。

“我不好说，怎样说呢？”

“那要我告诉你什么？”

他的脸正经地。女的又断续的不肯放松，哀求似的，

“告诉我罢！”

“什么话？”

“你，你，一定不肯说，你是知道的，……”

瑀愁眉沉思的，女的又喘喘说，

“我想……一个女子……苦痛……”

一边不住地假笑，终究没有说出完全的意义来。她俯着腰，将她的左手放在她的右肩上，呆呆地立着。

这时瑀却放出强光的眼色注视着她的身上，——丰满的脸，眼媚，鼻正，白的牙齿，红唇，婉润的肩，半球隆起的乳房，细腰，柔嫩的臀部和两腿，纤腻的脚。于是他脑里模糊的想，

“一……个……处……女……”

她，还是怔怔的含羞的低头呆立着，她一言不发了，仅用偷视的眼，看着瑀的两脚，蓝色的袜和已破了的鞋。她的胸腔的呼吸紧迫地，血也循环的很快，两脚互相磨擦着：他觉察出来了。他牙齿咬得很坚，两拳放在桌上，气焰凶凶地。虽则他决意要将自己的心放的很中正，稳定，可是他的身子总似飘飘浮浮，已不知流到何处去。他很奇怪眼前的境象有些梦幻，恍惚，离奇，——这时太阳已西沉，房内五分灰黯了。他不能说出一句话，一句有力的话，来驱逐眼前的紧张与严肃。一派情欲之火，正燃烧在他和她两人的无言之间。

正当这个时候，却来了，很急的敲大门的声音，接着是高声的喊叫，

“阿珠呀！阿珠呀！开门！”

寡妇回来了，不及提防的回来了。她回来的实在有力量！

于是这位女子，不得不拔步飞跑。一边喃喃的怨，

“这个老不死！”

瑀目不转睛的看阿珠跑出门外，再听脚步声很快地跑下楼梯。一边就

听开门了，想象寡妇怒冲冲的走进来。

忽然，他的眸子一闪，好似黑暗立刻从天上落下。他自己吃一惊，随即恨恨地顿了一脚，叹道，

“唉！我究竟在做什么？梦罢？”

一边立起身子将桌上新买来的这瓶高粱，用力拔了木塞。一边拿一个玻璃杯子，将酒满满地倒出一杯，气愤地轻说一句，

“好，麻醉了我的神经罢！”

就提起酒杯，将酒完全灌下喉咙里去了。

他坐下床，面对着苍茫的窗外。一时又垂下头，好像一切都失败了。于是他又立起，又倒出半杯的高粱，仰着头喝下去。他掷杯在桌上，杯几乎碎裂，他毫不介意的。又仰卧倒在床上，痴痴的。一边又自念了，

“这个引诱的世界！被奴隶拉着向恶的一面跑去的世界：好，还是先麻醉了我自己的神经罢！”

于是他又倒出半杯的高粱，喝下去。

接着，他就没有思想和声音，似鱼潜伏在海底似的。

他眼望着窗外，一时又看着窗内。空间一圈圈地黑暗起来，似半空中有一个大魔，用着它的黑之手撒着黑之花，人间之一切都渐渐地隐藏起它们的自身来。一边，在他的眼内，什么都害怕着，微微地发颤。酒杯里的酒，左右不住地摇摆，窗格也咯咯有声了。窗边贴着一张托尔斯泰老翁的画像，——这是他唯一信仰的人，也是房内唯一的装饰了。——这时也隐隐地似要发怒，伸出他的手，将对这个可怜的青年，施严酷的训斥一般。一时，地也震动了，床与天花板，四壁，都摇动起来。身慢慢地下沉，褐色的天空将重重地压下了。冷风从窗外扑进来，凛然肃然的寒，也将一切压镇到无声；而且一时将它们带到辽远去，一时又送它们回到了就近，和他的自身成同样的不稳定。他的心窝似有一只黑熊在舔着，战跳的厉害，一缕酸苦透过它。周身紧张，血跑的如飞。他竟朦朦胧胧地睡去一般。

一忽，他又似落下大海中去了。波涛掀翻着他的身，海水向他的耳鼻中冲进去，他随着浪潮在沉浮了。一忽，他又似升到寒风凛冽的高山上，四周朦胧，森林阴寂地。一忽，他又似在荒坟垒垒的旷野中捉摸，找不到一星灯火，四周围满了奇形怪状的魍魉，它们做着歪脸向他狞笑，又伸出

无数的毛大的黑手，向他募化，向他勒索，向他拖拉了！这时，他捏起一只拳头，向床上重重地一击，身体也随即跳动起来，他说，

“我做什么？”

随即又昂起半身，叹一声，

“呀，昏呀！”

骤然，他竟坐起身来。

他的眼向四围一转，半清半醒的自己说道，

“我在哪里？

我做着什么？

这是世界！

发昏的世界！

我醉了？

我实在没有醉！

我能清楚地辨别一切，

善恶，

美丑，

颜色，

我一点不会错误！

我坐在小室中，

这是夜，

这是黑暗的夜。”

他模糊的说着，他有些悲酸！

他觉得他头是十分沉重，脑微微有些痛。房内漆黑的，微弱的有些掩映的灯光和星光。他想他自己是没有醉，到这时，他也不拒绝那醉了。于是他又不知不觉地伸出手去拿那瓶酒来，放到口边。仰着头喝起来，口渴一般的，只剩着全瓶五分之二的样子，他重放在桌上。一边立起，向门走了两步。他不知怎样想好，也不知怎样做好，茫茫地。不能自主。一时他向桌上拿了一本旧书，好似《圣经》。他翻了几页，黑暗与酒力又命令他停止一切活动，他还能从书中得到一些什么呢？随即放回，他想走出门去。

“我死守着这黑暗窟做什么？”

他轻轻地说了这一句，环看了一遍四壁，但什么都不见。于是他又较重的说了这一句，

“快些离开罢！”

他披上了这件青灰色长衫，望了一望窗外，静静的开出门。下楼去了。

第六 墙外的幻想

灯光灿烂的一条马路上，人们很热闹的往来走着。他也是人们中的一人，可是感不到热闹。他觉得空气有些清冷，更因他酒后，衣单，所以身微微发抖。头还酸，口味很苦，两眉紧锁的，眼也有些模糊。他没有看清楚街上有的是什么，但还是无目的地往前走。一时他觉得肚子有些饿，要想吃点东西；但当他走到菜馆店的门口，又不想进去。好像憎恶它，有恶臭使他作呕；又似惧怕而不敢进去，堂倌挺着肚皮，扳着脸孔，立在门首似门神一般。他走开了，又闻到食物的香气。红烧肉，红烧鱼的香气，可以使他的胃感到怎样的舒服。这时，他就是一汤一碟，也似乎必须了，可以温慰他的全身。但当他重又走到饭店之门外，他又不想进去。他更想，“吃碗汤面罢！”这是最低的限度，无可非议的。于是又走向面馆，面馆门首的店伙问他，“先生，吃面罢？请进来。”而他又含含糊糊的，“不……”不想吃了，一边也就不自主地走过去了。他回头一看，似看它的招牌是什么。但无论招牌怎样大，他还是走过去了。

这样好几回，终于决定了，——肚不饿，且渐渐地饱。他决定，自己恨恨地，

“不吃了！不吃了吃什么啊？为什么吃？不吃了！”

一息，更重地说，

“不能解脱这兽性遗传的束缚么？饿死也甘愿的！”

一面，他看看从菜饭店里走出来的人们，脸色上了酒的红，口叼着烟，昂然地，挺着他的胃；几个女人，更摆着腰部，表示她的腹里装满了许多东西。因此，他想，——这有什么特殊的意义？不过胃在做工作罢了！血般红，草般绿，墨汁般黑，石灰般白，各种颜色不同的食品，混杂地装着；还夹些酸的醋，辣的姜，甜的糖，和苦的臭的等等食料，好似垃圾桶里倒

进垃圾似的。

“唉！以胃来代表全部的人生，我愿意饿死了！”他坚决地说这一句。

但四周的人们，大地上的优胜的动物，谁不是为着胃而活动的呵！他偷眼看看身旁往来的群众，想找一个高贵的解释，来替他们辩护一下，还他们一副真正的理性的面目。但心愈思愈酸楚，什么解释也找不出来，只觉得他们这样所谓人生，是亵渎“人生”两个字！他莫名其妙地不知走了多少路。街市是一步步清冷去，人们少了，电灯也一盏盏的飞升到天空，变做冷闪的星点，从枫，梧桐，常青树等所掩映着的人家楼阁的窗户，丝纱或红帘的窗户中，时时闪出幽光与笑声来，他迷惑了。这已不是啸嚷的街市，是富家的清闲的住宅，另一个世界了。路是幽暗的，近面吹来缥缥缈缈的凄冷的风。星光在天空闪照着，树影在地上缤纷纷地移动；他一步步地踏去，恰似踏在云中一样。他辨别不出向那一方向走，他要到那里去。他迷惑了，梦一般地谜惑了。

他的心已为环境的颜色所陶醉，酒的刺激也更涌上胸腔来。他就不知不觉的在一家花园的墙外坐下去。墙是红砖砌成的，和人一般高，墙上做着卷曲的铁栏栅，园内沉寂地没有一丝一缕的声光。

正是这个醉梦中的时候，在灰暗的前路，距他约三四丈远，出现了两盏玲珑巧小的手提灯，照着两位仙子来了。他恍惚，在神秘的幽光的眼中，世界已换了一张图案。提着灯的小姑娘，都是十四五岁的女孩子，散发披到两肩，身穿着锦绣的半长衫，低头走在仙子的身前，留心地将灯光放在仙子的脚步中。仙子呢，是轻轻地谈，又轻轻地笑了。她们的衣衫在灯火中闪烁,衫缘的珠子辉煌而隐没有如火点。颈上围着锦带,两端飘飘在身后，隐约如彩虹在落照时的美丽。她们幽闲庄重地走过他，语声清脆的，芬芳更拥着她们的四周，仿佛在湖上的船中浮去一般，于是渐渐地渐渐地远逝了。景色的美丽之圈，一层层地缩小，好似她们是乘着清凉的夜色到了另一个国土。

这时，他也变了他自己的地位与心境，在另一个的世界里，做另一样的人了。他英武而活泼的，带着意外的幸福，向她们的后影甜蜜地赶去，似送着珍品在她们的身后。她们也听见身后的脚步声音，回过头，慢慢的向他一看，一边就笑了。小姑娘也停止了脚步。她们语声温柔地问，

“你来了么？”

“是。”一边气喘的，接着又说了一句，

“终究被我追到了。”

于是她们说，

“请你先走罢。”

“不，还是我跟在后面。”

她们重又走去。他加入她们的队伍，好像更幸福而美丽的，春光在她们的身前领导她们的影子，有一种温柔的滋味，鼓着这时的灯光，落在地上，映在天上，成了无数个圈子，水浪一般的，慢慢的向前移动。她们的四周，似有无数只彩色的小翅，蝴蝶身上所生长着的，飞舞着，飞舞着，送她们前去。迷离，鲜艳。因此，有一曲清幽而悲哀的歌声起了，似落花飘浮在水上的歌声。她们的脸上，她们丹嫩的唇上，她们酥松的胸上，浮出一种不可言喻的微波与春风相吻的滋味来。

她们走到了一所，两边是短短的篱笆，笆上蔓着绿藤。上面结着冬青与柏的阴翳[7]，披着微风，发出悠悠的声籁。于是她们走过了桥，桥下流着汀淙的溪水。到了洞门，里边就是满植花卉的天井，铺着浅草。茉莉与芍药，这时正开的茂盛，一阵阵的芳香，送进到她们的鼻子里。

东方也升上半圆的明月，群星伴着微笑。地上积着落花瓣，再映着枝叶的影儿，好似锦锈的地毡一般。

她们走进到一间房内，陈设华丽的，一盏明晃如绿玉的电灯，照得房内起了春色。于是小姑娘们各自去了，房内留着他与她们三人，——一个坐在一把绿绒的沙发上，这沙发傍着一架钢琴，它是位在墙角的。一个是坐在一把绛红的摇椅上，它在书架的前面。当她俩坐下去的时候，一边就互相笑问，

“走的疲乏了么？”

“不。”互相答。

一边靠沙发的眠倒了，摇椅上的摇了起来。

他正坐在窗边的桌旁。桌上放着书本和花瓶，瓶上插着许多枝白蔷薇和紫罗兰。他拿了一本书，翻了两页，又盖好放转；又拿了一本，又翻了两页，又盖好放转。他很没精打采，似失落了什么宝贵的所有，又似未成就什么

要实现的理想似的。他眼注视着花瓶，头靠在桌上。

“你又为什么烦恼呢？”坐在摇椅上的仙子这样问他，“如此良夜，一切都在微笑了，你倒反不快活么？”

他没有回答。而坐在沙发上的仙子接着说了，

“他总是这样颓丧，忧郁。他始终忘了‘生命是难得的’这句话。”

“我有什么呀？谁烦恼呢？”他有意掩饰的辩。

“对咯，”摇椅上的仙子说，“只有生活在不自由的世界中的人有烦恼，这烦恼呢，也就是经济缺乏和战争绵连。”

“这也不一定。”

于是沙发上的仙子微笑道，

“难于完成的艺术，或是穷究不彻底的哲理，也和烦恼有关系罢？”

他没有回答。于是她接着对摇椅上的仙子说道，

“安姊，我又想起一篇神话来。这篇神话是说有一位中世纪的武士，他誓说要救活一位老人。在未能救活以前，他永远不发笑。可是这位老人早已死去，连身子也早已烂了。于是这位武士，无论到什么王国，青年公主爱护他，公爵夫人珍惜他，他终究未发一笑，含泪至死了。他有些似那篇神话里的主人，要救活早已死去的老人以后才发笑的。”

一边，她自己笑起来。于是安姊说，

“琪妹，他和古代的哲人或先知差不多。他披着长发，睡在一个大桶内，到处游行，到处喊人醒觉。虽则踏到死之门，还抱着身殉真理的梦见。”

这时他说道，

“你们只可作我是小孩，你们不可以生命为儿戏。”

“真是一位以生命殉生命的大好健儿！”

琪妹赞叹的。一边她向衣袋内取出一方锦帕，拭了她额上的汗珠。

房内一时静寂的，只微微闻的花香酝酿着。忽然，不知从何处流来了一阵男女杂沓的大笑声。于是安姊说，

“假如笑声是生命的花朵，那你就不该摘了花朵而偏爱花枝呢？否则，还是哲理是哲理，生命是生命。”

“是呵，”琪妹接着说，“就是尝着苦味的时候，我们也要微笑的去尝。何况一个人不可为生命，而反将生命抛弃。有如今夜，你不可忘了你的荣归，

不可忘了你的皈依，不可忘了你的净化！”

“我倒不这样想，”他淡淡的，“我以为我们踏到天国之门的，还该低头沉思的走去牵那上帝之手；假如我们要从河岸跳落河底时，我们还可大笑一声，去求最后的解决。”

一息，他接着又说，

“不过我又有什么呢？我岂不是得了你们的安慰么？”

“谁知道？”

安姊微笑说。一边她从摇椅上走了起来，向钢琴边前去，眼看一个琴上的乐谱，似有一种深思。一回又拿乐谱，一手在琴的键上弹着。她的手飞弹的很快，似机器做的一般。于是她又疑思着乐谱，不发一声。

而这时沙发上的琪妹，微声的一笑。一边眼一瞧他和安姊，一边又斜一斜头，——而他还是靠着头，想些什么。——于是她自己对她自己似的说道，

“你还是喝你自己的葡萄酒！”

安姊是没有听到，而他却慢慢的笑转过头向她说，

“我也想喝一杯。”

“你喝它做什么呢？你有你的思想就够了，正似她也有她的音乐就够了一样。”

他一笑，琪妹就立了起来，向一只橱中取出一瓶葡萄酒，两只白色杯子。走到他的身边，倒出两杯，放在桌上。

“安姊，你有音乐就够了么？”他问。

“谁够了？”安姊无心的说。

“你！”

“什么？”

“你有音乐就够了么？”

“还有什么？”她的眼仍注视着乐谱。

这时琪妹轻轻的一笑。

“笑我吗？你们吃什么？”

“葡萄酒。”

“好妹妹，你给我一杯罢！”

她口里这样甜蜜的说，但身子仍没有动。

“沉醉于艺术，比沉醉于美酒有味罢？”

这时琪妹已喝了一杯，她心里立时有一种荡漾，于是这样的问着。

“是呀！”他答。

“那么比较思想呢？”她进一步问他。

“思想的味终究是苦的！”

于是他们一笑，接着也就无声了。

房内有一种极幽秘的温柔与甜蜜。各人的心浸在各人自己的欲望中，都微微地陶醉。她们有如秋天的鸿雁，翩翩飞翔于苍空；又如春水绿波中的小鸟，拍着两翅在沐浴着。一种清凉的愉美，缭绕于各人的身肢间。

正是这个时候，各人的眼互相微笑着，似有一个狰狞可怕的黑人，向他的房中走进来！她们立刻发出极骇的叫声，她们立时不见了。他的面前的美景，也随之消灭！

“喂！你是什么人？”

一个北音的巡捕，走到他的身边，严厉地向他问。

他没有答，忿忿地。

“你是怎样的人？”

“你为什么要问我啊？”

“因为你不该在这里睡觉！”

“唉！先生，我没有好的睡所，竟连一个墙外也不能给我做一个好梦么？太严酷了！”

他忍耐不住，似要流下眼泪！

这位巡捕到这时，却起了奇怪而怜悯的态度，和声些说，

“因为这有害于你的身体和公众，——你是否酒醉了？你是在干什么的人？”

“完全没有醉，可请你放心。但职业与我有什么关系？我自己也早早想过，我在干什么？但结果一无所干！我做什么事情都失败了！我只有做梦！巡捕先生，假如你要听，你有闲，我可以将我的好梦告诉你。但我没有职业，我一无所干！”

“你说什么话？我听不懂。”

“我说的是梦，我有真的梦，假的梦，日里的梦，夜里的梦。”

“我不能听你的话，”巡捕着急了，“还请你走罢！”一边挥他的木棍。接着他想，

“这人有些疯了。”

“走，走，世界没有我的一片土，梦都没处去自由做了。这是怎样的凶暴的世界呵！但自然有等待我的等待著！”

可怜的瑀，说着走去。

他仍在一条苦闹而秽臭的小街上走。在他的身边，仍是可怕的男人，可憎的女子，一群群在恶浊的空气里挨来挨去。他实在奇异了，他实在忿恨了。他的周身立时流出冷汗来，一种黏湿的冷汗，浃着他的背，胸部，额上。他觉得自己发怔，身震动着，眼呆呆的睁着，两手伸的很直，甚至两脚立住不动。他的肺部收缩的很紧迫，几乎连呼吸都窒息住了。全身的血泛滥着，似乎在他的鼻孔中，将喷出火来。他觉得眼前在震动，自己要昏倒了。他嘴里突然痛问，

“什么一回事？我在哪里？”

一边他又向前冲去。

一时，他又回转头来向后边一望，好似方才的梦境，还在他的身后继续的表演一般；又似要找寻方才的两位仙子，他要请她们领他去，任她们领他到山崖，领他到海角，甚至领他到地狱之门，死神的国！但没有，还是什么也没有。在他的身后，仍是暗灯照着的污臭之街，——倭屋，杂货摊，三四个怪状的女子绕着一个男人。

他刺激得很厉害，他低头看看他自己灰色的长衫，他用两手紧紧地捻着，他恨要将它撕破了，千条万条的撕破了！他的两手一时又在头上乱撩了一阵，一时又紧紧搂着他自己的胸部。一边口喃喃的说道：

“眼前是什么？

我还做梦么？

还没有醒么？

我不会有么？

我不会听么？

没有嗅着么？

去，去，去，
什么呵？去！”
这样，他又鼓起他的勇气来。
“梦！
什么也再找不到了。
完了，完了！
我是什么？
我眼前有的是什么？
他们会给我什么？
我死过一回么？
方才又是怎样一回事？
这个世界！
恶的，丑的，
引诱我到死所！
我在哪里？
她们二人又到哪里去了？
再不要受愚弄了，
再不要受欺骗了，
去，去，
从梦的世界走出来，
梦也应完结了！”
他一边颠仆不稳地走，一边七忐八忑地怒想。
这样，他回到 M 二里。

第七 莽闯

时候已十时以后，空气中有一种严肃的寒威，而地面又似蒸发着一缕缕的郁闷的热气。

他推进了后门，一口气跑上了楼。一边他急忙地脱下他的青灰色的长衫，掷在梯边的栏杆上。一边他就立住，抬起下垂的头向前楼一看。好似前楼有人叫了他一声，而且是女子用娇脆的声音叫他似的。昏迷的他，竟用两眼在半幽半暗的空气中，对前楼的门上，发出很强的光来看着。他的全身着了火，而且火焰阵阵地冲出，似要焚烧了他自己和一屋似的。

这时他脑膜上模模糊糊的现出了四个字来。

“一……个……处……女……”

接着就有一个傍晚时在他的房内要问他什么秘密的女子的态度，恍惚在他的眼中活动。一边他就立时转过身，蹑着脚向前楼一步一步一步的走了三步。他又立住,他似不敢进去,又似无力进去。他的头渐渐的斜向地上，两眼昏昏地闭去，他几乎要跌倒了。但忽然，又似有什么人在他的肩上拍了一拍，又带着笑声跑走了。他一惊，又什么都幽暗，一切如死的，只有从前楼的门缝中射出一道半明半暗的光来。

这时他身上的火焰更爆发了一阵，他立刻似吃下狂药一样，他的勇敢到了极度。他走重脚步，竟向门一直冲去。很快的推开了门，立着，一看，呀，在灯光明亮的床上，阿珠睡着，阿珠睡着，而且裸体仰睡着！白的肌肤，丰满的乳房，腹，两腿，呀，阿珠裸体仰睡着。床上的女人，这时也似乎听到有人闯进门，转一转她的身子。但他呵，在千钧一发的时候，心昏了，眼迷了，简直看不出什么。身体也卖给了恶魔似的，不能由他自己作主。他向前扑去，神经错乱地；带着全身的火，抱住了床上的女人的头，用两手捧住着她的两颊，他似要将她的头摘起来一样，他吻着，吻着，再吻着！但这时却骤然使他骇极了，他感不到半丝温爱的滋味，他只觉得有一种极浓臭的烟气，冲进了他的喉，冲进了他的鼻，冲进了他的全身。满怀的火,这时正遇着一阵大雨似的,浇的冰冷。他用极奇怪而轻急的声音叫，

“阿珠！”

这头没有回答。

他又叫，

“阿珠！”

只听这头答，

“叫谁？”

“阿珠！”

可是他的声音重了。

但这女人，就自动起来，用手紧搂着他的背部，而且将她自己的胸部密凑上去，触着他的身体；一边又将他的头用力攀到她的脸上，一边又摸着他的下部。她的呼吸也急迫而沉重。

“阿珠的妈么？”

他到此切实的问了一声。

“一样的！你这该死！”

他听的清楚了，同时也就看的清楚了，确是阿珠的母亲！皮肤黄瘦，骨骼显露着，恰似一个披着黄衣的骷髅。他的手触着她的胸上，感到一种无味的燥热。他急捷想走了，这时他的身子半伛在床上，而他的脚却踏在地下，他想跑了。他用手推住这妇人的两肩，而这妇人却不耐的说，

“你为什么跑到这里来？”

“阿珠呢？”

“你不自己想想！”

“我恨她！我要她！”

他忿忿地说出这两句话。他的牙齿，简直想在她的胸膛上大咬一口，又想在她的腿边大咬一口！他的欲火烧到极点，他一下挣扎了起来。而这妇人却还揪着他的衣叫，十分哀求的，

“先生！先生！求你！一样的！”

“哼！”

他重重的两声，就很快的跑去到后楼。床上的寡妇，正在床上嚷，还是怒而不敢张声的，

“该死！你这样！我要叫了！”

他没有听到，又重重地在敲阿珠的门。危险，门是怎样也推不进。这时那位妇人一边穿衣，一边嚷，

“你这该死的！你这发狂的！你发狂么？现在是半夜，任你发狂么？”

失败了！他知道什么都失败了！清清楚楚的。阿珠的声音，恐惧如哭一般在房内，

“什么呀？什……么……呀？什……么……呀？”

他在她门口，很重地痛恨的顿了一脚。他胸中的无限的苦闷的气馅，到此已灭熄殆尽了。他叹息一声，

“唉！”

一边跑回他的亭子间，睡在床上。

在这时那个寡妇，穿起衣服，到他的门外，高声咒骂，

“你该死么？你发昏么？半夜的时候到处乱闯！想强奸么！想奸我女儿！你这该死的！你狂了么？”

一边又换一种口调叫，

“阿珠！你起来！为什么不起来？你们早已成就……！起来！阿珠！为什么不起来？我们送他到巡捕房去！这个该死的！”

阿珠倒反一点没有声音。

他睡在床上，简直知觉也失去了，身子也粉碎了，每一颗细胞，都各自在跳动，这种跳动，又似在猛火里烧炼！他的肺部也要涨破了！一袋的酸气，一时很高的升到鼻中，要似喷出；一时又很低的向背，腰，腿，两脚间溜去。他一时能听见妇人的咒骂声，一时又什么也听不见。

而妇人正在咒骂，

“你这该死的，发狂的，……”

以后，又听见一边说，

“阿珠，你起来呀！”

阿珠的声音，

“他跑了就算了，何必多骂，真吓死人！”

“喊你不起来，还说这话！”

“被邻舍听去有什么好听？半夜的时候，他酒喝醉了，跑了就算了。”

“我不肯放松，你起来，送他到巡捕房去！”

“我不起来！他酒喝醉了，送什么？”

妇人的声音更怒了，

“你养汉子！”

“谁？”

“你为什么帮他说话？”

“你自己常睡觉不关门。关好，会闯进去么？”

阿珠冷淡的样子。

“你还说这话么？你这不知丑的小东西！”

“不是么？你常不关门睡，你常脱了衣服睡，所以夜半有人闯进，不是么？”

于是妇人大嚷而哭，

“唉，我怎么有这样强硬的女儿，她竟帮着汉子骂我！她已早和这该死的穷汉私通了！这个不知丑的东西！”

她竟骂个不休，于是阿珠说，

“妈妈，不必多说了！邻舍听去不好，他是个醉汉，算了他罢！”

“谁说醉？他有意欺侮我们！”

“他喝了一瓶膏粱呢。”

“你这不知丑的东西！”

他剧痛的心脏，这时似有两只猛兽在大嚼它，无数只鹰鸷在啄吃它一样。他用他自己的手指在胸上抓，将皮抓破了。血一滴滴地流出来，向他的腹部流下去。一时他又从床上起来，他向黑暗中摸了一条笨重的圆凳子，拿起向脑袋击，重重地向脑袋击。他同时诅咒，

“毁碎你的头罢！毁碎你的头罢！毁碎你的头罢！”

空气中的击声的波浪，和他脑的昏晕的波浪成同样的散射。这样，他击了十数下。他无力执住这凳子，凳子才落在地上。

黑暗的房内，似闪着电光。

无数的恶魔在高声喊彩，鼓掌欢笑。

一切毒的动物，用碧绿的眼向他谄媚，向他进攻。

时光停止了，夜也消失了，大地冷了。

他恍恍惚惚扑倒在床上，耳边又模模糊糊的听见妇人的咒声，

“你这个混蛋！”

“你这个流氓！”

“你欺骗我的女儿！”

“你这个发狂的！”

这样，他又起来，无力昏沉的起来，咬破他的下唇，手握着拳，战兢的，挣扎着。又向桌上摸了一枚钻子，他竟向耳内钻！

“聋了罢！聋了罢！”

一边自咒，一边猛力而颤抖地刺进，于是耳内也就迸出血来，流到他

的颊。他再也站不住了，他重又扑倒在床上。妇人的骂声，至此毕竟不到了。

这样，他昏睡了一息。突然又醒过来，身子高高的一跳。他梦中被无数的魔鬼擎到半空，又从半空中抛下到地面来。他不能再睡觉，他觉得这房很可怕，和腐臭的坟穴一样。他一动身子，只觉全身麻痹，肉酸，骨节各不相联络。头如铁做的一样，他恍惚听到很远很远的地方，有女人在哭她的丈夫，什么“丈夫呀！”“我的命苦！”“有人欺侮她！”“女儿又不听话！”这一类的话。一忽，又什么都如死，只有死的力量包围着他。

又过一刻钟，他渐渐的精神豁朗一些。好像已经消失去的他，到此时才恢复了一些原有的形态。他渐渐了解起他自己和那位女人并妇子的胡闹来。

“我怎样会到了这个地步？唉！死去罢！”

一边，从他眼中流出涌汹的泪来。

“唉！死去罢！

死神哟，请你赐给我秘诀罢！

简捷了当去死去！

可怜的人！

还有什么最后的话？

也太作恶了！

除了死去外，

没有别的方法！”

这时他又转展一下身子，但还是手是手，腿是腿，躯干是躯干；身体似分尸了。他觉得再不能停留在这房内，他的房如一只漏水的小舟，水进来了，水已满了地面，房就要被沉下海底去了！他再不找救生的方法，也就要溺死了。

但一时，他又不觉得可怕，只觉得可恨！他不愿求生，他正要去死！

他起来向窗站着，全身寒战。

他一时用手向耳边一摸，耳中突然来了一种剧痛。一时又在额上一摸，觉得额上有异样的残破。一时两手下垂很直。

他在黑暗的房内，竟变做死神的立像！

“离开这坟穴罢！

快离开这坟穴罢！

不能够留了，

而且是人类存在的地方，

也不能驻足了。

离开罢！

简捷了当的！”

他又慢慢的环顾房内，房内是怎样的可恨呵！

这时隐隐约约的听见，什么地方的钟敲了二下。

“走罢！快走！死也不当死在这房内！”

勇气又鼓起他，惟一的离开这里，避了妇人的枭[8]的鸣叫。

他垂下头，似去刑场被执行死刑一般地走了。

第八 死岸上徘徊

他走出门外，深夜的寒气，立刻如冷水一样浇到他的身上来。他打一寒怔，全身的毛发都倒竖起来，似欢迎冷气进去。他稍稍一站，随即又走。

他走了一里，又站住想，

“往那边去做什么？”

一边回转来向反对的方向走。又想，

“一条河，我要到那河边去。”

这时，东方挂着弓形的月亮。这月亮浅浅红色，周围有模糊的黄晕，似流过眼泪似的。一种凄凉悲哀的色素，也就照染着大地，大地淡淡的可辨：房屋，树，街灯，电杆，静的如没有它们自己一样。空气中没有风，天上几块黑云，也凝固不动。

他在街边走，这街半边有幽淡的月色，半边被房屋遮蔽着。他在有月色的半边走。

他低头，微快的动着两脚。有一个比他约长三倍的影子，瘦削而头发蓬乱的，也静静地跟着他走。

他一边走，一边胡思乱想：

“我为什么要这样勉强地活？

我为什么呵？苟且而敷衍；
真是笑话！
我侮辱我的朋友，
我侵犯我的主人，
我不将人格算一回事，
我真正是该死的人！”
走了一段，又想：
“方才我的行为，究竟是怎样一回事？
唉！我昏迷极了！
我不酒醉，阿珠代我的解释是错的。
我完全自己明白，
我想侵犯人类，
我想破坏那处女，
那是我所憎恨的！
我昏迷了！
唉，什么事情都失败了！”
他仰头看了一看弓月，又想：
“天呀！我活着还有什么意思呢？
我不该再偷生了，
我是人的敌人，
我自己招认，
我还能在敌人的营内活着么？
回到那妇人的家里去住么？
和敌人见面，
向敌人求饶，
屈服于敌人的胜利之下，
我有这样的脸孔么？
不，不，决不，
我是一钱不值的人！
我活着还有什么意义呢？

去死！去死！

你还不能比上苍蝇，蛆，垃圾！

你可快去毁灭你自己了！”

到这时，他悲痛而有力地默想出了两字，

“自杀！”

很快的停一息，又想出，

“自杀！！”

一边，他又念：

“还留恋什么呢?

母亲呵，可怜，

还留恋什么呢?

决定自杀了！

勇敢！

不死不活，做什么人?

而且这样的活，和死有什么分别呢?

死是完了，

死是什么都安乐了！

死是天国！

死是胜利！

有什么希望呢?

快去，

快去！

自杀！

自杀！！”

他的脚步走的快了，地上的影子也移动的有劲。

他走到了一条河边，——这河约三四丈阔。——他站在离水面只有一步的岸上，他想，

“跳河死去罢！”

河水映着月光，灰白的展开笑容似在欢迎他。再走上前一步，他便可葬在水中了！但他立住，无力向前走。他胸腔的剜割与刀剖，简直使他昏

倒去。身子似被人一捺，立刻坐下岸上。这时他心里决绝地想：

“死罢！

算了罢！

还做什么人？

跳落河去！

勇敢！”

但他两腿似不是他自己所有的，任凭怎样差遣，不听他的命令。泪簌簌的流，口子嚷嚷的叫，目光模糊的看住水上。

一时他卧倒。在他的胸腹内，好像五脏六腑都粉碎了，变做粉，调着冰水，团作一团的塞着一样。他一时轻轻叫妈妈，一时又叫天。他全身的神经系统，这时正和剧烈战争一样，——混乱，呼喊，嘶杀，颠仆。

这样经过半点钟，他不动。于是周身的血，渐渐的从沸点降下来，他昏沉地睡在岸上想：

“无论怎样，我应该死了！明天我到哪里去呢？回到 M 二里去见那女子和妇人么？无论怎样，不能到天明，我应该结束我的生命了！此时自杀，我已到不能挽救的最后；得其时，得其地，我再不能偷生一分钟了！我还有面目回到家乡么？我还能去见我的朋友么？可以快些死了！可以快些死了！”

停一息，又想，

“今夜无论怎样总是死了！总等不到太阳从东方出来照着我水里挣扎的身，我总是早已被水神吹的身子青肿了！”

泪又不住地流下。

“唉，我如此一身，竟死于此污水之中，谁能想到？二三年前，我还努力读书，还满想有所成就，不料现在，竟一至于此！昏迷颠倒，愤怒悲伤！谁使我如此？现在到了我最后的时候了！我将从容而死去！还有什么话？不悲伤，不恐怕，我既无所留恋，我又不能再有一天可偷生，还有什么话？我当然死了！死神在河水中张开大口要我进去，母亲呵，再会了！”

这时确还流泪，而他沸腾的血冷了，甚至冰冷了！自杀，他已无疑义，而且他无法可避免，他只有自杀了！他看死已不可怕了！所以他一边坐起，再立起，在岸上种着的冬青和白杨树下往还的走。一时在冬青树边倚了一下，一时又在白杨树下倚了一下；眼泪还在缓缓的流，他常注意他自己的影子。

月亮更高，光比前白些。

他一边又想：

“明天此刻，关于我死后的情形不知道怎样？清和伟，当首先找寻我，或者，我青肿难看的身子，在天明以后，就被人发现了。唉，我现在也没有权力叫人家不要捞上我的尸体，或者，我的尸体很容易被清伟二人碰着。他们一定找到此地来，唉，他们的悲哀，我也无从推测了！唉，朋友呀，你们明天竟要和我的尸体接吻，你们也会预料过么？你们现在做着什么梦？唉，你们明天是给我收尸了！你们的悲哀将怎样呢？唉，有什么方法，使我的身子一入河，就会消解了到什么都没有，连骨骼都无影无踪的化了，化了！我没有尸体，不能被别人捞起，不能给别人以难堪的形容，死神呀，你也应该为我想出方法来。否则，我的朋友们不知要悲伤到怎样。还有我的妈妈和弟弟，他们恐将为我痛哭到死了！清君找到我的尸体以后，他一定拍电报给我的母亲，唉！最亲爱的老母呀，你要为我哭死了！唉，妈妈，你不要悲痛罢！天呵，我又怎样能使我年老的母亲不悲痛呵！我杀了自己，恐怕还要杀死了我的母亲。假如母亲真为我而哭死，那我的弟弟，前途也和死一样的灰暗了！死神呀，你一定要告诉我，你有什么法子，可以使我的尸体不被人发觉呀！我的尸体不发觉，谁还以为我未死，到新疆蒙古去了；我的尸体一发觉，有多少人将为我而身受不幸呵！唉，我的名分上的妻，我的罪人，她是一个急性的女子，她早已承认我是她的丈夫，她一定也要为我而死去罢？一定的，她抱着旧礼教的鄙见，她要以身殉我了！虽则她死了一万个，我不可惜，但我如此潦草一死，害了多少人——悲苦，疾病，死亡，一定为我而接连产生了！唉，我是悲剧的主人么？叫我怎样做呀？叫我怎样做呢？我若没有使尸体分化，使尸体消灭，掩过了自杀的消息的方法以前，我似还不该死么？还不到死的时候么？唉，叫我怎样做呵！”

他一边徘徊，一边思想，简捷的跳河，所谓多方面的顾虑，有些犹疑了。这样，他一下又坐在冬青树下，自己转念，

“我留恋么？我怕死么？还不到死的时候么？何时是我死的时候呢？我还想念我的母亲和人们么？我忘记他们是我的敌人么？贪生怕死的人，

唉，懦夫！我是懦夫么？”

末了的几句，他竟捻着拳叫出。

于是他又忽然立起，向河水走了两步，再走一步他就可跳下河里。但他不幸，未开他最后的一步，他立住，他昏倒，同时他又悲哀的念，

“我的自杀是没有问题了！

偷生也没有方法，

怕死也没有方法，

我的死是最后的路！

但这样苟且的死，

以我的苦痛换给母亲和弟弟们，

我又不能这样做了！

无论什么时候，死神都站在我的身边的，

明天，后天，时时刻刻。

我该想出一个避免母亲们的苦痛的方法以后，

我都可任意地死去。

我既潦草的活了几年，

不可以潦草的再活几天么?

潦草地生了，

还可潦草地死么?

虽则我的自杀是没有问题！”

垂头丧气的他，在河边上徘徊，做着他的苦脸想，他脸是多么苦呵！他停了一息又念，

“好，我决不此刻死，

先要有遮掩死的形迹的方法！”

于是他就卧倒在一株白杨树下。死神似带着他的失望悲伤走过去了，一切缠绕没有了！他留着平凡，无味，硬冷的意识，在草地上，通过他的身子。

弓月很高，东方显示一种灰色，几片云慢慢动着，不知何处也有鸡叫的声音。一切都报告，天快要亮了。

他这时除了浑身疲乏，倦怠，昏聩，仿佛之外，再不觉有什么紧张，压迫，

气愤，苦恼了。他再也想不出别的，思潮劝告他终止了。他最后轻轻地自念，睡去时的梦语一般，

“完了！完了！

我已是死牢里的囚犯，

任何时都可以执行我，

听了死神的意旨罢！”

他看眼前是恍恍惚惚，四周布着灰白的网。一时他疑他自己是网里的鱼，一时又想，“莫非我已死了么？否则，我的身子为什么这样飘浮，似在水中飘浮一样呢？”但他睁眼视天，低头触地，他确未曾自杀。于是他更模糊起来，身子不能自主的，眼微微闭去；什么都渐渐的离开他，海上一般地浮去。

第九 血之袭来

月光透过纷纭的白杨枝叶，缤纷的落在地上；地面似一张淡花灰色的毡毯，朱胜瑀正在毯上僵卧着。

东方由灰色而白色了，再由白色而转成青色，于是大放光明；白昼又来了。安息的夜神，一个个打呵欠而隐没；日间的劳作的苦，又开始加给到人们的身上。

他醒来，他突然的醒来，似有人重重的推醒他来。

他很奇怪，他为什么会在这里？为什么会睡在这天之下？他从什么时候睡起，又睡了多少时候了？他想不清楚。

他揉了一揉眼，两眼是十分酸迷的；一边就坐起，无聊的环视他的四周——河，路边，树，略远的人家。他就回想起昨夜的经过了。但回想的不是昨夜，可以回想到的事似不是昨夜的事；飘缈，仿佛，好似事情在很久很久以前，自杀的想念对于他，似隔了一世了。徘徊在河边上，似辽远的梦中才有过，不过他又为什么会睡在这里呢？

他经过好久的隐约的呆想，追忆；他才连接着他的自身与昨夜的经过的事情来。三三五五的工人，走过他的路边，他们谈着些什么，又高声而议论的；有的又用奇怪的眼睛看看他，他们是很快乐而肯定的一班一班走

过去。

何处的工厂的汽笛也叫了。

他不能再留在这树下，他立了起来，身子几乎站不住。他的皮肤也冰冷，衣服很有几分湿。心头有一缕缕的酸楚。

他不知要到什么地方去，他沿着太阳所照的路边走，低头丧气的走。他的两脚震颤着，胸腔苦闷，腹更扰绞不安。胃似在摆荡，肠似在乱绕，这样，他似饿了！

他默默地走了一程。到了一条小街。马路的旁边，摆满各色各样的食摊，吹饭，汤圆，面，大烧饼，油条，豆腐浆等等。许多工人和黄包车夫，杂乱的坐在或立在那里吃。口嚼的声音，很可以听见。东西的热气与香味，使他闻到。他默默地向那些目的无心走近去。

有一摊豆腐浆在旁边，吃的人只有一二个。

他实在想不吃，立住，而那位摊伙殷诚的招呼他，

“先生，吃碗浆么？”

一边拿了一只碗用布揩着。举动很忙的，又做别的事。

他又不自主地走近一步。那位伙计又问道，

“先生，甜的？咸的？”

他一时竟答不出来。没精打采地在摊上看了看，只模糊地看见摊上放着白糖，油渣，虾皮，酱油，葱之类。许久他才答，

“咸。”

声音还是没有。

“甜的？咸的？”伙计重问。

“咸，”终于说出很低。

那伙计又问，急促的，

“虾皮？油渣？”

而他好似不耐烦，心想，

“随便罢！”

在他未答以前，又来了一位工人，年纪约五十以外，叫吃油渣的腐浆一碗。于是这伙计就用早揩好的碗，将给瑀的，立刻盛了一满碗的浆，放在这老工人的面前。一边，又拿了一碗，用布一揩，放些虾皮，酱油，葱，

泡满一碗热气蒸腾的浆，放在瑀的面前。

他呆呆的想吃了，唉，喉中不舒服，黏涩，随即咳嗽一声，送出痰；他一口吐在地上，一看，唉，却是一朵鲜血！血，他喉中又是一咳，又吐出一口来！这样接连地吐了三口，他不觉两眼昏眩了。他立刻想走，一边对那伙计低声说，

“我不吃了。”

一边就走。

但那不知底蕴的伙计，立时板下脸，高声说，

“喂，怎么不吃了。钱付了去！”

这时那位老工人已经看清楚这事，他和气的向那摊伙说，

“给我吃罢，他已吐了三口血了！”

一边吃完他自己的，就捧过瑀的这碗去吃。伙计看了一看鲜血，也没有再说话。而那位老工人却慨叹的说道，

“这位青年是患肺病的，唉，患肺痨病是最可怜！他好像是一位文人，穷苦的文人。像他这样，实在还不如我们做小工做小贩好的多！”

而这时的瑀呀，他虽在走着，却不知道他自己究竟在海底呢，还在山巅？在海底,海水可以激着他；在山巅,山风可以荡着他。而他是迷迷漠漠，他竟在灰色中走！四周是无限际的灰色呵；什么房屋与街道，嚣扰与人类，消失了，消失了！他好似他自己是一颗极渺小的轻原质，正在无边的太空中，飘呀，飘呀，一样。

“世界已从我的眼内消失了！”

他轻轻自己这么说，一边又咳出了一口鲜血。他不愿将他自己的血给人们看见，摸出一方手帕，以后的咳，他就将血吐在手帕内，这样又吐了几口。他恍恍惚惚的想坐一息，但又不愿坐，游泳一般的走去。这样，他心中并不悲伤，也不烦恼。他也不思想什么，记念什么。他只觉口子有些味苦，喉中有些气涩。

这时，他转到 S 字路，M 二里，无心的跨进他的寓所。他很和平，他很恬静，过去的一切，在他也若有若无。就是他记得一些，也不觉得事情怎样重大，不过是平凡的人类动作里面的一件平凡的事件，胡闹里面的一个小小的胡闹就是了。他一丝没有恐怕，好像人们与他的关系，都是疏疏

淡淡的。

当他上楼的时候，阿珠正将下楼。她一看见他，立刻回转身，跑回到她自己的房内去，十分含羞和怕惧他似的。等瑀走上楼，到了他的亭子间，轻轻的关上了门以后，她才再从她的房中出来，很快的跑下楼去。

这时，阿珠的母亲还没有起来，她装起了病态。

第十 周到的病了

他随手将门关好以后，他并没有向桌上或四周看，就向床睡下去。并不胡乱的就睡，是先拉直了棉被，又慢慢的很小心的将它盖好在身上。他十二分要睡，他十二分想睡，全身一分力也没有，他的身子贴在床上，似乎非常适宜，妥当。他一边将包血的手帕掷在床边的破痰盂中，一边又咳嗽两声，随即又吐出半血的痰。他闭着眼，睡在床上，并没有一动。他想：

“什么都永远解决了！
生命也没有问题了！
死也没有问题了！
这样轻轻地一来，
用心真是周到呀，
比起昨夜的决绝，
不知简便到多少了！
轻轻地一来，
还有什么更好的方法？”

这样，他又咳嗽了两声，又想：

“真是我的无上的幸福！
真是我的绝大的命运！
还有什么更好的方法，
比这病来掩过母亲的悲痛呢？
美丽的病的降临呀，
再也想不到上帝给我的最后的赠品，
是这么一回事！”

他又咳嗽，又吐一口血。

“我为什么会咳嗽?

虽医生早说我有肺病，

但我从不会咳嗽过。

唉！可见方法的周到，

是四面八方都排列的紧密的。

于是我就落在紧密的网中了，

我真幸福呀！”

他镇静着他自己，以为这样的乱想也没有意思。“吐血就是了，何必多想? 何况我的病是我自己制造出来的，是我自己一手培植起来的，安安静静地等着死，岂不是很幸福么?”这样，他不想“想”了，他要睡去。但还睡不着！他愈不想“想”，思想愈要来刺激他！于是他觉得全身有热度，手心和额角都渗透出汗来。似乎房内的空气很干燥，他很想饮一杯茶。但桌上茶壶里的开水昨天就完了，眼前又没有人。一瓶未完的膏粱放着，——它是恭恭敬敬的一动未曾动。他很想喝它一口。但手探出去，又缩回来了。不知怎样，似有人制止他，喝他一声，

“喂，还没有到死的时候呀，不要喝它罢！”

他的本能也应答道，

“是呀，酒是千万喝不得的！”。

房内是很寂寞呵，房外也没有怎样的声音。有时他听得好像在前楼，那妇人叹声，又呢喃的说。但此外就一些声音也没有。

他这时似有几分寂寞的胆怯。不知怎样，他睡在那里，好像回避逮捕似的；而暗探与兵警，现在又来敲他的门了！他身子向床壁与被内缩进一下，他很想安全的睡他一下。但还是无效，他房内的空气，还是阴涩乏味，而又严重。一时，他又似他自己是卧在古墓的旁边，一个六月的午后，凉风与阳光都在他的身上。但一时他又似躲在高大的松林下，避那奔泻的狂风暴雨。睡着，他的心怎样也睡不着，一种微妙的悸怖与惊恐，激荡着他。他一边涔涔[9]的流出几滴泪，一边隐约的想到他的母亲。

“妈妈呀！”

他叫了一声。但他的妈妈在哪里呢? 辽远辽远的家乡呵。

这样，他一边害怕，一边干渴，有时又咳嗽，吐出半血的痰。他的内心感受着冷，他的身外感受着热。他足足辗转了二个多时，——这时，寡妇房内的钟是敲了十下，他才恍惚的闭上眼去，梦带着他走了。

一忽，他又醒来。他十分惊骇，当他两眼朦胧的向前看时，好像他的母亲，家乡的最亲爱的母亲，这时坐在他的床边。他几乎“妈妈呀！”一声喊出。他用手去握，但眼前什么人也没有。

于是他又昏昏的睡去。

在这次的梦境里，他确实地遇见了他的母亲。他还痛痛快快地流他的泪伏在他母亲的怀中。好像在旷野，他母亲也在旷野哭。但一息，情景又像在十数年前，他的父亲刚死掉的时候，他还是十一二岁的小孩子。他母亲终日在房内掩泣，而他却终日跟在他母亲的身边叫，“妈妈，”“妈妈，”“你不要哭了！”“你止住哭罢！”一样。他被抱在他母亲的怀里，有时他母亲用劳作的手抚着他的头发，而他也用哭红的眼，含着泪耀着的眼，看着他母亲愁苦的脸色。有时他母亲滴下泪来，正滴在他的小口中，他竟慢慢的将泪吃下去了。这样，他在梦中经过许久。他受到了苦而甜蜜的，酸而温柔的母亲的爱的滋味。

但一下，他又醒来了。在他朦胧的眼中，眼前模糊的还有他的母亲的影子。微开了眼一看，又似没有人。但慢慢的，眼前仍有人影，呀，正是他的朋友李子清坐在他的床边，——低头深思着。再一看，还不止一个清，叶伟也坐在桌边，默默的；翼与佑也坐着，在门与窗的中间墙角，也默默的。满房的友，他稍惊怪，不知他们是何时进门，何时坐着的。他们个个都显了一种愁思，忧虑在他们的眉宇之间，他们一句话也没有说，当瑀醒时，他们还一句话也没有问，他们只睁睁眼，一齐看一看瑀，而瑀又不愿意似的，掉转头翻过身去。这样又一息，瑀觉得口子非常的渴，——他在梦中饮了他母亲的老年的咸泪了！——口子非常的渴，他想喝茶。这时眼又见桌上的酒瓶，他想伸手去拿来喝一下，横是借吐血之名而死，是代替他自杀的好方法。可是他没有勇气，没有力量去拿，他的身体已不能由他的心指挥。他又不知不觉的转过头，慢慢的向清说道，

“清，我很想茶喝。”

“呵，”清立刻答应。

翼也立起，向墙角找久已坏了的那酒精灯。伟说，

“我到外边去泡罢，可以快些。”

“我去泡。”佑很敏捷的拿了茶壶，昨天用过的，开门出去。

房内又寂静一息，清似乎止不住了，开口轻轻的向瑀说，

“我想去请 Doctor 严来给你看一看。”

“不必。”

他说的声音很低，和平。一边，他很热似的伸手在被外，清就在他的脉搏上诊一诊，觉得他的脉搏很弱很缓，手心也微微的发烧。清说，

“请医生来诊一诊好些，横竖严君是我们的朋友，又便的。”

“不必。”

“什么时候起的？”

“早晨。”

“现在你心里觉得怎么样？”

“很好。”

“喉里呢？”

“没有什么。”

稍停一忽，清说，

“我们四人同来的时候，你正睡熟。我们是轻轻地推进门的。我们一见你的血，就什么话也说不出来。我们只静静地等你醒来。你在睡梦中好几次叫你的母亲，此外就是疲乏的叹息。伟哥立刻就要去请 Doctor 严来给你诊察，我说等你醒，再叫，你现在觉得怎样？”

“没有什么。”他答。

这时泡茶的佑回来，他执礼甚恭的两手捧着茶壶进来，伟迎着，发了一笑，随即用昨夜瑀吃过酒的杯子，抹了一抹，倒出一杯开水。

“为什么不放茶叶？”他一边问。

“病人是开水好一点。”佑答。

但开水还是不好，开水很沸，瑀心里很急，又喝不得口，他蹙着眉说，

“拿冷水给我喝罢，自来水是不费钱的。”

但谁听他的话？过了两分钟，瑀也就将这杯开水喝完了。这有怎样的滋味？它正和梦中的那杯葡萄酒差不多。他顿时觉得全身舒畅，精神也安

慰一些。一边清问，

“还要么？”

“还要。”

于是又喝下第二杯。

“这是仙露，这不是平常的开水。”瑀想，一边问，

“现在什么时候了？”

“十一点一刻。”佑查一查他的手表，答。

“是吃中饭的时候么？”

他们不了解他的意思。清又问，

“现在去请严医生来好么？”

“已经说过三次的不必了。”

他不耐烦地，一边心想，

“我假如昨夜自杀了，现在不知道你们怎样？另有一番情形了，另有一番举动了，但我昨夜又为什么不自杀呵？！”

一边，他低低的说，

“这次病的袭来，于我真是一种无上妙法，我还愿叫医生来驱逐去么？我于这病是相宜的，在我的命运中，非有这病来装置不可。因此，我决计不想将我的病的消息告诉你们，但你们偏要找到这里来。现在你们已给我两杯开水了，谢谢，还请给我第三杯罢。”

“好的。”清忙着答。

于是他又喝下第三杯，接着说，

“我很感激你们对于我的要求给以满足，但我不想做的事情，无论如何，请你们不要代我着想。”

一边似乎微笑，一边又咳嗽了两声。清说，

“你总是胡思乱想，何苦呢？你病了，你自己也知道这是重大的病，那应该要请医生来诊察，怎么又胡思乱想到别的什么呢？你总要将你的一切不规则的幻想驱除干净才好，你的病是从你的幻想来的。譬如这几天，你的精神有些衰弱，但你又偏要这样的喝酒，”他抬头看一看桌上的酒瓶。“酒吃了，幻想更兴奋，一边精神也更衰弱，这样是怎么好呢？瑀哥，你该保重你的身体才是，你应知道你自己地位之重要，无论如何，要扫除你

的幻想才好。"

清慢慢的说来，似还有没说完，而瑀气急的睁大眼道，

"好了好了，清，你真是一位聪明人，但请不要在我的前面，卖弄你的聪明罢！"

"好的，你又生气么？"清悲伤地。

"谁？……"瑀还想说，可是又没有说。

而伟却关照清，摇一摇头，叫他不要和他多说。

关着的门，又被人推进来，是阿珠！

她很奇怪，她好像陌生的猫，想进来而又不想进来。她又很快的进来了，走到瑀的床前，清的身边，一句话也不说，只低头含羞似的。想说了，又不说。于是清问，

"你做什么？"

四位青年的八只眼睛都瞧在她的身上，等她回答。她眼看床上的棉被，娇饰的说，

"朱先生，妈说请你……"又没有说下去。

这时她也看清楚，痰盂内有血。她也似难受，话不好说。于是她立刻就跑，很快的袅着身子，低着头跑回去。

"奇怪的女子！"清忿怒的在后面说。

"怎么有这样妖怪式的年轻姑娘？"伟三人目送着她，心里也这么想。

瑀却明白了，她为什么来，负着她母亲的什么使命，想说些什么话，又为什么不说，又为什么要跑回去，——他对她不能不感激了。他的心头一时又难受，血又跳的快起来。一边又咳嗽。

这时清又轻轻的问，

"还要茶么？"

"不要了！"

他的口子还是干渴的，可是他不想再喝了。

伟看这样的情形，似乎不得不说。若再不说，那连朋友的义务都没有了。于是他等瑀咳完了以后，就向清说道，

"清，我想，无论瑀的心里怎样，我们不能不请医生来给他诊一诊，像这样的病是不能随随便便好去的，否则，我们连常识都没有了。我想停

一息就走，回去吃了中饭，就请严医生同来，你以为怎样？”

“是的，”清答，“这样很好。”

但瑀很急的转身要说，他的火似从他的眼中冲出，他竟想喊出，

“你若请医生来，先请你不要来！”

可是不知怎样，他终于没有声音。他叹息了一声，仍回身向床壁。清说，

“伟，你此刻就走罢，快些吃了饭就到严医生那里去，否则，他吃了饭会先跑走。”

“是的。”佑附和的说。

伟好似对于医生问题解决得胜的样子，立起身微笑地走去。

这时候，清又向佑，翼二人说，

“你们也回去吃饭罢。”

“你的中饭呢？”翼问。

“不吃也不要紧。”清答，接着又问，

“你们下半天来么？”

“来的，”二人回答。

“假如你们有事情，不来也可以；假如来，请你们给我买一个大面包来。”

“还有别的么？”佑问。

“带一罐果子酱来也好。”

“瑀哥也要吃么？我们看见什么，也可以买点什么来。”

“好的。”

于是他们互相一看，也就低头去了。

房内一时又留着沉寂。

第十一 诊察

他们去了以后，房内许久没有声音。

瑀睡在床上，转着他的眼球向天花板和窗外观望。他心里似想着什么，但又不愿意去想它似的，眉宇间稍稍的含愁。他的苍白的脸，到日中的时候更显出苍白。清的表面上是拿来了一本《康德传》在翻阅，实际他的心又计算着什么别的。一时，从窗外飞来了一只蜜蜂，停在他的书上，鼓着

它的两翼。清用指向它一弹，蜜蜂又飞回去了。

以后，听得前楼的寡妇，叫了许多声“阿珠！”当初阿珠没有答应，妇人又叫，阿珠就在后楼答应了。平均每分钟叫一次阿珠，什么事情，却因她说的很低，话的前后又不相连续，事又似不止一件，所以清听不清楚。阿珠的回答，却总是不耐烦。有时更似乎在反抗，当她从后楼跑下梯去的时候，又喃喃作怨语。阿珠得跑到楼下，似乎得拿点东西，但东西拿到前楼，寡妇又狠声骂她，阿珠竟要哭出来的样子。于是又跑回到她自己的后楼去。妇人又叫，又听见阿珠的冷笑声。阿珠得跑下楼去不止一次，跑到前楼以后，她就跑回她的后楼。而寡妇的叫喊，却不知有多少次！以后，清听得妇人骂了几句阿珠以后，接着是她高声的喃喃的自怨，

“我怎么有这样的一个女儿！对头的女儿！人家欺侮我，她更帮人家来欺侮我。差遣她，又不灵；我真不该生出她来！唉，我早知她是这样，我一定把她浸在开水里溺死了！我真不该生出这样的女儿。没有她，我还可以任意飞到那里去，现在，她还帮着人家来厌制我。唉！”

于是阿珠在后楼说，

“为什么不把我浸在开水里溺死呢？哼，我怎么也有一个对头的妈！你自己做不了的事情，偏要我做；我做了，你又骂我不对。我真不知道你为什么要生出我来呢?！不生出我，你可以自由；生出我，你还可以溺死我的。又为什么不溺死我呢？溺死我，我也可以安稳了，我也可以不要一天到晚听骂声了！”

前楼的妇人又说，

“你说呀？你现在已大了，你可以跟人家去了！”

阿珠又说，

“谁要跟人家去？你自己说没有我可以任意飞到那里去。”

以后就是妇人的叹息声。

清听了这些话，心里觉得很气，他说不出的想对她们教训一顿。这时他向瑀说，

“这里是很不适宜于你的身体的。”

瑀没有答。一息，清又说，

“以你这样的身体，浸在枭声一样的声音中，怎么适宜呢？”

"清呀，你不要错误了！"瑀这时才眨了一眼，慢慢的开口，精神似比以前健康一些。他说，"你不要看我看得怎样高贵，看她们看得怎样低贱啊！实在说，我现在身价之低贱，还不如那个妇人呢！"

"你又故自谦虚了，这是什么意思呢？"

"嘿，她要你们搬出这房子，你怎样？"

"搬好了。还怕租不到房子么？"

"是呀，她可以左右我！"

"这有什么稀奇呢？"

"不稀奇，所以我为社会廉价的出卖，又为社会廉价的使用！"

"不是这样说法，你错误了。"清微笑的。

"我有哪一分可以骄傲呢？"

"我们是有优秀的遗传，受过良好的教育；自己又尊重自己的人格。她们呢，母子做起仇敌来，互相怨骂，你听，成什么话？"

但这几句话，刺伤瑀的心很厉害。瑀自制的说，

"清呀，所以你错误了，你只知道人们表面的一部分事情呵！"

清总不懂他的意思，也就默然。一息，话又转到另一方面去，清说，

"我想你还是移到医院去住一月，好么？"

"可以不必。"

"听医生的说法，或者还是移到医院去。"

"没有什么。"

"这样的两个女人，实在看不惯，好似要吃人的狼一样。"

"不要提到她们了！"

瑀烦躁的，一边蹙一蹙眉。

这样又静寂许多时，佑与翼回来了。佑的手里是拿着果子酱与大面包，翼是捧着几个鸡蛋与牛肉。他们脚步很轻，举动又小心的将食物放在桌上。又看一看床上的瑀。佑说，

"东西买来了。"

"你们也没有吃过中饭么？"清问。

"吃过了。"

"买这许多东西做什么？"

“瑀哥也要吃些罢？”

一边清就取出一把刀，将面包切开来，再涂上店里将罐开好的果子酱。一边问瑀，就递给他，

“你想吃片面包么？”

“好的。”瑀不自觉地这样说，手就接受过去了。

他一见面包，再也不能自制。清还只有吃一口，他已一片吃完了。于是清问，

“要牛肉么？”

“随你。”

“鸡蛋呢？”

“也好。”

“再给你一片面包么？”

“可以。”

“多涂上些果子酱好么？”

“随便。”

“还要什么呢？”

“是的。”

这样，他竟吃了三片面包，三块牛肉，两个鸡蛋。

他还想吃，终于他自己制止了。

他这时仰睡在床上，好像身子已换了一个。旧的，疲乏的身体，这时是滋润了，可以振作。一边，他想起他昨夜的赌咒来，“我是怎样的矛盾！”他自己心里感叹，什么话也没有说。

又过几分钟，清也吃好了。牛肉，鸡蛋，都还剩着一半。他又将它们包起来，放在桌下。放的时候，清说，

“晚餐也有了，我真愿意这样吃。假如再有一杯咖啡，二只香蕉，恐怕可以代表五世纪以后的人的食的问题了。”

于是佑接着说，

“生活能够简单化，实在很好。”

“这也并不是怎样难解决的事情，”翼慢慢的说，“在我呢，每餐只要四两豆腐，半磅牛肉，或者一碗青菜，两只鸡蛋，竟够了够了。”

“你说的真便当，你这么的一餐，可以给穷人吃三天。”

“这也不算怎样贵族罢？”

“已经理想化了。”

这样停止一息，说，

“社会的现象真不容易了解，菜馆里的一餐所费，够穷人买半年食粮，普通的，不知有多少！至于一餐的浪费可以给中等人家一年的消耗而有余，更有着呢！理想本来很简单的，事实也容易做的，但现在人类，竟分配这样不均匀，为什么呀？”

“你要知道他们百金一席的是怎样荣耀啊？”佑说。

“也就荣耀而已。”

他们的议论似还要发挥，可是又有人跑进门来。

这次是伟和 Doctor 严。

这位医生也是青年，年龄还不到三十。态度亦滑稽，亦和蔼。他走进门，就对清等三人点头，口里发着声音，并不是话。一边走到瑀的床前，叫一声，

“Mr. 朱。”

瑀是向床里睡着的，他听见医生来，很不喜欢。但这时医生叫他，他就无法可想，回过头来。

这位医生也就坐在他的床边，又问，

“血是早晨起的么？”

瑀没有答，只相当的做一做脸。医生又问，

“现在心里怎样？”

“没有什么。”瑀说。

“先诊一诊脉罢。”

医生就将他的手拿过去，他到这时，也不能再反抗了。

医生按着他的脉，脸上就浮出一种医生所应有的沉思的样子来，一边又眼看床边的痰盂内的咳血，更似忧虑的云翳拢上。他的脉搏是很低微沉弱，几乎听不出跳动来。医生又给他换了一手按了一回，于是“好，”医生立起来，向伟代他拿来的放在桌上的皮包内，取出他的听胸器，又说，“听一听胸部罢。”接着又叫瑀解开小衫的扣子。瑀却自己设想道，

“我已变做一只猴子了，随你们变什么把戏罢！”

医生又听了他的几分钟的胸；在他的胸上又敲了几下，于是将听胸器放还皮包内。医生又看了一看他的舌苔，白色的。同时就慢慢的说道，

“血是从肺里来的，但不妨，Mr. 朱可放心。只左叶肺尖有些毛病，假如休养两月，保你完全好了。现在，先吃点止血药罢。”

医生又向他的皮包内取出一张白纸，用他的自来水钢笔写了药方，药方写的很快，就递给伟，一边说，

“就去配来吃下。”

这样，医生的责任完了。说，

“Mr. 朱的肺病是初期的，但肺病要在初期就留心才好。这病是奇怪的，医药界这么进步，到现在还没有直接医好这病的方法，只有自己休养，最好，到山林里去，回到家乡去。在这样的都市里，空气溷浊，于肺病最不相宜。医肺病最好的是新鲜空气，日光晒，那乡村的空气是怎样新鲜？乡村的日光又怎样的清朗？像上海的太阳，总是灰尘色的。所以 Mr. 朱，最好还是回到家乡去，去休养一二个月，像这样初期的病，保你可以完全好了。”

他一边正经的说着话，一边又取出一盒香烟来，接着他又问他们，

“你们吸罢？”

当他们说不吸时，他又问，

“有洋火么？”

洋火点着香烟，他就吸了起来。一时又微笑说，

“烟实在不好，你们真有青年的本色。我呢，在未入医学院校以前就上瘾了，现在，也没有心去戒它。”

又吸了一二口。清说，

“喜欢吸就吃些，没有什么不好。在你们医生们，利用毒物来做有益的药品更多着呢！烟可以助消化，无防碍么？”

而瑀却早已感到烟气的冲入鼻中。医生知道，吃了半支，就灭熄了。清微笑说，

“你们医生也太讲求卫生了，吸一支有什么？”

医生立刻答，

“不是，对于病人闻不得的。讲求卫生，我也随随便便。”

一息，医生又忠告似的接着说，

“身体是要紧的，尤是我们青年，不可不时刻留意。你们总太用功，所以身体总不十分好，还有什么事业可做呀？”

这时翼插进说，

“不，我的身体比你好。”

清说，

“身体的好不好，不是这样比较；我想，第一要健康，抵抗力强，不染时疫。”于是医生插嘴说，

“是呀，我五六年来，并没有犯过一回伤风，有时小小的打了一二个嚏，也什么病都没有了。”

于是清说，

“我想身体还要耐的起劳苦。譬如一天到晚会做工作；跑一天的路也不疲倦；在大风的海上，又不晕船；天冷不怕，天热也不怕；这才可算是身体好。”

医生说，

“这可不能！我连十里路也跑的气急，腿酸；就是湖里的划子，也会坐的头晕。实在，我也因为少时身体太弱，才学医的。”

他们都笑了。

这样的谈天很久。瑀睡在床上不动，他已十二分厌烦了。什么意思？有什么价值？他很想说，“医生，你走罢！还是去多开一个药方，或者于病人有利些！”可是没说出来。

医生终于立起来，他说，“两点半钟，还要去诊一位病人。”于是提着他的皮包，想对瑀说，又看瑀睡去了转向伟说，

“他睡着了，给他静静的睡罢！他性急，病也就多了。可以回家去，还是劝他回家去罢。肺病在上海，像这样狭笼的亭子间，不会根本痊愈的。”

走到门口，又轻轻的说，

“他这几天吃了很多的酒罢？精神有些异样，他一定有什么隐痛的事，你们知道么？最好劝他回家乡去。”

“肺病的程度怎样呢？”清问。

“肺病不深，但也不浅。大约第二期。”

一息，接着说，

“明天要否我再来？”

“你以为要再来么？”

“血止了，就不必再来。”

“血会止么？”

“吃了药，一定会止的。”

“那么明天不必劳你了。”

“好好，不要客气。假如有什么变化，再叫我好了。”

“好的。”

医生去了。这时佑说，

“我拿药方去买药罢。”

“好的。”清说。

于是佑又去了。

第十二 肯定的逐客

清，伟，翼三人仍坐在房内，房内仍是静寂清冷的。

瑀这时很恨他自己给朋友们搬弄。但同时他似乎对于什么都平淡，灰色，无味；所以他们要搬弄，也就任他们搬弄了。他这时好像没有把持和坚执，一切都罩上病的消极和悲感。他也没有想什么，只眼看着目前的景情。以后，他和平的说道，

“你们也回去罢，你们的事很忙，何必要这样看守着我呢？”

“我们还有什么事呀？”清答。

“哈，”瑀笑一声，冷笑的，“我也没有什么事，医生诊过了，猴子戏也变完了，不久也就好了，我也还有什么呢？”

停一息，又说，

“病不久就会好了，药呢，我是不愿意吃的。老实说，你们现在假使去买一张棺材来，我倒是很随便可以跳进去；要我吃药，我是不愿意的。”

“你还是胡思乱想！”清皱着眉说。

“我想，生活于平凡的灰暗的笼里，还是死于撞碎你头颅的杆上罢，丹尼生也说，难道留得一口气，就算是生活了么？”

“可是现在，你正在病。”伟说。

“人所要医的并不是体病，而是健康里的像煞有病。现在我是病了，你们知道的，可是前几天的我的病，要比较今天厉害几十倍呢！我实在不想医好今天的病，吐血是不值得怎样去注意的；但我很想医好以前的病。不过要医好以前的病，我有什么方法呀？”

他的语气凄凉，一息，伟说，

“要医好你以前的病，那也先应当医好你今天的病！体病医好了，健康里的病，自然有方法可医的。”

“颇难罢？这不过是一句自己遁迹的话。而我呢，更不愿向这不醒的世界去求梦做了。”

语气很闲暇。于是清说，

“不是梦么？是真理啊！”

“是呀，是真理。”瑀似讥嘲的说。“我又何必要说这不是真理呢？不过我自己已不能将自己的生命放在真理上进行了。”

伟说，“人一病了就悲观，消极。你岂不是努力寻求过真理的么？”

“或者可说寻求过，但不是真理，是巧妙的欺骗词！”

“那么真理是没有的么？永远没有的么？”

“我不是哲学家，也不是哲学家的反叛者，谁有权力这样说。”

“我是正在求真理的实现呢？”清笑说。

“好的，那么你自身就是真理了。而我呢，是动作与欺骗的结合，幻想与罪恶的化身！”

“不，”伟说，“生命终究是生命，无论谁，总有他自己的生命的力！我们不能否认生命，正如农人不能否认播种与收获，工人不能否认制作，商人不能否认买卖一样。”

“是呀，”清接着说，“横在我们的身前有多少事，我们正该努力做去。在努力未满足的时候，我们是不能灰心，厌弃，还要自己找出精神的愉快来。目前，你应当努力将你自己的病体养好。”

静寂一息，瑀说，

“努力！精神的愉快——真是骗过人而人还向它感激的微妙的字！”

停一息，他又说，

“无论怎样，我觉得人的最大悲哀，并不是死，而是活着不像活着！”

“不活是没有方法的呀？”伟说，“我们能强迫人人去自杀去么？我们只求自己活着像个活着就是咯。”

“亲爱的朋友们，你们是醒来了，但也不要以这醒为骄傲罢！”

“我们不要谈别的咯。”清叫了起来，我想瑀哥要以病体为重，静静地，千万不要胡思乱想。”

瑀没有说，清接着说，

“那么请你静静地睡一息，好么？”

“也不要睡，或者你们离开我也好。我的心已如止水，——太空的灰色。”

瑀微笑了。房内又静寂多时。清转了谈话的方向说，

“吃了那瓶药血一定会止了；过了四五日，我送你回家去好么？”

“我是没有家的。”

“送你到你的母亲那里去。”

“我也没有母亲了！”

一边他眼角又上了泪，接着说，

“死也死在他乡！我早已自己赌咒过，死也死在他乡！”

“你为什么又说出这话呢？”清说，“你自己说你自己心已如止水了？”

“是的，就算我说错一次罢。”

房中更愁闷，清等的眼又看住地下。伟觉得不得已，又说道，

“你不想你的母亲和弟弟么？”

“想的，但我对他们诅咒过！”

“不爱他们么？”清问。

“无法爱，因为无从救出我自己。”

“怎样你才救出你自己呢？你可以告诉我们什么条件么？”伟说。

“可以的，你们也觉得这是难于回答的问题么？”

“是呀。”

“清清楚楚地认识自己是一个人，照自己的要求做去，纯粹站住不为社会所沾污，所引诱的地位。”

“那么我们呢？”翼这时问。

“你们呀？总有些为社会所牵引，改变你自己的面目了么？”

“社会整个是坏的么？”翼又问。

“请你问社会学家去罢。”瑀苦笑了。

“我想社会，不过是一场滑稽的客串，我们随便地做了一下就算了。”

“不，”伟说，“我想社会确是很有意义的向前进跑的有机体。”

清觉得无聊似的，愁着说，

“不要说别的罢！我想怎样，过几天，送瑀哥回家乡去。”

瑀没有说。

“送你回家乡，这一定可以救出你自己。”

“随你们设想罢。”

于是房内又无声了。

正这时候，房门又被人推进来。三位青年一齐抬起他们的头，而阿珠又立在门口。

这回她并不怎样疑惑，她一直就跑到瑀的床边来。她随口叫了一声，“朱先生，”一时没有话。清立刻问，

“阿珠，你做什么？”

她看一看清的脸，似不能不说了，嗫嚅的，

“朱先生，妈妈说房子不租了，叫你前两个月的房租付清搬出去。”说完，她弄着她自己的衣角；又偷眼看看瑀苍白的脸。清动气了，立刻责备的问，

“为什么不租？”

“我不知道，你问妈妈去。”阿珠一动没有动。

“我问你的妈妈去？”

清很不耐烦的。接着说，

“别人有病，一时搬到什么地方去呢？你说欠房租，房租付清就是了。是不是为欠房租？”

“我不知道，你问朱先生，或者也有些晓得。”

“刁滑的女子。”

清叹了一口气，接着说，

“你妈叫我们什么时候搬？”

“明天就要搬出去。”

“哼！”

清就没有说。而伟却在胸中盘算过了。于是他说，

“清，你不是劝瑀回家的么？”

“是，但他不能回复我。”

“这当然因瑀的病。”

“为病？”

“当然呀！女人们对于这种病是很怕的。所以叫我们搬，否则又为什么正在今天呢？”

“为病么？”清沉思起来。

“当然的。”伟得胜的样子，“不为病又为什么？”

阿珠立着没有动，也没有改变她的神色。于是伟就问她说道，

“阿珠，你去对你的妈说，我们搬就是了。二月的房租，当然付清你。不过明天不能就搬，我们总在三天之内。”

“好的。”阿珠答应了一声。一息，又说，

“妈妈还有话，……朱先生，……”

可是终于吞吞吐吐的说不出。

“还有什么话呢？”清着急了。

这时阿珠决定了，她说，

“好。不说罢，横是朱先生有病。”一边就怕羞的慢慢的退出房去。

阿珠出去以后，伟就向瑀说，

“搬罢！我们为什么要恋念这狭笼似的房子？家乡是山明水秀，对于病体是怎样的容易康健，这里有什么意思呢？搬罢，瑀哥，我已答应她了，你意思怎样？”

稍停片刻，瑀答，

“我随你们搬弄好了。”

“随我们搬弄罢，好的。我们当用极忠实的仆人的心，领受你将身体交给我们的嘱托。”伟笑着说了。

这时佑回来。他手里拿着两瓶药水，额上流着汗说，

“这一瓶药水，现在就吃，每一点钟吃一格。这一瓶，每餐饭后吃两格，两天吃完。”

他所指的前一瓶是白色的，后一瓶是黄色的。药瓶是大小同样的200CC。

于是清就拿去白色的一瓶向瑀说道，

“瑀哥，现在就吃罢。”

到这时候，瑀又不得不吃！他心里感到隐痛，这隐痛又谁也不会了解的。他想，

“给他们逼死了！我是没有孩子气的。”一边就冷笑地做着苦脸说，

“要我吃么？我已将身体卖给你们了！”

“吃罢，你真是一个小孩子呢！”

清执着药瓶，实在觉得没有法子。他将药瓶拔了塞子，一边就扶瑀昂起头来。

“但可怜的瑀，他不吃则已，一吃，就似要将这一瓶完全喝完。他很快的放到嘴边，又很快地喝下去，他们急忙叫，

“一格，”

“一格，一格！”

“只好吃一格！”

这时清将药瓶拿回来，药已吃掉一半，只剩着六格。

瑀又睡下去。

他们实在没有法子。忿怒带着可笑。

举动都是无意识的，可是又有什么是有意识的呀！瑀想，除非他那时就死去！

这样，他们又静静地坐了一回。一时又随便的谈几句话，都是关于他回家的事，——什么时候动身，谁送他回去。结果，假如血完全止了，后天就回去；清陪他去，一则因他俩是同村住的，二则，清的职务容易请假。

时候已经五时以后，下午的太阳，被云遮的密密地。

这时清对他们说，

“你们可以回去了，我在这里，面包和牛肉都还有。瑀的药还要我倒好给他吃，吃了过量的药比不吃药还不好，你们回去罢。”

伟等也没有说什么，约定明天再相见。

他们带着苦闷和忧虑去了。

第十三 秋雨中弟弟的信

当晚六时，瑀与清二人在洋烛光淡照的旁边，吃了他们的晚餐。面包，牛肉，鸡蛋都吃完。

他们没有多说话，所说的话都是最必要而简单的，每句都是两三个字的声音，也都是轻轻地连着他们的动作。瑀好似话都说完了，就有也不愿再说了。清，也没有什么必要的谈天，且不敢和他讲，恐多费他的精神。瑀的样子似非常疲倦，他自己觉到腰骨，背心，两臂，都非常之酸，所以一吃好饭，他就要睡下，一睡下，不久也就睡熟了。这次的急速睡熟，大半因他实在怠倦的不堪，还有呢，因他自甘居于傀儡的地位。而清的对他殷诚，微笑，也不无催眠的力量。

虽则梦中仍有沉黑的天地，风驰电闪的可怕的现象，魍魉[10]在四际啸叫，鬼魅到处蠢动着。但终究一夜未曾醒过，偶然呓语了几句，或叫喊了几声，终究未曾醒过。

这一夜，他是获得了一个极浓熟，间极长久的睡眠。

清在瑀睡后约三四点钟睡的。他看了两章的《康德传》，又记了一天的日记。他所记的，完全关于瑀的事：说他今天吐血了，这是一个最不幸的消息，可是他刺激太强，或者因为病，他可渐渐的趋向到稳健一些。因为病和老年一样，可以挫磨人的锐气的。结果，他陪着他一天。希望明天瑀的血止了，上帝保佑他，可送他回家去。大约十点钟了，清睡下去，他很小心的睡在瑀的外边；床是大的，可是他惟恐触着瑀的身体，招他醒来。因此，清自己倒一夜不曾安睡过。

第二天一早，清就悄悄地起来。用自来水洗了面，收拾一下他的桌子，于是又看起《康德传》来。

满天是灰色的云，以后竟沉沉地压到地面。空气有些阴瑟，秋已经很相像了。风吹来有些寒意，以后雨也滴滴沥沥地下起来了。清向窗外一看，很觉得有几分讨厌。但他想，“假如雨大，那只好迟一两天回去了。”

九点钟，伟和佑来了。——翼因有事没有来。

一房三人，也没有多话。不过彼此问问昨夜的情形。

于是佑从袋里取出十元钱来，交给清，以备今天付清房租。以后，清又将瑀不肯吃药告诉一回，理由是药味太苦，但各人都无法可想，只得随他。

这样，他们谈一回，息一回，到了十一点钟以后，瑀才醒来。他睁大他的两眼，向他们看一回。他好似又不知他在什么地方，和什么时候了。接着他擦了一擦眼，他问，

“什么时候？”

“已敲过十一点。”清答。

“我真有和死一样的睡眠！”

接着叹息了一声，一边问，

“清昨夜睡在哪里？”

“这里，你的身边。”

清微笑的。他说，

“我一直不知道身边是有人睡着，那么，伟，你们二人呢？”

“我们是刚才来的。”

于是瑀静默了一息。又问，

“窗外是什么呵？”

“雨。”清答。

于是又说，

“你们可以回去咯，已经是吃中饭的时候。”

“你的中饭呢？”清问。

“我打算不吃。”

“不饿么？”

“是的。”

这时看他的态度很宁静，声浪也很平和，于是伟问，

“今天觉得怎样？”

“蒙诸君之赐，病完全好。”

“要否严君再来一趟？”

“我不喜欢吃药的，看见医生也就讨厌。”

“毋须严君来了。”清补说。

一息，瑀又叫，

“你们可以回去咯。”

于是他们顺从了。当临走的时候，清说，他下午五时再来，将带了他的晚餐来。

他们去了以后，瑀又睡去，至下午二时。

他的精神比以前清朗得多，什么他都能仔细的辨别出来。外貌也镇静一些，不过脸更清白罢了。

他在床上坐了一回，于是又至窗口站着。

这时雨更下的大了。他望着雨丝从天上一线线的牵下来，到地面起了一个泡，不久，即破灭了。地面些微的积着水，泞泥的，灰色的天空反映着。弄堂内没有一些噪声，电线上也没有燕子和麻雀的踪迹。一时一两只乌鸦，恰从 M 二里的东端到西端，横飞过天空，看来比淡墨色的云还快。它们也冷静静地飞过，而且也带着什么烦恼与苦闷的消息似的。空气中除了潇潇瑟瑟的雨声，打在屋上之外，虽有时有汽车飞跑过的咆吼，和一二个小贩卖食物的叫喊，可是还算静寂。有时前楼阿珠的母亲咳嗽了一声，或阿珠轻轻的笑了一声，他也没有介意。

这时，他心中荡起了一种极深沉辽阔的微妙而不可言喻的秋意，——凄楚，哀悲，忧念，幽思，恍惚；种种客中的，孤身的，穷困的，流落的滋味；紧紧地荡着他的心头，疏散地绕着他的唇上，又回环而飘扬于灰色的长空。他于是醉了，梦了，痴了，立着，他不知怎样！

“唉！我竟堕落至此！”

他这样叹了一句，以后，什么也没有想。

他立在窗前约有一点钟。他的眼一瞬也不瞬的看住雨丝，忽听得门又开了。阿珠手里拿着一封信，很快的走进来，放在桌上，又很快的回去。态度是胆怯，怕羞，又似含怨，嫌恶的。他，看她出去以后，就回头看桌上。他惊骇，随伸手将那封信拿来拆了。

他说不出地心头微跳。

信是家里寄来的，写信的是他的一位十三岁的小弟弟。字稍潦草而粗大，落在两张黄色的信笺上，他看：

“哥哥呀，你回来罢！刚才王家叔叔到家里来对妈妈说，说你现在有病，身体瘦的猴子样子，眼睛很大，脸孔青白，哥哥，你是这个样子的么？妈妈听了，真不知急到如何地步！妈妈正在吃中饭，眼泪一滴一滴的很大的流下来。眼泪流到饭碗里，妈妈就没有吃饭了。我也就没有吃饭了！不知怎样，饭总吃不下，心里也说不出来。我真恨自己年岁太少，不能立刻到上海来看你一看。但我也怪王家叔叔，为什么一到家，就急忙到我家里来告诉，害得我妈妈饭吃不下呢！妈妈叫我立刻写信给你，叫你赶快赶快回来！哥哥，你回来罢！妈妈叫你回来，你就回来罢！你就赶快回来罢！否则，妈妈也要生病了！

弟弟瑀上

妈妈还说，盘费有处借，先借来；没处借，赶快写信来。妈妈打算当了衣服寄你。”

他颤抖着读这信，眼圈层层地红起，泪珠又滚下了。他读到末尾几句，竟眼前发黑，四肢变冷，知觉也几乎失掉了！他恍恍惚惚的立不住脚，竟向床上跌倒；一边，他妈妈呀，弟弟呀，乱叫起来。以前还轻轻的叫，以后竟重重地叫起来。他的两手握紧这封信，压着他的心头；又两三次的张开口，将信纸送到唇边，似要吞下它去一样。一回又重看，更看着那末段几句：

“哥哥，你回来罢！妈妈叫你回来，你就回来罢！你就赶快回来罢！否则，妈妈也要生病了！”

这样约三十分钟，他有些昏迷了。于是将信掷在桌上，闭上他的眼睛，声音已没有，呼吸也低弱，如一只受重伤的猛兽。

第十四　空谈与矛盾

他朦胧地睡在床上，一切都对他冰冷冷的，他倦极了。在他的脑中，又隐约地现出他的妈妈和弟弟的影子来。——一位头发斑白的老妇人，和一位活泼清秀的可爱的少年，他们互相慰依地生活。他们还没有前途，他们的希望还是迷离飘渺的。他们的前途和希望，似乎紧紧的系在他的帮助上。——他努力，依着传统的法则，向社会的变态方面去努力，他努力赚到钱。努力获得了一种虚荣；结了婚，完成了他的家庭之责；一边使他的母亲快乐，一边供他的弟弟读书。这样，他们的人生可算幸福，他的人生也算完成。但他想，他能这样做去么?

“不能，不能，我不能这样做去！”他自己回答。

于是他又自念：

“母亲呀，希望在我已转换了方向了！

我已经没有法子捞起我自己已投入水中的人生。

我的眼前只有空虚，无力，

我不能用有劲的手来提携我的弟弟！

我将离开生之筵上了。

还在地球之一角上坐的睡的已不是我，

是一个活尸，罪恶之冲突者罢了！

我不想我会流落到这个地步，

母亲呀，我还有面目见你么?”

这样，他又将呜咽。一息又想：

“弟弟，你叫我回到那里去呢?

我已经没有家乡了！

还有家乡么? 没有了！

而且我自己早已死去，

在一天的午夜自杀了！

弟弟，希望你努力，平安，

我已无法答应你的呼声了！”

正在这个时候，清来。他因瑀未曾吃中饭，所以早些来。手里带着面包，鸡蛋和二角钱的火腿。

他看见瑀这时又在流泪，心里又奇怪起来。随即将食物放在桌上，呆立一息，问，

“又怎样了?”

这时瑀的悲思还在激动，可是他自己制止着，不愿再想，他也没有回答。清又问，

“又怎样了?”

瑀动一动头，掩饰的答，

“没有什么。”

清又说，

“你又想着什么呢？你一定又想着什么了。何必想它呢！”

“没有想什么，”瑀和平的说，“不过弟弟写来了一封信刺激我一下，因此我记起妈妈和弟弟来。”

“璘有信来么？”清急忙的问。

“有。”

“可以告诉我说些什么吗？”

“你看信罢。”语气哀凉的。

于是清将桌上的二张黄色的信笺拿来。心里微微有些跳，他不知道这位可爱的小弟弟究竟写些什么。他开始看起来，他觉得实在有几分悲哀，但愈看愈悲哀，看到末段，他不愿再看下去了。一时他说不出话，许久，他说道，

“小孩子为什么写这样悲哀的信呢！”

“他不过告诉我母亲和他自己两者的感情罢了。”

“那么你打算怎样呢？”

“我不想回去。”

“不想回去？”

清愁急着。一时又说，

“你的母亲和弟弟这样望你回去，我们又代你计划好回去；又为什么不想回去呢？”

“叫我怎样见我的妈妈呵？”

“这又成问题么？”

“我堕落，又病了！”

“正因病要回去。假使你现在在外边，有好的地位，身体健康，又为什么要回去呢？”

“不是，我不想回去。”

“你一点不顾念到你的母亲和弟弟的爱么？”

“无法顾念到。”

“怎么无法？”

“怎样有呢？”瑀的语气慢了。

“房东已回报你了，我想明天就搬，回家乡去，假使天晴的话。”

“我不愿回去。”

“房租和旅费我们已统筹好。”

“不是这些事。”

“还有什么呢？”

“我怎样去见我的弟弟和母亲？”

清似乎有些怒了，他说，

“只要你领受你母亲和我们的爱就是了。”

这时，房内又和平一些。静寂一息，瑀又轻弱说了起来。

“我不知自己如何活下去，唉，我真不知自己如何可以活下去！我不必将我的秘密告诉你，我不能说，我也说不出口。我憎恨现代社会，我也憎恨现代的人类，但也憎恨我自己！我没有杀人的器具和能力，但我应当自杀了，我又会想起我的母亲，我真是一个值得自咒的懦夫。我不知什么缘故，自己竟这样矛盾！我现在还活着，病的活着，如死的活着。但我终将在矛盾里葬了我的一生！我终要在矛盾的呼吸中过去了！我好不气闷，自己愿做是做不彻底，自己不愿而又偏要逼着做去，我恐怕连死都死的不痛快的！”

清因为要使他的话休止，接着说，

“不必说了，说他做什么？你是矛盾，谁不矛盾呢？我们要回去，就回去；不想回去，就不回去，这有什么要紧呢？”

“可是办不到呀。”瑀凄凉而感喟地说了。

房内静止一息，清有意开辟的说，

“而且我也这样的，有时还想矛盾是好的呢！”

他停了一息，似乎思考了一下，接着说，

“我有时真矛盾的厉害呵。本想这样做，结果竟会做出和这事完全相反的来；前一分钟的意见，会给后一分钟的意见完全推翻到没有。譬如走路，本想走这条去，但忽然不想去了；又想走那条去；然又想去了；结果在中途走了半天，也不前进，也不回来，究竟不知怎样好。这是很苦痛的！不过无法可想，除出自己审慎了，加些勇敢之力以外，别无法可想。这也是气质给我们如此。在伟，他就两样了。他要这样做，就非这样做不可，他有固定的主见，非达到目的不止，你是知道他的。不过也不好，因为他假如想错了，也就再想不出别的是来；有时竟至别人对他说话，他还不相信，执着他自己的错误到底。”这时他停一停，又说，“譬如走路，已经知道这条路走不通了，但他非等走完，碰着墙壁，他不回来。这真无法可想。前一星期，我和他同到乡下去散步，——这个事件我还没有告诉你。——中饭吃过，我们走出田野约二里路，南方黑云涌上来，太阳早就没有了。我说，

‘天气要下雨了，我们不能去罢？’

他说，

‘不，不会下雨。’

又走了约一里，眼见的满天都是云了。我又说：

‘天真要下雨了，我们回转去罢？’

他还是说，

‘不会，一定不会下的。’

再过了一时，雨点已滴落到头上了。我急说，

‘雨就要下了，快回去罢！’

而他还是说，

‘不会下的，怕什么啊！‘秋云不雨长阴，’你忘记了么？’

等到雨点已很大地落到面前，他也看得见了。我催促说，

‘快回去罢，躲又没处躲，打湿衣服怎么好呢？’

他终究还是这样的说，

‘怕什么啊，这样散步是多么有趣呢！’

结果，雨竟下的很大，我们两人的衣服，淋湿的不得了，好像从河里爬上来一样。而伟哥，还是慢慢的说，

‘这样的散步，是多么有趣啊！’

“有趣原是有趣，但我却因此腹痛下泻，吃了两天的药。这是小事，我也佩服他的精神。假如大事呢，他也是一错到底，这是不矛盾的危险！”

他婉转清晰的说完，到这时停止一下。于是瑀说，假笑的，

“一错到底，哈，真是一错到底！”

“我想错误终究是错误。”

清正色的。

天渐渐地暗下来，雨也止了。房内有一种病的幽秘。

第十五 无效的坚执

晚餐以后，伟又来了。

他一坐下，清就告诉他瑀的弟弟有一封信来，叫瑀赶紧回家。当时伟说，

“那很好咯。”一边就从清的手受了信去，看将起来。但一边未看完，一边又说，

“我们早已决定送他回去，可见瑀的母亲和我们的意见都是一致的。”

停了一息，又说，这时信看完了，将信纸放在桌上。

“那我们决计明天就走。”

清却慢慢的说，

“瑀哥不愿回去。”

“不愿回去？为什么？”

“不过此刻却又被我说的回去就回去哩。”

“这很好。”

“是呀，我们在半点钟以前，大谈论你。”

“谈论我？”伟微笑的，“骂我一顿么？”

“吁，佩服你彻底的精神。”

“错咯，我是一个妥协的人。对于社会，人生，什么都妥协。但有时还矛盾呢．你们岂不是知道么？”

清几乎笑出声来。伟又说，

“我很想脱离都市，很想过乡村的生活。所谓到民间去，为桑梓的儿童和农民谋些幸福。但不能，家庭关系，经济关系，种种牵累我，使我不能不过这样奴隶式的生活。我倒十分佩服瑀哥，瑀哥真有彻底的精神，而且有彻底的手段。”

“他倒痛恨他自己的矛盾。”清说。

“这因他近来精神衰弱的现象。所以瑀哥，无论如何先应休养身体。”

这时瑀似睡去一样，没有插进一句嘴。他听他们的谈话，也似没有什么关心。

以后，话就没有再继续，只各人翻翻旧书。房内又静寂的。

时候九点钟，瑀叫他们回去。清说，

“我还再在这里睡一夜，因为半夜唯恐你要什么。”

伟说，

“我在这里睡一夜罢，你明天可以陪他回去呢。”

而瑀说，

“我夜里睡的很好，请你们自由些罢。”

但他们还是各人推让，好像没有听到瑀的话，于是瑀生气的说道，

“快回去罢，你们真自扰，两人睡在一床，终究不舒服的。”一边翻了一身，还似说，

“我死了，你们也陪我去死么？无意义！”

他们也就走了。

而这夜，他偏又睡不着，不知什么缘故。他在床上翻来覆去，心里感到热，身又感到冷，脑中有一种紧张。他好似一位临嫁的女儿，明天要离开她的母亲了。又是久离乡井的孩子，明天可回去见他的母亲。他睡不着，怎样也睡不着。他并不是纯粹地想他的母亲，他也想着他的病到底要变成怎样。但他这时所想的主要部分，还是——他究竟怎样活下去。社会是一盆冷水，他却是一滴沸油；他只在社会的上层游移，辗转，飘浮，他是无法透入水中，溶化在水中！自杀已一次不成，虽则还可以二次去自杀，但他想，自杀究竟是弱者的消极行为，他还是去干杀人的事业。手里执着手枪，见那可恨的，对准他的胸腔，给他一枪，打死，人间的罪恶就少了一部分，丑的历史就少了几页了。这是何等痛快的事，但他不能这样干。以后，他希望自己给别人杀了。他想当兵去，临战场的时候，他自己不发一弹，等着敌人的子弹飞来，敌人就可以将他杀死。但又不愿，当兵不过为军阀利用，敌兵多杀了一个敌，也不过帮敌人的军阀多了一次战绩。以后，他想去做报馆的记者，从此，他可痛骂现代人类之昏迷，社会之颠倒，政治上的重重黑暗，伟人们的种种丑史，他可以骂尽军阀，政客，贪污之官吏，淋漓痛快的，这样，他一定也可以被他们捕去，放在断头台，绞刑架之上。但他又有什么方法能做一个报馆的主笔呢？他不能，这又是他的梦想！他简直各方面都没有办法，他只有孤独的清冷的，自己萎靡衰弱，流他自己

的眼泪，度着一口的残喘。而且四面八方的逼着他，势将要他走上那卑隘之道上的死，他很有些不情愿了，苦痛，还有什么逃避的方法呢？自己的命运已给自己的身体判决了，又给朋友们的同情判决了，又给母亲和弟弟等的爱判决了，他还有什么逃避的方法呢？除非他今夜立刻乘着一只小船，向东海飘流去；或者骑着一只骆驼，向沙漠踱去。此外还有什么逃避的方法？但他今夜是疲乏到极点，甚至抬不起头，他又怎能向东海或漠北逃去？一种旧的力压迫他，欺侮他；一种新的力又引诱他，招呼他。他对于旧的力不能反抗，对于新的力又不能接近，他只在愤恨和幻想中，将蜕化了他的人生；在贫困和颓废中流尽了他一生之泪，他多么苦痛！

这样，他一时又慢慢的起来，挣扎的起来。

他坐在床边靠着桌上，他无力的想给弟弟写一封回信。他告诉他，——弟弟，我是不回来了，我永远也不回来了。我颓废，我堕落，我病；只有死神肯用慈悲的手来牵我，是适宜而愿意的；此外，我不能领受任何人的爱了。在我已没有爱，我无法可想，失了社会之大魔的欢心的人，会变成像我这么一个，一切美的善的都不能吸收，孤立在大地上怨恨，这是多么奇怪的事呀！弟弟，请勿记念我罢，还请你慰劝母亲，勿记念我罢。我的心早已死去，虽则我的身体还病着，但也早已被判了死刑，你叫我回家做什么呢？弟弟，算世间上没有像我一个人，请你和母亲勿再记念我罢。

这样，他一边竟找出一张纸。用水泼在砚子上，无力的磨墨。他要将他所想的写在纸上，寄给他的弟弟。但磨了两圈，提起笔来，头又晕了。于是他又伏在桌上。

足足又挨延了两三点钟，他觉得再也坐不住，这才向床眠去，昏昏地睡着了。时候已经是两点钟。

一忽，天还未亮，他又醒来。

在梦中，似另有人告诉他，——到家是更不利于他的。于是他一醒来，就含含糊糊的自叫，

“我不回家！无论如何我不回家！”

一息又叫，

“我不回家！无论如何我不回家！”

又静默一息，喃喃的说道，

“死也死在他乡，自己早已说过，死也死在他乡。我任人搬弄么？社会已作我是傀儡了，几个朋友和母亲，弟弟，又作我是傀儡么？死也不回家。我的一息尚存的身体，还要我自已解决，自己作主。等我死后的死尸，那任他们搬弄罢！抛下海去也好，葬在山中也好，任他们的意思摆布。现在，我还没有完全死了，我还要自己解决。”

他又静默一息。眼瞧着月光微白的窗外，又很想到外边去跑。但转动着身子，身子已不能由他自主。他又气忿忿的想，

“这个身子已不是我自己所有的了么？”

接着又想，

“但无论如何，总不能为别人所有，否则，请他们先将我药死！”

这样，他一直到天亮。他望着窗外发白，阳光照来。天气又晴了。

约九时敲过，他又睡去。到十一时，清和伟二人谈着话推进门来，他才又醒了。这时，他的精神似和天色一样，更清明一些。

清走到他的床边，很活泼的看了一看，就说，

“今天天气很好，我们下午动身。”

瑀没有回答，清又问，

“你身体怎样？”

他一时还不回答，好像回答不出来，许久，才缓缓说，

“身体是没有什么，可是我不想回去了。”

“又不想回去？”清急着接着问，

“为什么呢？是否想缓一两天回去？”

“不，永远不回去。”

“于是又永远不回去了么？”

“是呀，在未死去以前。”

这时清不觉眼内昏沉，他又恨又伤心，许久说不出话来，呆呆地站着。伟接下说，讥笑而有力地，

“你忘记你弟弟的信了么？你一定又忘记了。过了一夜，你一定又忘记了。但这里怎样住下？房主人对你的态度，你还不明白么？她回报你，你也不管么？她要赶走你了。”

“我当然走。”

"走到那里去呢?"

"走到甘肃或新疆去。"

"你又起这个念头了。那位商人的回信来了么?"

"回信是没有，不过这没有关系，要去我仍可去的。"

"你不要太信任那位商人，那边于你有什么益处呵?"

"而且现在又是病的时候。"清插嘴说。

"病也没有关系，商人也没有关系，有益处没有益处也没有关系，总之，我想去。我是爱那边的原始，爱那边的沙漠。"

"假使你的身体强健，我们随你的意志自由了。可是你现在的身体，你已不能自由行动一步。你现在能跑五里路么? 能跑上半里高的山么? 你不能，你决不能；你怎么会想到沙漠那边去呢? 因此，我们对于你，不能放任的太疏松，请求你原谅，我们对你直说。"伟有力而正色的说。

"给我最后的自由罢! 到那里，死那里，是自己甘心的。"

"不能! 我们和你的母亲弟弟的意见都是一致的。"伟也悲哀的，红润了他的两眼，"况且你已允许了将你的身体交给我们搬弄，又为什么破毁你的约呢? 无理由的破约，我们为友谊计，我们不能承认；我们当采取于你有利的方向，直接进行。"

清也说，

"瑀哥，你再不要胡思乱想了，收起来你的胡思乱想，以我们的意见为意见，任我们处置你罢。我们对于你是不会错的。"

瑀哀悲的高声的叫道，

"请你们将我杀死罢! 请你们用砒霜来毒死我罢! 我死后的尸体，任你们搬弄好了! 眼前的空气要将我窒死了!"

"那么瑀哥，你到那里，我们跟你去罢。"清一边止不住流泪，"我们要做弱者到底，任你骂我们是奴隶也好，骂我们是旧式的君子也好，我们始终要跟着你跑! 你去，我们也去，你到那里，我们也到那里；你就是蹈上水面，我们也愿意跟上水面。你看，我本不该这样向你说，可是你太不信任我们，而我们偏连死也信任你了。"

许久，瑀问，

"那么，你们究竟要我怎样呢?"

伟立刻答，

“维持下午动身回家的原议。”

“好，你们给我搬到死国里去！”

“任我们搬，无论生土，还是死国。”

“一定是死国。”

“随你当死国吧。”

“清，请你用手来压住我的心头，我为什么要有这样的时间。”

于是三人又流下泪了。

第十六 忏悔地回转故乡

下午二时，瑀的房内又聚集许多人，阿珠和清，伟，翼，佑，四位青年。他们杂乱的帮瑀整理好行李，——他的行李很简单，一只铺盖，一只旧皮箱，一只网篮。箱和网篮里大半是旧书：数学，文学，哲学都有。别的东西很少，只有面盆，碎了盖的那把茶壶，没油带的洋灯等。而且清又代瑀将几只酒瓶和药瓶送给阿珠。三天以前清送他的两盒饼干，还没有拆过；这时清也很好的放在他的网篮之内，给他带回家去。托尔斯泰的相片，伟也很恭敬的拿下来，夹在《康德传》的书中。一边，房租也算清了。

现在，房内满堆着废纸。箱，铺盖，网篮，都放在床上。桌也移动得歪了。房内飞涌着灰尘。瑀坐在床边倚墙靠着，眼倦倦闭去，好似休息。清坐在他的旁边。伟还在收拾，有时连废堆中，他都去检查了一下。佑和翼向窗外依着。阿珠立在门边，眼看着地板，呆呆的，似不忍别离。

天气很好，阳光淡淡的笼罩着，白云如蝴蝶的在蓝色的空中飞舞。不过这时的房中，显示着灰色的伤感的情调罢了。

以后，清说，

“我们可以动身了，到那边总要一点钟，离开船也只有一点钟了。”

伟和着说，

“可以动身了，早些宽气一点。”

于是佑回过头来问，

“我去叫车子，——三辆么？”

瑀却立刻阻止叫，睁开他似睡去的眼，

“慢些，请你们慢些，我还没有说完我的话。”

他们没有声音，可是瑀又不说。

这样又过了二十分钟，清觉得等待不住，他们无法地向瑀催促，

“瑀哥，你有什么话呢？”

瑀仍不动，清又说，

“瑀哥，你有话，请快些说罢，否则，我们只好明天去了。”

瑀还不动，清又说，

“瑀哥我们动身罢，你还要说什么话呢？”

这时瑀却再也制止不住，暴发似的叫道，

“天呀，叫我怎样说呢？我的愚笨会一至于此，我何为而要有现在这一刻的时候！时间之神呀，你停止进行罢！或者你向过去之路倒跑罢！否则，叫我怎样说呵！”

停了一忽，他急转头向阿珠叫，

“阿珠，请你走到我的前面来。”

这位愚蠢的女子，依他的话做了。痴痴的，立到窗的前面来。瑀仰头望着天花板，急急的接着说，

“忏悔么？不是，决不是，我何为要对你忏悔？但我不能不说明，阿珠，不能不对你说明几句。在这过去未来将不再现的时候，我要对你说几句。这是最后话，或者是我对你的忠告。阿珠，请你静静地听着，留心地听着了。”

这时清和伟是十分难受，蹙[11]着眉发怔地看着。坚执是瑀的习惯。他们是无法来阻止他说话，他们只有顺从。否则，他又会什么都推翻了，不回家了，跑去了，他们又奈他何呢？他们只屏息地听着。

“阿珠，我恨你！你真使我苦痛，好像我堕落的种子，全是你们女人赐给我似的。因此，我也要想伤害你。你的母亲，你应当杀死她！她实在不是一个人，她不过戴着人的脸，喘着人的一口气。她是一个魔鬼，是一个罪恶的化身，你在这狱中活着，你一定要接受你母亲的所赐！你要救你自己，你应当杀死她！阿珠，求恕我，我望你以后凶凶地做一个人，也要做一个有力的人！因为社会是恶的，你应当凶凶地下毒手！你千万不可驯良，庸懦。否则你就被骗，你就无法可想。阿珠，你能听我的话么？你能

凶凶地去做你自己的一个有力的人么？你能将这个恶妇人杀死么？你能杀死她，你自己是得救了。”

停一片刻，又说，

“我的莽闯，并不是酒醉。因为我恨你，同时要想伤害你了。我对你起过肉的幻想，憎恶的爱。唉，上帝的眼看的仔细，他使我什么都失败了，但你对我错误，你为什么不听你母亲的话，将我送到牢狱中去呢？你太好了，怕要成了你堕落的原因，你应当狠心下手。”

一息，又说，

“阿珠，你做一个罪人罢！这样，你可以救你自己，你的前途也就有希望。我呢，因为自己不肯做罪人，所以终究失败了。虽则，在我的行为中，也可以有使人目我为罪人的成分，但我是不配做罪人，我的命运已给我判定了！我已无法可想，我也不能自救。虽则母弟朋友，他们都在我的身边努力设法营救我，但这不是救我的良法，恐怕都无求了！我已错弄了自己，我现在只有瞑目低头向卑隘的路上去求死！我有什么最后的方法？我不能杀人，又不能自杀，我以前曾经驯良，现在又处处庸懦，到处自己给自己弄错误了，我还有什么自救的方法？我当留在人间不长久，阿珠，我希望你凶凶地做个有力的人罢！再不要错弄了你自己，去同这社会之恶一同向下！阿珠，做一个罪人，做一个向上的恶的人，和现社会的恶对垒，反抗！”

朋友们个个悲哀，奇怪；不知道他到底指着什么。而阿珠，也只痴痴的听，又那里会明白他的意思。这样，他喘了一息，又说，可是声音是无力而更低弱了：

“阿珠，我想再进一步对你说，请你恕我，请你以我的话为最后的赠品。在你母亲的身上，好似社会一切的罪恶都集中着；在你的身上呢？好似社会一切的罪恶都潜伏着。阿珠，你真是一个可怕的人，你真是一个危险的人，而且你也真是一个可怜的人！在你的四周的人们，谁都引诱你，谁都欺侮你，你很容易被他们拖拉的向下！因此，你要留心着，你要仔细着，最好，你要凶凶地下手，将你母亲的罪恶根本铲除了，再将你自己的罪恶根本洗涤了，你做一个健全的向上的人，你能够么？你能杀死你的母亲么？阿珠，你做一样克制毒物的毒物罢！你算是以毒攻毒的毒罢！你是无法做一个完全的善的人。在你这一生，已没有放你到真美的幸福之路上去的可能了，你一想起，你会觉得可怜。但可以，你做一个克制毒物的毒物罢！这样，你可以救你自己。阿珠，你能领受我的话么？”

又喘了一息，说，

“阿珠，在今天以前，我永没有起过爱你的心，你不要误会。到今天为止，我相信你是个纯洁的人，你是天真而无瑕的。但你呢，你也曾经忘记过你自己的了。你想从我的手里讨去一点礼物，人生的秘密的意义。但你错误了！你竟完全错误了！我能给你什么呵？我除出困苦与烦闷以外，我能给你半文的礼物么？你要我的困苦与烦闷么？因此，我拒绝了，我坚决地拒绝了！这是你的错误，你以后应该洗涤。你那次或者是随便向我讨取一点，那你从此勿再转向别人讨取罢！阿珠，你能以我的话为最后的忠告么？”

他的声音破碎而低，一时又咳了一咳，说，

“我也不愿多说了！多说或者要使朋友们给我的回家的计划失败了。并非我切心要回家，这样，是对不起这几位朋友的卖力。他们要将我的身搬到死国去，我已允许他们了。阿珠，这几位朋友都是好人，都是有才干的人，都是光明磊落向上成就的人。唉，假如还有五分钟的闲暇，我可以将他们介绍给你。但没有这个闲暇了！”一边转头向伟，但眼睛还是瞧着天花板的说，“伟，这是一个将下水的女子，你能不避嫌疑的救救她么？”

伟是什么也答不出来。于是他又说道，

“哈，我是知道以你们的力量，还是不能救她的。”于是又转向清说，

“清，你能负责救一个从不知道什么的无辜的女子的堕落么？”

清却不得已地悲伤的慢慢的答，

“我能。瑀哥，你又为什么要说到这种地方去呢？你已允许我们，你可制止你的话了。”

“哈，”瑀接着又冷笑了一声，说，“我不多说了。阿珠，可是你还是危险，你还是可怜！”

很快的停一忽，又说，

“现在，我确实不多说了，我心很清楚、和平。我最后的话，还是希望阿珠恕我无罪，领受我祝她做一样克制毒物的毒物的愿望。”

说到这里，他息一息。四位朋友，竟迷茫的如眼前起了风雹，不知所措的。阿珠虽不懂他的话，却也微微地跳动她的心头。

房内静寂一息，瑀又说，

“现在我很想睡，不知为什么，我很想睡。但你们不容我睡了，将我的床拆了，被席掷了，不容我睡。”

这时阿珠突然开口说，

“到我这里去睡一息罢，朱先生，到我这里去睡一息罢。”

“不，不要。”瑀急答，她又说，

“有什么要紧呢？妈妈敢骂我么？你现在有病，又要去了，她敢骂我么？船也不会准时开的，至少要迟一点钟，很来的及，朱先生，到我这里去睡一息罢。”

“我又不想睡了，不知为什么，又真的不想睡了。”

阿珠自念似的说，

“有什么要紧。你现在有病，又要去了，妈妈敢骂我么？有什么要紧。”

于是瑀说，

“不，我不要睡。我要睡，地板上也会睡的。”

阿珠默了一息，又问，

“你要茶么？”

一边又转向他们问，

“你们也要茶么？”

“不要。”

“谢谢。”

伟和清的心里，同时想，

“怎样奇怪的一位女子呵！”

阿珠又微笑的孩子般说，

“我们不知道什么时候再见了？”

“不要再见罢！”瑀说。

这时清惟恐他又引起什么话，立刻愁着眉说，

“瑀哥，话完了么？我们再也不能不动身了。”

“是呀，我们再也不能不动身了。话呢，那里有说完的时候。”

伟也说，

“还是走了可以平安一切。”

"是呀，"瑀微笑的。"过去就是解决。进行之尾，会告诉人们到了解决之头。否则，明天是怎么用法呢？"

"那么我们走罢。"清说。

"随你们处置。"

这样，佑就去叫车子。

（下部　冰冷冷的接吻）

第一　到了不愿的死国

二十点钟的水路，已将他从沪埠装到家乡来了。

他们乘的是一只旧轮船，是一只旧，狭窄，龌龊的轮船。虽然他们坐的是一间小房间，可是这间小房间，一边邻厕所，一边邻厨房。也因他到船太迟，船已在起锚，所以没有较好的房间。他们在这间小房间之内，感到极不舒服，一种臭气，煤气，和香油气的酝酿，冲到他们的鼻孔里来，胸腔有一种说不出的要作呕似的难受。有时瑀竟咳嗽了一阵，连头都要晕去。

在这二十小时之内，瑀时时想避开这房内，到船头船尾去闲坐一回，徘徊一回，或眺望一回；但他的身子使也不能多动，一动就要咳嗽。而且支持无力，腰骨酸裂的。因此。他们只在当晚，得了船主的允许，叫茶房将被毯搬上最高露天的一层，他们同睡了四五点钟以外，——后来因瑀觉到微风吹来的冷，而且露大，就搬回来了。于是他们就在房中，没有走出门外一步。

瑀在这房中，他自己竟好像呆呆地莫名其妙。他只是蹙着眉仰天睡着，嗅那难闻的恶臭，好像神经也为它麻木了。他从没有想到要回家，但这次的猝然的回家，被朋友们硬装在船中的回家，他也似没有什么奇怪。过去的事情是完全过去的了！但未来，到家以后要怎样，那还待未来来告诉他，他也不愿去推究。因此，在这二十小时之内，他们除了苦痛的忍受之外，没有一丝别的想念和活动。船是辘辘的进行，拖着笨响的进行。清坐着，手里捧着一本小说，一页一页的翻过它。他没有对这极不愿说话的病人多说话，只简单的问了几句。心里也没有什么计算和预想。

到了第二天午刻，船抵埠了，客人们纷纷抢着先走。瑀才微笑的做着苦脸向清问道，

“到了死国了么？”

清也微笑地答，

“是呀，到了生之土呵！”

接着清又问瑀要否雇一顶轿子，瑀说，

“劳什么轿子，还是一步一步的慢慢的走罢。我很想走一回，坐一回，费半天的到家里呢。”

清也就没有再说什么。行李寄托给茶房，他们就上岸。

这埠离他们的村庄只有五六里，过了一条小岭，就可望见他们的家。

瑀真是走一回，坐一回。他硬撑着两脚，向前开步。昏眩的头，看见家乡的田，山，树木，小草，都变了颜色，和三年前所见不同；它们都是憔悴，疲倦，无力，凄凉。他们走到了小山脚的一座亭子上，他们将过山岭了，瑀对清说，

“你先回去罢，我很想在这亭中睡一息，慢些到家。你先回去罢，我不久就可到的。”

清说，

“我急什么呢？同道去。你走的乏了，我们可以在这里多坐一下。你要睡一趟也好，我们慢慢地过岭好了。”

“你先回去罢，让我独自盘桓，我是不会迷了路的。”

“不，我陪你，我急什么呢？我们总比太阳先到家呵！”

清微笑的说，一边他们就停下脚步。

过了约半点钟。瑀是睡在亭前的草地上，清是坐在亭边一块石上，离他约一丈远，在看他的小说。

这时瑀的外表是很恬淡，平静，身体卷伏在草地上似睡去一样。太阳微温地照着他的身子。西风在他的头上吹过，他的乱发是飘动的。蝉在远树上激烈而哀悲的叫。一切有韵的生动的进行，不能不使他起了感慨，少

年时代的和这山的关系的回忆：

从八九岁到十五六岁，那时没有一天不到这山上来玩一趟的。尤是在节日和例假，那他竟终日在这山上，这山竟成了他的娱乐室，游艺场了。一花一草，一岩一石，都变做他的恩物，都变做他的伴侣。同时，他和几个小朋友们，——清也是其中之一人，不过清总是拌着手，文雅雅的。——竟跳高，赛远，练习野战，捉强盗，做种种武装的游戏。实在说，这山是他的第二家庭，他早说，死了也应当葬在这山上。他由这山知道了万物，他由这山知道了世界和宇宙，他由这山知道了家庭之外还有家庭，他由这山知道了他的村庄之外还有更大的村庄和人类之所在。而且他由这山知道了人生的悲剧，——人老了，在苦中死去了，就葬在这山的旁边。种种，他由这山认识起来。

有一回，那时他的父亲还在世。他的父亲牵他到这山上来玩。一边还来看看所谓轮船，——初次轮船到他的村庄。他先闻得远远的天边有物叫了，叫得很响很响。随后就有一物来了，从岛屿所掩映的水中出来。它望去很小，在水上动的很慢。当时这船的外壳是涂着绿油和黑色铅板，瑀竟跳起了仰着头问他的父亲，

“爸爸，轮船像金甲虫吗？”

他父亲也笑了一笑，说，

“像金甲虫？你看像金甲虫么？”

“是呀。”

“那么你有轮船了？”

“小一些我有，这样大可没有。”

这样，他父亲又笑了一笑。随着就将轮船的性质，构造，效用等讲给他听。因他的父亲在满清也是一个新派的人，而且在理化讲习所毕业的。所以这时，他连瓦特发明蒸汽的故事，也讲给他听了。他听了竟向他父亲跳着说道，

“爸爸。我也要做瓦特先生。”

“那么你也会发明轮船呢！”

“嘿，我的轮船还会在天上飞；因为金甲虫会在天上飞的。”

因此，他的父亲更非常地钟爱他。回家后，他的父亲笑向他的母亲说，

“瑀儿真聪明，将来一定给他大学毕业出洋留学。”

不久，他的父亲死了。虽则，他所以能在大学毕业二年，也是他的母亲听了他父亲的遗嘱。但因为父亲之死，家庭的经济更加窘迫，收入没有，债务累积。结果，他竟失学，失业，使他的人生起了如此的变化。

“天上会飞的船在哪里呢？还是在天上飞呵！”瑀想了一想。

这样，他们过了约半点钟。清有些等待不住的样子，收了小说向瑀问，

“瑀哥，可以走么？”

瑀也就坐了起来，痴痴的说，

“走罢，走罢，我也没有方法了，实在，我还该乘这金甲虫回去，造我天上会飞的金甲虫！”

一息，又说，摇摇头，

“可是天上会飞的金甲虫，早已被人造出来了，这又有什么稀奇呢！父亲对我的误谬，会一至于此！”

清听了却莫名其妙，随口问，

“什么金甲虫？”

“呀，蜻蜓呵！”

“那只蜻蜓？”清的眼睛向四野看。

“天上飞的蜻蜓。”

瑀慢慢的说。清急着问，

“你为什么又想到飞机呢？”

“不，想到我的父亲了。”

清听了，更莫名其妙，愁着想，

“他还是胡思乱想，为什么又会想到他早已死了的父亲呢？”

一边，仍向瑀问，

“瑀哥，你会走么？”

“走罢。”

他们同时立起身来。

这时，却早有人到他们的村庄，而且将瑀的回家的消息，报告给他的母亲了。所以当他们开始慢慢的将走上岭的时候，就望见一个十三岁的少年，气喘喘的跑下岭来，一见他们，就叫个不住，

“哥哥！哥哥！哥哥！”

他们也知道他是谁了。清微笑着说，

“璘来了。”瑀说，

“这小孩子，来做什么呢！”

“迎接你哥哥呢。”

“还是不迎接的好。”

一边他心又酸楚起来。

这孩子异常可爱，脸白，眉目清秀，轮廓和瑀差不多，不过瑀瘦，颀长，他稍圆，丰满一些。他穿着一套青布校服，态度十分活泼，讲话也十分伶俐，他跑的很喘，一手牵着瑀的手，一手牵着清的手，竟一边“哥哥，”一边“清哥，”异常亲昵地叫起来。他们两人也在他的手上吻了一吻，拍了一拍他的肩。这样，是很表出他们兄弟久别的情形来。

这时璘很想三步两脚的跑到家里，可是瑀和清，还是一样慢的走。他们是看看乡村的景色，好像是旅行，并不是归家一样。璘急了，他向清说道，

“清哥，可以走快一些么？”

清也就笑了一笑，说，

“小弟弟，急什么？横是家已在眼前了。”

璘又缓缓的说，

“妈妈怕等的着急呢！”

于是清又接着说，

“你不知你的哥哥身体不好么？”

璘听了，好似恍然大悟，他眨了一眨他的圆活的眼睛，急促的态度就和平了一半。

这时，他们走过岭。一边，璘告诉他的哥哥，

“哥哥，妈妈此刻不知怎样呢？妈妈怕还在哭着。妈妈听到王家叔说哥哥有病以后，每餐饭就少吃了一碗。妈妈常一人揩泪的。方才妈妈听说哥哥来，妈妈真要跌倒了。妈妈本来要到埠来接你，但以后对我说，‘璘呀，我的脚也软了，走不动了，你去接你的哥哥，叫你的哥哥坐顶轿子来罢。’妈妈叫我慢慢的走，我是一直跑到这里。哥哥已经来了，哥哥为什么不坐轿子呢？”

他说话的时候，又不知不觉的跑上前面去，又退到他们的身边，看看他哥哥的脸。他的哥哥也看看他，可是没有说话。璘又说，

“妈妈在吃中饭的时候，还说，——哥哥也不知几时会来? 和伯还说，叫我再催一封信给哥哥。我很怕写信呢，可是哥哥也回来了。”

孩子又笑了一笑。他的小心对于他久别的哥哥的回来，真不知怎样的快乐。这时清插进了一句褒奖的话，

“你前信写的很好。”

“哪里，哪里，”璘又笑了一笑，说，“前封信我连稿子都没有，因为妈妈催的紧。她说哥哥的面前是不要紧的，写去就好了。现在，清哥，被你见过了么? ”

说时，脸色微红了一红。清笑答，

“见过了，很好呢！”

“真倒霉。”

“有什么? ”

这样，一时没有话，各人似都难受。又略坐一息，璘说：

“妈妈常说哥哥不知瘦到怎样。哥哥真的比以前瘦多了。假如没有清哥同道，我恐怕不认识哥哥。现在也不知道妈妈认识不认识? ”

“你的妈妈一定不认识了。”

清特意说了一句，一边又留心看一看璘，似话说错了一般。璘沉思的说，

“妈妈会不认识了? ”

“认识的，哪里会不认识。你的哥哥也没有什么大改变，不过略略瘦了一点肉就是。”

他又看一看瑀，而瑀似更难受了。瑀想，

“哪里会只瘦了一点肉，我的内心真不知有怎样的大变动！”

可是他终没有说，他是仍旧微笑着愁苦着前走。

这样，他们一边说，一边走。现在，已离他们的村庄很近了。

他们这村庄的形势和风景都很好。一面依山；山不高，也没有大的树木。可是绿草满铺着山上，三数块玲珑的岩石镶嵌着。岩石旁边也伫立着小树，迎着风来，常袅袅袅袅的有韵的唱出歌声。这山的山脉，是蜿蜒的与方才所过的山岭相连接的。这村的三面是平野，——田畴。这时禾稻正

青长的，含着风，一片的拂着青浪。横在这村的前面，还有一条清澈的小河。这河的水是终年清澈，河底不深，一望可见水草的依依。两岸夹着枫柳等树，倒映在水底，更姗姗可爱。

这村共约三百户，村庄虽不大，却很整齐。大半的居民都务农业。次之是读书和渔人。他们对于经商的手段似不高明，虽距海面只十数里，船到港里只五六里，可是交通仍不发达。这村的经济情形也还算均等。他们村民常自夸，他们里面的人是没有一个乞丐或盗贼。实在说，朱胜瑀的家况，要算这村中最坏的。而清呢，似要算最好的了。

现在，瑀和清都可望见他们自己的家。一个在南端，一株樟树的荫下就是。一个在北端；黑色的屋脊，盖在红色的窗户上，俨然要比一般的住宅来的高耸。

但这时的瑀，可怜的人，愈近他家．心愈跳的厉害了！他似不愿见他的母亲。他羞见他的母亲，也怕见他的母亲。 瑀是快乐的，他真快乐的跳起来，他很急忙地向他的哥哥问，

“哥哥，你肚子饿了么？你船里没有吃过中饭么？我要先跑去，我要先跑去告诉妈妈？”

瑀答不出话来。清说，

“你同你的哥哥一同去好了。陪着你的哥哥一同走，横是五分钟以内总到家的。”同时就走到了分路的口子，清接着说，

“瑀呀，我要向这条路去了。我吃了饭再到你的家里来。”

“清哥，你也到我的家里去吃饭好罢？”

一边又看了一看他的哥哥。清说，

“不要客气了，小弟弟。你同着你哥哥慢慢的走。我比你们先吃饭呢，留心，同你哥哥慢慢的走。”

他们就分路了。

这时的瑀，却两脚酸软，全身无力，实在再不能向前走！他止不住地要向他的弟弟说，——弟弟，亲爱的弟弟，我不想到家去了！我不想见妈妈了！我怎样好见妈妈呢？我带了一身的病与罪恶，我怎么好见妈妈呢？弟弟，我不见妈妈了！我不到家去了！——但他看看他眼前的弱弟，天真的弱弟，他怎样说得出这话来呢？他再说出这话来伤他弟弟幼小的心么？

他还要使他的弟弟流泪么？唉！他是多少苦痛呀！而他的弟弟，聪明的璘，这时正仰着头呆呆地眼看着他的哥哥的脸上。

他们一时立住不走。清回转头来,用着奇怪的眼光,望着。他们的身后。

第二 跪在母亲的爱之前

从不得已中推动他们的身子，这时已到了樟树底下。只要再转一个墙角，就可直望见他们家的门口。瑀不知不觉地低下头，颓伤的，脚步异常的慢。有一位邻居正从他的家里出来，遇见他，邻居是很快活的叫他一句，"瑀，你回来了？"而他竟连头都不仰，只随便的答一声，"呀。"好似十分怠慢。这时的璘，实在不能跟牢他的哥哥走。一边向他的哥哥说，

"哥哥，我去告诉妈妈去。"

就跑去了。跑转了一个弯。只听他开口重叫，

"妈妈，妈妈！哥哥回来了！哥哥回来了！"

瑀在后边，不觉自己叹息一声，道，

"弟弟，我对不起你呀！我太对不起你了！"

立刻他又想，

"我怎样可见我的妈妈呢？我怎样可见我的妈妈呢？我急了！叫我怎样呢！唉，我只有去跪在她的前面，长跪在她的前面！"

在这一刻的时候，他的妈妈迎了出来。——她是一位六十岁的老妇人，但精神体格似还强健，他们在大门外相遇。她一见她的儿子，竟一句话也说不出来，只发着颤音，叫一声"瑀呀！"一边她伸出了手，捻住瑀的两腕；泪不住地簌簌滚下来。而瑀呢，在这母爱如夏日一般蒸热的时候，他看着他的年老的母亲是怎样伟太而尊严，他自己是怎样渺小脆弱的一个。他被他的老母执住手时，竟不知不觉的跪下去，向他的母亲跪下去！这样，他母亲悲哀而奇异的说，

"儿呀！你起来罢！你起来罢！你为什么呢？"

这时的瑀，接着哭了！且愈哭愈悲，他实在似一个身犯重律的囚犯，现在势将临刑了，最后别一别他的母亲。他母亲也哭起来，震颤着唇说，

"儿呀！你起来罢！你真可怜！你为什么到了这个样子呢？你病到这

个样子，儿呀，你不要悲伤罢！你已到了家了！”

一息又说，

“我知你在外边是这样过活的么？儿呀，你为什么不早些回家？早些回家，你不会到这个样子了！外边是委屈你，我不知道你怎样过活的！我不叫㻞写信，你或者还不会回来！儿呀！你真要在外边怎样呢？现在，你已到了家了！你不要悲伤罢！”

一息又说，

“以后可以好好地在家里过日子，无论怎样，我当使你和㻞两个，好好地过日子！我除了你们两个之外还有什么呢？你起来罢！”

苦痛之泪是怎样涌着母子们的心坎！母亲震撼着身子，而他儿子一段一段的劝慰；儿子呢，好像什么都完了！——生命也完了，事业也完了，就是悲伤也完了，苦痛也完了，从此到了一生的尽头，这是最后，只跪求着他母赦宥[12]他一般。此外，各人的眼前，在母子两人之间，显然呈现着一种劳力，穷苦，压迫，摧残，为春雨，夏日，秋霜，冬雪所磨折的痕迹。㻞也痴痴的立在他母兄的身边，滴着他的泪，——小心也将为这种苦痛的景象所碎破了。他默默地看看他的母亲，又默默地看看他的哥哥，说不出一句话，只滴着他的泪，一时揉着他的眼。这样，他们在门外许久，于是母亲说，

“瑀，我昏了！哭什么？进去罢！你该休息了！”

接着向㻞说，

“㻞呀，你也为什么？扶你的哥哥进去。”

这时，瑀似再也没有方法，他趁着他的母亲牵起他，他悲伤含痛的起来。呼吸紧促，也说不出话。就脚步轻轻的，歪斜地走进屋子。

他们的住家，是一座三间相连的平屋。东向，对着一个小小的天井。南边的一间，本来是瑀的书室。里面有一口书橱，和两只书箱，还有一张写字桌子——这些都是他的父亲用下来的。现在是放着瑀的书，几幅画，和一切笔砚之类。这时，在各种书具橱桌上面，却罩着一层厚厚的灰，好似布罩一样。房的一边，西窗的一边，有一张床。床空着，在床前床后，是满堆着稻草。中央的一间是小客堂，但也是膳食之所和工作室。当中有一张黑色的方桌，两边有四把笨重的古旧的大椅，漆也都脱落了，可还是

陈列室放着一样，没人坐它。北边的一间，是他的母亲和璘的寝室。但也是他家中的一切零星物件，甚至油米酱菜的贮藏所。三间的前面是廊，廊内堆积着各种农作物的秆子，如麦，豆一类；廊下却挂着玉蜀黍，菽，一类的种子。显然，他们是农家的样子。在这三间的后面，是三间茅草盖的小屋，一间厨房，一间是猪栏和厕所，一间是一个他家里的老长工名叫和伯的卧室，各种农具也在壁上挂着。

他们的房子，显然是很古旧的了。壁是破了，壁缝很大，窗格也落了，柱子上有许多虫孔。而且他全部的房子，有一种黑色的灰尘，好像柏油一般涂着。

这时他们母子三人都集在他母亲的房里。当她迈进门的时候，一边问瑀，

“你的行李呢？”

瑀开口答，

“寄在埠头。”

一边，他母亲执意要瑀睡一下，瑀也就无法的睡在他弟弟的床上。一息，他母亲又向璘说，

“璘呀，你到田野去叫和伯回来，说哥哥已经到家了，叫他赶快去买一斤面，再买点别的，你哥哥一定饿了。”

于是璘向门外跑去。

这时他们母子的苦痛的浓云，好像消退许多。阳光淡淡地照着天井，全家似在幽秘里睡眠着，空气很静。时候约下午二时。

瑀，仰睡在他弟弟的床上。——这是一张小床，靠在他母亲的一张旧的大床的旁边。他睡着，全身紧贴的微温的睡着，他好像什么都没有想，什么都到止定的时候一样。他眼睛向四周随便的看看，四周的景物与陈设，还是和三年前一样，就是三年前的废物，现在也还照样放着，一些没有改变。他对于这些也没有什么感想。但无形间，他觉得生疏许多了。他觉得不十分恰合，也不十分熟识似的。环境的眼睛也瞧着他，也似不能十分吸收他进去；它们是静默的首领，不是欢声的迎接。因此，瑀有时在以上上转一转，一边蹙一蹙眉，呼一口气。

可是他的这位老母亲，她真有些两样了：她对于她的儿子这次的归来，

竟似寻得了已失去的宝贝一般。快乐使她全身的神经起了兴奋，快乐也使她老年的意识失了主宰。她一息到房内，一息又到厨间；一息拿柴去烧火，一息又取腌的猪肉去切。她好像愿为她的儿子卖尽力气，她也好像愿为她的儿子忠诚地牺牲一切！瑀看着似乎更为不安，他心里微微地想，

“老母呀！你真何苦呢！你大可不必啊！为了你的儿子，你何苦要这样呢？你真太苦了！老母呀！”

所以当这时，他母亲捧来了两盏茶，放在桌上。她向瑀说，

“你先喝杯茶罢。”

而瑀就立刻起来，回答他母亲说，

“妈妈，你太忙碌了！我不是你家里的客人，你何必要这样忙碌呢？妈妈，你坐一息罢！你安稳的坐一息罢。”

可是他的母亲，一边虽坐下，一边却滔滔地说起来了，

“瑀呀，你哪里知道我呢！你哪里能够知道我的心呢！这样是我自己心愿的，但这样也算得忙碌么？一些不忙碌，我快乐的。可是有时候，一想到你，真不知心里怎样，你哪里能知道呢！”

息一息又说，

“有时一想到你，想到你在外边不知怎样过活，我心里真不知有怎样的难受！瑀呀，你哪里能知道呢！你是二十一岁出去的，你说到大学去读书，可是你东奔西跑，你在大学又读了几时呢？我是没有钱寄给你，这两年来，家里的景况是更坏了。你呢，你也不向我来要钱。我不知道你在外边真的怎样过活，你一定在外边受苦了！”她似又要流下眼泪，她自己收住了。“瑀呀，你一定在外边受苦了！否则，你会瘦到这样子么？我真不知你在外边怎样过活，但你为什么不早些回来？这是你自己的家，你为什么不早些回来？我也想不到你会瘦到这样！我只有时时刻刻的想你，我不会想到你竟得了一身的病！我只想你总在外边受苦，我也想不到你会在外边辗转磨折到如此！儿呀，我早知你如此，就是一切卖完，也寄一些钱来给你。但是我哪里会想到你竟到这样呢！我一想到你，心里不知怎样地难受，心头有一块什么东西塞着似的。但假如我早会想到你这样，我恐怕也要病了。瑀呀，你为什么不早些回来呢？你不到如此，你是不回家的么？就是到如此，假如琍不写信，你还是不会回家的么？你忘记了这是你的家

了！你也忘记了你的妈妈了！你哪里知道你的妈妈的时刻想念你呢？你一定忘记了你的妈妈了！否则，为什么不早些回来呢？”

说到这里，她才停一息。又说，

“几天前，从王家叔告诉我，说你有病，心不舒服，睡着一句话也没有说，脸瘦的不成样子。我听了以后，不知道心里急的怎样！我叫𤩽写信，𤩽慢慢的，我就骂了。以后，我吃饭的时候想到你，做事的时候也想到你。儿呀，我真切心地想你。”

这样，她又略停片刻。她看茶已凉了，一边捧茶给瑀，一边说，

“我忘记了，茶凉了。你喝一盏罢。这样，你可安一安心。”

瑀用两手来受去茶。她接着说，

“我这几夜来，夜夜梦里做着你！一回梦到在摸摸你的手臂，我说，还好，瘦的还好；他们说你瘦的怎样厉害，但现在瘦的还好。一回又梦你真的瘦的不成样子了！全身一副骨，比眼前还厉害的多。一回梦说你不回家了，而且从此以后，永远不回家了！我竟哭起来，我哭起来会被你的𤩽叫醒。但一回却又梦你很好，赚了很多的钱，身体很健的回到家里。有时，梦你竟妻也有了，子也有了。但有时梦你……梦你……唉，梦你死了！”

说到死了，竟哽咽的。一息，又接着说，

“我每回梦过你醒来以后，总好久睡不着。我想，不知道这个梦兆是吉是凶。又想你在这样夜半，不知是安安的睡呢？还是心中叫苦？还是胡乱的在外边跑？虽则我知道你的性子是拗执的，但这样的夜半总不会开出门到外边去乱跑。假如安安的睡呢，那我更放心了。假如病中叫着，叫着热，叫着要茶，又有谁来回答你？——我总这样反复地想，想了许久许久，才得睡着。有时竟自己对自己说，瑀已是廿几岁的人了，要养妻哺子了，他自己会不知道么？何必要你这样想！劳你这样想！可是自己还是要想。瑀呀，这几天来，我恐怕要为你瘦的多了！你又哪里知道呢！”

这时，衰老的语气，悠长地完结。一种悲哀的感慨，还慢慢地拖着。

母亲说着，她这样的将想念她儿子的情形，缕缕地描写给她儿子听，她凭着母性的忠实的慈爱，她凭着母性的伟大的牺牲的精神，说着，坦白而真切地，将她心内所饱受的母爱的苦痛，丝毫不选择的，一句一句悲伤地完全说尽了。

可是这久离家乡的儿子，听着眼前慈母这一番话，他心里怎样呢？他是不要母亲的，他看作母亲是他敌人之一的；现在听了这样的一番话，她想念她儿子比想念她自己要切贴千倍，万倍，这样，他心里觉得怎样呢？苦痛，伤感，又哪里能形容的出？他只是脸上有一种苦笑，苦笑！两眼不瞬地望着桌上的茶盏，苦笑只是苦笑！他一句没有说，一句没有插进嘴，好像石像一样。

而这位忠心于母爱的老妇人，却又说道，

"儿呀，幸得你妈妈身体还健，否则，我早为你生病了。我今年已经六十岁，你总不会忘记了你妈妈今年已经六十岁。我除了时常要头晕之外，我是没有毛病的。近来虽有时要腰酸，做不得事，可是经你弟弟捶了一顿，也就会好了。"

正是这时，他们的长工和伯从田野回来。他是一位忠实的仆人，帮在瑀的家里有三四十年了。他名叫和，现在瑀等都叫他和伯。他自己是没有家，现在竟以瑀的家为家。也没有妻子。他只知道无夜无日的，终年的做着，做着。稻收进了又要种麦，麦收进了又预备种稻，在这样的辗转中，他竟在瑀的家中送过三四十年的光阴。他不觉他自己的生活是空虚，单调，他倒反常说，眼前的景象真变的太快了。他说，——他看见瑀的父亲和母亲结婚，以后就养出瑀来。瑀渐渐的大了，他们也就渐渐的老了。现在瑀又将结婚呢，可是他的父亲，却死了十几年了！何况还有璘呀，谢家的姑娘呀，在其中做配角和点缀。

这位忠实的农人，他身矮，头圆，面孔和蔼，下巴有几根须。他虽年老，精神还十分强健，身体也坚实。这时，他一进门，还不见瑀的影子，只闻他母亲向他说话的声音，他就高兴地叫起来。

"瑀，你回来了？"

他也以瑀的归来，快乐的不能自支。瑀迎着，对他苦笑了一笑。和伯接着说，

"这样瘦了！真的这样瘦了！呵，和前年大不相同了！"

这时瑀的母亲向他说，

"你快去买一斤面来。还买两角钱的豆腐和肉，你快些。瑀在船上没有吃过东西，已很饿了。"

同时就向橱中拿出两角钱给他。他就受去买东西去了。

第三 弟弟的要求

在吃过面以后，他的母亲一边打发这位老长工到埠头去挑行李，一边嘱瑀安心地睡一觉。她自己就去整理瑀的书室，——先将床前床后的稻草搬到后边的小屋去。再用扫帚将满地的垃圾扫光了。再提了一桶水来，动手抹去橱桌上的这层厚厚的灰。她做着这些事情，实在是她自己心愿的，她不觉劳苦。她的意识恍恍惚惚似这样的说道，

“我的儿子重寻得了！他已经失去过呢，可是现在重寻得了。我要保护他周到，我要养他在暖室里面，使他不再冒险地飞出去才好。”

她几次叫璘离开他的哥哥，而这位小孩子，却想不到他哥哥的疲劳，他只是诉说他自己要说的话。以后母亲又叫，

“璘呀，不要向你哥哥说话，给你哥哥睡一下罢。”

璘皱一皱眉，十二分不满足似的。于是瑀说，

“你说，我在船里睡够了，现在不想睡，你说。”

这样，璘似得了号令，放肆的告诉他满心所要说的话。他大概所告诉的，都是关于他们的学校里的情形。教师怎么样，谁好，谁坏，谁凶，谁公正和善，谁学生要驱逐他。功课又怎样；算术是最麻烦的，体操谁也愿意去上。他喜欢音乐和图画，可是学校里的风琴太坏，图画的设备又很不完全。于是又谈到同学，谁成绩最优，被教师们称赞；谁最笨，十行书一星期也读不熟。他自己呢，有时教师却称赞他，有时教师又不称赞他。以后更谈到谁要做贼偷东西，偷了别人的墨还不算，再偷别人的笔，于是被捉着了，被先生们骂，打，可是他自己还不知道羞耻的。这样，他描写过学校里的情形以后。进而叙述到他自己的游戏上来。他每天放学以后，总到河边去钓鱼，鱼很多；所以容易钓。星期日，他去跑山，他喜欢跑上很高的山，大概是和朋友们五六人同去的，可是朋友们喜欢跑高山的人少。他更喜欢跟人家去打猎，打鹿，山鸡，兔，鹁鸪，可是他母亲总禁止他。实在说，他一切所告诉的，都是他自己觉得甜蜜而有兴趣的事。就是母亲的责骂，教师的训斥，他也向他的哥哥告诉了。他的世界是美丽的，辽阔的，意义无限的，时时

使他向前，包含着无尽的兴趣和希望。在他诉说的语句之中，好像他一身所接触的地方，都是人生的真意义所存在的地方。他的自身就是蜜汁，无论什么接触他都会变成有甜味。他说了，他很有滋味地说了。最后，他想到了一件不满足的事，他说，

“可惜哥哥不在家，否则，哥哥不知有怎样的快乐，我也更不知有怎样的快乐呢！”

说完，他低下头去。这时，瑀也听的昏了，他微笑地看着他的弟弟，说了一句，

“以后你的哥哥在家了。”

“呀？”璘立时高兴起来。可是一转念，又冷冷的说，

“你病好了，又要去的。”

“那么你祝我的病不好便了。”

“呵！”璘骇惊似的，两眼一眨。瑀说，

“璘，我老实向你说，我的病一辈子是不会好的，那我一辈子也就不会去了。”

“哥哥一时真的不去了么？”璘又希望转机似的。

“不去了。那你要我做什么呢？”

“快乐哟，当然随便什么都可以做。”

璘又沉思起来，一息说，

“哥哥，你第一要教我上夜课。第二呢，钓鱼。”

“你白天读了一天的书，还不够么？”

“不是啊，”璘又慢慢的解释，“同学们很多的成绩都比我好，算术比我好，国语比我好。但是他们的好，都不是先生教的，都是从他们的哥哥，姊姊那里上夜课得去的。他们可以多读几篇书，他们又预先将问题做好，所以他们的成绩好了。我呢，连不懂的地方，问都没处去问，妈妈又不懂的。所以现在哥哥来，我要求哥哥第一给我上夜课。第二呢，钓鱼。因为他们都同他们的哥哥去钓，所以钓来的鱼特别多。”

“好的，我以后给你做罢。”

“哥哥真的不再去了么？”

“不会再去了，哥哥会不会骗你呢？”

“骗我的。”

“那么就算骗你罢。”

而瑀又以为不对，正经地向他哥哥说，

“哥哥，明天我可同你先去钓鱼么？”

“好的。”

“你会走么？”

“会走。”

“妈妈或者要骂呢？”

“妈妈由我去疏通。”

这时瑀更快乐了。一转念，他又说，

“可是我那钓杆在前天弄坏了，要修呢。”

“那么等你修好再钓。”

“修是容易的。”

“钓也容易的。”

“那么明天同哥哥去。”

“好的。”

这样又停了一息，弟弟总结似的说，

“我想哥哥在外边有什么兴趣呢？还是老在家里不好么？”

瑀也无心的接着说，

“是呀，我永远在家了。”

弟弟的愿望似乎满足了。他眼看着地，默默地立在他哥哥的床前，反映着他小心的一种说不出的淡红色的欣悦。正这时，只听他们的母亲，在瑀的书室内叫，

“瑀呀，你来帮我一帮。”

瑀一边答应着，

“吁。”

一边笑着向他的哥哥说，

“哥哥，你睡。”

接着，他就跑出门外去。

可是哥哥还是睡不着。他目送他的弟弟去了以后，轻轻地叹息一声。

转了一转身，面向着床内，他还是睡不着。虽这时的心波总算和平了，全身通过一种温慰的爱流，微痛的爱流。剩余的滋味，也还留在他的耳角，也还留在他的唇边，可是他自身总觉得他是创伤了，他是战败了。他的身子是疲乏不堪，医生对他施过了外科手术以后一样。他的眼前放着什么呵？他又不能不思想。他想他母亲的劳苦，这种劳苦全是为他的。又想他弟弟之可爱，天真，和他前途的重大的关系。努力的滋养的灌溉与培植，又是谁的责任呢？他很明白，他自己是这一家的重要份子，这一家的枢纽，这一家的幸福与苦痛，和他有直接的关联。回想他自己又是怎样呢？他负得起这种责任么？他气喘，他力弱，他自己是堕落了！过去给他的证明，过去给他的响号，过去给他的种种方案与色彩，他已无法自救了；现在，他还能救人么？他汗颜，他苦痛呀！他在喉下骂他自己了，

"该死的我！该死的我！"

他想要向他的母亲和弟弟忏悔，忏悔以后，他总可两脚踏在实地上做人。他可在这份家庭里旋转，他也可到社会去应付。但他想，他还不能：

"我为什么要忏悔？我犯罪么？没有！罪恶不是我自己制造出来的，是社会制造好分给我的。我没有反抗的能力，将罪恶接受了。我又为什么要忏悔？我宁可死，不愿忏悔！"

这样想的时候，他的心反而微微安慰。

一时他又眼看看天外，天空蓝色，白云水浪一般的皱着不动，阳光西去了。一种乡村的草药的气味，有时扑进他的窗内来。他觉到他自己好似展卧在深山绿草的丛中，看无边的宇宙的力推动他，他默默地等待那死神之惠眼的光顾。

如此过了一点钟。一边他母亲已收拾好他的房间，一边和伯也挑行李回来了。

和伯帮着他母亲拆铺盖，铺床。

他半清半醒的在床上，以后就没有关心到随便什么事，弟弟的，或母亲的。而且他模糊的知道，母亲是走到他床前三四次，弟弟是走到他床前五六次，他们没有说过一句话。她轻轻的用被盖在他胸上，他身子稍稍的动了一动。此外，就一切平宁地笼罩着他和四周。

第四 晚餐席上的苦口

黄昏报告它就职的消息，夜色又来施行它的职务。

瑀这时倒有些咳嗽，母亲着急的问他，他自己说，这或者是一个小小的“着凉。”病症呢，他到现在还是瞒着，而且决计永远不告诉他的母亲。

于是他的母亲又只得预备吃饭。在这张旧方桌的上面，放着几样菜，豆腐，蛋与腌肉等。他们坐在一桌上。这时清进门来，他们又让坐。清又用“吃过了”三字回答他们的要他吃饭。清坐下壁边的椅上，于是他们就动起筷来，静静的。

桌上放着一盏火油灯，灯光幽闪的照着各人的脸，显出各人不同的脸色。

清呆呆的坐着没有说话，他好似要看这一幕的戏剧要怎样演法似的。桌上的四人，和伯是照常的样子，认真吃饭，璘好像快活一些，举动比往常快。在瑀的脸上，显然可以知道，一种新的刺激，又在击着他的心头。虽则他这时没有什么恶的系念，可是他的对于母性的爱的积量，和陷在物质的困苦中的弟弟，他是十二分的激荡着一种同情，——不，与其说是同情，还是说是反感切贴些。他是低着头看他自己的饭碗。他们的母亲是显然吃不下饭，不过还是硬嚼着，好似敷衍她儿子的面子。当然，她的吃不下饭，不是因她的面前只有一碗菜根。她所想的，却正是她的自身，她的自身的历史的苦痛！

她想她当年出阁时的情形。这自然是一回光荣的事，最少，那时的家庭的热闹，以及用人与田产，在这村内要算中等人家的形势。但自从瑀的父亲，名场失利以后，于是家势就衰落了。当然，瑀的父亲是一个不解谋生的儒生，他以做诗与喝酒为人生无上的事业。更在戊戌政变以后，存心排满，在外和革命党人结连一契，到处鼓吹与宣传革命的行动。在这上面，他更亏空了不少的债。不幸，在革命成功后一年，他也随着满清政府到了缥缈之乡去了！瑀的父亲死了以后，在家庭只留着两个儿子与一笔债务。她是太平世界里生长的，从不惯受这样的苦痛，她也不惯经理家务。她开始真不知道怎样度日，天天牵着瑀，抱着璘，流泪的过活。到现在，总算，——她想到这里，插进一句“祖宗保佑。”——两个儿子都给她养大了，债务呢，也还去了不少。虽则，她不知吃了多少苦楚，在惊慌与忧虑之中，流过了多少眼泪，继续着十数年。

想到这里，她不知不觉的又流出泪。口里嚼着淡饭，而肚里已装满了各种浓味似的。

这时，琳将吃好了饭，他不住的对他母亲看，他看他母亲的脸上，别具着一种深邃的悲伤，他奇怪了，忍止不住的向他母亲问，

“妈妈，你为什么不吃饭呢？”

瑀也抬头瞧一瞧她，但仍垂下头去。一边听他的母亲说，

“我想到你们的爸爸了！”

琳也就没有再说，息下饭碗，好像也悠悠地深思起来。这时这小孩子的脸上，不是活泼，倒变了庄重。瑀早就不想吃，这时也算完了，和伯也吃好。他们都是无声的秘密似的息下来，于是这位母亲说。

“收了罢，我也吃不下了。”一边将未吃完的饭碗放下。

琳又说，

“妈妈，你只吃半碗呢！”

“吃不下了，一想到你们的爸爸，就吃不下了。”

清坐着，清还是一动不动地坐着。他眼看着母子们脸上这种表情，现在又听说这种话，他很有些吃惊。他一边想，

“怎么有这样一个神经质的母亲呢？”

一边就轻轻的说，

“不必想到过去了。”

在清以为儿子初到家的时候，应该有一种愉快的表情。为什么竟提起过去的悲哀的感觉，来刺激她儿子已受伤的心呢？可是这位神经质的老妇人，也止不住她悲哀的泪流，她竟不顾到什么的说，

“我总要想。唉，怎的能使我不想呢？”

又停了一息。琳，清，和伯，他们的眼睛都瞧着她的脸上，——只有瑀是低头的。听着这位母亲说，

“他们的爸爸死了足足十多年了。在这十多年中，我养他两个，真不知受了多少的苦。眼前呢，我以为这两只野兽总可以算是度过关口，不要我再记念了。谁知不然，我还不能放心。你看他在外边跑了三年，今天回来，

竟样样变样了，脸孔瘦的变样了，说话也讲的变样了。以前他是怎样的一个人，现在竟完全两样！唉，这可叫我怎样放心呢，因此，我想起他们的爸爸有福。”

清觉得不能不插一句嘴，他说，

“何必想，事情统过去了。”

老母亲竟没有听进，接着道，

“瑀从小就多病，而且都是厉害的病，生起来总是几月。有一回，夏天，他们的爸爸死了不久。瑀那时还和𤨸现在一般大，却突然犯了急症，死了！我那时简直不知怎样，唉，我自己也昏去！一面，我叫遍了医生，医生个个说，无法可救了，死了，抛了算了。但我哪里忍的就葬呢？我哭，我抱着他的尸哭。心想，他们的爸爸已经死了，假如这样大的儿子又死去，那我还做什么人？抱在手里的小东西，就算得是人么？而且债务又纷积，债主每天总有一两个踏进门来。因此，我想假如瑀真的要葬了，那我也同他一块地方葬罢！一边呢，我用手拍着他的心头，在喉边咬着他的气管。实在他全身冷了，甚至手臂和脸也青了，看样子，实在可以葬了。我呆，我还是不肯就葬，除非我同他一块地方葬去。这样，忽然他会动了一动，喉咙也格的响了一响，我立刻摸他的心头，心头也极微的跳起来。我立刻叫人去请医生来，医生说，不妨，可以救了。但当他死去的时候，清呀，我真不知怎样，好像天已压到头顶。我简直昏了！这小东西，我任着他哭，将他抛在床上，也不给他奶吃，任着他哭。难为他，他倒哭了一天。以后，瑀的病渐渐好起，在床上睡了两个月，仍旧会到学校里去读书。这一次，我的心也吓坏了，钱竟不知用掉多少。”

她一边说，有时提起衣襟来揩她的眼泪，过去的悲剧完全复现了。而和伯更推波助澜的接着说，

“是呀，做母亲的人真太辛苦！那时我是亲眼看见的，瑀健了以后，瑀的母亲竟瘦了。”

𤨸也听的呆了，瑀反微微的笑。这位母亲又说，

“这次以后，幸得都是好的时候多。五六年前的冬天，虽患过一次腹痛，但也只病了半月就好了。一直到现在，我以为瑀总可以抛掉一片心，在外边三年，我也任他怎样。谁知他竟将身子弄到这样。不是𤨸写一封信，他

还是不回家。还是没有主意，还是和小孩时一样。唉，叫我怎样放心呢！”

她悲凉的息了一息，瑀苦笑的开口说，

“我若十年前的夏天，真的就死去了，断不至今天还为我担心，还为我忧念。我想那时真的还是不活转来的好。何况我自己一生的烦恼，从那时起也就一笔勾消。”

“你说什么话？”他母亲急的没等他说完就说了，“你还没有听到么？那时你若真死了，我恐怕也活不成！”

“就是母亲那时与我一同死了，葬了，我想还是好的。至少，母亲的什么担心，什么劳苦，也早就没有了，也早就消灭了。”

瑀慢慢的苦楚的说。母亲大叫，

“儿呀，你真变的两样了，你为什么竟这样疯呢？”

“妈妈，我不疯，我还是聪明的。我总想，像我这样的活着有什么意思？就是像妈妈这样的活着，亦有什么意思？妈妈那时的未死，就是妈妈的劳苦，担心，那时还没有完结；我那时没有死，就是我的孽障，苦闷烦恼罪恶等，那时还没有开始。妈妈，此外还有什么意义呢？”

瑀苦笑的说完。他母亲又揩泪的说，

“儿呀，你错了！那时假如真的你也死了，我也死了，那你的弟弟呢？璘恐怕也活不成了！璘，你一定也活不成了！”一边向璘，又回转头，“岂不是我们一家都灭绝了？瑀呀，你为什么说这些话，你有些疯了！”

清实在听的忍耐不住，他急的气也喘不出来，这时他着重地说，

“不必说了，说这些话做什么呢？”

瑀立刻向他警告地说，

“你听，这是我们一家的谈话，让我们说罢。”

很快的停一忽，又说，

“妈妈以为那时我和妈妈统死了，弟弟就不能活，那倒未必。弟弟的能活与不能活，还在弟弟的自身，未见得就没有人会去收养弟弟。何况我在什么时候死，我自己还是不晓得的。明天，后天，妈妈又哪里知道呢？死神是时时刻刻都站在身边的，只要它一伸出手来，我们就会被它拉去。妈妈会知道十年以前未死，十年以后就一定不死了？再说一句，我那时真的死了，妈妈也未见得一定死。妈妈对于我和王舜是一样的，妈妈爱我，

要同我一块死；那妈妈也爱弟弟，又要同弟弟一块活的。妈妈同我死去是没有理由，妈妈同弟弟活下，实在是有意义的。妈妈会抛掉有意义的事，做没有理由的事么？我想妈妈还是活的。”

他一边口里这么说，一边心里另外这样想：

“我现在死了，一切当与我没有关系。我是有了死的方法，只等待死的时候！”

他的母亲又说，

“活呢，我总是活的，现在也还是活着。否则，你们的爸爸死的时候，我也就死了。你们的爸爸死了的时候，我真是怎样的过日呵？实在，我舍不得你们两个，我还是吞声忍气的活着。”

于是瑀想，“是呀。”一面又说。

“妈妈是不该死的，我希望妈妈活一百岁。我自己呢，我真觉得倒是死了，可以还了一笔债似的。所以我劝妈妈，假如我万一死了，妈妈不要为我悲伤。”

“儿呀,你真有些疯了！”母亲又流泪的说道，“你为什么竟变做这样呢？你今天是初到家，你为什么竟变做这样呢？”

泣了一息，继续说，

“我今年是六十岁了！我只有你们两个。璘还少,璘还一步不能离开我，也没有定婚。我想这次叫你回来，先将你的身体养好，再将你的婚事办成，我是可以抛掉对付你的一片心！谁知你样样和以前不同了！在外边究竟有谁欺侮你？你究竟病到怎样？瑀呀，你为什么竟变做这样了呢？”

“妈妈，我没有什么；一点也没有什么。”

“那么你为什么惯讲这些话呢？”

“我想讲就讲了。”

“你为什么想讲呢？”

“我以为自己的病，恐怕要负妈妈的恩爱！”

“儿呀，你究竟什么病？我倒忘了问你，我见你一到，也自己失了主意了！我倒忘了问你，你究竟什么病呢？王家叔说你心不舒服，你心又为什么这样不舒服呢？你总还有别的病的，你告诉我！”

“没有病，妈妈，实在没有病。”

"唉，对你的妈妈又为什么不肯说呢？"

一边转过头向清，

"清，好孩子，你告诉我罢！你一定知道他的，他患什么病？"

清也呆了，一时也答不出话来。她又说，

"好孩子，你也为我们弄昏了！你告诉我，瑀究竟是什么病？"

"他……"

清一时还答不出来，而瑀立刻向他使一眼色说，

"什么病？一些没有什么！"

一边又转脸笑起来，说，

"就是心不舒服，现在心也舒服了；见着妈妈，心还会不舒服么？"

"你真没有别的病么？你的心真也舒服了么！"

"我好了，什么也舒服了！"

"是呀，我希望你不要乱想，你要体贴我的意思。你在家好好的吃几贴药，休养几月的身体。身体健了，再预备婚姻的事，因为谢家是时常来催促的。那边的姑娘，也说忧郁的很，不知什么缘故。你们倒真成了一对！"

问题好似要转换了，也好似告了一个段落。清是呆呆的坐着，梦一般，说不出一句话。不过有时仿佛重复的想，"怎么有这样一对神经质的母子？"但话是一句也没有说。灯光是暗淡的，弟弟的眼睛，却一回红，一回白，一回看看他的哥哥，一回又看看他的母亲。老长工，他口里有时呢呢唔唔的，但也没有说成功一句好话。悲哀凝结着，夜意也浓聚的不能宣泄一般。

这时，却从门外走进一个人，手里提着一盏灯。

第五 否认与反动

"王家叔！"

瑀一见那人进门就叫。这人就是沪上到过瑀的寓里访谒的那人。那人一跳进门，也就开始说，

"瑀来了？好……"

一边将灯挂在壁上。又说，

"还在吃夜饭？我是早已吃了。"

他们的母亲说，

“夜饭早已吃，天还亮就吃起。我们是一面吃，一面说话，所以一直到此刻。大家也吃好了。”

又命令王舜说，

“琗呀，你和和伯将饭碗统收去。”

琗立起说，

“妈妈，你只吃半碗呢！”

“不吃了，饭也冷了，你收了罢。”

于是琗和和伯就动手收拾饭碗。来客坐下，和清对面，说道，

“你们母子的话，当然是说不完；何况还两三年没有见面了！不过那也慢慢好说的，何必趁在今天吃晚饭的时候呢？”

瑀却余恨未完的说，

“我是没有说什么话。”

“哪里会没有什么话？你这两三年在外边，吃了许多的辛苦，连身子都这样瘦，你当然有一番苦况可述。你的妈妈在家里，也时刻记念你。她连烧饭缝针的时候，都见你的影子在身边。母亲的爱，真是和路一般长。哪里会没有话说？”

瑀没有答。他的母亲说，

“我们倒是不说好，一说，就说到悲伤的话上来。他的性格，和三年前变的两样了！”

这时和伯将桌上收拾好，她又吩咐和伯去烧茶，说，

“清也还没有喝过茶，我们全为这些话弄的昏了！”

来客说，

“怎样会这样呢？今夜你们的谈话，当然是带着笑声喊出来的。瑀的脸色也比我在上海见的时候好，现在是有些红色，滋润。”

对面的清辩护地说，

“此刻是灯光之下的看法呢！瑀哥现在似乎涨上了一点虚火。”

来客突然跳起似的，转了方向说，

“李子清先生，你也回家了么？”

“是，我是送瑀哥来的。”

“也是今天到的？”

“是。”

“你俩人真好，”来客又慨叹的，“可以说是生死之交了！像你们两人这样要好，真是难得。我每回见到瑀，一边总也见到你。你们可算管仲与鲍叔。”

清似乎不要听，来客又问，

“你的令尊等都好？”

“托福。”

清自己觉得这是勉强说的。来客又说，

“我长久没有见到令尊和令兄了，我也长久没有踏到贵府的门口过。不是因府上的狗凶，实在不知道为什么事竟很忙。请你回去的时候，代为我叱名问安。”

清还没有说出“好的”，瑀的母亲插进了一句：

“生意人总是忙的。”

于是来客又喜形于色的说，

“生意倒也不忙。因我喜欢做媒，所以忙。今天我又做成功了一场好事——就是前村杨家的那位二十九岁的老姑娘，已经说好嫁给她的邻居方秀才做二房太太。方秀才今年五十五岁了，还没有儿子。这件喜事一成，保管各方美满。而且他们两人，实在也早已觊觎[13]。

这时清嘲笑似的接着问，

“你看婚姻，和买卖差不多么？”

这位媒人答，

“差不多呀！不过贩卖货物是为金钱，做媒却为功德。”

“功德？是呀，”清奇怪地叫了，“没有媒人，我们青年和一班小姐姑娘们，岂不是都要孤独到老么？这很危险，谢谢媒人！”

清似要笑出来。来客又自得地说，

“对咯！李子清先生，你真是一位聪明人。”

停一忽，又说，

“不过媒是不会没有人做的，也因做媒有趣。你看，譬如那位姑娘给那位青年可配，相貌都还好，门户又相当，于是跑去说合。到男的那面说，又到女的那面说。假如两边的父母都允许了，那件婚事就算成就。于是他们就择日，送礼，结婚。青年与姑娘，多半平素都不曾见过面，但一到结婚以后，都能生出子女来，竟非常的要好，虽结成一世的怨家也有，那很少的，也是前世注定。”

清不觉又议论道。

“你们做媒的买卖真便宜！做好的，却自己居功；做坏的，又推到前世注定；而自己也还似一样的有做坏的功。做媒的买卖真便宜呢！”

停一息，又说，

“总之，你们媒人的心里我是知道的，你们要看看青年男女的结合，要看看青年男女的欢爱，你们是首当其冲了。恐怕你们还想，假使没有媒人，或者媒人罢起工来，岂不是青年男女，无论爱与仇敌，都不成功了么？人种也就有灭绝的祸！”

来客动着唇很想说，这时和伯从里边捧出茶来。于是他们一时又为喝茶的事所占据。

瑀的母亲竟靠着头默默不说，好像饭前一番的悲感所绕的疲倦了。璘听的不十分懂，不过还是坐着，看着他们，瑀却对这位来客阵阵地起了恶感，现在似到了不能容受的蓄积。清的嘲笑，永远不能使这位来客明了。清的话要算尖酸了，刻毒了，来客稍稍机智一点，他可不将瑀的婚事，在这晚餐席后，各人的沉痛还郁结着的时候提出来。可是这位笨驴一般的来客，竟一些不知道讥讽，只要成就他媒人的冤缘的职务似的，当他一边捧起茶来喝了一碗以后，一边就向瑀的母亲宣布了：

“瑀的婚事，我今天又到谢家去过一趟。恰好又碰着姑娘，不久就要变做你的贤慧的媳妇的人。她坐在窗前，她真是美丽，她一见我就溜进去了。我就向她的父母谈起，我不知道瑀今天就回家，我还是向他们说，我到上海，去看过朱先生，朱先生形容很憔悴，说是心不舒服。现在璘已信去，不久就能回家。瑀的岳父母都很担忧，又再三问我是什么病，他们也说别人告诉他们，瑀是瘦的异样。我又哪里说的出病来？我说，读书过份，身体单弱，病的不过是伤风咳嗽。——伤风咳嗽是实在的，瑀岂不是此刻还要咳嗽么？不是我撒谎。不过瑀的岳父母，总代瑀很担忧。他们说，正是青年，身体就这样坏，以后怎么好呢？我说，未结婚以前身体坏，结了婚以后，身体会好起来的。因为你家的姑娘，可以劝他不要操心，读书不要过度。这样我们就商量结婚的时期。谢家是说愈早愈好，今年冬季都可以。他们是什么都预备好了，衣服，妆奁。只要你们送去聘礼，就可将姑娘迎过来。他们也说，女儿近来有些忧愁，常是饭不吃，天气冷，衣服也不穿，呆头呆脑的坐在房内。为什么呢？这都是年龄大了，还没有结婚的缘故。总之，那边是再三嘱咐，请你们早些拣日子。现在瑀是回来了，你们母子可以商量，你们打算怎样办呢？这是一件要紧的好事，我想瑀的妈也要打个主意。"

他滔滔的讲下来，屋内的声音，完全被他一个人占领去。他说完了又提起别人的茶杯来喝茶。

瑀的母亲，一时很悲感的说不出话。而来客竟点火似的说，

"姑娘实在难得，和瑀真正相配。"

于是瑀叫起来，

"不配！请你不必再说！"

来客突然呆着，一时不知所措。其余的人也谁都惊愕一下。以后来客慢慢的问，

"不配？"

"自然！"

"怎么不配呢？"

"是我和她不配，不是她和我不配。"

"怎么说法？嫌她没有到外边读过书么？"

"你的姑娘太难得了，我不配她。"

"你不配她？"

"是！"

于是这位母亲忍不住地说，

"还有什么配不配，儿呀，这都是你爸爸做的事。现在你为什么惯说些奇怪的话？我现在正要同你商量，究竟什么时候结婚，使王家叔可以到那边去回复。"

"我全不知道。"

"你为什么竟变成这样呢？"

"没有什么。"

“那么还说什么配不配呢？”

“我堕落了！有负你母亲的心！”

他气喘悲急的，而不自知的来客又插嘴说，

“你只要依你的妈就够了。”

“不要你说，我不愿再听你这无意识的话！”

“呀？”

“儿呀，你怎么竟这样呢？王家叔对你是很好意的，他时常记念着你的事，也帮我们打算，你为什么这样呢？”

“妈妈，我没有什么，你可安心。因为这些媒人，好像杀人的机器似的，他搬弄青年的命运，断送青年的一生，不知杀害了多少个男女青年。因此，我一见他，我就恨他。”

“你说什么话呢？儿呀，媒人是从古就有的，不是他一个人做起的，没有媒人，有谁的女儿送到你家里来？你是愈读书愈发昏了！儿呀，你说什么话呢？况且你的爸爸也喜欢的，作主的，你为什么会怪起王家叔来呢？”

“你有这样的妻子还不够好么？”来客又插嘴说。

“我说过太好了，配不上她，所以恨你！”

“怎么说，我简直不懂。”

“你哪里会懂，你闭着嘴好了。”

“好，我媒不做就算了。”

来客勉强地说轻起来。

“还不能够！”

“那么依你怎样呢？”

“自然有对付你的方法！”

“呀？”

来客又睁大眼睛。而他母亲掩泣说，

“儿呀，少讲一句罢！你今夜为什么这样无礼！”

来客于是又和缓似的说，

“瑀的妈，你不要难受，我并不恼他。我知道他的意思了，不错的。现在一般在外边读过书的人，所谓新潮流，父母给他娶来的妻，他是不要的，媒人是可恨的。他们讲自由恋爱的，今天男的要同这个女的好，就去同这个女的一道；明天这个女的要同别个男的好，就同别个男的去一道。叫做自由恋爱，喜欢不喜欢，都跟各人自由的。你的瑀，大概也入了这一派！”

停一忽，又说，

“所以我到上海的时候，他睡着不睬我；今天，又这样骂我。我是不生气的，因为他入了自由恋爱这一派，根本不要父母给他娶的妻。所以他倒讲不配她，其实，他是不要谢家的姑娘了。一定的，我明白了；你做母亲的人，可问一问他的意思。”

来客用狡猾的语气，勉强夹笑的说完，好像什么隐秘，都被他猜透似的。他对着这老妇人说话，一边常偷着圆小的眼向瑀瞧。瑀是仰着头看着屋栋，母亲忠实地说，

“我也说不来什么话，不过儿呀，这件事是你父亲做的，你不能够忘记了你的父亲。我老了，琍还少，家里景况又不好。假如你的婚事不解决，我是不能做你弟弟的。你年纪不小，当然晓得些事理。你应该想想我，也应该想想你的弟弟和家里。你为什么一味的固执，惯说些奇怪的话？你的父亲是有福了，他现在平安地睡着；而我呢，如你说的，受罪未满。但你也应该想想我。王家叔对你有什么坏？你为什么对他这样无礼？唉，你有些疯了！你现在完全是两样了！”一面又含泪的向来客抱歉，“王家叔，你不要生气，他完全有病的样子，他现在连我也怪怨的！你万不可生气，我当向你陪罪。”这样，来客是答，“我不，我不。”反而得意。她接着说，“现在呢，我想先请医生来给他吃药，把他的病除了。像这样的疯癫，有什么用呢？至于婚事，以后慢慢再商量。我是不放心他再到外边去跑，以后我们再告诉你。”

这时，瑀是听的十分不耐烦，但也不愿再加入战团，他将他自己的愤恨压制了。一边，他立起来，睁着眼球向清说，——清竟似将他自己忘记了一样。

“清，这么呆坐着做什么？你可以回去了。什么事情总有它的最后，会得解决的！”

于是清也恍惚地说道，

“回去，我回去。不过在未回去以前，还想同你说几句话。”

瑀一边又向琍说：

"瑀，你这个小孩子也为我们弄昏了！——拿一盏灯给我。"

这样，清和他们兄弟两人，就很快的走进了那间刚从稻杆堆里救回来的书室里去。

这时，这位倒霉的来客，受了一肚皮的气，也知道应该走了。立起来向他的母亲说，

"时候不早，我也要走了。"

她接着说，

"请再坐一下。——你千万不要生气，瑀的话全是胡说，你不要相信他。他现在什么话都是乱说，对我也乱说。这个人我很担忧，不知道怎样好，他全有些病的样子。请你不要生气。"

于是来客说，

"我不生气。现在一般青年，大都是这样的，他们说话是一点不顾到什么的，不过你的瑀更厉害罢了。我不生气，我要走了。"

接着，就向壁上拿灯，点着头，含着恶意的走出去。

第六 重迁

在乡村的秋夜环抱中，凉气和虫声时送进他们的书室内。空气是幽谧而柔软的，照着灯光，房内现出凄凉的浅红的灰色。瑀卧在床上，他呼吸着这带着稻草香的余气，似换了一个新的境界，这境界是疲劳而若有若无的。瑀坐在他哥哥的床边，这小孩子是正经的像煞有介事的坐着。清坐在靠窗的桌边，心里觉到平和了，同时又不平和似的；他已将他要对瑀说的话忘记去。他们三人，这时都被一种温柔而相爱的锁链联结着，恍惚，似在秋天夜色里面飘荡。

"我觉得在家里是住不下去，"这时瑀说，"妈妈的态度，我实在忍受不住！妈妈以我回来，她老年的神经起了震动，她太关切我了！她自己是过度的劳苦，对我是过度的用力，我实在忍受不住。她太爱我，刺激我痛苦；同时她太爱我，我又感不到恩惠似的。这是第一个原因，使我不能在家里住下去。"

说了一段，停止一息，又说，

“我对于家庭的环境似乎不满，不是说房屋龌龊[14]，我觉得各种太复杂，空气要窒死人似的；我要避开各个来客的面目，这是第二个原因。”

又停一息，又说，

“第三个原因，清，这对于弟弟是很要紧的。我的病是T. B，我虽血已止，可是还咳嗽。我自己知道我的T. B已到了第二期，恐怕对于瑀弟有些不利。瑀已要求我给他上夜课，但我身体与精神，两样都有极深的病的人，能够允许他的要求么？恐怕夜课没有上成，我的种种损害的病菌，已传给他了。因此，我仍旧想离开这家，搬到什么寺，庵，或祠堂里去住。我很想休养一下，很想将自己来分析一下，判别一下，认清一下。所谓人生之路，我也想努力去跑一条；虽则社会之正道，已不能让破衣儿去横行。因此，祠堂或寺庙是我需要的。”

语气低弱含悲。清说，

“住在家里，对于你的身体本来没有意思。不过一面有母亲在旁边，一面煎汤药方便些，所以不能不在家里。”

“不，我想离开它。”

“住几天再说罢。”

“明天就去找地方。”

“四近也没有好的寺院。”

“不要好，——你看广华寺怎样？”

“广华寺是连大殿都倒坍了。”

瑀插进说。瑀又问，

“里面有妙相庵，怎样？”

瑀答，

“妙相庵住着一位尼姑。”

“随他尼姑和尚，只要清静好住就好了。”

“妈妈会允许么？”

“妈妈只得允许的。”

停一息，瑀又问，

“明天去走一趟怎样？”

“好的，”清答。

弟弟的心似乎不愿意。以后就继续些空话了。

九点钟的时候，瑀的母亲因为瑀少吃晚饭，又弄了一次蛋的点心。在这餐点心里面，他们却得到些小小的意外的快乐。清也是加入的。清吃好，就回家去。他们也就预备睡觉。

瑀是很想睡，但睡不着。他大半所想的，仍是自己怎样，家庭怎样，前途怎样，一类永远不能解决的陈腐的思想。不过他似想自己再挣扎一下，如有挣扎的机会。最后在睡熟之前，他模糊地这样念：

时代已当作我是已出售的货物。
死神也用它惯会谄媚的脸向我微笑。
我是在怎样苦痛而又不苦痛中逃避呀，
美丽对我处处都似古墓的颜色。
母亲，弟弟，环着用爱光看我的人，
他们的灰黯，比起灰黯还要灰黯了！
何处何处是光，又何处何处是火?
灿烂和青春同样地告一段落了。
弟弟与母亲呀，你们牵我到哪里去?
我又牵你们到哪里去呵?
白昼会不会欢欣地再来，
梦又会不会欢欣地跑进白昼里去?
谁猜得破这个大谜呀? 我，
等待那安息之空空地落到身上，
睡神驾着轻车载我前去的时候了。

一边，睡神果驾着轻便的快车，载他前去了。

第二天早晨，他起来很早。但他开了房门，只见他母亲和长工已经在做事。他母亲一见他便说，

“为什么不多睡一息? 你这样早起来做什么呢? ”

“够睡了，我想到田野去走一回，呼吸呼吸新鲜空气。”

“有冷气，你身体又坏，容易受寒，不要出去罢。”

他没有方法，只得听了他母亲的话。一边洗过脸，仍坐在房内。

他觉得母亲压迫他，叫他不要到田野去散步是没有理由。他无聊，坐

着还是没有事做。桌上乱放着他外边带回来的书籍，他稍稍的整理了几本，又抛开了；随手又拿了一本，翻了几页，觉得毫无兴味，又抛开了。他于是仍假寐在床上。

一时以后，𤪨也起来了。他起来的第一个念头是，

“今天校里没有课，我打算同哥哥去钓鱼。”

他一边还揉着眼，一边就跑到他哥哥的房里。

“你起来了？”瑀问。

“似乎早已醒了，但梦里很热闹，所以到此刻才起来。”

“梦什么？”

“许许多多人，好像……”

“好像什么？”

瑀无意义的问，𤪨微笑的答，

“哥哥……”

“我什么？”

“同嫂嫂结婚。”

瑀似乎吃一惊，心想，

“弟弟的不祥的梦。”

一边又转念，

“我岂信迷信么？”

于是一边又命令他弟弟，

“你去洗脸罢。”

𤪨出去了。一息，又回来。

“今天是星期几？”瑀问。

“星期五。”

“你读书去么？”

“想不去。”

“为什么？”

“同学未到齐，先生也随随便便的。”

“那么你打算做什么事？”

可是弟弟一时答不出来，踌躇了一息，说。

“钓鱼。”

一息，又转问，

“哥哥去么?”

“我不去。”

“哥哥做什么呢?”

“也不做什么。”

“呵，广华寺不去了么?”

“是呀，去的。”

“上午呢，下午?”

“我想上午就去，你的清哥就会来的。”

“那么下午呢?”

“陪你钓鱼去好么?”

“好的，好的。”

弟弟几乎跳起来，又说，

“我们早些吃早饭，吃了就到广华寺去。”

“是的。”

这样，瑀又出去了。他去催他的母亲，要吃早饭了。

当他们吃过早餐，向门外走出去的时候，他们的母亲说：

“在家里休息罢，不要出去了。假如有亲戚来呢，也同他们谈谈。”

瑀说，

“到广华寺去走一回，就回来的。亲戚来，我横是没有什么话。”

一边，他们就走出门了。母亲在后面叫，

“慢慢走，一息就回来。瑀呀，不要带你的哥哥到很远去！”

“吁！”瑀在门外应着。

到那樟树下，果见清又来。于是三人就依田岸向离他们的村庄约三里的广华寺走去。

秋色颇佳。阳光金黄的照着原野，原野反映着绿色。微风吹来，带着一种稻的香味。这时清微笑说，

“家乡的清风，也特别可爱。在都市，是永远呼吸不到这一种清风的。”

瑀看了他一眼，没有说话。

广华寺是在村北山麓。在他们的眼里，这寺实在和颓唐的老哲学家差不多。大门已没有，大雄宝殿也倒坍了，“大雄宝殿”四字的匾额，正被人们当作椅子坐了。一片都是没膝的青草，门前的两株松树与两株柏树，已老旧凋零，让给鸦雀为巢，黄昏时枭鸟高唱之所。菩萨虽然还是笑的像笑，哭的像哭，但他们身上，都被风雨剥落与蹂躏的不堪。三尊庄严慈静的立像，释迦牟尼与文殊普贤，他们金色的佛衣，变做褴褛[15]的灰布。两厢的破碎的屋瓦上，也长满各样的乱草。这寺是久已没人来敬献与礼拜了，只两三根残香，有时还在佛脚的旁边歪斜着，似绕着它荒凉的余烟。

在寺的左边，还有五间的小厢房，修理的也还算幽雅整齐。在中央的一间的上方，挂着一方小匾，这就是“妙相庵”了。当他们三人走到这庵的时候，里面走出一位妇人来。这是一位中年的妇人，脸黄瘦，但态度慈和，亲蔼，且有知识的样子。她见他们，就招呼道，

“三位来客，请进坐罢，这是一座荒凉的所在。”

“好，好，”清答，接着走进去，就问，

“师父是住在这里的么？”

“是的，”她殷诚地答，“现在只有我一人住在这里了。两位先生是从前村来的么？这位小弟弟似乎有些认识。”

“是的，”清答，“他们两人是兄弟。”

“那请坐罢。”

于是妇人就进内去了。他们也就在这五间屋内盘桓起来。

这五间屋是南向的。中央的一间是佛堂，供奉着一座白瓷的长一尺又半的观世音，在玻璃的佛橱之内。佛像的前面，放着一只花瓶，上插着几个荷蓬。香炉上有香烟，盘碟上也有清供的果子。在一壁，挂着一张不知谁画的佛像，这佛像是质朴，尊严，古劲的。在一壁，是挂着一张木版印的六道轮回图。中央有一张香案，案上放着木鱼，磬[16]，并几卷经。

两边的两间是卧室，但再过去的两间，就没人住。五间的前面是天井，天井里有缭乱的花枝和浅草，这时秋海棠，月季都开着。五间的后面是园地，菜与瓜满园地栽着。总之，这座妙相庵的全部是荒凉，幽静，偏僻，纯粹的地方。他们走着，他们觉到有一种甘露的滋味，回复了古代的质朴的心。虽则树木是颓唐的，花草是没有修剪的，但全部仍没有凌乱，仍有一种绿

色的和谐，仍有一种半兴感的美的姿势。这时瑀心里想道，

“决计再向这里来，我总算可以说找到一所适合于我的所在了。无论是活人的坟墓，或是可死之一片土，但我决计重迁了。”

一边他向清说，

“你以为这庵怎样呢？你不以为这是死人住的地方么？我因为身体的缘故，请求你们原谅一点，我要到这里来做一个隐士。”

说完，又勉强笑了一笑。清说，

“我是同意的，最少，你可以休养一下。不过太荒凉了，太阴僻了，买东西不方便。”

“问题不是这个。”瑀说，“我问，这位带发的师父，会不会允许呀？她岂不是说. 只有她一人住在这里？”

“这恐怕可以的。”

于是璘在旁说，

“妈妈怎样呵？”

“你以为妈妈怎样？”瑀问。

“离家这么远，妈妈会允许么？”

“妈妈只得允许的。”

于是璘又没精打采的说：

“我在星期日到这里来走走，妈妈跟在后面说，不要独自去，寺里是有斗大的蛇的！”

“但是我的年龄比你大。妈妈会允许我到离家千里以外的地方去呢！”

忠挚的弟弟又说，

“那么哥哥，我同你来住。横是从这里到学校，还不过是两里路。”

转一息又说，

“那么妈妈又独自了！”

“是呀，你还是陪着妈妈。”

他们一边说，一边又回到中央的一间里来。

这时这位妇人，从里面捧出三杯茶，请他们喝。

瑀就问，

“我想借这里一间房子，师父会可以么？”

她慢慢答，

“这里是荒凉的所在，房屋也简陋，先生来做什么呢？”

“不，我正喜欢荒凉的所在。我因为自己的精神不好，身体又有病，我想离开人们，到这里来休养一下，不，——就算是修养一下罢！无论如何，望你允许我。”

“允许有什么，做人横是为方便。不过太荒凉了，对于你们青年恐怕是没有好处的。”

“可是比沙漠总不荒凉的多了！沙漠我还想去呢！”

这样，妇人说，

“青年们会到这里来住，你有稀奇的性子。可是饮食呢？”

“妈妈不送来，我就动手自烧。”

妇人微笑地沉默一息，又问他姓名，瑀告诉姓朱。她说，

“那么朱先生；假如你要试试，也可以的。”

瑀接着说，

“请你给我试试罢。”

妇人就问，

“你喜欢哪一间房？”

“就是那最东的一间罢。”

妇人说，“那间不好，长久没有人住，地恐怕有湿气。要住，还是这一间罢。”指着佛堂的西一间说，“这间有地板，不过我堆着一些东西就是。”

“不，还是那间，那间有三面的窗，好的。”

妇人就允许了。瑀最后说，

“决计下半天就将被铺拿来，我想很快的开始我新的活动。”

这样，他们就没有再多说话。他们又离开佛堂。这时璘想，

“钓鱼的事情，下半天不成功了。”

一边，他们又走了一程路。

第七 佛力感化的一夜

果然，他们的母亲是没有权力阻止他，使他不叫和伯在当天下午就将

铺盖搬到妙相庵里去。她也料定她的儿子，不能在这庵里住的长久。所以她含泪的想，

“让他去住几天，他的偏执，使他处处不能安心，他好像没处可以着落。让他去住几天。他一定会回来的。”

不过困难的问题是吃药。饭呢，决定每餐叫和伯或璘送去给他吃。

在这庵里是简单的，瑀已将他的床铺好了。房不大，但房内只有一床，一桌，一椅，此外空空无所有，就是桌上也平面的没有放着东西，所以也觉得还空阔。房内光线还亮，但一种久无人住的灰色的阴气，却是不能避免的缭绕着。璘好像代他的哥哥觉到寂寞，他好几次说，“哥哥，太冷静了。”但小孩的心，还似庆贺他哥哥乔迁了一个新环境似的快乐。清当铺床的时候是在的，他也说不出瑀这次的搬移是好，是坏。他想，无论好。坏，还在瑀的自身，看他以后的行动怎样。清坐了半点钟就走了，因为他家中有事。而且临走的时候，更向瑀说，瑀假如不需要他，他只能在家住三天，就要回上海去。

瑀向东窗立了一回，望着一片绿色的禾稻。又向南窗立了一回，看看天井边的几株芭蕉树。又向北窗立了一回，窗外是一半菜园，一半种竹，竹枝也弯到他的窗上。稍望去就是山，山上多松，樵夫在松下坐着。

这时，他清楚地想，所谓生活到这样，似乎穷极而止定了。而他正要趁此机会，将他自己的生命与前途，仔细地思考一下。黑夜的风雨，似乎一阵一阵地过去几阵；但黎明未到以前，又有谁知道从此会雨消云散，星光满天，恐魔的风暴呀，是不会再来了呢？到此，他定要仔细的思考，详密的估量，白天，他要多在阳光底下坐，多在树林底下走；晚上，他要多在草地上睡，多在窗前立。一边，他决绝地自誓说，

“无论怎样，我这样的生活要继续到决定了新的方针以后才得改变！否则，我这个矛盾的动物，还是死在这里罢！”

这样到了五时，他又同璘回家一次，在家里吃了晚饭。

晚间，在这所四野无人的荒庵内，一位苦闷的青年和一位豁达的妇人，却谈的很有兴味：

“我呢，不幸的妇人，”她坐在瑀的桌边，温和而稍悲哀的说，“没有家，也没有姊妹亲戚。我今年四十岁，我的丈夫已死了十九年，他在我们结婚

后两年就死去。不过那时我还留着一个儿子，唉，可爱的宝贝，假如现在还活，也和朱先生差不多了。我是不爱我的丈夫的，我的丈夫是一个浪荡子，不务正业，专讲嫖赌吃喝四事；一不满意，还要打我，所以我的丈夫死了，我虽立刻成了一个寡妇，我也莫名其妙，没有流过多少眼泪。我呆子一样的不想到悲伤，也不想到自己前途命运的蹇促[17]。但当儿子死时，——他是十三岁的一年春天，犯流行喉症，两天两夜就死掉。那时我真似割去了自己的心肝一样！我很想自己吊死。但绳索也拿出来了，挂在床前，要跳上去，一时竟昏晕倒地。邻家的婆婆扶醒我，救我。这样，死不成了！我想，我的罪孽是命运注定的，若不赶紧忏悔，修行，来世又是这样一个。我本来在丈夫死了以后就吃素，因此，到儿子死了以后竟出家了。我住到这庵里来已七年，在这七年之内，我也受过了多少惊慌与苦楚，而我时刻念着'佛'。实在，朱先生勿笑，西方路上哪里是我这样的一个罪孽重重的妇人所能走的上，不过我总在苦苦地修行。"

停了一息，又说，

"这庵本来是我的师父住的，我的师父是有名的和尚，曾在杭州某寺做过方丈；但师父不愿做方丈，愿到这小庵来苦过。师父还是今年春天死的，他寿八十三岁。我当初到这庵里来，想侍奉他；谁知他很康健，什么事他都要自己做。他说，一个人自己的事，要一个人自己做的。他真康健，到这么老，眼睛还会看字很细的经，墙角有虫叫，他也听的很清楚。但他春间有一天，从外边回来，神色大变，据他自己说是走路不小心，跌了一跤；此后三天，他就死了。他是一边念着佛，一边死的。不，师父没有死，师父是到西方极乐国里去了。师父临终的时候向我说，——再苦修几年，到西方极乐国相会。"

这样又停了一息说，

"从我师父到西方去以后，我还没有离开过庵外。师父传给我三样宝贝，那幅佛堂上供奉着的罗汉，一部《莲华经》，一根拐杖。他说，这都是五百年的古物。我呢，拐杖是给他带到西方去了；留着做什么用呢？罗汉依旧供奉着，这部《莲华经》，我却收藏在一只楠木的箱子里。朱先生假使要看，明天我可以拿出来，我也要晒它一晒。"

瑀正襟地坐在床上，用他似洗净的耳，听她一句一句的说，话是沁入到他肺腑的。他眼看着这黄瘦的妇人，想象她是理想的化身。在年轻，她一定是美丽的，她的慈悲而慧秀的眼，她的清和而婉转的声调。她的全脸上所有的温良端详而微笑的轮廓，无处不表示出她是一个女性中的多情多感的优秀来。现在，她老了，她从风尘中老去，她从困苦与折挫的逆运中老去；但她却有高超的毅力，伟大的精神，不畏一切，向她自己所认定的路上艰苦地走。他见她当晚所吃的晚餐，是极粗黑的麦糕和一碗的黄菜叶烧南瓜；但她把持她的信念，会这样的坚固，他要叫她“精神的母亲”了！他这时十二分的觉得他是空虚，颠倒，一边他说出一句，

“我真是一个可怜的人！”

于是她又说，

“朱先生又何必这样悲哀呢？我们误落在尘网中的人，大概是不自知觉的。昏昏地生，昏昏地活过了几十年，什么妻子呀，衣食呀，功名呀，迷魂汤一般的给他喝下去，于是他又昏昏地老去，死去。他不知道为什么生，也不知道为什么死；病了，他诅咒他的病，老了，他怨恨他的老；他又不知道为什么病，为什么老。这种人，世界上大概都是。我以前，因为儿子死了，我哭；因为命运太苦，我要自杀，这都是昏昏地无所知觉。我们做人，根本就是罪孽，那儿子死了，是自然地死去。而且我只有生他养他的力量，我是没有可以使他不死的力量的。朱先生是一个聪明的青年，对于什么都很知觉，又何必这样悲哀呢？”

瑀凄凉的答，

“我的知觉是错误的，我根本还没有知觉。”

“那朱先生太客气了。”

于是瑀又说，

“我觉得做人根本就没有意义。而且像我这样的做人，更是没有意义里面的拿手！这个社会呢，终究是罪恶的一团。”

她立刻说，

“是呀，所以朱先生还是知觉的。朱先生的知觉并没有错误，不过朱先生没有解脱的方法就是！”

“也可以说，不过我的命运终将使我不能解脱了！”

瑀悲哀的。她又问，

“那又怎样说法呢？”

“我的命运太蹇促了！我无法可以冲破这铁壁一般的我四周的围绕。虽有心挣扎，恐怕终究无效了！”

这位可敬的妇人又说了，

“说到命运的蹇促呢，那我的命运比起你来，不知要相差多少倍。虽则我是妇人，而且像我这样的妇人，还是什么都谈不到；可是我总还苦苦的在做人！假如朱先生不以我的话为哀怨的话，我是可以再告诉一点，我的命运是怎样的蹇促的！我的母亲生下我就死去了，父亲在我三岁的时候又死去了。幸得叔父和婶婶养育我，且教我念几句书。但我十五岁的一年，叔父与婶婶又相继死去！十九岁就做了人家的妻，丈夫又不好，简直是我的冤家。但丈夫又夭死了，只留得一点小种子，也被天夺去！朱先生，我的命运比起你来怎样？我的眼泪应当比你流的多！但不然，我是一个硬心肠的人，我是痴子，虽则我也自杀过，终究从无常的手里逃回来。现在，我还是活着在做人，假如朱先生勿笑我的话，我还要说，我现在的做人，像煞还是有意义的，也是有兴味的呢！”

瑀转了一转他眸子，低看他自己的身前说，

“可是我总觉没有方法。”

“我想，”这位智慧的妇人，略略深思了一忽，说，“我想朱先生根本是太执著自己了。朱先生看人看得非常神圣，看眼前又非常着实。对自己呢，也有种种的雄心，希望，幸福的追求。于是一不遂心，一不满意，就叹息起来，悲伤起来，同时也就怨恨起来。请朱先生恕我，朱先生即使不是这种人，也定有这种人里面的一件，或一时有之。这都是为什么呢？都是太执著自己，根本认定一个我，是无可限量的，也无可非议的。这实在有些贪，痴；这实在太着迷了。我本是无知识的妇人，从小念几句诗书，是很有限量的。以后跟师父念了几部经，也是一知半解。说什么做人的理论？不过饭后余暇，我看朱先生老是眉头打结，谈着玩罢了。”一边她又微笑了一下，“本来这无量世界中，一切都是空的。我们人，我们呼吸着的这个躯体，也是空的，所谓幻相。而且我们这个幻相，在这裟婆世界里面，根本还为点是造孽。为什么要做人？就是罪孽未尽，苦痛未满，所以我们要继续地受苦！于是佛也来救我们了。佛是救众生的，佛是自己受苦救着众生的！所以佛说，‘我不入地狱，谁入地狱？’又说，‘众生不成佛，誓不成佛。’所以佛是自己受苦救众生的。我们人呢，一边佛来救我们，一边我们也要去救别的。同是这个娑婆世界里面的人，有的是醉生梦死，有的是不知不觉，有的是恶贯满盈，有的是罪孽昭著，这种人，也要去救起他们。此外，六道当中，有修罗道，畜生道，饿鬼道，地狱道，它们都比人的阶级来的低。佛也同样的救起它们。佛的境界是宽阔的，哪里是我们人所能猜想的到。我们人岂不是以理想国为不得了么？在佛的眼中，还是要救起他们。六道中的第一道是天道，这天道里面，真不得了。吃的是珍馐肴馔[18]，住的是雕栏玉砌，穿的是锦绣绫罗，要什么就有什么，想什么就得什么，他们个个是人间的君王，或者比起人间的君王还要舒服。那朱先生以为怎样呢？在佛的眼中，还是要救起他们，他们也还是要受轮回之苦。”接着就变更语气地说，“这些道理，我知道有限，不多说。朱先生是学校出身的人，还要笑我是迷信！不过我却了解，我们做人根本要将自己忘了，我们要刻苦，忍耐，去做些救人的事业。这样，我们是解脱了，我们也有解脱的方法！近年来，这个世界是怎样？听说外边处处都打仗，匪劫。我想像朱先生这样的青年，正要挺身出去，去做救世的事业，怎么好自己时时叹息怨恨呢？”

这样的一席话，却说的瑀呆坐着似一尊菩萨了。

瑀听着，开始是微微地愁扰眉宇，好像声是从远方来。次之到第二段，他就严肃起来，屏着他的呼吸了。以后，竟心如止水，似一位已彻悟的和尚，耳听着她说的上句，心却早已明白她未说的下句了。他一动不动地坐着，已经没有丝毫的怀疑和杂念，苦痛也不知到何处去。这时他很明了自己，明了自已的堕落——堕落，这是无可讳言的。不是堕落，他还可算是向上升华么？不过他却并不以堕落来悲吊自己，他反有无限的乐愿，似乎眼前有了救他的人了！

他听完了她的话以后，他决定，他要在今夜完全忏悔他的过去，而且也要在今夜从她的手里，讨了一条新生的路。这时，他想象他自己是一个婴儿，他几乎要将他过去的全部的罪恶的秘密，都向她告诉出来。但他自己止住，用清楚的选择。这样说，全部的语气是和平的。

“我是堕落的！我的身体似烙遍了犯罪的印章，我只配独自坐在冷静的屋角去低头深思，我已不能在大庭广众的前面高声谈笑了，我是堕落的。

不过我的堕落并不是先天的。父母赋我的身体是纯洁，清白，高尚，无疵。我的堕落开始于最近。因为自身使我不满，社会又使我不满，我于是就放纵了，胡乱了；一边我也就酗酒，踏了种种刑罚。这样的结果，我要自杀！我徘徊河岸上，从夜半到天明；我也昏倒，但还是清醒转来。因为我念想到母亲，我终究从死神的手里脱漏出来。可是我并没有从此得到新生，我还是想利用我的巧妙的技术，来掩过别人对于我的死的悲哀！死是有方法的，我还想选择这种方法。我恐怕活不久长了！虽则我听了你的话，精神的母亲，——我可以这样叫你么？你的话是使我怎样感动，你真有拯救我的力量！可是自己的病的无期徒刑，三天前我还吐了几口血，咳嗽此刻还忘不了我，我恐怕终要代表某一部分死去了！精神的母亲呀，说到这里，我差不多要流出眼泪来。我的心是快乐的，恬静的，我已有了救我的人。"

于是他精神的母亲又镇静地说，

"你还是悲哀么？我呢，曾经死过的人。所以我现在的做人，就是做我死了以后的人一样。你呢，你也是死过的人。那你以后的做人，也要似新生了的做法。我们都譬如有过一回的死，现在呢，我们已经没有我们自己了！眼前所活着的，不过为了某一种关系，做一个空虚的另外的代表的自己好了！我们作过去的一切罪孽，和自己那次的死同时死去，我们不再记念它。我们看未来的一切希望，和自己这次的生同时生了。我们要尊重它，引起淡泊的兴味来。假如朱先生以今夜为再生的一夜，那应以此刻为再生的一刻；过了此刻，就不得再有一分悲念！朱先生能这样做去么？"

"能，"瑀笑答，"我今夜是归依于你了。不过还没有具体的方法。"

"什么呢？我不是劝朱先生去做和尚，从此出家念佛。朱先生要认定眼前。第一要休养身体，再去扶助你的弟弟，同人间的一切人。"

房内一时静寂。瑀又自念，

"过去就是死亡，成就了的事似飞过头的云，从此呢，就从摊在眼前的真实，真实做去。"

"是呀，如此再生了！"她欢呼起来。一息，说，

"朱先生身体不好，应该早睡。我呢，也破例的谈到此刻了。"

这样，睡眠就隔开了他们。

第八 再生着的死后

第二天晨六时，他醒来。当他的两眼睁开一看，只见东方的阳光，从东向的窗中射进来，满照在他的被上。青灰色的被，变做镀上了赤金似的闪烁。这时，他不觉漏口地说了一句，

“世界与我再生了！”

他的脑子也似异常冷静，清晰；似乎极细微的细胞，他都能将它们的个数算出来；极紊乱的丝，他都能将它整理出有条理来一样。他的身体虽还无力，可是四肢伸展在席上，有一种蘼蘼的滋味。这时，他睡在床上想念，

我的厌倦的狂乱的热病，
会从此冰一般地消解了！
苏醒如夜莺的婉啭的清晰，
世界也重新的辽阔地展开了。
我愿跌在空虚的无我的怀中，
做了一个我的手算是别人的工具。
在我的唇舌上永尝着淡泊与清冷，
我将认明白自己的幸运的颜色了。
无边的法力之厚恩；感谢呵，
我永忘不了这荒凉的寺内的一夜。

他这样的念了一下以后，又静默了两分钟。接着，从那佛堂中，来了两声，“咯，咯，”的木鱼声。一边，呢喃的念经声就起了。木鱼声是连续的细密的敲着，再有一二声的钟磬声。这种和谐的恬静的韵调，清楚的刺入他的耳中，使他现出一种非常飘渺，甜蜜，幽美，离奇的意像来，——好似这时他是架着一只白鹤，护着一朵青云，前有一位执幡的玉女，引他向蓬莱之宫中飞升一样。一时，他又似卧在秋夜的月色如春水一般的清明澄澈的海滨的沙石上，听那夜潮涨落的微波的呜咽。一时，他又似立在万山朝仰的高峰上，听那无限的长空中在回旋飞舞的雪花的嘶嘶缕缕的妙响。在这净洁如圣水的早晨，万有与一切，同时甜蜜地被吸进到这木鱼钟磬的声音的里面。瑀呢，是怎样的能在这声音中，照出他自己的面貌来。这样，他听了一回他精神的母亲的早课，他不觉昏昏迷迷的沉醉了一时。

约一点钟，声音停止了，一切又陷入沉寂。他也想到他的自身，——一个青年，因为无路可走，偶然地搬到寺院里，但从此得救了！

这样，他又想到他前次的未成功的自杀。他微微一笑，这是真正的惟一的笑。一边他想，

“假如我上次真的跳河了，现在不知道怎样？完了，完了！什么也完了！”

于是他就幻想起死后的情形来：

一张黑色的寿字的棺材，把我的尸静静的卧在其中。大红色的绫被身上盖着。葬仪举行了，朋友们手执着香悲哀的在我身后相送。到了山，于是地被掘了一个坑，棺放下这坑内。再用砖与石灰上面封着，带青草的泥土上面盖着，这就是坟墓了！尸在这坟墓中，渐渐地朽腐。皮朽腐了，肉也朽腐了，整百千万的蛆虫，用它们如快剪的口子，来咀嚼我的身体。咀嚼我的头，咀嚼我的腹。它们在我的每一小小的部分上宴会，它们将大声欢唱了：

（一）

一个死尸呀为我们寿，
一个死尸呀为我们寿。
他是我们的宫室，
他是我们的华筵；
航空于宇宙的无边，
还不如我们小小之一穴。
欢乐乎，谁是永在？
一个死尸呀为我们寿。

（二）

过去可莫恋。
未来可莫惜。
我们眼前的一脔[19]，
我们眼前的一滴。

幸福呀眼前，
酒肉送到我唇边，
我们不费一丝力。

这样，它们欢唱完结的时候，也就是我身到了完结的时候！什么皮肤，肌肉，肺腑，都完结了，完结了！”

这时，他举起他瘦削的手臂，呆呆的注视了一下。

“一边呢，”他又想，“在我的墓上。春天呀，野花开了。杜鹃花血一般红，在墓边静立着。东风吹来的时候，香气散布于四周，于是蜂也来了，蝶也来了。墓边的歌蜂舞蝶，成了一种与死作对比的和谐。这时，黄雀，相思鸟，也吱吱唧唧的唱起《招魂歌》来：

长眠的人呀，
醒来罢！
东风酿成了美酒，
春色令人迷恋哟。
再不可睡了，
绿杨已暖，
绿水潺湲[20]，
渡头有马有船，
你醒来罢！

但一边唤不醒我魂的时候，一边另唱起《送魂曲》：

长眠的人呀，
你安然去罢！
清风可作舆[21]，
白云可作马，
你安然去罢！
黄昏等待在西林，

夜色窥望于东隅[22]，
你安然去罢！
无须回头了，
也无须想念了。
一个不可知的世界，
华丽而极乐的在邀请你，
你应忘了人世间的苦闷，
从此天长而地久。
你安然去罢，
长眠的人呀！

正是这个时候，我的亲爱的小弟弟，扶着我头发斑白的母亲来了。母亲的手里有篮，篮内有纸钱，纸幡，香烛之类。他们走到我的坟前，眼泪先滴在我的坟土上，纸幡悬在我的坟头，纸钱烧在我的坟边，香烟缭绕的上升，烛油摇摇的下滴，于是他们就相抱着呜呜咽咽地哭了起来。一回，哭声渐渐低了；于是他们收拾起篮儿，他们慢慢地走去，他们的影子渐渐远逝了。春也从此完了。

这样，他一直想到这里，心头就不似先前这么平宁了。他要再想下去，想夏天，烈日晒焦他坟上的黄土。想秋天，野花凋残，绿草枯萎，四际长空是辽阔地在他墓之四周。冬天呀，朔风如箭，冷雪积着坟头！这样，冬过去，春天来——但他还没有想。窗外有人温和的叫他，

“朱先生！”

这是他精神的母亲。他的思路也止了，听她说，

“还睡着么？时候不早了。”

他答，

“醒了，已早醒了，还听完你的早课。”

“为什么不起来？”

“睡着想！”

“想什么呢？”

“想着一个人死后的情形。”

“没有意思。还是起来罢，起来是真实的。”

他们隔着窗这样说完，她就走开。

阳光已经离开他的被上，被仍是青灰色的。

“真的不早了，我却又想了一个无意义的！我再生了，死后的情形，离开我很远。”

一边就走起。

他见她在庵后的园中，这时用锄锄着地。一面收拾老的瓜藤，一面摘下几只大的瓜放在一边。她头戴着一顶破笠帽，很像一位农妇，做这些事也做的很熟手。她的脸上温和，没有一些劳怨之念。阳光照她满身，有如金色的外氅，蝉在桑枝上叫。所有在她身边的色彩，声调，这时都很幽韵，质朴而古代的。

第九 枭在房中叫呀

时候约九点钟，阳光和他的身子成四十五度的锐角。他从庵里出来，想回到家里去吃点早餐。在回家的路上，他和他的影子都走的很快。一边，他这样清朗的想：

他所认识的和他亲信的人们，他们都有伟大的精神，都是勇敢地坚毅地向着生的活泼的一方面走。他们没有苦痛么？呵，有，他们的苦痛正比他大！可是他们都用严厉的手段，将他们自己的不幸封藏起来；反而微笑地做着他们日常应做的工作。他的母亲是不要说了！她是什么都可以牺牲，精神也可以牺牲，肉体也可以牺牲，只求她家庭的安全，赐她的儿子以幸福。艰难，困苦，劳疲，她是很从容的同它们奋斗，她没有一分的畏惧心。他的两位朋友，清和伟呢，他们是有肯定的人生观，深挚的同情。他们忍着气喘的一步步的跑上山岭，他们不愿意向后回顾，他们对准前线的目标，静待着冲锋的命令的发落。一个还有美的感化和调和；一个更富有强韧的实际性，这实在不能不使他佩服了。至于他这位精神的母亲，她更高于一切。她有超脱的人生观，她也有深奥的自我的见地；她能够将她过去的一段足以代表人生最苦一方面的命运，作已死的僵物来埋葬了，整理地再开拓她新的境界，——新的怀抱与新的要求。艰难孤苦地独自生活。自己亲手在园里种瓜，又自己亲手去摘。这种古代的又艺术的生活，里面是含着怎样的不可窥测的勇敢与真理。

再想他自己呢，唉！他真要惭愧死了！他想他的精神上没有一点美质，没有一点可称赞的荣誉的优点。他除出对于他自身是无聊，乏味，空想，浮燥，烦恼，叹息；对于社会是怨恨，诅咒，嫉妒，猜疑，攻击，讥笑之外，他就一点什么也没有。只将他自己全部的人生陷在昏瞶，胡乱，恍惚，莽闯的阱中。他好像他的过去，没有见过一天清朗的太阳，没有见过一夜澄澈的月亮；他好像钻在黑暗的潮湿的山洞里渡过了几时的生活。在他是没有劳力，也没有忍耐与刻苦。他除了流泪之外，似竟没有流过汗。真理一到他的身上就飘忽而不可捉摸，美丽一到他的身上就模糊而不能明显。狭义的善，他又不愿做去，新的向上性的罪恶，他又无力去做。唉，他简直是一个古怪的魔鬼！惶恐，惭愧。他这样想，

我算是什么东西呢?

人么? 似乎不相像。

兽么? 又不愿相像了!

那我是什么东西呢?

好罢，暂且自己假定，

我是旧时代里的可怜虫!

但忽然转念，他到底得救了，昨夜，他得到了新生的转机。他已送过了过去的一团的如死，他又迎来了此后他解脱他自身的新的方法，他得到再生了!

这时他走到他家里的那株樟树的荫下，他举起两拳向空中扬，一边他喊，

“努力！努力！”

“重新！起来！”

“勇敢！努力！”

但不幸，——听，

枭在房中叫呀!

枭拼命地叫呀!

当他走进了大门，将要跳进屋内去的一刻，他忽然听得他母亲的哭声，

呜呜咽咽的哭声，一边说，

“总是我的瑀坏！瑀会这样颠倒，竟害了她！”

他突然大惊。两脚立刻呆住，他想，

“什么事？我害了谁？”

房里又有一位陌生的妇人的声音，很重的说，

“千错万错，总是我家的错！为什么要跑到谢家去说，说瑀要离婚呢？”

母亲是继续的哭泣，陌生的妇人是继续的诉说，

“前夜从你这里回家，他的脸孔气的铁青，两脚气的笔直。我问他什么事，他又不说，我以为路里和别人吵过嘴，随他去了。不料他昨天吃过中饭，会跑到谢家去告诉。他说并没有说几句，不过说瑀要不结婚，说不配她，还骂了他一顿。不料这几句话恰被这位烈性的姑娘听去！”

停一息，又听她说，

“这位姑娘也太烈性。她家里一位烧饭的说，她听到这几句话以后，脸孔就变青了。当夜就没有吃饭。她父母是不晓得这情形。她在别人都吃过饭以后，还同邻舍的姑娘们同道坐一回。邻舍的姑娘们还向她说笑了一回。问她愁什么，担什么忧？而她总是冷冷淡淡的，好像失了魂。以后，她也向她们说，——这时房内的妇人，假装起姑娘的各种声调来——她说，

‘女人是依靠丈夫，丈夫不要她了，活着还有什么趣味呢！’

她又念，

‘莫非一个不要了，再去嫁一个不成么？’

当时邻舍的姑娘们，向她说，

‘愁什么呀？谁不要你？莫非他是一个呆子！愁什么呀。你生的这样好看，你又聪明又有钱，朱先生会不要你？他要谁去？他总不是一个呆子！’

姑娘一时没有答，以后她又这么说，

‘他哪里会是呆子，他是异样的聪明能干的！不过我听别人讲，现在在外边读过书的人，无论男女，都讲自由恋爱。自己喜欢的就要她，父母代定的就不要。我终究是他父母代定的！’

‘不会，不会，’她们急连的说，‘喜欢总是喜欢好看的，聪明的，莫非他会喜欢呆子，麻子，癞子，不成？’

以后，她又说，

‘我终究没有到外边读过书。’

她们又说，

‘不会，不会。女子到外边读书，究竟是摆摆架子，说说空话的。或者呢，学些时髦，会穿几件新式的衣裳。这又谁都会穿的。’

这时，她邻舍还有一个姑娘说，

‘是呀，不过学会了会穿高跟皮鞋就是咯！高跟皮鞋我们乡下人穿不惯，穿上是要跌死的。说到她们在外边是读书，骗骗人。啊，你去叫一个中学校的毕业生来，和我背诵诵《孟子》看，看谁背的快？’

接着，这位姑娘背了一段《孟子》，她和她们都笑了一下。

以后她又说，

‘男人的心理是奇怪的，他看见的总是好的，没有看见的总是不好的。’

她们又说，

‘你不要愁呀。你的好看是有名的。朱先生不过口子说说，心里一定很想早些同你结婚呢！’

那她又问，

‘为什么要口子说说呢？’

她们答，

‘吓，对着媒人，媒人是可恶的，就口子随便地说说。’

她们还是劝她不要愁。

可是在半夜，大概半夜，她竟下了这样的狠心，抛了父母兄弟，会自己上吊！只有一索白线，吊死在她自己的床后！这真是一个太急性的姑娘，太急性的姑娘！”

声音停顿了一息，一时又起来，

“她的父亲也多事，当临睡的时候，大声向她的母亲说，

‘假如他真要离婚，那就离婚好了！像我们这样的女儿，莫非嫁不到人么？一定还比他好一点！我不过看他父亲的情谊。离婚，离婚有什么要紧！’

虽则当时她的母亲劝，

‘不要说，我们再慢慢的另差人去打听，问去，究竟有没有这个意思。恐怕青年人一时动火——他是有病的人更容易动火，动火了说出错话来也

说不定。媒人的嘴是靠不住的。'

她的母亲说的很是，不料她父亲又说，

'离婚就离婚，还打听什么？媒人总是喜欢你们合，莫非喜欢你们离？还打听什么？莫非嫁不到第二个？'

这几句话，姑娘竟很清楚的听去。所以她在拿灯去睡的时候，也含含糊糊的自念，

'总是我的命运，莫非真的再去嫁第二个么？'

她的话也听不清楚，所以也没有人去留心她。也断想不到她会这样下狠心！真是一个可怜的姑娘！"

停一息，又说，

"事情也真太冤家，凑巧！她房里本来有一个十四岁的小姑娘陪她睡的。而这个小姑娘，恰恰会在前天因家里有事回家去了。她独自在房里睡的时候很少，偏偏这两夜会独自睡。所以白线拿出来，挂上去，竟没有一个人听到！这是前世注定的！他，死后总要落割舌地狱！你也不要哭，前世注定的。"

他的母亲带哭的结尾说，

"这样的媳妇，叫我哪里去讨到第二个？"

这时，瑀立着；他用全副的神经，丝毫不爽地听讲这妇人的每个发音。初起，他的心脏是强烈地跳动；随后，就有一股热气，从他的头顶到背脊，一直溜到两腿，两腿就战抖起来。额上，背上，流出如雨的汗来，他几乎要昏倒。最后，他好像他自己落在熔解炉中，眼前是一片昏暗，四周是非常蒸热，他的身体是熔解了，熔解了，由最小到一个零。

他不想进房去，他想找寻她的死！他不知不觉地转过身子，仍向门外跑出去。还竟不知向那里去！

第十 冰冷冷的接吻

假如不知道他的妻的家是在那里的话，这时简直不知道他向什么地方走。而且还一定要代他恐慌，因为非特他的身子就好像被狂风吸去一样；他跳过田径，跑过桥，简直不是他自己的身子。

他一直向东，两脚动的非常快，头并不略将左右看一看。他从这块石跳到那块石，从这条路转到那条路，石呀，路呀，它们是一直引诱着他到他妻的那里去！

离他家东七里，正是他的妻的家的村庄。这村庄比他的村庄小些，但这村庄是比他的村庄富裕。何况他的妻的家是这村的上等人家之一。瑀，从小是到过她的家里的。这是一出旧剧的老把戏，因为父亲是朋友，女儿就做作夫妻了。

这个时候，瑀将十年前的印象，迅速地银幕上的影戏一般的记起了：

——一位额前披短发的小姑娘，立在她自己的房的门口中，身掩着门幕，

当他走去，就跑开了。——

——这样一次，——

——这样二次，——

——这样三次，——

一转又想：

——现在，她死了，——

——她在昨夜吊死！——

——她死的悲惨，——

——但死的荣耀，——

——为了我的缘故，——

——她死的荣耀！——

——她尊视她的身体，不愿谁去鄙夷她，——

——她的死一定是微笑的，——

——微笑，——

——微笑，——

——我要在她微笑的额上吻一吻，——

——甜蜜的吻一吻，——

——我也微笑，——

——我是带着微笑和忠心去的。——

——或者会在她微笑的额上有泪痕，——

——死的难受，有泪痕。——

——我去舐了她的泪痕，——

——忠心地去舐，——

——她一定在等待我，——

——她是用怨和欢欣等待我，——

——我去，——

——快去，——

走了一程，又想：

——我还有什么？——

——没有。——

——还要我怎样做？——

——也没有。——

——她或得这最后的一吻，——

——她趁够了！——

——吻，吻，——

——她希望于我的，——

——微笑地去，——

——作惟一的吻，——

——她够了，——

——她会永远安心了！——

他竟似被一个不可见的魔鬼在前面领着。他跑完了这七里路，他只喘过一口气，他似全没有费多少力，就跑到了他的妻的村。他也一些不疑惑，没有多转一个弯，也没有多跑一丈路；虽则他到过他的妻的家已在十年以前，但他还是非常熟识，比她村里的人还要熟识，竟似魔鬼在前面领着一样。向着最短的距离，用着最快的速度，一溜烟跑进了他的妻的家。

他稍微一怔，因为这时她的家会鸦雀无声！好似古庙。但他稍微两脚一立之后，仍用同样的速度，目不转瞬地跑进了十年前她所立过的门口的房内。

她的尸睡着！

微笑地睡着。

微怨地睡着。

他立刻用他两手捧住她的可怕的青而美丽的两颊，他在她的额上如决斗一般严肃地吻将起来。

吻，

再吻，

三吻！

他又看着她的唇，全身的火焰冲到他的两眼，唇是雪的飞舞一般白。接着他又混乱地，

吻，

再吻，

三吻！

一忽，他又看着她的眼。她的迷迷如酒微醉般闭着的眼，如夜之星的微笑的眼，清晨的露的含泪的眼，一对苦的永不再见人间的光的眼。他又凛冽地向她的脸上，

吻，

再吻，

三吻！

但是这个吻是冷的，冰一般地冷的！而且这个冷竟如电流一样，从她的唇传到他的唇，再从他的唇传到他的遍体，他的肌肤，他的毛发，他的每一小小的纤维与细胞，这时都感到冷，冷，冰一般地冷！

他在她的房内约有五分钟。

她的房内没有火！

她的房内没有光！

她的房内没有色！

她是一动不曾动，只是微笑而又微怨地睡着！

但一切同时颤抖；太阳，空气，甚至地面和房屋，一切围着他颤抖！

忽然，一阵噪声起来，浪一般的起来，好像由遥远到了眼前。

他这时才觉得不能再立足，用子弹离开枪口一般的速度跑出去了。

她的尸是在早晨发觉的。当发觉了她的尸以后，她的父亲是气坏了，她的母亲是哭昏了！她的家里的什么人，都为这突来的变故所吓的呆住了。

她的家虽有一座大屋，本来人口不多，当是冷清清的。她有一个哥哥，却也守着一间布店，这时又办她的死后的事宜去。所以他跑进去，一时竟没有人知道。等到一位烧饭的走过尸房，只见一个陌生的男子，——当时她还看的他是很长很黑的东西，立在她的姑娘的尸边，又抱住姑娘的头吻着，她吓的说不出话，急忙跑到她母亲的房内，——在这间房内是有四五位妇人坐着。——她大叫起来，一边这四五人也惊呼起来。但当她们跑出来看，他已跑出门外了。她们只一见他的后影。这时，她的父亲也出来，含着泪；她们拥到大门口，他问，

“什么？是朱胜瑀么？”

“是呀，她看见的。”她母亲答。

“做什么呀？”

“她说他抱着女儿的脸！”

“什么！你说？”

“在姑娘的嘴上亲；一息又站着，两只眼睛碧绿的向着姑娘的脸上看，我慌了！”

烧饭的这样说。他又问，

“是朱胜瑀么？”

她们都答，

“背后很像。”

“什么时候跑进来的？”

“谁知道！”她母亲半哭的说。

“他哭么？”

“又没有。”烧饭的答。

“莫非他疯了？”

“一定的！”

“一定的！”

谁都这样说。

“否则决不会跑到这里来！”

恰好这时，他们的儿子和一位佣人回来，手里拿着丝棉，白布等。她们立刻问，

“你看见过门外的人么？”

“谁呀？”

“朱胜瑀。”

“没有，什么时候？”

“方才，他到这里来过。”

“做什么？”

“疯疯癫癫的抱着你妹子的脸！”

“呀？”

“连影子都没有看见过么？”

“没有，方才的事？”

“我们还刚刚追出来的！”

“奇怪，奇怪！假如刚刚，我们一定碰着的，我们竟连影子都没有看见过。他向哪一条路去呢？”

“你，你赶快去追他一回罢！”他父亲结论地说。

这样，这位哥和佣人立刻放下东西，追出去了。

她们等在门外，带着各人的害怕的心。一时，两人气喘的回来，她们接着问，

“有人么？”

“没有，没有，什么都没有！”

“你们跑到那里？”

“过了桥！”

她的哥答，接着又说，

“我碰着他们的村庄里来的一个人，我问他一路来有没有见过姓朱的，他也说，没有，没有！”

这时他们个个的心里想，

“莫非是鬼么？”

第十一　最后的悲歌

时候近日中，约十一点左右。寺里的妇人，这时已从菜园里回来，将

举行她中昼的经课。她方举起木鱼的棰儿将敲第一下，而瑀突然颠跌冲撞地从外面跑进来。他的脸孔极青，两眼极大，无光。她一见惊骇，立刻抛了棰儿，跑去扶他，一边立刻问，

“朱先生，你怎样了？”

而他不问犹可，一问了，立刻向她冲来，一边大叫，

“唉！”

他跌在她的怀中，几乎将她压倒。她用两手将他抱住，一边又问，

“朱先生，你究竟怎样了？”

他又闭着眼，“唉！”的一声，什么没有答。

这时，他精神的母亲将他全身扶住，他的头倚在她的肩上，慢慢的扶他到了房内。房内的一切静默地迎着他，床给他睡下，被给他盖上。她又将他的鞋子脱了，坐在他的床边，静静地看守他。一边又轻轻地问他，

“朱先生，你到底怎样了？”

这时他才开一开眼，极轻地说，

“死了！”

她非常疑惑，又问，

“什么死了呢？”

他又答，

“什么都死了！”

“什么？”

“什么！”

她的两眉深锁，惊骇又悲哀地问，

“清楚些说罢，你要吓那一个呵？”

于是他又开了一开眼，喘不上气地说，

“清楚些说啦，她已经死了！”

她这时稍稍明白，不知道那个同他有关系的人死去。剧烈的发生，会使他这样变态。一边她蹙着额想，

“变故真多呀！人间的变故真多呀！”

接着又极轻的说，

“恐怕又要一个人成了废物！”

这样约十五分钟。他在床上，却是辗转反侧，好似遍体疼痛。他一息叫一声“唷！”一息又叫一声“哟！”

一时，却又乱七八糟地念起，

红色也死了，

绿色也死了，

光也死了，

速度也死了，

她已死了，

你也要死了，

我正将死了！

接着，他又叫，

妈妈，你来罢！

于是她又向他陆续问，

“你说些什么呀？”

“叫你妈妈来好么？”

“你究竟那里痛呢？

“清醒一下罢！”

但他没有答一句。停一息，又念，

一切同她同死了，

菩萨也同死了，

灵魂也同死了，

空气也同死了，

火力也同死了，

活的同死了，

死的亦同死了，

看见的同死了，

看不见的也同死了，

微笑同死了，

苦也同死了，

一切同死了，

一切与她同死了！

她听不清楚他究竟说点什么话，但她已经明白了这多少个“同死了”的所含的意思。这时她用手摸着他的脸，他的脸是冰冷的；再捻他的手，他的手也是冰冷的。她还是静静地看守他，没有办法。

一时，他又这样的向他自己念，呓唔一般的，

我为什么这样？唉！

我杀了一个无罪的人！

虽则她是自愿地死去，

微笑而尊贵地死去。

我见她的脸上有笑窝，

可是同时脸上有泪痕！

冰冷冷地接过吻了，

这到底还留着什么？

什么也没有，空了！

惟一的死与爱的混合的滋味，

谁相信你口头在尝着！

从外边走进三个人来，——清，璘和他的母亲。瑀的中饭在他们的手里。他们走进他的房内，立时起一种极深的惊骇，各人的脸色变了，一个变青！一个变红！一个变白！他们似乎手足无措，围到瑀的床边来，一边简单而急促地问，

“怎样了？”

寺里的妇人答，

“我也不知道，方才他从外边跑回来，病竟这样厉害！此刻是不住地讲乱话呢。”

她极力想镇静她自己，可是凄凉的语气夹着流出来。

谁的心里都有一种苦痛的纠结，个个都茫然若失。

寺里的妇人就问他母亲，约九时瑀有没有到家过。而他的母亲带哭的嚷，

“有谁见他到家过？天呀，王家婶告诉我的消息他听去了！正是这个时候！但又为什么变了这样？”

接着她又将他的妻的死耗，诉说了几句。他们竟听得呆呆地，好像人间什么东西都凝作一团了！

瑀还是昏沉地不醒，一时又胡乱地说。他不说时眼睛是闭着的，一说，他又睁开眼睛。

死不是谣言，
死不是传说，
她的死更不是——
一回的梦呵！
这是千真万确的，
你们又何必狐疑。
且我已去见她过，
见过她的眼，
见过她的唇，
见过她一切美丽的。
还在她冰冷的各部上，
吻，吻，吻，吻，吻，
吻，吻，吻，吻，
听清楚，不要记错了。
唉！微笑的人儿呀，
她现在已经去了！

于是这寺里的妇人说，

“是呀，他一定为了他的妻的死。但他莫非到了他的妻的那边去过么？李先生，你听他说的话？”

“是，还像去吻过他的妻的死唇了！”

清恍惚的说。一息，他又问，

“瑀哥！你那里去过？你又见过了谁？”

这样，瑀又叫，

见过了一位高贵的灵魂，
见过了一个勇敢的心，
也见过了一切紧握着的她自己的手，

无数的眼中都含着她的泪!

可怕呀，人世间的脸孔会到了如此。

但她始终还是微笑的，

用她微笑的脸，

向着微笑的国去了!

这时清说，

“他确曾到他的妻的那里去过。”

但他的母亲说，

“什么时候去的呢?他又不会飞，来回的这样快!”

停一息，又说，

“他又去做什么呢?像他这样的人，也可以去见那边不成呀?而且姑娘的死，正因他要离婚的缘故。他又去做什么呢!”

可是房内静寂的没有人说。

一时他又高声叫了，

谁知道天上有几多星?

谁知道人间有几回死?

自然的首接着自然的脚，

你们又何苦要如此?

你们又何苦要如此?

什么都用不到疑惑，

也用不到来猜想我，

终究都有他最后的一回，

我们知道就是了。

“我的儿子疯了!”

他母亲哭泣的说。

“朱先生，你到底怎样了?你假如还有一分知觉，你不该拿这九分的糊涂来吓死人?瑀呀，你知道眼前是谁站着呢?”

他的精神的母亲这样说。

可是瑀什么都不响。清又愁着似怒的说，

“瑀哥!你为什么要这样?死不过死了一个女子，你自己承认有什么关系？你要这样的为了她？”

接着，瑀又和缓些说，

一个寻常的女子，
要羞死偷活的丈夫呀！
踏到死门之国又回来了，
她是怎样高贵而勇敢呀！
她的死可以使日沉，
她的死可以使海沸，
虽则她永远不是我的——
可是她的死是我的，
我的永远理想的名词。
景仰！景仰！景仰！
我现在是怎样地爱她了，
这个使我狂醉的暴动！
天地也为她而掀翻了！
一个寻常的女子，
要羞死偷活的丈夫。

他们个个眼内含着泪，他们不知怎样做好。以后，他们议论要请医生，一回又议论要去卜课，甚至又议论先问一问菩萨。但都不是完全的议论。一种苦痛压住他们的心头，喉上，使他们什么都表不出肯定的意见来。他们有时说不完全的句子，有时竟半句都没有说。㻛却不时的含着眼泪叫，

“哥哥！”

“哥哥！”

第十二 打罢，人类的醒钟

这样又过去了多少时。

瑀在床上又转一身，极不舒服地叫了一声，

“妈妈！”

他妈妈立刻向他问，

“儿呀，我在这里，你为什么呢？”

“没有什么。”

这才他答，他母亲又立刻问，

“那儿呀，你为什么这样了？”

“没有什么。”

“你醒来一下罢！”

“妈妈，我是醒的，没醒的只是那在睡梦中的世界。”

他一边说一边身体时常在辗转。他母亲又问，

“你为什么要讲这些话？你知道我们么？”

“我知道的，妈妈，我很明白呢！”

“那你应该告诉我，你究竟为什么得到了这病了？”

“我有什么病？我的身体还是好的！”

这样，他转了语气又问，

“妈妈，她真的死了罢？”

“死是真的死了。儿呀，死了就算了！”

“她为谁死的？”

“她是她自己愿意死去呢！”

“那么，妈妈，你再告诉我，她为什么会自己愿意死去的呢？”

“也是命运注定她愿意的。”

“妈妈，你错了，是我杀死她的！她自己是愿意活，可是我将她杀死了！”一边又转向问清，

“清，我却无意中杀了一个无力的女子呢！”

于是清说，

“瑀哥，你为什么要这样想去？那不是你杀的。”

“又是谁杀的呢？”

“是制度杀死她的！是社会在杀人呵！”

“是呀，清，你真是一个聪明人。可是制度又为什么不将你的妻杀死呢？又不将谁的妻杀死呢？妻虽则不是我的，可为什么偏将我的杀死呢？”

“我们都是跪在旧制度前求庇护的人。”

“所以她的死的责任应当在我的身上，这个女子是我杀死她的。”

“瑀哥你不必想她罢，人已死，这种问题想它做什么？”

“可是清，你又错了。她没有死呢！她的死是骗人的，骗妈妈，骗弟弟们的，她还是活的，没有死，所以我要想她了！”

清觉得没有话好说。这时他精神的母亲，郑重地向他说，

“朱先生，你睡一睡，不要说了，我们已很清楚地知道你的话了。”

“不，请你恕我，我不想睡；我不到睡的时候，我不要睡。我的话没有完，蓄积着是使我肚皮膨胀的，我想说它一个干净！”

“还有明天，明天再说罢，此刻睡对你比什么都要好，还是睡一下罢。”

“不，现在正是讲话的时候。”

“我们还不知道你心里要讲的话么？你自己是太疲乏了。”

“单是疲乏算的什么？何况现在我正兴奋的厉害！我简直会飞上天去，会飞上天去！”

接着又问清，

“清呀，你听着我的话么？”

“听着的。”清答。

“哈哈！”他又假笑。一息说，

“清呀，你能照我命令你的做么？”

“瑀哥，什么都可以的。”

“你真是一个我的好友。在我的四周有许多好的人。可是我要将我的好人杀完了！你不怕我杀你么？”

清没有答，他又疯疯的叫，

“清呀，你给我打罢，打罢，打到云间挂着人类的醒钟！我的周围的好人们不久都将来了！”

“谁呀？”

清又愁急的问。

“你不知道么？是我们的十万青年同志们。他们不久就将来了，我要对他们说话。清，你打罢，打罢，先打起人类的醒钟来。”

“我打了。”

清顺从地说。三人互相愁道，

“又不知道他说什么话呢！”

“可是你看，你看，他们岂不是来了？他们排着队伍整队的来，你们看着窗外哟！”又说，

“我要去了。”

一边就要走起的样子。三人立刻又阻止地问，

“你要到那里去呢？”

“我要对他们讲话，我要对他们讲话。他们人有十万呢，他们等在前面那块平原上，我要对他们讲话。”

“你就睡着讲好了。”清说。

“不，我要跑上那座高台上去讲！”

“你身体有病，谁都能原谅你的。”

“呵！”

他又仰睡在床上。一息说，

“清呀，你又给我打起钟来。那高悬在云间的人类的醒钟，你必须要努力地打哟，打哟！”

“是的，我努力地打了。”

“他们十万人的眼睛一齐向我看，我现在要向他们讲话了！”

这时清向他母亲说，

“他发昏的厉害，怎样好？他的话全是呓语。”

他的精神的母亲寂寞的说，

“他全身发烧，他的热度高极了。”

“天哟，叫我怎么办呢！天哟，叫我怎么办呢！”

老母只有流泪。瑀又起劲的喊道，

“没有什么怎么办，你们还是冲锋罢。冲锋！冲锋！你们是适宜于冲锋的。我的十万的同志们，你们听着，此外是没有什么办法！”

停止一息，又说，

“我是我自己错误的俘虏，我的错误要沉我到深黑的海底去，我不必将我的错误尽数地报告出来，我只要报告我错误的一件，趁够你们来骂我是地狱中的魔王了！但错误在你们是肤浅的，你们很可以将一切过去的旧的洗刷了，向着未来的新的美景冲锋去。”

无力的又息一息说，

“旧的时代，他正兴高采烈的谈着他与罪恶恋爱的历史。残暴与武装，也正在大排其错误的筵席，邀请这个世界的蒙脸的阔人。你们不可太大意了；你们要看的清楚，你们要听的明白，用你们的脑与腕，给它打个粉碎！给它打个稀烂！社会的混乱，是社会全部混乱了，单靠一个人的力量是不够的，要团结你们的血。要联合你们的火。整个地去进攻。我曾经信任无限的自己，此刻，我受伤了！青年同志们，你们要一，二，三的向前冲锋，不要步我后尘罢！”

接着，眸子又向房内溜了一圈，几乎似歌唱一般的说道，

而且——

谁不爱红花？

谁不爱绿草？

谁不爱锦绣的山河？

谁不爱理想的世界？

那么你们向前罢，

向前罢！

涅槃里，

一个已去了，

一个还将去呵！

假如没有真理，

也就不会留着芬芳。

什么都破碎了，

仍旧什么都是丑恶！

成就是在努力。

你们勇敢冲锋罢！

这样，他停止了。而且他的母亲也忍不住再听下去。清凄凉的说。

“瑀哥，你说完了么？不必再说了，你应当休息。”

“好，”瑀说，“意思是没有了。话当完结于此了。而且我的眼前所讲的都是代人家讲的，于自己是没有关系。就不说罢，清呀，你再打起那人类的醒钟来，我的十万青年同志们，他们要回去了。他们是聚集拢来，又

分散了去的。清，打罢，打罢，那人类的醒钟。”

“是，我打了。”清说。

于是瑀又用手指指着窗外，可是声音是低弱了。

“看，清，你看！他们是去了，他们又分散的去了。他们真可敬，他们是低着头，沉思地认着他们各人自己的路，他们的脚步是轻而有力的，他们在青草地上走的非常地温祥。现在他们散了，向四方分散了！”

一息，又说，——可是声音几乎没有。

“清呀，你再给我打一次最后的人类的醒……钟……！”

清也哽咽地答不出来。

一缕郑重的气，将瑀重重地压住。他母亲竟一边颤抖，一边哭道，

“我的儿子将不中用了！他病了，疯了，他专说些疯癫的话，什么也完了，你看他的两眼已没有光，不过动着一点火！唉，人为什么会到了这样一个？叫我怎样好呀？”

“你也不要悲伤。”寺里的妇人说，“这因他全身发热，才话乱讲的。他的全身的热度高极了，或者他的心内的热度还要高！你按一按他的脉搏，血好像沸着！我们要趁早设法请医生。现在他又似乎睡去。”

又轻轻的向他耳边叫了两声。瑀没有答。她又说，

“他睡去了。那么我们让他睡一睡，你们到我的房里去商量一下罢。这里是连坐位都没有，你们也太疲乏了。”

他的母亲又给他拉了一拉棉被。

房内十二分静寂，再比这样的静寂是没有了。一种可怕的冷风从北窗吹进来，虽则天气并不冷，倒反郁闷。这是下大雨以前的天气。四个人，个个低下头，同意的都向佛堂那边去。他们都苦愁着没有方法。

第十三 暴雨之下

实际，瑀是没有睡熟，不过并不清醒。他一半被一种不可知的力所束缚，一半又用他过剩的想象在构成他的残景；世界，似乎在他的认识而又不认识中。

于是就有一个人到他的前面来了。这是一个姑娘，年轻而貌美的他的

妻。但这时她的脸色非常憔悴，青白；头发很长的披在肩膀上，似一位颓废派的女诗人。她立在他的床前，一双柔媚的眼，不住地注视他。以后就慢慢地微笑起来，但当这笑声一高的时候，她随即说一声“哼！”十分轻视他的样子转过头，沉着了脸孔。

一息，似又恍惚的变了模样。她的全身穿着艳丽的时髦的衣服，脸上也非常娇嫩，润彩。一种骄傲的媚态，眼冷冷地斜视他。以后，竟轻步的走到他的床前，俯下头似要吻他的唇边，但当两唇接触的一忽，她又“唉！”的一声，似骇极跑走了。

但一息，景象又换了。她似一个抱病的女子，脸色非常黄黑，眉宇间有一缕深深的愁痕。衣服也破碎，精神十分萎靡，眼帘上挂着泪珠，倦倦地对他。以后，竟似痛苦逼她要向他拥抱。但当她两手抱着他身的时候，又长叹了一声，“呵！”两臂宽松了，人又不见。

瑀立刻睁开他的眼睛，向房内一看，可是房内又有什么？一个人也没有。竟连一个人的影子也没有。

他遍身似受着一种刺芒的激刺，筋肉不时的麻木，痉挛，收缩。一息，似更有人向他的脑袋重重地一击，他不觉大声叫了一声，

“唉！”

于是他的母亲们又慌乱地跑来，挤着问，

“什么？”

“儿呀，什么？”

他的两眼仍闭着似睡去。他们又慢慢的回到那边去。他们互相说，

“可怜的，又不知他做着什么梦！”

一边，还没有一刻钟，他突然从床上坐起来，像有人在他耳边很重的叫了他一声。现在这人似向着窗外跑去，他眼不瞬地向着窗外望他。他望见这人跑过山，跑过水，跑过稻田的平野，跑到那天地相接的一线间，又向他回头轻盈的笑，于是化作一朵灰色的云，飘去，飘去，不见了。

他的两眼还是不瞬地望着辽远，一边他念，声音极轻，

哈，究竟是什么一回事？

叫我到那里去呢？

在那辽远辽远的境边，

天温抱着地的中间，
究竟还是一种哭呢？
还是一种无声的笑？
叫我怎样会懂得？
又叫我怎样去呢？
请谁来告诉我，
你这个不可知的人呀！
他又停止一息，又悲伤的念，
没有人，究竟谁也没有。
她岂不是已经去了？
飞一般轻快地去了？
眼前是什么都没有呵，
只留着灰色的空虚，
只剩着凄凉的无力。
景色也没有，
韵调也没有，
我要离此去追踪了。
这样，他就很敏捷的穿好鞋，一边又念，
什么也没有方法。
再也不能制止！
经典，——佛法，
科学，——真理，
无法拿来应用了！
我要单身独自去看个明白，
问个究竟！
或者在那处可寄放我的生命，
作我永远的存在！

接着，趁他们的眼光所不及，箭一般地将他自身射出去了。勇气如鹰鸷[23]的翼一般拥着他前去。

他只一心想到天地衔接的那边去，但他没有辨别清楚目的地。他虽走的很快，但一时又很慢的走，五分钟也还没有走上三步，看去和站着一样。而且他随路转弯，并没有一定的方向。他口子呢喃私语，但说什么呢？他自己也不知道确切。他仰头看看云，又低头看看草，这样又走了许多路。

天气很蒸热，黑云是四面密布拢来。云好像海上的浪涛，有时带来一二阵的冷风的卷闪。他觉着这风似能够一直吹进到他的心坎，他心坎上的黄叶，似纷纷地飘落起来。这样，他似更要狂舞。

他走上了寺北的山岭，岭边有成行的老松，枝叶苍老，受着风，呼呼的响。他一直向山巅望，似乎松一直长上天，和天相接，岭是一条通到天的路似的。这时林中很阴森，空气也紧张，潮湿。他不畏惧，大声叫起来，

“我要踏上青天去！”

一边，他想要在路边树下坐一息。接着，头上就落下很大的雨点来。他不觉仰头一看，粗暴的雨，已箭一般地射下。虽则这时已经来不及躲避，他也一点不着急，坦然，自得地。雨是倒珠一般地滚下来，他的两手向空中乱舞，似欢迎这大雨的落到他的身上！他也高声对这暴雨喊唱：

雨呀，你下的大罢！
你给我洗去了身上的尘埃！
你给我洗去了胸中的苦闷！
雨呀，你下的大罢！
你给我洗去了人间的污垢！
你给我洗去了世界的恶浊！
大地久不见清新的面目，
山河长流它呜咽的酸泪，
雨呀，你给他洗净了罢！
一切都用人工涂上了黑色，
美丽也竟化作蝴蝶的毒粉，
雨呀，你给他洗净了罢！
从此空气会得到了清凉，
自然也还了他锦绣的大氅。
雨呀，你下的大罢！

我心也会有一片的温良，
身明媚如山高而水长。
雨呀，你下的大罢！

雨势来的更汹涌，一种暴猛的声音，竟似要吞蚀了这时的山，森林。四际已披上了一层茫茫的雨色，什么也在这雨声中号叫着，颤声着。松也没有美籁，只作一种可怕的摇动，悲啸。雨很猛烈的向他身上攻打，要将他全身打个稀烂似的。他喘不出气，全身淋的好似一只没有羽毛的老鹞[24]，衣服已没有一寸半寸的干燥。水在他的头上成了河流，从他的头发，流到他的眼，耳，两肩，一直流向他的背，腿，两脚。他的身子也变作一条河，一条溪，水在他的身上作波浪。但他还从紧迫的呼吸中发出歌声，他还是两手在空中乱舞，一边高唱。虽则这时他的歌声是很快地被雨吸收去，放在雨声中变作雨声，可是他还是用力地唱着：

雨呀，你下的大罢！
你严厉的怒号的声音，
可以唤醒人们的午梦。
雨呀，你下的大罢！
你净洁的清明的美质，
可以给人类做洗礼。
愿你净化了我的体！
雨呀，你下的大罢。
愿你滋生了我的心！
雨呀，你下的大罢。

这样，等到他外表的周身的热，被雨淋的消退完尽，而且遍体几乎有一种雨的冷。内心也感到寒潇的刺激，心又如浸在冰里，心也冻了，他这才垂下他的两手，低下他的歌声，他才向一株松树下坐了下去，好像神挤他坐下，昏昏地。雨仍很大的打着山，仍很大的打着他的身体。雨的光芒刺激他眼，山更反映出灰色的光芒。四际是灰色，他似无路可走。以后，他竟看眼前是一片汪洋的大海，他是坐在这无边的洋海的岸上。一时，他又似乘着一只将破的小船，在这汪洋的海浪里掀翻着。这时，他昏沉的无力的低念：

雨，你勇敢的化身者，
神龙正驾着在空中翱翔呵；
从地球之最高处下落，
将作地面一个泛滥的痛快呀！
我而今苦楚了，
我只是一个寻常的缓步！
凡人呵！凡人呵——
新生回到了旧死矣，
我当清楚地悬着自己的心，
向另一个国土的彼岸求渡。

这时有许多人走上岭来的声音：这使他惊骇，——一种雨点打在伞上的声响和许多走路的脚步，夹着他听熟悉了的语言，很快的接近到他的耳朵里。他窘急地站起来，他的心清楚了，他想，

莫非妈妈来了么？
莫非弟弟来了么？
莫非人们都来了么？
该死！唉，该死！
我的头上在那里？
我的脚下在那里？
叫我躲避到何处去？
声音来的更接近了，
我不久就要被捉捕，
叫我躲避到何处去？
雨呀，你应赶快为我想出方法来！

可是雨的方法还没有想出，他们已经赶到了。他们拥上来将他围住。他还是立在松下，动他带雨的眸子向他们看看。他们三人，清，王舜，和伯，一时说不出话，心被这雨的粗大的绳索缠缚的紧紧，他们用悲伤的强度的眼光，注视他全身的湿。这样一分钟，和伯上前将他拉着，他还嚷道：

“你们跑开罢，跑开罢！天呀！不要近到我的身边来！”

于是这忠憨的和伯说，

“瑀，你来淋这样大的雨，你昏了，你身上有病，你不知道你自己么？”

瑀又立刻说，

“救救我，你们跑开罢！让我独自在这里。这里是我自己愿意来的，我冲进大雨中来，还想冲出大雨中去，到那我所要追寻的地方。”

璘在旁流泪叫，

“哥哥，回去罢！快回去罢！妈妈已经哭了一点钟了！”

瑀长叹一声说，

“弟弟，你算我死在这里，也葬在这里了罢！”

清没有话，就将他带来的衣服递给他，向他说，

“快将你的衣服脱下，换上这个。”

瑀似被围困一样，叫道，

“天呀，为什么我一分自由也没有！”

什么都是苦味，雨稍小了。

第十四　无常穿好芒鞋了

他们扶着他回家，跄跄踉踉地在泞泥的田塍上走。他到此已无力反抗。他们没有话，只是各人系着嵌紧的愁苦的心。稀疏而幽晦的空气送着他，惨淡的光领着他，各种老弱的存在物冷眼看他。这时，他慨叹地想，

“唉，他们挟我回去，事情正不可知！梦一般地飘渺，太古一般的神秘呵！”

他母亲立在樟树下，——这时天下落着很细疏的小雨。她未见儿子时，老泪已不住地流；现在一见她儿子，泪真是和前一阵的暴雨差不多！她不

觉对她儿子仰天高呼起来，

“儿呀！你要到那里去呀？你在我死过以后跑罢！你在我死过以后跑罢！你疯了么？”

他们一齐红起眼圈来。瑀到此，更不能不酸软他的心肠。他只觉得他的自身正在溶解。

他母亲似乎还要说，她心里的悲哀，也似和雨未下透的天气一样。但清接着就说道，

“妈妈，快给瑀哥烧点收湿的药罢。”

于是老人就转了语气，

“烧什么呢？儿呀，你真生事！你何苦，要跑出去淋雨，方才的雨是怎样的大，你也知道你自己么？”

这时瑀说，态度温和起来，声音低沉的，

“妈妈，我心很清楚，我是喜欢跑出去就跑出去的。我也爱这阵大雨，现在大雨已给我净化了，滋生了。妈妈，你以后可以安心，我再不像从前一样了！你可以快乐。”

老母又说，

“儿呀，你身上有病呢！你晓得你自己身上有病么？你为什么病了？你方才全身发烧很厉害，你满口讲乱话。你为什么一忽又跑出去，我们简直没处找你！你此刻身子是凉了，被这阵大雨淋的凉了，但你知道你的病，又要闷到心里去么？”

“没有，妈妈，我没有病了！这阵大雨对我是好的，我什么病都被这阵大雨冲去了！这阵大雨痛快啊，从明天起，我就完全平安了。妈妈，你听我的话，便可以知道我是没有病了。”

和伯插进说，

“淋雨有这样好？我在田里做工，像这样的雨，每年至少要淋五六回哩！”

清说，

“我们进去罢，雨又淋到身上了。”

他们就好似悲剧闭幕了一般的走进了家。

瑀睡上他的床不到一刻钟，就大声咳嗽起来。他的母亲急忙说，

“你听，又咳嗽了！”

咳嗽以后还有血。瑀看见这第二次的血，已经满不在意，他向人们苦苦的做笑。他的母亲，简直说不出话。就说一二句，也和诅咒差不多。老人的心已经一半碎了。弟弟是呆呆地立在床边看着，清坐在窗边，他想，——死神的请帖，已经递到门口了！

血陆续不断地来，他母亲是无洞可钻地急。这时瑀的全身早已揩燥，又换上衣服，且喝了一盏收湿的土药，睡在被里。清和他的母亲商量要请医生，但医生要到那里去请呢？最少要走十五里路去请。于是他母亲吩咐和伯去庵里挑铺盖，同时想另雇一人去请医生，瑀睡在床上和平的说，

“妈妈，不要去请医生。假如你一定要请，那么明天去请罢。今天已将晚，多不便呀？”

“那么你的血怎么止呢？”

他母亲悲苦地问，他说，

“先给我漱一漱盐汤，我的喉内稍不舒服的。再去给我买半两鸦片来，鸦片！吃了鸦片，血就会止了。清呀，你赶快为我设法罢，这是救我目前的惟一的法子。”

和伯在旁说，“鸦片确是医病最好的，比什么医生都灵验。”清问，

“谁会做枪呢？”

“我会，”和伯又说，“瑀的爹临死前吃了一个月，都是我做的。”

老农的直率的心，就这样说了出来。清向他看了一眼，接着说，

“那么我去设法来。”

一边就走了。他母亲叫，

“带钱去罢！”

他答不要。而瑀这时心想，

“好友呀！你只知道救我，却不知道正将从你手里送来使我死去的宝物！”

清跑出门外，老母亲也跟至门外，流着泪轻叫，

“清呀！”

“什么？妈妈！”

清回过头来，止了脚步。

“你看瑀怎样？恐怕没有希望了，他要死……了……！”

“妈妈，你为什么说这话呢？你放心！你放心！瑀哥的病根虽然深，但看他此刻的样子，他很要身体好。只要他自已有心医，有心养，不再任自己的性做，病是很快会好去的。”

清也知道他自己是在几分说谎。

“要好总为难！”老人失望地说，“他这样的性子，变化也就莫测呢！他一息像明白，一息又糊涂，到家仅三天，事情是怎样的多呀！”

“你也不要忧心，你老人家的身体也要紧。瑀哥，总有他自己的命运！”

“我也这样想，急也没法。不过我家是没有风水的，王舜 有些呆态，单想玩；他从小就聪明，又肯用心读书。可是一变这样，恐怕活不长久了！”一边呜呜咽咽地哭泣起来。

“这是贫弱的国的现象！好人总该短——”可是清没有将“命”字说出，急改变了语气说，“妈妈，你进去罢！瑀哥又要叫了，你进去罢，你也勿用担心，我们等他血止了，再为他根本想方法。”

“你们朋友真好！可惜……”

她说不清楚地揩着泪，回进屋子里去。

清回到了家里，就叫人去买一元钱的鸦片，并借灯，烟筒等送到瑀的家里。他自己却写了一封长信，寄给在沪上的叶伟。信的上段是述瑀的妻的自杀，中段是述瑀的疯态，大雨下淋了发热的身，并告诉目前的病状。末尾说，

“伟哥！你若要和他作最后的一别，请于三日内来我家走一趟！鸦片已买好送去，他的血或者今夜会一时止了。可是他这样的思想与行动，人间断不容许他久留！而且我们也想不出更好一步的对他这病的补救方法！伟哥，你有方法，请带点来！假如能救他的生命，还该用飞的速度！”

黄昏又来，天霁。

瑀吸了三盅鸦片，果然血和咳嗽都暂时相安。不过这时，他感得全身酸痛，似被重刑拷打以后一样。一时，他似忍止不住，闭着眼轻轻地叫一声，

“妈！”

他母亲坐在床边，问，

“儿呀，什么？”

他又睁开眼看了一看说，

“没有什么。”

他见他的母亲，弟弟，清，——这时清又坐在窗边。——他们都同一的低着头，打着眉结，没有说话。一边就转了一身，心里想，

“无论我的寿命还有多少时候可以延长，无论我的疾病是在几天以内断送我，我总应敏捷地施行我自己的策略了！我的生命之处决已经没有问题，现在，我非特可以解脱了我自己，我简直可以解脱了我亲爱的人们！他们都为我忧，他们都为我愁，他们为了我不吃饭，他们为了我个个憔悴。我还能希望辗转几十天的病，以待自然之神来执行我，使家里多破了几亩田的产，使他们多尝几十天的苦味么？我不行了！我还是严厉地采用我自己的非常手段！”

想到这里，他脑里狠狠地一痛。停一息又想，

“我这次的应自杀，正不知有多少条的理由，我简直数都数不清楚。我的病症报告我死的警钟已经敲的很响，我应当有免除我自己和人们的病的苦痛的方法。妻的突然的死，更反证我不能再有三天的太无意义的拖长的活了！我应当立即死去，我应当就在今夜。”

又停一息，又想，

“总之，什么母弟，什么家庭，现在都不能用来解释我的生命之应再活下的一方向的理由了！生命对于我竟会成了一个空幻的残象，这不是圣贤们所能料想的罢？昨夜，我对于自己的生命的信念，还何等坚实，着力！而现在，我竟不能说一句“我不愿死！”的轻轻的话了！唉！我是何等可怜！为什么呢？自己简直答不出来。生命成了一团无用的渣滓，造物竟为什么要养出我来？——妈妈！”

想到这里，他又叫“妈妈！”于是他母亲又急忙问，

“儿呀，什么？”

“没有什么。”他又睁开眼看了一看答。

接着，他又瞑目的想，

“我至今却有一个小小的领悟，就是从我这颠倒混乱的生活中，尝出一些苦味来了！以前，我只觉得无味，现在，我倒觉得有些苦味了！在我是无所谓美丽与甜蜜，——好像上帝赠我的字典中，没有这两个字一

样！——就是母亲坐在我的身边，还有人用精神之药来援救我，但我从她们唇上所尝到的滋味还是极苦的！唉，我真是一个不幸的胜利者呀！我生是为这样而活，我死又将为这样而死！活了二十几年，竟带了一身的苦味而去，做一个浸在苦汁中的不腐的模型，我真太苦了！”

这时他觉得心非常悲痛，但已没有泪了！

一边，和伯挑被铺回来。在和伯的后面，他精神的母亲也聚着眉头跟了来。

她走进房，他们一齐苦笑一下脸。她坐在瑀的床边。瑀又用他泪流完了的眼，向她看了一看。这一看，不过表示他生命力的消失，没有昨晚这般欣爱而有精神了。

房里十二分沉寂，她来了也没有多说话。当时他母亲告诉她，——已吸了几盅鸦片，现在安静一些。以外，没有提到别的。她看见床前的痰盂中的血，也骇的什么都说不出来。

过去约二十分钟，天色更暗下来，房内异样凄惨。他母亲说，

“点灯罢！”

“不要，我憎恶灯光。”

瑀低声说。他母亲又问，

“你也要吃点稀粥么？你已一天没有吃东西了！”

“我不想吃，我也厌弃吃！”

“怎么好呢？你这样憎恶，那样厌弃，怎么好呢？”

“妈妈，你放心，我自然有不憎恨不厌弃的在。不过你假如不愿，那就点灯和烧粥好了。”一边命璘说，

“璘，你点起灯来罢。”

一边璘就点起灯来，可是照的房内更加惨淡。

这时清说，“我要回去，吃过饭再来。”瑀说，

“你也不必再来，横是我也没有紧要的事。这样守望着我像个什么呢？你也太苦痛，我也太苦痛，还是甩开手罢！”

清模糊的没有答。他停一息又说，

“我要到门外去坐一息，房里太气闷了。”

他母亲说，

“外边有风呵，你要咳嗽呢！你这样的身子，怎么还好行动呀？”

实际，房里也还清凉，可是瑀总说，

“妈妈，依我一次罢！”

他母亲又不能不依。搬一把眠椅，扶他去眠在门外。这时，看他的行走呼吸之间，显然病象很深了。

清去了，寺里的妇人和璘陪在他旁边。当他们一坐好，他就向他精神的母亲苦笑地说道，

“哈，我不会长久，无常已经穿好他的芒鞋了！”

于是她说，

“你何苦要这样想？这种想念对于你是无益的。”

“没有什么有益无益，不过闲着，想想就是了。”

“你还是不想，静静地养着你自己的心要紧。”

“似不必再想了！”

他慢慢的说了这句，就眼望着太空。太空一片灰黑的，星光一颗颗的明显而繁多起来。

但他能够不想么？除非砍了他的脑袋。他一边眼望太空，一边就想起宇宙的无穷和伟大来，又联想到人类历史的短促，又联想到人类无谓的自扰。这样，他又不觉开口说了，

“你看，科学告诉我们，这一圈的天河星，它的光射到地球，要经过四千年，光一秒钟会走十八万里，这其间的遥阔，真不能想象。可是现在的天文家还说短的呢，有的星的光射地球，要有一万年以上才能到！宇宙真是无穷和伟大。而我们的人呀，活着不过数十年，就好似光阴享用不尽似的，作恶呀，造孽呀，种种祸患都自己拼命地制造出来。人类真昏愚之极！为什么呢？为这点兽性！”

这样，他精神的母亲说，

“你又何必说它？这是无法可想的。”

她有意要打断他的思路，可是他偏引申出来，抢着说，

“无法可想，你也说无法可想么？假如真的无法可想，那我们之死竟变作毫无意义的了！”

“因为大部分的人，生来就为造孽的。”

“这就为点兽性的关系呵！人是从猿类变化出来，变化了几万年，有人类的历史也有四千多年了，但还逃不出兽性的范围！它的力量真大哟，不知何日，人类能够驱逐了兽性，只是玩弄它像人类驱逐了猴子只拿它一两只来玩弄一样。你想，也会有这种时候么？”

“有的。可是你不必说它了，你身子有病。”

“正因为我身子有病，或者今夜明天要死了，我才这样的谈呢！否则，我也跟着兽性活去就是，何必说它呢？”

她听了更悲感地说，

“你还是这样的胡思乱想，你太自苦了！你应看看你的弟弟，你应看看你的母亲才是。他们所希望者是谁？他们所等待者是谁？他们所依赖者又是谁呀？你不看看眼前的事实，倒想那些空的做什么呢？”

“哈！”他冷笑了一声，接着说，“不想，不想。”

“你应当为他们努力休养你自己的病。”静寂了一息，又慰劝，

“做人原是无味的，不过要从无味中尝出美味来。好似嚼淡饭，多嚼自然会甜起来。”

“可是事实告诉我已不能这样做！我对于昨夜的忏悔和新生，应向你深深地抱歉，抱歉我自己的不忠实！事实逼我非如此不可，我又奈何它？第一，妻的死；我不是赞美她的死，我是赞美她的纯洁。第二，我的病，——”但他突然转了方向说，

“那些不要说罢，我总还是在医病呵。否则，我为什么买鸦片来止血？至于说到生命的滋味，我此刻也有些尝出了。不过我尝出的正和你相反，我觉得是些苦味的！但是我并不怎样对于自己的苦味怀着怨恨，诅咒。我倒反记念它，尊视它，还想从此继续下去，留之于永远！”

同时，他的老母从里边出来说道，

“说什么呵？不要说了！太费力气呢！”

这样，她也觉得恍恍惚惚，话全是荒唐的。璘也坐在旁边听的呆去。

天有几分暗，两人的脸孔也看不清楚。她想，——再坐下去，路不好走，又是湿的，话也说过最后的了，还是走罢。她就立起来，忠恳的向瑀婉和地说，

“我极力望你不要胡思乱想，静养身体要紧。古来大英雄大豪杰，都

是从艰难困苦，疾病忧患中修养出来，磨练出来的。”

瑀也没有说，只点了一点头。

她去了，瑀也领受了他母亲的催促，回进房内。

第十五 送到另一个国土

一时他又咳嗽，他的母亲又着急。他向他母亲说，

“再给我吃一次鸦片罢，这一次以后不再吃了。”

他母亲当然又依他。不过他母亲说，

“单靠鸦片是怎么好呢！”

于是他又吃了两盅鸦片。这样，他预备将烟筒，灯，盘等送去还清。

到九时，他又咳出一两口的血来。周身又渐渐发热，以后热度竟很高，冷汗也向背、手心涌渗。他的母亲竟急的流出泪来，他却安慰他的母亲说，——语气是十分凄凉，镇静。

“妈妈，你去睡罢！我虽然还有点小咳，但咳的很稀，岂不是很久很久才咳一声么？我已经很无妨碍了！而且我的心里非常平静，和服，我倒很觉得自己快乐，病不久定会好了，妈妈，你为什么这样不快活呢？你也一天没有吃饭，怎么使我安心？妈妈，这个儿子是无用你这样担忧，我是一个二十几岁的人了，我并不同弟弟一样小，我对于自己的病的好坏，当然很明白的，何劳你老人家这样忧心呢！妈妈，我实在没有什么，你放心罢！”这时又轻轻的咳了一咳，接着说，“而且我这次的病好了以后，我当听你的话了！依你的意思做事！以前我是由自己的，我真不孝！以后，我当顺从妈妈了！妈妈叫我怎样我就怎样，妈妈叫我在家也好，妈妈叫我教书也好，——妈妈岂不是常常叫我去教书的么？甚至妈妈叫我种田，我以后也听妈妈的话！妈妈，你不要忧愁罢！像我这样长大的儿子，还要你老人家担这样深的忧，我的罪孽太沉重。妈妈，你听我讲的话，就可以知道我的病已经好了一大半，你还愁什么呢？”

他无力的说完。他母亲插着说，

“你终究病很深呵！你说话要气喘，身体又发热，叫我怎么可不愁呢？而且家景又坏，不能尽量设法医你，我怎么可不愁呵？一块钱的鸦片，钱

还是清付的。这孩子也太好，给他他也不要。不过我们天天要他付钱么？”

这样，瑀又说，——声音稍稍严重一点。

“妈妈，明天起我就不吃鸦片了！至于清，我们是好朋友，他决不计较这一点。”

于是他母亲又叹息地说，

“那也还是一样的！你不吃鸦片，你还得请医生来医。请一趟医生，也非要三四元钱不可。来回的轿资就要一元半，医金又要一元，还要买蔬菜接他吃饭。莫非我抛了你不医不成？不过钱实在难设法！我方才向林家叔婆想借十元来，可以医你的病，但林家叔婆说没有钱呵，只借给我二元。她哪里没有钱？不过因我们债多了，一时还不完，不肯借就是。儿呀，我本不该将这件事告诉你，不过你想想这种地方，妈又怎么可不愁呵？”

瑀忍住他震破的心说道，

“妈妈！明天医生不要请，我的病的确会好了！我要和病战斗一下，看病能缠绕我几时？而且，妈妈！”语气又变重起来，“一个人都有他的命运，无论生，死，都被命运注定的！虽则我不相信命运，医有什么用？”

他母亲说，

“不要说这话了！莫非妈忍心看你血吐下去么？至于钱，妈总还有法子的！你也不要想，你好了以后，只要肯安心教书，一年也可以还完。”

瑀睁大他已无泪的眼，向他母亲叫一声，

“妈妈！”

“什么？儿呀！”

当他母亲问他，他又转去悲哀的念想，换说道，

“明天清来，我当叫清借三十元来给妈妈！”

“也不要这许多。他也为难，有父兄作主”

“也叫他转去借来，假如他父兄不肯。有钱的人容易借到，钱是要看钱的面孔的！”

她说，

“儿呀，有十五元，眼前也就够了。”

瑀似骂的说，

“三十元！少一元就和他绝交！妈妈，你明天向他说罢！”

但一边心内悲痛的想，

“这是我的丧葬费！”

接着，气喘的紧，大声咳嗽了一阵。

于是他母亲说，

“儿呀，你睡罢！你静静地睡罢！你还是一心养病要紧，其余什么，都有我在，不要你用心！你睡罢。”

一息，又说，

“儿呀，你为什么气这样喘呢？妈害你了，要将林家叔婆的事告诉你。但你不要想它罢！”

瑀就制止他的气急说，

“妈妈，我好了，我不是。因我没有吃东西，不过不想吃。明天一早，妈，你烧好粥；我起来就吃！妈妈，你也去睡罢。我，你毋用担心，忧愁，我好了。弟弟正依赖你，你带他去睡罢。”

他母亲说，

“他也不小了，自己会去睡的。你不要再说话，说话实在太费力。你睡，你静静的睡。我还想铺一张床到这边来，陪你，惟恐你半夜要叫什么。”

而瑀半怒的说，

“妈妈，你又何苦！这样我更不安心了。你睡到这间里，王舜又要跟你到这间来，——他会独自在那间睡么？他而且很爱我的，不愿离开我一步。但一房三人睡着，空气太坏！妈妈，你还是那边睡罢！时候恐怕有十点钟了，不早了，我也没有什么话再说，我要睡了。”

“好的，”他母亲说，“你睡，我那边去睡。假如你半夜后肚饿，你叫我好了。”

“听妈妈话。”

他答着，一边就转身向床里。

于是他母亲和弟弟也就低着头，含着泪，走出房门。

他们一边出去，一边秋天的刑具，已经放在这位可怜的青年的面前了！毒的血色的刑具呵，他碎裂地心里呼喊了起来，

“到了！我最后的一刻到了！”

就坐了起来。这时他并不怎样苦痛，他从容地走向那橱边，轻轻地将

橱门开了，伸他魔鬼给他换上的鹰爪的毛手，攫取那一大块剩余的鸦片。

“唉！鸦片！你送我到另一个国土去罢！这是一个微笑的安宁与甜蜜的国土，与天地悠悠而同在的国土！唉！你送我去罢！”

一边他想，一边就从那桌上的茶，将它吞下去了！好像吞下一块微苦的软糖，并不怎样困难。

到这时，他又滴了一二颗最后的泪，似想到他母亲弟弟，但已经没有方法，……

一边仍回到床上，闭上两眼，态度从容的。不过头渐昏，腹部微痛。一边他想，

“最后了！谢谢一切！时间与我同止！”

一个生命热烈的青年，就如此终结了。

次日早晨很早，他母亲在床上对璘说，

“我听你哥哥昨夜一夜没有咳嗽过。”

“哥哥已完全好了。”璘揉着眼答。

于是这老妇人似快活的接着说，

“鸦片的力量真好呀！”

一边她起来。

时候七时，她不敢推她儿子的房门，惟恐惊扰他的安眠。八时到了，还不敢推进。九时了，太阳金色的在东方照耀的很高，于是她不得不推门进去看一看这病已完全好了的儿子。但，唉！老妇人尽力地喊了起来，

“瑀呀！瑀呀！瑀呀！我的儿！你死了？瑀呀！你死了？瑀呀！你怎么竟……死……了……”

老妇人一边哭，一边喊，顿着两脚。而瑀是永远不再醒来了！

璘和和伯也急忙跑来，带着他们失色的脸！接着，他们也放声大哭了！

怎样悲伤的房内的一团的哭声，阳光一时都为它阴沉。

几位邻舍也跑来，他们滴着泪，互相悲哀的说，

“一定鸦片吃的过多了！一定鸦片吃的过多了！”

“鸦片，时候大概是在半夜。”

“没有办法了！指甲也黑，胸膛也冰一样！”

“究竟为了什么呢？到家还不过三天？”

“他咳嗽的难过，他想咳嗽好，就整块地吞下去了！”

“可怜的人，他很好，竟这样的死！”

“没有法子，不能救了！”

“……”

“……”

死尸的形状是这样，他平直的展卧在床上，头微微向右，脸色变黑，微含愁思，两眼闭着，口略开，齿亦黑。两手宽松的放着指。腹稍膨胀，两腿直，赤脚。

但悲哀，苦痛，在于老母的号哭，弱弟的涕泪，旁人们的红眼睛与酸鼻。

这样过了的一点钟。老妇人已哭的气息奄奄，㻛也哭的晕去。旁人们再三劝慰，于是母亲搂着㻛说，神经昏乱地，

“儿呀，㻛，你不要哭！你为什么哭他？他是短命的。我早知道他是要短命。回家的当夜，他说的话全是短命的话！㻛呀，你不要哭！不要再哭坏了你！这个短命的随他去！我也不葬他了！随他的尸去烂！他这三天来，时时刻刻颠倒，发昏！口口声声说做人没有意味！他现在是有意味了，让他的尸给狗吃！㻛，你不要哭！你再哭坏了，叫我怎样活呢？我还有你，我不心痛！你这个狠心短命的哥哥，他有这样的一副硬心肠，会抛了我和你去，随他去好了！你不要哭！你为什么哭他？昨天可以不要寻他回来，寻他回来做什么？正可以使他倒路尸死！给狼吃了就完！我真错了！儿呀！你不要哭！……”

一边，和伯和几位邻人，就筹备他的后事。

消息倏忽地传遍了一村，于是清眼红的跑来！

清一见他的尸，——二十年的朋友，一旦由病又自杀，他不觉放声号哭了一顿。但转想，他的死是无可避免的，像他这个环境。

一边，清又回到家里，向他父亲拿了五十元钱，预备给他的故友筑一座浩大的墓。

下午，消息传到了谢家，于是他岳父派人到㻛的母亲的面前来说——两个短命的偏见的人应当合葬。他们生前的脸是各视一方，死后应给他们在一块。而且他们的心是永远结联着，关照着，在同一种意义之下死的。

清怂恿着，㻛的母亲也就同意。

地点就在埠头过来的小山的这边的山脚，一块大草地上。葬的时候就在下午四时。因为两家都不愿这死多留一刻钟在家内。

丧事完全预备好，几乎是清一手包办。这位老妇人也身体发热，卧倒床上。但当瑀的棺放在门口的时候，她又出来大哭了一顿，几乎哭的死去。两位邻妇在旁慰劝着。

瑀睡在棺内十分恬静。他的衣裤穿的很整齐，几乎一生少有的整齐。身上一条红被盖着，从眉到脚。清更在他头边放两叠书，凑一种说不出的幽雅。

四时，瑀和他的妻就举行合葬仪式。在那村北山脚的草地上有十数位泥水匠掘着地。她的棺先到。他的棺后到一刻，清和王舜两人送着，两人倒没有哭，于是两口棺就同时从锣声中被放在这个墓内。

第十六 余音

第三日日中，伟到清的家里。清一见伟，就含起泪说，

“瑀哥已死了！”

“已死了？”

伟大骇地问。清答，

“前夜，用鸦片自杀的！”

“自杀的？”

伟几乎疑作梦中。清低声答，

“血已吐的很厉害，还要自杀！”

伟气喘，两人呆立着。五分钟，伟说，

“我接到你的信，立刻动身，我以为总能和他诀别几句话，谁知死的这样快！现在只好去见他变样的脸孔了！”

清说，

“而且已经葬了，和他的妻合葬的。你来所走过的那条岭的这边山脚，你没有看见一圹很大的新坟么？就是他们俩人长眠之所。”

“急急忙忙的走来，谁留心看新坟。唉！想一见朋友的面，竟不可能！现在只好去拜谒他俩的墓。”

“先吃了饭。”

“不，先去看一看他俩的墓。”

于是两位青年，就低头，向着村北小山走去。

路里，清又将他的妻的死的大概，重新报告了一些。接着，又说到他，“俩人都太激烈。我是料到他的死，但没有说完最后的话。”

伟接着说，

“在被压迫于现代的精神和物质的两重苦痛之下，加之像他这样的激烈，奔放，又有过份的感性的人，自杀实在是一回注定的事。否则只有，——，此外别无路可走！”

伟没有说清楚，清问，

“否则只有什么呢？”

“口汗！”伟苦笑一笑，着重地说，

“只有杀人！”

停一忽又说，

“他为什么不去杀人！以他的这副精神，热血，一定能成就一些铁血牺牲的功绩！”

“他的妻的死耗，实在震破他的耳朵！竟使他逃避都来不及！”

两人静默了一息，清说，

“我对他的死应当负几分责任。”

“为什么？”

伟抬头向清，清含泪答，

“他自杀的鸦片，是我买来送他的。竟由我的手送他致死的礼物，我非常苦痛！”

“那么他妻的自杀的线是谁送给她的呢？”

很快的停一息说，

“你又发痴，要自杀，会没有方法么？”

两人又默然。

他们走近这黄色新坟约小半里。清说，

“前面那株大枫树的左边，那座大墓就是。在那墓内是卧着我们的好友和他的妻两人。”

"好，"伟说，"我也不愿再走近去！"

一转，又说，

"不，还是到他俩的墓边去绕一周罢。"

清向他做笑的看了一眼，似说，

"你直冲的人，现在也会转起圆圈来。"

伟向他问，

"什么？"

清却又没有直说，只说，

"是的，我们到他俩的墓边去绕一周。"

两人依仍走。伟说，

"我们未满青年期的人，竟将好友的夫妻的墓，来作凭吊，真是稀奇的事！"

两人走到了新坟，又默默地在墓周绕走了两圈。墓很大，周围约八十步，顶圆，竟似一座小丘。

两人就坐在墓边的一株老枫树下。伟说，

"你想起那天上海他骂我们的一番话么？"

"想起的，"清答，"骂的很对呢！我们的生活，实在太庸俗了！"

"所以，我们应该将我们这种社会化的生活，根本改变一下才是。"

"我也这样想，"清语句慢慢的，"我们应以他俩的死为纪元。开始我们新的有力的生活。"

"我已打定了主意。"

伟说，清问，

"怎样呢？"

"上海的职辞了。迷恋都市有什么意思？家乡的人们，嘱我去办家乡的小学，我已承受。同时，我想和乡村的农民携手，做点乡村的理想的工作。"

"职已辞了么？"

"没有，等这月完。不过他们倒很奇怪。我说要辞职，他们就说下月起每月加薪十元。我岂又为这十元来抛弃自己的决定么？我拒绝了。"

"好的。"清说，"我也要告诉你！"

"你又怎样？"

伟问。清苦痛的说，

“这几天我的哥哥竟对我很不满意，不知为什么缘故，家中是时常要吵闹。昨夜父亲向我说，——你兄弟两个应当分家了！年龄都大，应当各人谋自己的生活去。免得意见太多，使邻里也看不惯。——我的家产你也知道的，别人说我是有钱，实际一共不到六万的样子。假如分的话，我只有得三分之一，那二万元钱，依我心也不能怎样可以分配。你想，我莫非还要依靠遗产来生活么？因此，我很想将它分散了。我的家产的大半是田地，我当对农民减租，减到很少。第二，我决计给璘弟三千元。一千元给他还了债，二千元给他做教育基金。我已对璘的母亲说明了。——当说的时候，这位老母竟对我紧紧的搂着大哭起来。至于我自己呢，我要到外国读书去，德国，或俄国，去研究政治或社会。这样，我也有新的目的，我也有新的路。你以为这怎么样？”

“好的，这是完全对的。”伟答。

“我想，思想学问当然很重要，单靠我们脑袋的这点知识，是不能应付我们的环境的复杂和伟大的。”

“是的，我想我国不久总要开展新的严重的局面。我们青年个个应当磨练着，积蓄着，研究着，等待着。”

两人苦笑一下。一息，伟又说，

“假如你真分了家，那我办的小学，先向你捐一千元的基金。”

“好的。”

“你的父母怕不能如你所做么？”

“以后我是我自己的人。”

两人又静默一息。

风是呼呼地摇着柏树，秋阳温暖地落在瑀俩的墓上。

于是两人又换了意景，清说，

“他俩是永远休息了！倒一些没有人间的牵挂与烦虑！我们呢，我们的身受，正还没有穷尽！”

“但我们应以他俩的死，加重了人生的意义和责任。”

“死的本身实在是甜蜜的。”

“意义也就在生者的身上。”

"但他俩究竟完全了结了么?"

清奇怪的问，伟答。

"还有什么呵!"

"我倒还有一事。"一息以后清说。

"什么呢?"伟问。

"我想在他俩的墓上，做一块石的纪念碑。因为他俩的死，是值得我们去纪念的。但想不出刻上什么几个字好。"

"你有想过么? 总就他俩的事实上讲。"

"太麻烦了又讨厌。仅仅买得后人的一声喟叹也没有意思。"

"那么做首简短的诗罢。"

停一息，清说，

"我想简简单单的题上五个大字，'旧时代之死!'上款题着他俩的名字，下款题着我们的名字。"

"好的，"伟立时赞成，"很有意思。他俩是我们这个时代的牺牲品，他俩的生下来，好像全为这个时代作牺牲用的。否则，他俩活了二十几年有什么意思呢? 他俩自己没有得到一丝的人生幸福，也没有贡献一丝的幸福给人类，他们的短期间的旅行，有什么意思呢? 而且他俩的本身，简直可算这个时代的象征! 所以还有一个解释，我们希望这旧时代，同他俩一同死了!"

伟大发牢骚，清向他苦笑的一看说，

"就是这样决定罢。下午去请一位石匠来，最好明天就将这块石碑在他俩的墓边竖起来。"

一边，两人也从草地上牵结着手，立起身来。

据上海北新书局一九二九年十月版

注释

1. 水门汀：英语cement的音译，指混凝土。
2. 詈（lì）：骂，责骂。

3. 伛（yǔ）：驼背；曲身，表示恭敬。
4. 枷梏（jiā gù）：枷：旧时一种套在脖子上的刑具；梏：古代拘在罪人两手的刑具。
5. 溷（hùn）：肮脏，混浊；厕所；猪圈。
6. 阈（yù）：门坎，界限。
7. 翳（yì）：阴暗的云。
8. 枭（xiāo）：一种与鸱鸺相似的鸟，引申为勇健。
9. 涔涔（cén cén）：形容汗、泪、水等不断往下流的样子。
10. 魍魉（wǎng liǎng）：传说中的一种鬼怪 。
11. 蹙（cù）：紧迫，皱，收缩。
12. 赦宥（shè yòu）：宽恕，赦免。
13. 觊觎（jì yú）：非分的希望或企图。
14. 龌龊（wò chuò）：肮脏，污秽，引申为品行卑劣 。
15. 褴褛（lán lǚ）：指衣服破烂，不堪入目。
16. 磬（qìng）：古代打击乐器，形状像曲尺，用玉、石制成，可悬挂。佛寺中使用的一种钵状物，用铜铁铸成，可为念经时使用。
17. 蹇（jiǎn）促：蹇，跛，行走困难。蹇促，意为不顺利，穷困。
18. 珍馐（xiū）肴（yáo）馔（zhuàn）：馐：滋味好的食物；肴，做熟的鱼肉；馔：饭食。珍贵而味道好的食物。
19. 脔（luán）：切成小块的肉，喻为独自占有而不容别人分享的东西。
20. 潺湲（chán yuán）：水慢慢流动的样子，引申为形容流泪的样子。
21. 舆（yú）：车中装载东西的部分，后泛指车。
22. 东隅（yú）：指日出处。
23. 鸷（zhì）：凶猛的鸟，如鹰、雕、枭等。
24. 鹞（yào）：一种凶猛的鸟，样子像鹰，比鹰小，捕食小鸟，通常称“鹞鹰”、“鹞子”。

导读

1926年，柔石从北京来到浙江镇海县中学任教。是年3月18日，段祺瑞执政府在北京枪杀爱国青年学生，造成了震惊中外的惨案。无边的黑暗，令人窒息的环境，使柔石被悲痛和愤懑纠缠着、折磨着，无处发泄。在这种精神状态下，他夜以继日着了魔似的写作，很快就完成了他的第一部也是唯一一部长篇小说《旧时代之死》。秋天他去上海，在“溽暑焦人”之中“修改与抄录”，作品于1929年由上海北新书局出版。初版封面上画着一垛古老的城堞，上面悬着一轮黯淡的月亮，凄凉的色调和古旧的构图，象征着旧时代像城墙和黑夜一样压在人们的头上。

作品的故事发生在1925年军阀统治的黑暗时代，描述的是大学二年级学生朱胜瑀生命最后八天的经历。作品分为“未成功的破坏”和“冰冷冷的接吻”上下两部。柔石在“自序”中说，“这部小说我是意识地野心地掇拾青年苦闷与呼号，凑合青年的贫穷与忿恨，我想表现‘时代病’的传染与紧张。”这可视为作者创作这部小说的初衷和旨归。

小说的情节并不复杂。上部写的是朱胜瑀的父亲去世，失学失业后心情压抑苦闷，又接到母亲要他回乡与包办的婚姻对象完婚的口信，绝望中他产生了种种想法甚至幻想，在重重精神重压下，他的心理和行为开始变态，以至于对房东的女儿发生莽撞的举动，被房东侮辱訾骂。他的身心受到了极大的打击，健康状况急剧恶化，吐血后只好回乡。下部的故事发生在朱胜瑀的家乡。因母亲催婚，他心情烦躁，躲到妙相庵以求清净。突传婚姻对方谢家女因他拒婚而自缢身亡，他如五雷轰顶，狂奔到谢家。他为自己无意识地杀死了一个无辜的生命而深深懊悔，在姑娘的遗体上冷冰冰地接吻后发了疯，自杀身亡，结束了年轻而痛苦的一生。

读者与主人公朱胜瑀刚一见面,他就是一个贫病交加中的悲剧人物。寂寞、孤独,而且高傲,他认为,用自己的“力去换取衣食住”而不是别人的“赐与”是求生的唯一途径。他不愿为了十几元的生活费去接受雇主的吆喝与责难，因此断然辞职。他愤世嫉俗地喊道：“社会是怎样的一个怪物！它是残暴与专横的辗转，黑暗与堕落的代替，敷衍与苟且的轮流，一批过去，一批接着；受完了命令，再去命令别人。总之，也无用多说，将生命来廉价拍卖，我反抗了！”他的自尊不容亵渎，对统治者的反抗果断而坚决。

朱胜瑀的房东是一个自私、势利、无耻而下流的小市民，底层人整体的正义和善良,已被她沦丧殆尽,在她的身上集中了“普通人的恶”,朱胜瑀认为她“不过是戴着人的脸”的“一个魔鬼，是一个罪恶的化身”。因此，朱胜瑀劝导她的女儿阿珠“杀死她”，因为“在你母亲的身上，好似社会一切的罪恶都集中着”，作为亲生女儿的阿珠整天耳濡目染，自然也就“社会一切的罪恶也都潜伏着”,因而只有“杀死她,你自己是得救了”。朱胜瑀疾声呐喊般地对阿珠说：“因为社会是恶的，你应当凶凶地下毒手，千万不可驯良、庸懦。”“阿珠，做一个罪人，做一个向上的恶的人，和现社会的恶对垒，反抗！”要求女儿去杀死生母，固然反映了朱胜瑀已丧失理智，极端得近乎疯狂，心理变态已使他无法辨别是非、可能与不可能以及人生的基本伦理，同时也再次彰显了朱胜瑀对旧时代刻骨的痛恨和义无反顾的抵制。

作品有一节“墙外的幻想”，作者运用象征的写作手法，表现了朱胜瑀因找不到出路而产生的迷茫、痛苦和幻觉。他一个人孤独地在马路上漫步，他不知道往哪里去，“他迷惑了”。迷惑，是他的精神常态。接着，作者以鲜见的轻柔的情调，描写了坠入梦境中的主人公。朱胜瑀遇见了两位神女安姐和琪妹（寓意安琪儿），在美好而甜蜜的幻象中，他也变成了“另一样的人，他英武而活泼，带着意外的幸福”。作者借仙女睿智的对话，指出了朱胜瑀烦恼的原因“只有生活在不自由的世界中的人有烦恼”。“他和古代的哲人和先知差不多……到处游行，到处喊人醒觉。虽然踏到死亡之门，还抱着殉真理的梦见。”仙女们啜饮着美味的葡萄酒，朱胜瑀则感慨地说，“思想的味终究是苦的！”仙女们对朱胜瑀的充分理解，也是作者对笔下人物精神的阐释。

现实中的朱胜瑀悲观绝望，他曾想到自杀却又下不了决心，他自我安慰道，“我既潦草地活了几年，不可以再潦草活几天吗？”对于自己的怯懦，他深深地自责，痛骂自己“垃圾都比不上！”犹豫和矛盾，反映了他性格的软弱和无力。这种无力感贯穿朱的一生，紧紧地缠绕着他的生命。强烈的内心挣扎使他烦恼苦闷、生不如死。朱胜瑀的精神状态，对于20世纪初叶的小资产阶级知识分子来说，有一定代表性，颇具典型价值。

孝敬父母、友爱兄弟，不但是中华民族传统的道德伦理，也是人类普遍的人性所在。朱胜瑀与骨肉亲情之间的描写，是作品中温馨、深情，也是最动人的部分。当朱胜瑀在河边“死岸上徘徊”时，之所以能从死神手里挣脱回来，是因为想到了自己之死将会给母亲、弟弟、朋友，甚至“名份上的妻”造成巨大的痛苦甚至伤害。善良的天性使他犹豫、恐惧，并最终战胜了自己。母子之间的天伦之爱弥浸在全文的字里行间，“跪在母亲的爱之前”和“晚餐席上的苦口”等章节，通过朴实无华的文字，生动地表现了母爱的深刻、纯粹和无边界，感天动地的同时也撕人心肺。

琤是朱胜瑀的小弟弟，天真、活泼、朝气蓬勃，特别是对哥哥的真情和信赖，使朱胜瑀受到了强烈的冲击，“全身通过一种温慰的爱流，微痛的爱流”。琤是朱胜瑀，也是作者留给未来世界的希望。

谢家女因婚姻被拒，自感含羞受辱，因而上吊身亡，由此而引发的人世变故和大开大阖的情节波澜，把作品推向了高潮。谢家女之死的深层原因是什么？是封建社会的传统和制度的迫害，抑或作为一个刚烈性情女子的个性使然，还是两者都有，值得深思。而一直坚决抗婚的朱胜瑀闻听噩耗后，心灵受到了前所未有的震撼和极大的创伤。他认为自己就是凶手。深深的自责和忏悔，使他全然不顾环境和舆情，与死者发自内心“冰吻”，情不自禁地感叹谢家女“死的悲惨，但死的光荣”，赞美她“高贵，勇敢”，她的死“使日沉，使海沸”。朱胜瑀脆弱的神经终于彻底崩溃，他疯了。

“父母之命，媒妁之言”的包办婚姻是封建社会伦理道德链条上重要的一环，两三千年来不知戕害埋葬了多少年轻人的青春、幸福和生命，朱、谢的遭遇不过是连绵悲剧中的一幕罢了。这出悲剧具有自身的特点，特别是朱胜瑀的“冰吻”和疯狂，表现了人内心深处无法泯灭的良心、良知和人性的不可抹杀以及力量。谢家女的决绝和朱胜瑀的惊人之举，不但被写得丝丝入扣，符合人物的性格逻辑，而且“这一个”的结局处理，也使作品对封建制度吃人本质的批判更加深刻，从而强化了作品的主题思想。

作品的人物不多，关系也不复杂，情节线索相对而言显得单一。作为朱胜瑀的四个朋友，虽然缺乏鲜明的个性描绘，但他们的友爱、关切、真情，还是感人的。阿珠是作品中活着的唯一的年轻女性，她的天真和善良给读者留下了一定的印象。而朱胜瑀与她之间的感情纠葛，则反映了主人公青春的萌动和性的苦闷，显得真实而富有人性。

作品的尾声部分，描写了朱胜瑀自杀之后，他的朋友前来吊唁。通过人物对话，首先指出了朱胜瑀自杀的原因，客观上是因为“在被压迫于现代的精神和物质的两重苦痛之下”，主观上则是因为，朱胜瑀又是“这样的激烈，奔放，又有过分的感性的人”。其次，作品通过人物和行动即朋友们为朱立碑，碑上“单单地题上五个大字‘旧时代之死’”，为主人公的全部故事画上了句号，同时指出朱、谢之死的实质：“他俩自己没有得到一丝的人生幸福，也没有贡献一丝的幸福给人类”，那么有什么意义呢？答案很简单也颇耐人寻味：“他们俩是我们这个时代的牺牲品。”

作品的最后，描写了人们在悲剧过后的反思，“伟”决心“办家乡的小学”，“清”则要散尽家财给予穷人和襄助教育，自己则去海外寻找新的生活之路。富有寓意的结尾，反映了作者积极的人生观和对未来的信心。按照恩格斯的观点，成功的文学作品的倾向是“自然流露出来的”，《旧时代之死》却是假人物之言行而“说”出来的，不够含蓄蕴藉而稍显急切直白，反映了作者在驾驭长篇小说这种重大的文学体裁时还有待于成熟。

作品在布局谋篇、语言表达各方面与作者其后的《二月》《为奴隶的母亲》等名篇相比还稍显稚嫩，但在情节推进、对话处理、心理描写特别是类似于“意识流”的大段心理活动、精神幻象的描写等各方面，还是颇具特色并且是成功的，显示了作者卓越的文学创作才华和实力，作品在中国现代文学史上也应该占有相应的地位。

柔石年表（1902—1931)

1902年

9月28日生于浙江省宁海城关西门方祠前。姓赵，名平复，又名少雄。因其家门前一座石桥上刻有“金桥柔石”，后即以柔石和金桥作为笔名。

1911年

因家境困难，十岁始方进入宁海县缑中小学和正学小学读书，深受先贤影响，富有理想，品学兼优。

1917年

小学毕业，考入位于台州的浙江省立第六中学。因对学校不满，中途退学。

1918年

考入位于杭州的浙江省立第一师范学校。该校汇集了新文化运动中著名的学者以及作家陈望道、刘大白、朱自清等教师，柔石与魏金枝等人参加了该校新文学团体晨光社。

1920年

回乡与西乡东溪人吴素瑛结婚。

1923年

6月于省立第一师范学校毕业。应聘在杭州做家庭教师，因与“教育救国”的抱负相距甚远，不久即辞职。

7月赴南京报考东南大学，未被录取。

9 月返回家乡宁海。

创作小说《无聊的谈话》，后收入短篇小说集《疯人》。此外还创作了诗歌《如是》、散文《别蕙》和小说《第一回的信》等，均未发表，存有手稿。

1924年

春，赴浙江省慈溪县普迪小学任教。

冬，因与校长冲突，辞任普迪小学，返乡。

创作小说《爱的隔膜》《疯人》《前途》，后均收入短篇小说集《疯人》。创作小说《生日》，次年收入短篇小说集《希望》。

创作儿童故事、翻译童话数篇，均未发表。

1925年

2 月始在北京大学旁听，听鲁迅先生讲中国小说史略，同时也听生物学、哲学、英文和世界语等课。后因大量文稿发表、出版不顺，生活来源出现问题，以至贫病交加，不得不结束听课生活。

年初，宁波华陞印局代印自费出版短篇小说集《疯人》，收有六篇作品，署名赵平复。

创作短篇小说《刽子手的故事》。

创作独幕剧《读过书的报酬》和四幕诗剧一部，创作诗歌《梦》，创作散文《诅咒》以及小说《丽丽的信》等多篇（首），均未发表。

1926年

春，奔波于沪杭道上，生计无着，寄居为食，坚持读书与写作。

夏，因病返乡，阅读中外文学名著。

秋，应聘赴浙江镇海中学任教，不久，任该校教务主任。

3 月 18 日北京爆发“三一八惨案”，义愤填膺，开始创作长篇小说《旧时代之死》，6 月 25 日即完成了这部十六七万字的作品。

创作散文《窗前》、小说《一篇告白》等，均未发表。

1927年

军阀混战，蒋介石发动“四一二”反革命事变，上海发生“五卅”惨案。镇海县群众集会，遭反动军警镇压，柔石帮助学联主席等多人脱险，不久辞去镇海中学教务主任一职。

夏，返乡，出任宁海中学国语和音乐教师，同时兼任小学部英语教师。自编内容新颖厚重的《国语讲义》，课余钻研中国古典文学，着手编写《中国文学史略》，现存“楚辞”等三章手稿。

秋，创作新诗《晨光》等，均未发表，存有手稿。

1928年

年初，出任宁海教育局局长，振兴教育，殚精竭虑。

5月，宁海亭旁一带发生农民暴动，遭到镇压，牵连到宁海中学革命和进步师生，柔石积极营救，引起反动当局注目，只身奔赴上海避难。

8月，抵沪不久即得到鲁迅先生的关怀和帮助，本月9日搬到鲁迅住处，并在鲁迅家搭伙吃饭。经鲁迅先生介绍，长篇小说《旧时代之死》在上海北新书局出版。

12月，在鲁迅先生的支持和参与下，由柔石负责的《朝花周刊》创刊。发表创作和评论，介绍东、北欧文学和木刻，提倡刚健质朴的文艺风格。

创作短篇小说《一个春天的午后》《人鬼与他的妻的故事》《会合》《死猫》《没有人听完她的故事》等，发表在《奔流》等刊物上，署名均为柔石。此外还创作有新诗和散文。

1929年

全年在上海，忙于文学创作、翻译和编辑出版工作，协助鲁迅先生编辑介绍国外优秀木刻艺术。文学创作进入高潮时期。

1月，与鲁迅合编的《近代木刻选集》出版。创作散文《狗的自杀问题》和小说《生日》等，署名柔石。

2月，与鲁迅先生共度除夕。与鲁迅先生合编的《近代木刻选集》第二集出版。

3月，由柔石编辑的《语丝》第五卷第一期出版。创作散文《雌之笑》

和独幕剧《盗船中》等，署名均为柔石。

4 月，创作短篇小说《夜的怪眼》，中篇小说《三姊妹》，署名均为柔石，由上海水沫书店出版。

5 月，创作短篇小说《别》《遗嘱》《摧残》等，此外尚有散文、诗歌、独幕剧等作品问世。译作《农人》《大小孩》《维埃之魂》等出版，前两篇署名金桥，后一篇署名柔石。由柔石编的《朝花周刊》第二十期出版。

6 月，与鲁迅先生等编的《朝花旬刊》第一卷第一期出版。创作短篇小说《希望》，署名柔石。另有译作发表在《朝花旬刊》，署名金桥。

7 月，创作短篇小说《夜宿》，以及新诗和散文等，署名柔石。译作《安和她底牝牛》在《奔流》发表，署名金桥。

8 月，创作有新诗。译作有《母亲》《他的美丽的妻》，署名均为柔石。

9 月，创作有新诗《晚歌》在《朝花旬刊》发表，署名金桥。 译作有《教堂中的船》《稞麦田边》，署名均为柔石。与鲁迅先生等合编的《近代世界短篇小说集》之二出版。

10 月，参加筹备左翼作家联盟的活动和会议。着手翻译高尔基的长篇小说《阿尔达莫诺夫家的事业》，至 1930 年翻译完成，1934 年 3 月由商务印书馆出版，署名赵璜译。

11 月，中篇小说《二月》由上海春潮书局出版，署名柔石，鲁迅序，陶元庆封面设计。

译作《失去的森林》发表在《奔流》第二卷第五期，署名金桥。

1930年

2 月 13 日，与鲁迅一起参加中国自由运动大同盟成立大会，会上通过了《中国自由运动大同盟宣言》

3 月 2 日，在上海参加“中国左翼作家联盟”成立大会，被选为执行委员，后任常务委员兼编辑部主任。

3 月 19 日，鲁迅先生遭国民党反动派秘密通缉，避居内山完造居所，柔石经常前往探望。

5 月，经冯雪峰介绍，参加中国共产党。

9 月，因在鲁迅原住宅景云里居住，是处遭武装巡捕搜查，始搬永安里，后又搬静安寺泰利巷。

创作短篇小说《为奴隶的母亲》，次年发表于《萌芽月刊》；短篇小说集《希望》由上海商务印书馆出版。此间还写有《我希望于大众的》等多篇短论和杂文，针砭现实，弘扬革命精神。

译作《关于托尔斯泰的一封信》（原作高尔基）、《浮士德与城》（原作卢那卡尔斯基）等发表或出版。

以上作品发表或出版时署名均为柔石。

1931年

1月16日，因商讨出版事宜，与鲁迅先生见了最后一面。

1月17日下午，出席党内会议，因叛徒告密被捕。

1月19日，地方法院非法将柔石等人引渡给上海龙华警备司令部。在狱中坚持斗争，记录斗争经过，向狱友殷夫学习德文，两次托人捎信，辗转交与鲁迅先生。

2月7日，在上海龙华警备司令部被杀害。